Les suicidées

DU MÊME AUTEUR

Les enquêtes de Carol Jordan et Tony Hill

La dernière tentation, Éditions du Masque, 2003 ; J'ai lu, 2006.

La fureur dans le sang, Éditions du Masque, 1998 ; J'ai lu, 2007.

Le chant des sirènes, Éditions du Masque, 1997 ; J'ai lu, 2008

La souffrance des autres, Éditions du Masque, 2007 ; J'ai lu, 2008.

Sous les mains sanglantes, Éditions du Masque, 2009 ; J'ai lu, 2011.

Fièvre, Flammarion, 2012 ; J'ai lu, 2013.

Châtiments, Flammarion, 2014 ; J'ai lu, 2015.

Une victime idéale, Flammarion, 2016 ; J'ai lu, 2017.

Le dernier soupir, Librairie des Champs-Elysées, 1994.

Retour de manivelle, Librairie des Champs-Elysées, 1995.

Arrêts de jeu, Librairie des Champs-Elysées, 1996

Crack en stock, Librairie des Champs-Elysées, 1996.

Gènes toniques, Librairie des Champs-Elysées, 1997.

Une mort pacifique, Librairie des Champs-Elysées, 1998.

Mauvais signes, Librairie des Champs-Elysées, 1998.

Mystères et bûches glacées, Éditions du Masque, 2003.

Le tueur des ombres, Éditions du Masque, 2001 ; J'ai lu, 2006.

Quatre garçons dans la nuit, Éditions du Masque, 2005 ; J'ai lu, 2006.

Au lieu d'exécution, Éditions du Masque, 2000 ; J'ai lu, 2008.

Noirs tatouages, Éditions du Masque, 2008 ; J'ai lu, 2009.

Sans laisser de traces, Flammarion, 2011 ; J'ai lu, 2012.

Comme son ombre, Flammarion, 2013 ; J'ai lu, 2014.

Northanger Abbey, Terra Nova, 2014.

Lignes de fuite, Flammarion, 2015 ; J'ai lu, 2015.

VAL McDERMID

Les suicidées

Traduit de l'anglais (Écosse)
par Perrine Chambon et Arnaud Baignot

J'AI LU

TITRE ORIGINAL
Splinter the Silence

ÉDITEUR ORIGINAL
Little, Brown

Ce livre est dédié à Leslie Hills
pour toutes ces années d'amitié.
Et parce que toi, ma chère,
comme tant de mes amies, tu refuses de te taire.

« J'ai décidé qu'il valait mieux crier.
Le silence est un véritable crime
contre l'humanité. »

Nadejda MANDELSTAM,
Hope Against Hope

« J'ai la conviction qu'il me faut dire
et partager ce qui compte le plus pour moi,
au risque de voir mes propos déformés
ou incompris. »

Audre LORDE

1

Le week-end, c'était idéal. Il ne travaillait pas, si bien qu'il était plus facile pour lui de surveiller les femmes qui l'intéressaient. La plupart du temps, elles ne travaillaient pas non plus ces jours-là, ce qui lui permettait d'observer leurs habitudes et de réfléchir au meilleur moyen de les tuer.

Il savait observer. Ses professeurs, et plus tard ses employeurs, avaient toujours remarqué l'attention qu'il portait aux détails. Il ne se lançait jamais dans un projet sans en avoir au préalable mesuré les risques et les possibilités. La première fois qu'il avait tué, ça l'avait secoué mais il n'en avait pas moins suivi son plan à la lettre. Plus tard, il avait compris que cet acte avait été pour lui le début d'une nouvelle mission. Une mission qui occupait maintenant une place centrale dans sa vie.

Comme aujourd'hui. Il n'avait pas encore déterminé qui serait la prochaine. Il avait plusieurs noms en tête et savait comment il allait tuer celle qu'il choisirait. Il ne restait plus qu'à s'assurer de la logistique. Quand on prévoyait de pendre quelqu'un, il fallait être sûr d'avoir le bon support. Il n'était pas pressé. Le souvenir de la précédente était encore frais dans sa mémoire, source de profonde satisfaction. Exécuté à la perfection.

Celle-ci cependant… elle remplissait tous les critères. Mais il n'allait pas prendre de décision trop hâtive. Pas comme la première fois où il s'était lancé dans cette aventure, selon l'expression qu'il affectionnait. Se remémorer cette expérience alors qu'il observait une maison où il ne se passait rien était excitant. Excitant mais stressant, aussi. Tout aurait pu tellement mal se dérouler.

C'était si inattendu de la voir seule qu'il en avait perdu l'équilibre. Il s'était égratigné les doigts contre le mur de briques et avait légèrement saigné. Il avait eu du mal à y croire, mais elle était bel et bien seule. Pas de garde du corps, pas de chauffeur, pas d'assistante, aucune de ces sales bonnes femmes qui jacassaient sans arrêt et lui apportaient leur soutien. Rien qu'elle, descendant à grands pas les cinq marches du perron pour gagner l'étroite allée gravillonnée séparant sa jolie maison de la rue où étaient relégués les gens comme lui. Il s'attendait presque à voir la porte s'ouvrir de nouveau pour laisser un ou plusieurs de ses employés lui emboîter le pas, la rattraper avant qu'elle n'atteigne le portillon.

Mais non. Il n'y avait personne. Rien qu'elle.

Il avait regardé nerveusement autour de lui, négligeant sa discrétion habituelle. Mais on ne lui prêtait pas la moindre attention. Une fin d'après-midi dans un quartier du nord de Londres ; personne ne se préoccupait de rien ni de quiconque, surtout pas d'elle. Ce n'était pas comme si elle était connue, en dehors des aficionados de Twitter. Aux yeux du passant lambda, elle n'était qu'une Londonienne trentenaire parmi tant d'autres. Un jean de créateur, un sweat à capuche tendance moulant ses formes banales, une besace en cuir à la mode portée en bandoulière, ses cheveux colorés aux multiples reflets blonds retenus par une queue-de-cheval. Rien qui attire le regard. Difficile d'imaginer qu'on puisse se soucier de ce qu'elle pouvait bien raconter ou faire.

Sans se douter qu'elle était observée, elle avait ouvert le lourd portillon en fer qui avait produit un grincement sinistre auquel il s'était désormais habitué. Elle l'avait refermé derrière elle avec précaution et s'était mise à marcher.

Il n'arrivait pas à croire à ce qui était en train de se passer. Pendant trois semaines, il l'avait suivie dès que possible. Elle ne sortait jamais seule. Elle devait avoir peur. Pas assez pour se taire, mais suffisamment pour s'assurer qu'il y avait toujours quelqu'un pour la protéger.

Après ce qu'ils lui avaient dit la veille au soir, elle aurait dû se blottir au fond de son lit et se faire toute petite. Pas se pavaner dans la rue comme si elle était dans son bon droit. Elle aurait dû admettre la vérité : qu'elle était une salope manipulatrice et dangereuse qui méritait ce qui allait lui arriver.

Il n'avait pas prévu de s'occuper d'elle ce jour-là. Il ne s'était pas attendu à une telle occasion en or. Mais il n'allait pas la laisser filer. Qui savait à quel moment une chance comme celle-là se représenterait ? Et puis ce n'était pas comme s'il n'avait pas déjà tout répété dans sa tête une centaine de fois, traquant les moindres faiblesses de son plan pour les corriger.

— Reprends-toi, s'était-il dit à voix basse en lui emboîtant le pas, laissant quelques mètres et deux adolescentes entre eux.

Il savait qu'il n'aurait peut-être pas la chance de la voir seule de sitôt.

— Reprends-toi.

L'enlever s'était avéré bien plus facile qu'il ne l'avait imaginé. Les femmes comme elles – de la classe moyenne, sûres de leur statut, habituées à ce que les choses se déroulent comme elles le souhaitent – se faisaient une fausse idée de leur propre sécurité. Elles faisaient confiance aux gens jusqu'à ce que quelqu'un leur donne une bonne raison de douter. Elle lui avait fait confiance parce qu'il lui avait parlé comme ces types pathétiques qui laissaient les femmes tout contrôler, qui leur obéissaient au doigt et à l'œil, comme des esclaves.

Il avait fait des recherches. Il avait su comment la convaincre avec ses bobards. Il lui avait dit que la radio où elle travaillait avait besoin d'elle pour remplacer une collègue malade. Elle l'avait cru. Elle était montée dans sa voiture sans broncher. Et à ce moment-là il lui avait montré les photos sur son téléphone.

Il avait été fier de cette idée. Il avait échafaudé un plan pour parvenir à ses fins. Sa fille à elle, qui suivait un cours préparatoire dans une école d'audiovisuel, s'était complètement laissé faire. Il s'était fait passer pour un photographe qui menait un projet sur les prises d'otages. Il avait choisi trois étudiantes, afin qu'on ne le prenne pas pour un pervers focalisé sur une seule d'entre elles. Puis il avait mis en scène une série de clichés où elles faisaient semblant d'être retenues en otage et torturées. Il avait soigneusement retouché les photos sur son téléphone et s'était retrouvé avec un outil de persuasion idéal.

Dès qu'il lui avait montré la première, elle s'était figée. Elle avait poussé un petit cri. Puis elle s'était reprise et avait lancé d'une voix un peu chevrotante :

— Qu'est-ce que vous voulez ?

— La question est plutôt ce que tu veux, toi. Tu veux que ta fille s'en sorte vivante ?

— Quelle question stupide ! avait-elle répliqué, la colère se peignant sur son visage.

Il ne pouvait pas tolérer ça. Sa main gauche avait lâché le levier de vitesses et il l'avait frappée au visage. Elle avait poussé un cri et s'était recroquevillée sur elle-même.

— Ne me force pas à appeler celui qui la surveille. Si tu m'obliges à le faire, tu vas regretter ce qui arrivera à Madison, l'avait-il menacée avant de poursuivre d'un ton narquois. Madison… Qu'est-ce que c'est que ce prénom ? On se gênera pas pour lui faire mal, pour la violer et on la laissera dans un tel état que plus personne voudra jamais la toucher. Sauf ceux qui auront pitié. Alors t'as tout intérêt à faire ce que je te dis.

Elle avait écarquillé les yeux d'horreur. Il devait bien admettre qu'il prenait plaisir à la voir enfin payer pour ses jérémiades et toutes ses récriminations. Elle traitait les hommes comme lui de misogynes. C'était précisément le contraire. Les hommes comme lui aimaient les femmes. Ils savaient quel genre de vie leur convenait le mieux. Ils savaient ce qu'elles voulaient vraiment. Les vraies femmes n'avaient pas envie de s'impliquer dans le monde et de dire haut et fort ce qu'elles pensaient. Elles voulaient construire un foyer, s'occuper de leur famille, trouver leur place et exercer leur pouvoir à l'intérieur de la maison. Elles voulaient être des femmes, pas imiter les hommes.

Après ça, ça avait été facile. Il l'avait ramenée chez elle une fois ses employés partis. Dans le garage. Il l'avait menottée à l'accoudoir de la voiture pour faire croire qu'elle était vraiment déterminée à en finir. Il avait fixé un tuyau au pot d'échappement jusque dans l'habitacle. Il avait posé un livre sur le siège arrière, pour se rappeler les raisons de sa mission. Il aurait pu se raviser et lui pardonner. Mais à quoi bon ? Même si elle avait changé d'attitude, ça n'aurait servi à rien. Il l'avait regardée une dernière fois avant de fermer la porte du garage.

On avait découvert son corps le lendemain matin.

2

Carol Jordan fit tourner un fond de porto dans son verre, nourrissant des pensées de meurtre presque mélancoliques. Elle espérait qu'elle donnait simplement l'impression de jouer avec. En réalité, elle tenait le verre si fermement qu'elle craignait de le briser. Son voisin de droite, qui *en apparence* n'avait rien d'une tête à claques, se pencha en avant pour appuyer ses propos.

— Ce n'est vraiment pas difficile de trouver de bons employés si on cible ses efforts correctement, dit-il.

L'envie lui vint à nouveau de lui envoyer un coup de poing au visage, de lui exploser le nez et de voir ses petits yeux porcins s'écarquiller de douleur.

Au lieu de ça, elle vida le fond de son verre avant de le pousser vers son hôte généreux qui lui resservit une large rasade de Dow 2007. Son voisin de gauche l'avait sacré « meilleur porto que Dow ait jamais produit » avant d'en boire une gorgée pour faire passer un nouveau morceau de stilton. Elle aurait volontiers argumenté sur ce point mais elle ne s'y connaissait pas suffisamment pour ça.

— Je suis sûre que vous avez raison, marmonna-t-elle en essayant de ne pas paraître désagréable.

Elle ne se rappelait pas la dernière fois qu'elle avait été invitée à un dîner aussi guindé, mais elle n'avait pas oublié les obligations qui allaient avec. Sa mère les lui avait inculquées : sourire, hocher la tête, acquiescer et ne pas déclencher de dispute.

Heureusement pour le reste des convives, sa mère lui avait également appris à ne jamais parler politique et ses nombreuses années dans la police n'avaient fait que renforcer ce principe. Quand votre budget et l'existence même de votre équipe dépendaient du bon vouloir des politiciens, vous appreniez vite à ne pas formuler une opinion susceptible de vous retomber dessus avec la rapidité d'un boomerang. Au fil des années, Carol avait soigneusement cultivé l'art de n'exprimer aucun avis discutable de peur de laisser échapper un propos malencontreux. Elle laissait ça aux autres membres de son équipe, qui compensaient amplement ses précautions.

Ce n'est pas comme si elle avait eu beaucoup d'occasions de ce genre durant sa carrière à la tête d'une équipe d'élite spécialisée dans les homicides. Elle était entièrement dévouée à ce poste, qui l'occupait bien plus que les quarante heures hebdomadaires stipulées dans son contrat. Carol consacrait le peu de temps qu'il lui restait à des choses qu'elle avait envie de faire. Comme dormir. Et non passer des heures interminables autour d'une table à écouter des connards pleins aux as discourir de l'immoralité de telle ou telle personne qui les empêchait de gagner leur prochain million.

Mais du temps, elle en avait, désormais. Cette carrière qui l'avait définie était derrière elle. Dans des moments comme celui-là, elle devait se rappeler que c'était elle qui avait pris cette décision. Elle aurait pu redevenir le commandant Jordan. Mais elle avait choisi d'être simplement Carol Jordan ; une nouvelle habitante parmi tant d'autres d'une vallée rurale du Yorkshire impitoyablement envahie par des gens qui se fichaient de ce paysage si ce n'est qu'ils le préféraient à la banlieue qu'ils avaient quittée.

Son hôte, George Nicholas, était une exception. Sa famille avait bâti le grand manoir géorgien surplombant la vallée et y avait vécu pendant un peu plus de deux siècles. Il était issu de ce milieu privilégié et confortable que Carol avait tendance à mépriser. Lors de leur première rencontre, après un bref coup d'œil à sa peau rosie, son profil noble et sa tenue qui semblait tout droit sortie d'un catalogue pour propriétaires terriens, elle avait décidé qu'il n'était pas digne de confiance, ni d'estime. Mais elle s'était finalement laissé radoucir par ses manières charmantes et l'indifférence totale qu'il affichait envers son hostilité. Et par ses chiens.

Plus tard, elle avait appris qu'il était probablement le dernier de sa lignée à habiter ce manoir. Il était veuf depuis que sa femme avait trouvé la mort dans un accident de voiture trois ans plus tôt. Il ne semblait pas accablé par le deuil mais pour quelqu'un d'aussi habitué au trauma que Carol, la douleur était clairement visible chez lui.

Carol s'éclaircit la gorge et repoussa sa chaise.

— Je vais y aller, George, dit-elle.

Aucune trace d'hésitation dans sa voix, aucun bafouillement, rien qui puisse trahir la quantité d'alcool qu'elle avait ingurgitée.

Le sourire de son hôte, provoqué par une remarque de sa voisine de table que Carol n'avait qu'à moitié entendue, s'estompa.

— Vraiment ?

Il avait l'air déçu. Elle ne pouvait pas lui en vouloir. Ça faisait des semaines qu'il essayait de la convaincre de venir dîner. Et voilà qu'elle prenait la poudre d'escampette à la première occasion.

— On n'a même pas encore bu le café.

Carol tenta de le faire culpabiliser.

— Flash est encore un peu jeune pour rester toute seule longtemps.

Il afficha la même expression de regret qu'elle et esquissa un petit sourire triste.

— C'est donc un peu ma faute...

— Qui est Flash ?

La question avait été lancée par un homme d'un certain âge assis un peu plus loin, dont le visage rougeaud et le triple menton rappelaient les illustrations joviales des livres de Dickens.

— Carol a gentiment adopté l'un des chiots de Jess, expliqua George en retrouvant le sourire. Une chienne qui a peur des moutons.

— Peur des moutons ? répéta le sosie de Pickwick d'un air incrédule.

— Ça arrive parfois, reprit George doucement. Il suffit qu'une brebis bêle et Flash s'enfuit, la queue entre les pattes. Carol l'a sauvée de la fourrière.

— C'est un merveilleux compagnon, renchérit cette dernière. Mais elle est encore jeune. Et comme tous les colleys, elle n'aime pas rester seule trop longtemps. Je ferais mieux de rentrer.

L'homme qu'elle avait eu envie de gifler s'exclama sur un ton moqueur :

— Votre chien m'a l'air encore plus tyrannique que notre baby-sitter ! Et ce n'est pas peu dire.

— Pas du tout, Charlie, intervint George. Carol a raison. Si on traite un chiot avec attention, il deviendra le meilleur des chiens. Je vais demander à Jackie de vous raccompagner. Vous pourrez récupérer votre voiture demain matin en sortant promener Flash.

Carol fronça les sourcils. Il avait donc remarqué qu'elle avait beaucoup bu. Cette pensée la mit en colère. Ce qu'elle buvait ne le regardait pas. Personne ne pouvait survivre aux épreuves qu'elle avait traversées sans un soutien quelconque. Elle contrôlait la boisson et non l'inverse, en dépit de ce que les autres pouvaient penser. Ou du moins de ce que George, lui, avait l'air de croire.

Elle se contenta de répliquer :

— Pas la peine. Jackie a bien assez à faire en cuisine. Je peux conduire sans problème.

Son voisin de gauche gloussa :

— Je peux demander à mon chauffeur de vous ramener, dit-il en lui tapotant la main d'une façon condescendante.

Carol se leva sans tanguer.

— C'est très gentil, mais c'est inutile. Je n'ai que deux ou trois kilomètres à faire. À cette heure-ci, ce sera désert.

Elle parlait avec l'autorité d'une femme habituée à ce qu'on lui obéisse.

George se leva rapidement, les lèvres pincées.

— Je vous raccompagne à votre voiture, annonça-t-il avec sa politesse habituelle.

— Ravie de vous avoir tous rencontrés, mentit Carol en souriant aux convives réunis autour de la table sur laquelle étaient disposés verres en cristal, argenterie, porcelaine et plateau de fromages.

Huit personnes qu'elle ne reverrait jamais, avec un peu de chance. Huit personnes probablement soulagées que l'intruse qu'elle était quitte leur petit cercle. George ouvrit la porte de la salle à manger avant de la laisser sortir dans le hall aux dalles de pierre. L'éclairage tamisé faisait chatoyer les tapis anciens ; ou peut-être était-ce le vin, se dit Carol en avançant vers l'entrée.

George s'arrêta devant la large porte, examinant les manteaux des invités suspendus à des patères. Il tendit la main vers un long manteau de cachemire noir avant de se tourner vers elle, souriant :

— La Barbour, c'est ça ?

Carol ressentit une pointe d'embarras. Elle avait volontairement choisi la longue veste qu'elle portait pour aller promener son chien, refusant de céder à l'élégance pour un dîner où elle n'avait aucune envie de se rendre. À présent, ça lui paraissait être une insulte directe envers un homme qui s'était toujours montré gentil et amical.

— C'est plus accordé à mon Land Rover qu'à ma tenue, répondit-elle en désignant la robe fourreau de soie noire qui lui allait mieux qu'auparavant.

Depuis qu'elle l'avait achetée, Carol avait changé ; à force de travail physique, ses épaules s'étaient musclées, ses hanches et ses cuisses s'étaient redessinées.

Il lui tendit sa veste imperméable.

— Le contraste me plaît bien, commenta-t-il.

Elle ne voyait pas son visage mais entendit à sa voix qu'il souriait.

— Merci d'être venue, Carol. J'espère que ça n'a pas été trop éprouvant. La prochaine fois, je vous promets une soirée plus détendue. Un dîner tranquille, par exemple ?

— Votre ténacité m'impressionne, répondit-elle en plongeant ses yeux gris dans les siens. Si j'avais eu affaire à quelqu'un comme moi, j'aurais laissé tomber depuis longtemps.

— La ténacité : le secret de ma réussite. Je n'ai jamais été le plus brillant ni le meilleur, mais j'ai appris que si je tenais bon, le résultat en valait généralement la peine. C'est comme ça que j'ai persuadé Diana de m'épouser, dit-il en ouvrant la porte par laquelle s'engouffra l'air froid. Et en parlant de ténacité, vous êtes vraiment sûre de vouloir conduire ? Je peux sans problème demander à Jackie de vous déposer.

— Ça ira George, vraiment.

Elle avança sur les gravillons gelés qui crissèrent sous ses pieds, contente de pouvoir s'accrocher au bras de George alors qu'elle marchait d'un pas mal assuré avec ses talons auxquels elle n'était pas habituée.

— Mon Dieu, ça fait longtemps que je n'ai pas mis ces chaussures, dit-elle avec un petit rire forcé.

— L'une des nombreuses raisons pour lesquelles je me réjouis d'être un homme.

Il fit un pas en arrière quand elle ouvrit la portière du Land Rover et prit place derrière le volant.

— Soyez prudente. À demain sur la colline, peut-être ?

— Sûrement. Merci encore pour cet agréable dîner.

Elle claqua la portière avant de faire ronfler le moteur. Il y avait une fine couche de givre sur le pare-brise, mais elle disparut en quelques coups d'essuie-glaces. Après avoir mis le chauffage à fond pour éviter la buée, Carol actionna le levier de vitesses et s'avança dans l'allée. La mention de la défunte épouse de George (tuée dans un accident provoqué par un automobiliste saoul) pesait comme un reproche sur sa décision de prendre le volant après avoir bu quelques verres de vin. Mais elle se sentait parfaitement bien, elle contrôlait complètement ses réflexes et ses réactions. Par ailleurs, elle n'avait que trois kilomètres à faire. Et elle mourait d'envie de rentrer.

Quelle horrible soirée... S'ils n'avaient pas tous été aussi cons, elle aurait eu honte d'être une convive aussi désagréable. Elle avait du mal à croire qu'elle ait pu se montrer aussi peu digne de la générosité de George. Elle avait perdu l'habitude de fréquenter des gens. Autrefois, elle avait été suffisamment proche d'un homme pour se moquer constamment de son manque de sociabilité. Et voilà qu'elle était devenue comme lui.

Elle quitta l'allée pour bifurquer sur une étroite route qui reliait le manoir de George Nicholas à la grange en pierres qu'elle rénovait depuis des mois afin de la mettre à son goût. Elle avait fait disparaître tout ce qui pouvait lui rappeler des souvenirs, mais son histoire continuait néanmoins de hanter les lieux.

Les talus paraissaient sans couleur sous l'effet des phares et elle se sentit soulagée de voir les alentours de sa maison se dessiner peu à peu. Le chêne mort tout tordu ; l'échalier et le panneau indiquant le sentier de randonnée ; le bac à sel en plastique jaunâtre, déposé là pour compenser le fait que la mairie n'allait pas s'embêter à saler une route si insignifiante dont les voies n'étaient même pas délimitées par une ligne blanche.

Et puis, tout à coup, elle aperçut un autre élément qui lui était familier. Le genre de choses qui n'annonçait jamais rien de bon. Un gyrophare bleu dans son rétroviseur.

3

Le commissaire en chef James Blake n'était pas d'une nature patiente. Au fil des années, tandis qu'il gravissait les échelons jusqu'au sommet de la hiérarchie, il s'était forcé à cultiver l'apparence de la patience. Il s'était imaginé qu'une fois aux commandes, il pourrait accélérer les choses afin qu'elles aillent aussi vite qu'il le souhaitait. Malheureusement, les choses ne s'étaient pas passées comme il le voulait lors de son premier poste dans le Sud-Ouest. Essayer d'insuffler un certain dynamisme à ses officiers avait été comme monter une chantilly à la force du poignet, disait-il à sa femme. Il avait attribué ça au fait que tout allait plus lentement par ici. Blake avait donc décidé de ne pas lâcher le morceau et d'accepter le premier poste qu'on lui proposerait ailleurs, quelque part où on savait passer à la vitesse supérieure.

Bradfield Metropolitan Police promettait d'être à la hauteur des enjeux dictés par son environnement urbain et moderne. C'était un lieu qui lui conviendrait parfaitement. Une ville du Nord, vivante, avec son lot de crime organisé : idéale pour imposer son style. Un endroit qui lui ouvrirait des tas d'opportunités quand viendrait le moment pour lui de rendre son uniforme. Il avait décroché un poste, convaincu sa famille qu'ils adoreraient vivre dans une grande ville et avait déménagé à Bradfield, persuadé qu'il allait gérer ce commissariat avec efficacité et dynamisme en un rien de temps.

Il n'avait pas été aidé par les coupes budgétaires survenues au moment de sa nomination. Mais selon lui, ça n'excusait pas la réticence qu'il avait rencontrée à tous les niveaux alors qu'il essayait de réorganiser ses troupes avec professionnalisme. Il ne lui était pas venu à l'esprit que si ses officiers ne le respectaient pas, c'était parce qu'il n'avait pas l'expérience nécessaire pour ce genre de poste. Blake, lui, les accusait d'être pleins de préjugés : ces citadins du Nord le prenaient pour un plouc sous prétexte qu'il venait du Sud-Ouest. Il était déçu et, il devait bien le reconnaître, parfois découragé. Ce qui expliquait pourquoi ce dîner où on l'avait convié ce soir-là le remplissait d'espoir. Un dîner d'affaires avec un sous-secrétaire d'État à l'Intérieur, quelques fonctionnaires et un conseiller particulier. Ce n'était pas un rendez-vous à prendre à la légère même si le conseiller en question n'était autre que le commissaire en chef qui l'avait précédé à Bradfield avant de partir prendre sa retraite. Blake avait peu d'estime pour John Brandon : si celui-ci avait fait son boulot correctement, ça lui aurait grandement facilité la tâche.

Il ne savait pas ce qu'ils lui réservaient, mais en tout cas, ils n'étaient pas pressés de le lui dire. Ça faisait deux heures qu'ils étaient enfermés dans cette salle à manger privatisée, à déguster amuse-gueules, entrée, sorbet, plat de résistance et dessert. Le repas avait été copieux, voire somptueux. Le vin moins abondant mais tout aussi bon. La conversation avait tourné autour de la police et de la politique, entrecoupée d'anecdotes amusantes et de quelques ragots assez divertissants, mais Blake n'avait toujours aucune idée de la raison qui les réunissait ici. L'impatience grandissait en lui, aussi désagréable qu'une indigestion.

Les serveurs finirent par apporter un magnifique plateau de fromages, une corbeille de fruits et des biscuits avant de se retirer, laissant les cinq hommes seuls sans autre interruption au programme. Il était temps d'entrer dans le vif du sujet, semblait-il.

Christopher Carver, le sous-secrétaire d'État, se pencha pour se servir un morceau d'époisses coulant. À en juger par la bedaine naissante qu'on apercevait sous sa chemise, ce n'était pas la première fois qu'il se faisait plaisir aux frais du contribuable. Il leva les yeux vers Blake et esquissa un sourire malicieux :

— Vous vous demandez sans doute où nous voulons en venir, James.

Au fil de la soirée, Blake avait acquis la certitude qu'il était sur le point d'être propulsé dans les hautes sphères de la profession. Un dîner de cette qualité, avec des invités de cette trempe... Ce n'était pas simplement pour le remercier d'avoir fait des merveilles dans les limites du budget de la police de Bradfield.

— Oui, c'est vrai, monsieur.

— Vous vous rappelez que nous avions évoqué la possibilité de répartir certaines tâches administratives entre plusieurs commissariats, dit Carver.

Il avait les joues rosies par ses excès de table, mais son regard déterminé restait fixé sur Blake.

Celui-ci hocha la tête.

— Ça paraît logique. C'est plus difficile à mettre en place avec des unités aussi importantes que la police de Bradfield, mais nous avons obtenu de bons résultats en fusionnant la gestion des scènes de crime.

— Certains d'entre nous pensent que nous pouvons prendre des mesures plus radicales. Non seulement en termes de rentabilité mais aussi en termes d'efficacité dans notre lutte contre le crime. John, vous voudriez bien exposer notre projet à James ?

Contrairement à Blake, John Brandon avait passé toute sa carrière dans des zones sensibles. Personne ne remettait en doute ses idées en matière de stratégie opérationnelle, ce qui pour Blake témoignait d'un respect un peu trop excessif. Personne n'était parfait, après tout. Mais il sourit et hocha la tête en direction de Brandon qui but une gorgée avant de s'éclaircir la voix. Plus il vieillissait, plus Brandon ressemblait à un limier, songea Blake. Visage allongé, joues tombantes, poches sous les yeux.

— Contrairement à ce que montrent les séries policières à la télé, dit Brandon avec son accent du Nord qui étirait les syllabes, nous n'avons pas beaucoup d'affaires de meurtres en dehors des grandes villes. Et la plupart du temps, elles se produisent dans le cadre familial. Les résoudre est à la portée de la première coiffeuse venue, et elles ne posent donc aucun problème pour nos policiers. Mais de temps en temps, un meurtre sort du lot. On découvre un torse démembré dans un bois. Ou bien un enfant étranglé dans un terrain vague. Ou une fille ne rentre pas chez elle après une soirée en boîte de nuit et un type promenant son chien au bord d'un canal tombe sur son corps mutilé. Des affaires difficiles, complexes. Comme elles existent et que c'est notre devoir de les résoudre, les forces de police désignent leurs meilleurs enquêteurs et créent une équipe dédiée, une Brigade d'enquêtes prioritaires. Vous êtes d'accord ?

— Absolument. Nous devons avoir des policiers spécialisés, formés pour traiter ce genre d'affaires difficiles et complexes. Nous avons un devoir envers le public. Mais nous devons également faire le meilleur usage possible de notre personnel. On ne peut pas simplement les laisser là à attendre le prochain meurtre, répondit Blake en essayant de ne pas paraître sur la défensive. Par ailleurs, une réorganisation des forces de police, comme à Bradfield, signifie qu'en cas de besoin nous pouvons constituer une équipe très spécifique dévolue à ce genre d'incidents bien particuliers.

Brandon esquissa un sourire las.

— Personne ne vous reproche d'avoir démantelé votre Brigade d'enquêtes prioritaires, James. Nous ne sommes peut-être pas d'accord avec cette décision mais nous en comprenons la motivation.

Le sous-secrétaire d'État repoussa sa frange grisonnante et dit :

— En fait, James, c'est l'audace dont vous avez fait preuve en éparpillant votre équipe de spécialistes à travers toute la brigade criminelle qui nous a poussés à repenser notre politique générale dans cette région. Si la police de Bradfield réussit à se passer de sa Brigade d'enquêtes prioritaires, d'autres villes ne pourraient-elles pas l'imiter ? expliqua-t-il en montrant Brandon d'une main potelée. J'ai demandé à John de faire preuve d'imagination. Dites à James la conclusion à laquelle vous êtes parvenu.

Brandon émietta un biscuit à l'avoine d'une main.

— L'inconvénient d'improviser une équipe uniquement en cas d'incidents majeurs, c'est que ça peut porter préjudice aux enquêtes sur lesquelles travaillaient déjà ces policiers. Sans parler du fait qu'on ignore tout de la dynamique de groupe qu'on va créer en réunissant tout à coup des gens très différents. Ce n'est pas une équipe à proprement parler. On n'a pas la cohésion qui unit des policiers travaillant ensemble depuis un certain temps, une fois qu'ils se sont débarrassés du boulet, du type malsain ou du mec sexiste qui énervait toutes les femmes du groupe. C'est comme ça qu'on obtient les meilleurs résultats, avec une équipe digne de ce nom.

— C'est aussi ce qui nous coûte le plus cher, intervint le plus jeune des fonctionnaires avec une grimace de désapprobation.

— J'ai donc cherché la quadrature du cercle, poursuivit Brandon, imperturbable. Et je me suis dit : si différentes brigades peuvent se partager les tâches administratives, pourquoi ne feraient-elles pas la même chose avec leurs enquêteurs ? Pourquoi ne pas créer une BEP qui agirait comme une brigade volante ? Les chasseurs de fantômes de l'homicide, si vous voulez. Une équipe qui ne dépendrait d'aucune brigade locale et se rendrait là où on a besoin d'elle, quand on a besoin d'elle.

Blake prit conscience qu'il était resté bouche bée depuis que Brandon avait cessé de parler. Ils le regardaient tous fixement, attendant une réponse. Il essayait à toute vitesse de mesurer les implications de ce qui venait d'être dit. Ils allaient lui proposer de diriger cette entreprise radicale. C'était de la folie. C'était le genre de projets auquel personne ne voulait se voir associé. Mais d'un autre côté, si ça fonctionnait… Il deviendrait l'homme qui avait révolutionné la police britannique. Il essaya de trouver quelque chose d'intelligent à dire :

— Et si plusieurs affaires complexes se présentent en même temps ?

La question n'était pas stupide, après tout.

— Ce n'est jamais le cas.

Le plus jeune des fonctionnaires sortit son smartphone, tapota sur son écran et le tourna vers Blake qui ne comprenait rien à ce qu'il voyait.

— On a analysé les chiffres de ces cinq dernières années. Il n'y a eu qu'un seul cas où plusieurs affaires se sont présentées en même temps.

— Et John a examiné attentivement cette conjoncture, ajouta le sous-secrétaire.

— C'est vrai. Il m'a semblé que les problèmes qui se posaient dans ce cas précis n'étaient pas insurmontables, expliqua Brandon. Dans le monde numérique d'aujourd'hui, nous avons les moyens d'étendre nos ressources d'une façon qui était inenvisageable il y a encore deux ans.

— Et donc, conclut Carver, nous allons mettre sur pied une équipe pilote.

Il s'attaqua de nouveau au plateau de fromages, coupant cette fois un morceau d'ossau iraty et attrapa deux dattes de la pointe de son couteau.

Blake se félicita. Bien fait pour tous ceux qui lui avaient reproché son manque de clairvoyance.

— Ça me paraît être un immense défi, dit-il avec conviction.

Carver esquissa un sourire aussi tranchant qu'une lame.

— En effet. Et c'est pourquoi il est primordial que nous ayons la bonne personne aux commandes. C'est la raison pour laquelle nous vous avons conviés ici ce soir, pour nous aider à faire le bon choix.

Blake était tellement content de la tournure de la conversation qu'il ne remarqua pas vraiment les subtilités du discours du sous-secrétaire d'État.

— Absolument. Je suis prêt à assumer les responsabilités que vous me confierez.

Carver haussa les sourcils, ce qui laissa Blake perplexe. Pourquoi avait-il l'air aussi surpris ?

— Je suis content de l'entendre. Nous avons une personne bien précise en tête pour ce poste. Mais John tenait à ce qu'on ne se fie pas uniquement à son avis pour nommer le chef de cette nouvelle BEP régionale. C'est pourquoi nous nous sommes tournés vers vous, puisque vous êtes le dernier à avoir travaillé avec le policier en question.

Les oreilles de Blake se mirent à bourdonner légèrement, comme si on agitait une cloche au loin. Bon sang, mais qu'est-ce que racontait Carver ? À qui pouvait-il bien penser ? Il n'y avait personne sous ses ordres qui soit à la hauteur d'une tâche comme celle-ci, il en était certain.

— Pardon ? Je ne suis pas sûr de comprendre ce que vous voulez dire, balbutia-t-il, commençant à perdre la face.

Brandon posa ses coudes sur la table et se pencha vers Blake, son sourire creusant une fossette de chaque côté de sa bouche.

— Il veut parler de Carol Jordan. Le sous-secrétaire veut savoir ce que vous pensez d'elle.

4

Tony Hill resta bouche bée. Mais la sensation bizarre continua. Les trois autres personnes présentes à table sourirent en voyant sa réaction. Le plus jeune, Torin McAndrew, quatorze ans, se tordit de rire. Le lieutenant Paula McIntyre le pinça.

— Un peu de respect pour notre invité, le houspilla-t-elle sur un ton faussement sévère.

Sa compagne, le docteur Elinor Blessing, eut pitié de Tony.

— C'est du sucre pétillant. J'en ai saupoudré le gâteau au chocolat avant de le cuire.

Tony ferma la bouche et fronça les sourcils.

— Et les gens aiment ce... ce drôle de truc ?

— La plupart, oui, répondit Elinor.

— Mais Tony n'est pas comme la plupart des gens, dit Torin qui gloussait toujours.

— Il te connaît depuis deux mois seulement mais il t'a déjà bien cerné, Tony, commenta Paula.

Ce dernier sourit.

— On dirait, admit-il en secouant la tête. C'est une sensation vraiment étrange.

Avec prudence, il prit une deuxième cuillerée de la tarte au chocolat qu'Elinor avait servie pour le dessert. Cette fois, il était préparé à ce que le sucre pétille mais il n'était toujours pas sûr que cette sensation soit agréable. Malgré tout, il devait admettre que c'était beaucoup plus intéressant que tout ce qu'il aurait pu préparer lui-même. Et à ses yeux, « intéressant » était un compliment.

— Elinor avait envie de l'essayer depuis qu'elle a vu ça dans *Masterchef*, expliqua Torin.

— C'est vrai, reconnut Elinor. Je n'ai pas souvent l'occasion de concocter un dîner complet de l'entrée jusqu'au dessert ; alors quand ça arrive, je me fais plaisir.

— J'imagine que tes gardes aux urgences ne te laissent pas beaucoup de temps pour les expérimentations culinaires, dit Tony. Ce qui est dommage, vu le délicieux repas qu'on vient de déguster. Même avec son lot de surprises.

— Je ne te le fais pas dire, soupira Elinor. Pourquoi est-ce que tu crois qu'il nous a fallu si longtemps pour t'inviter à dîner ?

Tony pouvait invoquer beaucoup de raisons qui feraient hésiter la plupart des gens avant de l'inviter. Il n'avait jamais eu le talent d'entretenir des amitiés. Comme s'il lui manquait le gène de la sociabilité. Dans son milieu professionnel, il était connu et respecté pour son empathie avec les patients. Entre les murs d'un hôpital psychiatrique ou d'un cabinet de consultation, il avait ses repères. Il savait quoi dire, comment se comporter. Mais à l'extérieur, il était mal à l'aise, abrupt, maladroit. Au fil de ses années de collaboration avec la police, il avait côtoyé la franche camaraderie qui liait les hommes entre eux. Pourtant, il n'y avait jamais pris part.

Mais avec Paula, c'était différent. Elle était devenue une amie. Au départ, ils avaient été alliés dans la défense et la protection de Carol Jordan. Il soupçonnait Paula d'avoir eu un petit faible pour sa chef. Ce qui leur avait fait un point commun. Mais leur relation s'était enrichie et approfondie, chacun répondant aux besoins de l'autre. Puis elle avait rencontré Elinor et avait arrêté de rêver inutilement à Carol. Il restait entre Paula et Tony une affection mutuelle qui avait redoublé quand Torin était tout à coup arrivé dans leurs vies.

Le garçon s'était retrouvé seul après le meurtre de sa mère ; sa seule famille vivait à des kilomètres de là et il s'y sentait étranger. Il s'était accroché à Elinor, une amie de sa mère, comme un naufragé à une bouée. En dépit du peu de temps que leur laissaient leurs métiers, Elinor et Paula avaient fait une place dans leur vie pour Torin. Les blessures émotionnelles du garçon avaient attiré Tony comme un aimant ; à sa grande surprise, il s'était senti inclus dans quelque chose qui s'apparentait à une vie de famille.

Paula interrompit ses pensées :

— Tu es sûr que tu ne veux pas un peu de vin liquoreux ? C'est à peine alcoolisé...

Tony agita la main, son pouce bandé deux fois plus gros que la normale.

— Non, les collègues d'Elinor aux urgences m'ont fichu la trouille. Vraiment, répondit-il avant de poursuivre d'une voix grave et sentencieuse. « La septicémie est une infection très grave, docteur Hill. Prenez vos antibiotiques jusqu'au bout et ne buvez pas d'alcool. »

Il sourit et reprit d'une voix normale :

— Alors pour une fois, je fais ce qu'on me dit.

— Et tu as raison, intervint Elinor.

Paula secoua la tête.

— Tu es vraiment le spécialiste des blessures improbables. Te couper le pouce en ouvrant une bouteille de vin... Qui aurait cru qu'un verre de pinot gris pouvait être aussi dangereux ?

Tony baissa les yeux.

— Ce n'était pas du pinot gris.

Il y eut un silence. Ils savaient tous qui buvait du pinot gris. Paula eut l'air de regretter ses paroles.

— Désolée...

— C'était un petit primitivo ! rebondit-il, surpris lui-même par sa repartie joyeuse.

— Ah, ah ! fit Elinor. Mais comment va ton pouce ?

— C'est un peu douloureux quand je le bouge.

— C'est normal. Les plaies infectées, ça peut faire vraiment mal. Bon, qui veut encore un peu de tarte ?

Le dessert terminé, Torin endossa de nouveau le rôle de l'adolescent typique et sortit son téléphone portable de sa poche, succombant à l'attraction de l'écran. Tandis que les adultes évoquaient les actualités de la semaine, ses pouces pianotaient sur l'écran, un « bip » retentissant de temps à autre.

— Wouah, dit-il. J'aurais jamais parié ça.

— Quoi donc ? lui demanda Elinor.

— Ne me dis pas qu'une idole des jeunes a changé de coiffure, le taquina Paula en passant la main dans la chevelure sophistiquée de Torin.

— Ha ha ! Non, c'est bien pire que ça. Vous vous rappelez la femme qu'on a vue dans l'émission *The Big Ask* il y a quelques semaines ? Jasmine Burton ?

— Son nom ne me dit rien, répondit Elinor.

Paula fronça les sourcils.

— Mais si, rappelle-toi. Celle qui soutenait que des violeurs condamnés ne devraient pas occuper un poste où ils seraient en contact avec des femmes ou des enfants une fois leur peine purgée.

— C'est un point de vue, commenta Tony. Je dois dire qu'étant donné mon expérience auprès des violeurs récidivistes, c'est un point de vue qui se défend. Mais ce serait très difficile à mettre en place à moins d'enfreindre une bonne partie de la législation concernant les droits de l'homme.

— Je me rappelle, maintenant. Elle s'exprimait avec beaucoup de conviction. Qu'est-ce qui lui arrive ? demanda Elinor.

— Elle s'est suicidée, dit Torin. Elle s'est fait harceler après sa participation à l'émission. Elle a reçu des tas de messages du genre « T'es trop moche pour te faire violer », « J'espère que tu vas choper le cancer et mourir dans d'atroces souffrances », « Espèce de salope lesbienne et féministe, ce qu'il te faut c'est un homme, un vrai ». Des trucs comme ça, expliqua-t-il avant d'esquisser un sourire d'excuse. Voire pires.

— Mais c'est affreux, dit Elinor.

— Ça arrive tout le temps, intervint Tony. De nos jours, beaucoup d'hommes ont recours aux insultes anonymes. Ils sont frustrés dans la vie, ils se sentent impuissants, ils n'ont jamais appris à mesurer la valeur de ce qu'ils possèdent et ce qu'ils peuvent attendre de l'existence. Alors ils s'en prennent aux autres dès que c'est possible. L'anonymat d'Internet est leur refuge.

— Quelles ordures ! lâcha Paula. Je la suis sur Twitter depuis que je l'ai vue dans l'émission. Elle s'est pas laissé faire. Les gens disent qu'il ne faut pas prêter attention à tous ces cons. Ne pas les encourager. Les dénoncer, leur bloquer l'accès à certains sites et passer à autre chose. Mais elle, elle n'était pas comme ça. Elle leur tenait tête.

Torin acquiesça.

— C'est vrai. Elle a témoigné sur des tas de blogs, à ce sujet. Elle s'est mise à défendre la liberté d'expression, les « Je suis Charlie » et ceux qui dénoncent les attaques sur Internet. Elle était à fond là-dedans, genre « allez-y, frappez les gars, je suis assez forte et vous êtes des petits merdeux ».

— Mais finalement ils ont gagné. Ils l'ont poussée au suicide, commenta Elinor d'un air dégoûté.

Torin fronça les sourcils.

— Ça n'a aucun sens. Je veux dire, ça lui ressemble pas, si ? Une fille qui est prête à s'en prendre plein la figure et qui finit par se jeter dans un fleuve ?

— J'imagine que c'est comme avec les patients gravement malades, dit Elinor en repoussant ses longs cheveux noirs de son visage, ses yeux ayant soudain perdu tout leur éclat. Ils se convainquent qu'il y a de l'espoir. Ils parlent de bataille à remporter. Mais ce n'est pas comme ça que ça se passe. La maladie est infatigable. Elle ne lâche pas prise. Il n'y a pas de répit. Un jour, le patient se réveille et se dit que tout ça ne fait aucune différence parce qu'il n'y a pas de lumière au bout du tunnel. Et très souvent, ils meurent en quelques heures ou en quelques jours une fois qu'ils ont accepté ça. C'est peut-être comme ça que ça s'est passé pour cette pauvre Jasmine Burton.

— Ou bien quelqu'un a par hasard touché une corde sensible chez elle. Quelque chose qui a percé son armure et l'a frappée en plein cœur, dit Paula. On a tous nos petits secrets.

— Ah bon ? fit Torin. Pas moi.

Tony n'en était pas aussi sûr. Le meurtre de sa mère serait toujours une faille chez lui. Quelques heures après la mort de Bev McAndrew, Paula avait pris la responsabilité de protéger le garçon, fermant tous ses comptes sur les réseaux sociaux et restreignant son cercle de connaissances aux amis les plus proches. Quand les réseaux l'avaient retrouvé, ce qui les avait intéressés n'était plus le meurtre de sa mère mais le fait qu'il vive désormais avec un couple de lesbiennes. Et contre ça, Torin se sentait bien armé.

— Peut-être pas pour le moment, dit Tony sur un ton qui se voulait confiant. Mais un jour ou l'autre tu vas faire quelque chose que tu préféreras garder pour toi.

Paula rebondit sur ce commentaire :

— C'est exactement à ça que sert l'adolescence !

— Est-ce qu'il y a beaucoup de diffamation sur Internet à l'égard de certains de tes camarades de classe ? demanda Elinor qui, agissant toujours en parent à l'écoute, n'avait pas remarqué que les autres essayaient de changer de sujet de conversation.

Le garçon remua, mal à l'aise, et jeta un coup d'œil à Tony pour trouver de l'aide. Ce dernier haussa les épaules et lui lança un sourire d'encouragement.

— Je ne crois pas être ami avec le genre de personnes qui font ce genre de choses, répondit Torin.

— Non, sans doute pas, dit Elinor. Je me demandais simplement si tes amis avaient été la cible d'attaques comme ça.

Torin fit une grimace.

— Personne n'en a jamais parlé, reprit-il avant de pousser un soupir de frustration. On discute pas vraiment de ce genre de trucs, Elinor. Si un de mes copains était gêné par quelque chose, il le dirait peut-être. Ou pas. Qui sait ? De toute façon, s'il se passait un truc, on le verrait sur Instagram, Snapchat ou Facebook.

Elinor sourit.

— Ok. Tu dois te rappeler que ton monde virtuel est un pays étranger pour nous. Quand on était jeunes, on n'avait pas tous ces moyens de communication.

— Ouais, si je restais au téléphone plus de cinq minutes avec mes copains, mon père se plantait dans le couloir en tapotant sa montre et en pestant sur la facture de téléphone, intervint Paula. Si tu voulais persécuter quelqu'un, il fallait se bouger les fesses et le faire en vrai. Il n'y avait pas toutes ces attaques anonymes à l'époque.

Tony jouait avec son couteau.

— On ne sait pas vraiment comment fonctionne ce monde-là, ajouta-t-il en levant les yeux vers Torin. On compte sur toi pour nous expliquer.

Torin tripota une mèche de cheveux au-dessus de son oreille.

— OK, alors je sais pas ce qui se passait dans la tête de Jasmine Burton. Mais c'est vrai qu'on entend parler de jeunes de mon âge qui se suicident parce qu'un petit groupe de gens de leur école leur rend la vie impossible. Alors j'imagine que pour elle c'était pareil mais multiplié par mille. Elle savait même pas si c'était des inconnus ou des collègues avec qui elle travaillait tous les jours. C'est ça le pire, je pense. Ne pas savoir qui nous déteste à ce point. Au moins quand ça arrive au lycée, on sait plus ou moins qui se cache derrière les attaques, on peut leur dire : « Je sais que t'es un débile, alors je me fous de ce que tu penses de moi. » Mais ne pas savoir si c'est ton soi-disant meilleur ami ou un chtarbé ? Ça doit être invivable.

5

Cette soirée lui avait appris beaucoup de choses. Elle savait désormais qu'une cellule de commissariat paraissait très différente selon qu'on y était enfermé ou non. Carol avait toujours apprécié l'aspect spartiate des cellules : les gens qu'elle y avait enfermés étaient là parce qu'ils étaient des criminels qu'on faisait patienter jusqu'au moment de les mettre en prison. Ils ne méritaient pas de confort.

Apparemment, c'était à son tour d'être jugée de la sorte. Une criminelle qui ne méritait pas mieux que ça. Des murs gris suintants. Un banc en ciment avec un matelas recouvert de plastique, aussi épais qu'un tapis de yoga. Une fine couverture même pas digne de la classe économique d'un vol long-courrier. Une cuvette de toilette en métal sans lunette et un demi-rouleau de papier hygiénique posé par terre. La puanteur de la transpiration froide et de la pisse. Voilà ce qui l'entourait. Voilà ce qu'elle méritait.

Maintenant qu'elle se trouvait à l'intérieur, elle commençait à comprendre le pouvoir insidieux de ce genre de cellule. C'était oppressant, on ne pouvait pas le nier. Personne n'atterrissait ici par accident. C'était le message qu'on cherchait à transmettre et cet environnement était conçu pour alimenter le dégoût de soi-même.

Carol était passée par toute une série d'émotions quand elle avait compris que le gyrophare lui était destiné. Ça n'arrivait pas qu'aux autres : cette fois, c'était elle qui était visée. Elle avait d'abord ressenti de l'indignation. Qu'est-ce que fichaient des policiers sur une petite route déserte alors qu'il y avait des tas de grands axes dans le pays où roulaient des chauffards ? Ensuite elle avait eu peur. Elle savait qu'elle était au-dessus de la limite et que si on la faisait souffler dans l'alcootest, non seulement elle aurait honte, mais elle serait dans le pétrin. Après ça, elle avait ressenti de la colère : il y a peu, son grade lui aurait permis de remettre ces flics à leur place. Mais finalement, elle avait consenti à éteindre le contact et attendu que les agents arrivent à sa hauteur.

Elle ne pouvait pas en appeler à la solidarité entre policiers. Elle n'était pas dans le secteur de la Bradfield Metropolitan Police. Ici, elle dépendait d'un autre secteur. Au fil des années, il lui était arrivé de croiser les équipes du West Yorkshire et l'antipathie s'était avérée mutuelle. Carol les avait plus d'une fois forcés à reconnaître leurs échecs et ce genre d'attitude n'aidait pas à se faire des amis.

Quand le policier tapa sur sa vitre et lui demanda de sortir du véhicule, elle avait atteint le stade de la résignation.

— Est-ce que je peux savoir pourquoi vous m'avez arrêtée ? demanda-t-elle en sortant, avec l'espoir que ce n'était rien de grave, qu'elle allait pouvoir s'en tirer.

Elle avait bu un verre, bon sang. Elle n'était pas ivre morte. Elle savait qu'il lui restait une toute petite chance.

— On vous suit depuis que vous avez quitté cette allée, là-bas, répondit-il avec la désinvolture de celui que rien ne pouvait atteindre. Votre conduite était irrégulière. Vous avez bifurqué brusquement et ensuite vous avez donné un coup de volant dans l'autre sens. Vous zigzaguiez et je me suis dit que vous aviez peut-être bu.

Carol se redressa, frissonnant dans la nuit, et pencha la tête pour mieux l'examiner. Il avait tout juste la taille réglementaire exigée dans la police et avait sans doute compensé par un entraînement physique intensif. Sa veste fluorescente le moulait et son cou était musculeux. Les cheveux dépassant de son képi de chaque côté de son visage étaient noirs. Il n'avait pas l'air du genre à lâcher du lest.

— J'ai bu quelques verres de vin, dit-elle. Je ne suis pas saoule.

Il fit une petite moue en hochant la tête. Il avait déjà entendu la rengaine.

— On va laisser la machine en juger, dit-il en montrant l'alcootest.

Il n'y avait aucun moyen de tromper la machine, elle le savait. Son seul espoir résidait dans le second test qu'on lui ferait passer dans deux heures : son organisme aurait peut-être évacué suffisamment d'alcool pour repasser en dessous de la limite. Quelle quantité est-ce qu'elle avait bu, en fin de compte ? Pas tant que ça, comparé à ce que s'enfilaient les flics. Elle prit sur elle et se soumit donc à l'indignité d'un contrôle d'alcoolémie en bord de route.

Il approcha le petit boîtier jaune et noir de son visage et lui mit dans la bouche le tube de plastique blanc. Elle prit une profonde inspiration avant de souffler. Il avait incliné la machine de façon à ce qu'elle puisse regarder l'écran et elle vit avec anxiété les chiffres se succéder puis dépasser les trente-cinq, le numéro magique. *Putain, est-ce que ça va s'arrêter ?* Quarante-neuf, cinquante, cinquante et un. Voilà. Cinquante et un, bordel. Un retrait de permis d'un an à dix-huit mois. Elle n'arrivait même pas à imaginer comment ça allait être possible.

Carol prit conscience que le flic lui parlait. Son collègue était debout à côté de leur voiture de patrouille, la portière arrière ouverte.

— Vous allez monter dans la voiture et je vais garer votre Land Rover un peu plus loin pour qu'il ne gêne pas la circulation. Il y a une maison à cinq cents mètres environ. L'allée est assez large.

— Je sais, répondit-elle avec amertume. C'est ma maison. C'était là que j'allais. Deux minutes plus tard et j'étais arrivée. Je n'aurais fait de mal à personne.

— Si vous me permettez madame, on ne peut pas le savoir au moment où on prend le volant après avoir bu. Vous auriez pu croiser quelqu'un sur cette route. Maintenant je vais vous demander de monter dans notre voiture.

— Est-ce que vous m'arrêtez ?

— Nous le ferons dès que nous aurons vérifié votre identité. Nous vous conduirons ensuite au commissariat de Halifax où vous serez mise en cellule en attendant un deuxième test. Vous aurez le droit de passer un coup de téléphone sur place.

Il la prit par le bras et l'accompagna vers la voiture. Elle avait envie de se débattre en criant que c'était ridicule, qu'elle était Carol Jordan, celle qui traquait les meurtriers et les violeurs, la reine des homicides. Mais elle s'efforça de rester calme.

C'était tellement étrange de se faire embarquer dans une voiture de police, une main posée sur sa tête pour protéger les agents contre d'éventuelles accusations de négligence ou de violence délibérée. Pendant que le premier policier déplaçait son véhicule, son collègue entra sa plaque d'immatriculation dans le registre national.

— Êtes-vous la propriétaire de ce véhicule ?

— Oui.

— Donc vous êtes Carol Jordan ?

— Oui.

Et ainsi de suite. Date de naissance. Adresse. Oui, vraiment, juste en bas de la rue. Pendant tout ce temps, elle se retint de faire une remarque sarcastique. Une fois les vérifications effectuées, ils suivirent le Land Rover. Moins de trois minutes plus tard, ils se garèrent dans son allée.

— Ma chienne, dit-elle, se souvenant de son excuse pour quitter le dîner de George Nicholas. Elle est restée enfermée toute la soirée. Est-ce que je peux la promener rapidement avant que vous ne m'emmeniez au poste ?

Le conducteur se tourna et la regarda attentivement, essayant de déterminer si elle manigançait quelque chose.

— Vous allez être conduite au commissariat. Ce n'est pas le moment d'aller promener votre chien.

Au moment où il disait ça, son collègue ouvrit la portière passager et dit :

— Vous parlez d'un chien ? J'ai entendu aboyer dans la maison, là-bas.

— C'est ma chienne. Elle a besoin de sortir. Juste quelques minutes.

— Je lui ai dit qu'on ne pouvait pas faire ce genre de choses quand on vient d'être arrêté, dit son collègue.

L'autre ne prêta pas attention à cette remarque et s'adressa à Carol :

— Est-ce que la chienne est à l'aise avec les inconnus ? Elle n'est pas agressive ?

— Non, pas du tout.

— Et elle a une laisse ?

Carol hocha la tête, voyant où il voulait en venir. Ce n'était pas un mauvais bougre, en définitive, juste un type qui faisait son boulot. Malheureusement pour elle.

— Elle est accrochée à côté de la porte. À droite. La clé de la maison est sur le même trousseau que celle du Land Rover que vous avez dans la main. Vous voulez bien la faire sortir ?

— Andy..., protesta son collègue.

— La chienne n'a rien fait de mal, elle n'a pas à souffrir de tout ça.

Andy s'éloigna et se dirigea vers la grange rénovée derrière la porte de laquelle Flash devait bondir d'impatience. Elle le regarda promener le chien sur la lande pendant un moment et ce fut la dernière image réconfortante de la soirée.

Ils la conduisirent au commissariat de Halifax (déprimant mais plutôt animé) puis la mirent en cellule en attendant de lui faire passer le test d'alcoolémie une seconde fois. Ils lui proposèrent de téléphoner à quelqu'un, mais elle préféra attendre de se soumettre au deuxième test. Elle continuait d'espérer pouvoir s'en sortir sans avoir à dire à tout le monde comment s'était terminée sa soirée.

Alors que l'agent chargé des cellules se préparait à l'enfermer, elle esquissa un sourire contrit et tenta de se tirer de cette situation :

— Est-ce que vous pourriez avertir John Franklin que je suis ici ? Le commandant Franklin ?

L'agent la regarda d'un air peu commode.

— Pourquoi ? Qu'est-ce que la brigade criminelle a à voir avec une arrestation pour conduite en état d'ivresse ?

Carol continua de sourire.

— Rien, en soi. Mais je suis sûre qu'il préférerait l'apprendre tout de suite, par vous.

Il la regarda avec méfiance mais ne dit rien de plus. Elle ne savait pas s'il allait l'appeler et, si oui, comment Franklin réagirait. Mais c'était la dernière carte qu'elle pouvait jouer.

Elle ôta ses talons et se mit à faire les cent pas dans la minuscule cellule, espérant que l'activité physique aiderait son organisme à évacuer l'alcool plus rapidement. Si les choses tournaient mal pour elle, elle allait devoir prévenir quelqu'un. Elle était partie sans rien d'autre que son téléphone et ses clés. Pas d'argent pour un taxi, pas de carte de crédit avec laquelle creuser un trou dans le mur. Et à Halifax, aucun taxi n'accepterait de la conduire au milieu de nulle part sans qu'elle paie à l'avance.

Elle pouvait contacter Bronwen Scott, la meilleure avocate de Bradfield, une ancienne adversaire qui était récemment devenue une sorte d'alliée. Mais Bronwen n'accepterait jamais de se déplacer jusque-là pour une conduite en état d'ivresse. Parce qu'il n'y avait aucune défense possible pour Carol. Elle n'avait pas été victime d'une boisson trafiquée. Elle n'avait pas fui face à un danger imminent. Elle n'avait pas pris le volant contrainte par une urgence médicale. Aucun de ces arguments ne pouvait la sauver. Elle n'était ni plus ni moins qu'une femme d'un certain âge qui avait trop bu un samedi soir. Rien d'intéressant pour Bronwen. Et elles n'étaient pas assez proches pour que celle-ci se déplace par amitié.

Paula ferait le déplacement, elle. Carol en était certaine. Maintenant qu'elle n'était plus sa chef, elles étaient libres d'être amies. Paula elle-même avait invoqué l'amitié quand, peu de temps auparavant, elle avait eu besoin de Carol. Mais si elle appelait Paula, Elinor allait être au courant. Et elle ne pourrait pas supporter la honte qu'elle ressentirait la prochaine fois qu'elle la croiserait, avec son regard posé et compréhensif. Parfois, la gentillesse était la chose la plus difficile à supporter.

Elle pouvait appeler George Nicholas, qui était trop poli pour lui dire non. Mais lui aussi avait bu. Il allait devoir déléguer cette tâche à Jackie. Ou pire, au chauffeur de l'un de ses invités. Ce serait très gênant. Mais surtout, les ragots iraient bon train dans la vallée. Tout le monde allait savoir dans quel pétrin elle s'était fourrée et comment elle avait abusé de la générosité de George. On allait lui reprocher son comportement, raconter que les femmes ne tiennent pas l'alcool et on la jugerait indigne des précédents occupants de la ferme.

Carol repoussa cette pensée. L'histoire tragique de cette maison était un sujet trop douloureux. Son frère et sa femme avaient été massacrés chez eux, tout ça parce qu'elle n'avait pas su les protéger. Elle avait mis la ferme à nu pour n'en garder que le squelette avant de lui donner un nouveau corps, mais ça n'avait pas effacé le passé. En se remémorant ce drame récent, elle pensa aussi à cette autre personne sur qui elle pouvait compter en cas de crise. La seule qu'elle n'avait vraiment pas envie d'appeler.

À ce moment précis, quelqu'un jeta brièvement un coup d'œil par l'ouverture située sur la porte de sa cellule. Elle arrêta de faire les cent pas et se planta devant la porte, pieds écartés, mains sur les hanches, épaules redressées. Prête à en découdre.

L'homme qui entra n'était pas un inconnu même s'il avait changé depuis leur dernière rencontre. Son épaisse chevelure noire coiffée en arrière comptait de nombreuses mèches blanches et il s'était laissé pousser un bouc ridicule. Il était encore plus maigre qu'avant, mais il avait acheté de nouveaux vêtements pour compenser le changement. Sa chemise ne bâillait plus et sa veste ne flottait pas autour de lui à la manière d'une cape de super-héros. À présent, il portait une chemise ajustée sous une veste légère en cuir qui paraissait étonnamment élégante. John Franklin avait presque trouvé son style, songea Carol avec l'envie de sourire à cette idée.

— Carol, dit-il en esquissant un petit mouvement de tête.

— Commandant Franklin. Merci d'être venu.

Il s'appuya contre la porte qu'il avait refermée.

— J'étais au bureau de toute façon. Vous avez royalement merdé cette fois, non ?

— On dirait.

— Je ne peux rien faire pour vous, vous le savez ? Même si vous étiez encore commandant de police, je ne pourrais rien faire pour vous. Que je le veuille ou non. Soyons honnêtes, votre équipe et la mienne ne se sont jamais vraiment appréciées.

Son cœur se serra même si elle ne s'était pas vraiment attendue à autre chose.

— J'ai toujours cru qu'il y avait au moins du respect entre nous. Vous ne pouvez pas me reprocher d'avoir essayé.

— Oh, je crois que si, au contraire. Vous devriez savoir que c'est mal de faire jouer vos relations. Ça me met dans une position inconfortable que l'agent chargé des cellules m'appelle au sujet de quelqu'un qu'il vient de mettre derrière les barreaux.

Carol releva le menton.

— Je pensais qu'il en fallait bien plus que ça pour ternir la réputation impeccable d'un flic comme vous.

— Vous savez mieux que personne comment ça se passe, de nos jours. C'est la nuit des Longs Couteaux en permanence, dit-il en se redressant. Je suis désolé, je ne peux rien faire. Ça ne va pas être facile pour vous de vivre au milieu de nulle part sans voiture. J'imagine que vous pourrez toujours vous procurer un quad pour vous balader dans la lande, dit-il avec un sourire sardonique avant d'ouvrir la porte. Les gars qui vous ont arrêtée vont revenir dans une minute vous faire passer le deuxième test. L'agent chargé des cellules vous laissera sortir sous caution et passer votre coup de téléphone, poursuivit-il avant de se racler la gorge. Mais vous savez tout ça. Bonne chance, Carol.

Sur ce, il disparut, la laissant fixer des yeux pendant un très long moment la porte qui finit par se rouvrir pour révéler l'agent chargé de la surveiller.

— Allez, on y va, annonça-t-il. C'est le moment de souffler encore une fois dans le ballon.

6

Brandon se délectait de voir James Blake lutter pour ne pas perdre la face. Cet abruti avait cru qu'on voulait lui proposer un poste tellement hors de sa portée que c'en était risible. Blake n'avait jamais enquêté sur le moindre homicide, alors ne parlons pas d'une BEP. La capacité des gens à s'illusionner sur leur propre compte ne cessait d'amuser Brandon.

— Intéressant, parvint à articuler Blake au bout d'un long silence.

Il souleva son verre de porto dont il but lentement une gorgée.

— Le problème, c'est qu'elle ne fait plus partie de la police.

Carver agita vaguement la main comme s'il s'agissait d'une simple formalité.

— Il ne sera pas difficile de la convaincre de se porter candidate au poste. Il arrive souvent que des gens reprennent du service. Dans une brigade différente, à un niveau de hiérarchie différent... Mais tout ça, je m'en fiche. Ce que je veux savoir, c'est si Carol Jordan est la femme qu'il nous faut.

— Peut-être que ce serait plus clair si nous vous donnions davantage de détails, intervint

Brandon qui redoutait la malveillance de Blake. Que pensez-vous de son travail d'enquêteur ?

Les joues déjà roses de Blake se mirent à rougir un peu plus.

— Elle est bonne.

Ce n'était pas une réponse faite à contrecœur mais ce n'était pas enthousiaste non plus.

— Intelligente ? demanda Brandon.

— Oh oui, elle est très intelligente.

— Elle s'adapte vite, d'après vous ?

— Pas besoin de lui expliquer les choses deux fois, répondit Blake les yeux fixés sur la table, évitant le regard des autres.

— Pleine de ressources ? J'ai toujours trouvé qu'elle réussissait à faire des merveilles avec peu de chose à la BEP.

Blake expira bruyamment par le nez.

— Elle ne vous fera pas faire d'économies, mais elle ne dilapide pas l'argent non plus. Elle se bat pour obtenir les ressources nécessaires à une enquête.

— Est-ce qu'elle a l'esprit d'équipe ?

— Elle a construit une équipe très soudée autour d'elle à Bradfield. Donc parmi ses policiers, oui, elle est très appréciée. Ils n'ont pas peur de lui soumettre leurs idées et elle sait aussi leur donner la confiance d'aller au bout de leurs convictions s'ils trouvent une piste.

Il fallait lui tirer les vers du nez, mais Brandon pensait que sa présence empêchait Blake de mentir ou de se montrer trop partial. Il devait savoir que Brandon lui tomberait dessus s'il descendait Carol Jordan sans arguments ni preuves à l'appui. Mais avant qu'il ne puisse poser la question suivante, Blake s'emballa :

— Cela étant dit, l'esprit d'équipe de l'ex-commandant Jordan ne s'applique pas au reste de la brigade. Elle a toujours fait passer les intérêts de son équipe et de ses enquêtes avant tout le monde. Elle ne sait pas prendre de recul pour considérer les intérêts globaux de la brigade, déclara-t-il d'un air vindicatif. Je lui ai récemment proposé de revenir parmi nous mais elle m'a fait comprendre que sa décision était irrévocable.

Brandon le dévisagea avec attention. C'était la première fois qu'il entendait parler de ça. Avant qu'il ne puisse poursuivre, le sous-secrétaire d'État intervint :

— Un peu franc-tireur sur les bords, donc ? suggéra-t-il comme si ce n'était pas un défaut.

Le public aimait ça chez un homme politique, contrairement aux dirigeants de parti. Brandon se demanda quelle relation Carver entretenait avec sa hiérarchie.

— Est-ce que vous pouvez me donner un exemple de ce dont vous voulez parler ?

Blake lança un bref coup d'œil à Brandon, qui y lut de la malveillance.

— Bien sûr. À la BEP, Carol Jordan avait tissé des liens très étroits avec un profiler. Je crois même qu'à un moment, elle était sa locataire.

— Vous voulez dire qu'elle vivait avec lui ? demanda Carver en se penchant en avant, flairant le ragot.

Les grands de ce monde adorent les ragots.

— Est-ce que ça allait au-delà de l'arrangement financier ? demanda-t-il encore.

— Je n'en sais rien, répondit Blake. Il était son propriétaire, ça j'en suis sûr.

— Si vous voulez parler du docteur Hill, les interrompit Brandon, il ne se passait rien de plus entre eux. Quand elle est revenue à Bradfield, elle n'était pas sûre d'y rester. Comme elle ne voulait pas vendre son appartement de Londres au cas où elle aurait besoin d'y retourner, elle a préféré prendre une location. Son studio était complètement indépendant. Tony et Carol n'ont jamais été plus qu'amis. Je les connais tous les deux et ils n'auraient pas accepté de travailler ensemble si leur relation était allée plus loin.

Carver parut surprit par cette déclaration catégorique, puis sourit.

— Je vous crois sur parole, John.

— Ce n'est pas ce que je voulais dire, ajouta Blake fermement. Ce que je voulais dire, c'est que le Dr Hill collaborait étroitement avec la BEP. Il était toujours dans les parages quand ils travaillaient sur une enquête. Et sa parole faisait autorité. Le commandant Jordan privilégiait ses opinions et non celles de ses supérieurs hiérarchiques. Il représentait l'une des plus grosses dépenses de cette unité et, franchement, j'ai toujours trouvé que ce qu'il disait relevait simplement du bon sens.

— Je ne partage pas votre avis sur ce point, grogna Brandon.

— Avec tout le respect que je vous dois, John, évidemment que vous n'êtes pas d'accord puisque c'est vous qui l'avez fait venir à la BEP, répondit Blake sur un ton amer, la bouche pincée. Quand nous avons dû restreindre le budget, j'ai demandé à Carol Jordan de se passer des services du Dr Hill. Et devinez quoi ? Lors de l'enquête suivante, Hill était là, toujours au poste de commande. Et je vous rappelle qu'on l'a soupçonné de meurtre juste après le départ du commandant Jordan.

— Un meurtre pour lequel un autre suspect a été inculpé, répliqua Brandon imperturbable. Je suis surpris que vous tentiez d'utiliser l'incompétence d'un de vos collègues pour essayer de nuire à la réputation de Tony Hill. Après tous les services qu'il a rendus à la police de Bradfield et à d'autres brigades du pays pendant toutes ces années. Bien entendu que Carol n'allait pas s'en séparer. Rayer Tony de la carte, ce serait comme faire piquer les chiens de détection sous prétexte qu'ils ne travaillent pas tous les jours.

— Messieurs, dit doucement Carver. Quels que soient les mérites ou non de Tony Hill, je crois que James essaie de nous faire comprendre que Carol Jordan a tendance à suivre ses propres règles, non ? Est-ce que c'est exact ?

— Absolument, dit Blake.

Brandon bougonna puis hocha la tête.

— Je suppose qu'on peut le dire comme ça…

— Parfait, répondit Carver. J'aime bien les gens qui pensent par eux-mêmes.

Brandon fut déconcerté, mais moins que Blake.

— Ce n'est pas facile de travailler avec elle, ajouta ce dernier. J'imagine qu'elle pourrait se mettre beaucoup de gens à dos si elle était parachutée avec son équipe au milieu d'une brigade.

— Ils se tairont dès qu'ils verront qu'elle obtient des résultats, dit Brandon. Et elle en obtiendra. James, pensez-vous qu'elle ait les épaules pour diriger une équipe en dehors des structures habituelles ?

Blake haussa lentement les sourcils. Il avait l'air de ne pas croire à la chance qui venait de se présenter.

— Si elle en a les épaules ? Je ne sais pas, John. Par deux fois au cours de sa carrière, elle a traversé une crise majeure. Et les deux fois, elle a claqué la porte. Je lui ai proposé de revenir travailler, mais elle m'a tourné le dos. Et même si on ferme les yeux là-dessus, nous savons vous et moi qu'elle a tendance à trouver refuge dans l'alcool, répliqua-t-il d'un ton tranchant.

Brandon frotta son long menton avant de secouer la tête tristement.

— Vous avez raison sur ce point, James. Mais voilà ce que je pense : rares sont ceux qui ont traversé ce que Carol Jordan a traversé. Je ne sais pas si j'aurais survécu à sa place. Je trouve admirable qu'elle n'ait pas laissé ce drame la détruire. Elle est toujours debout, James. Envers et contre tout, Carol Jordan est toujours debout.

7

Le dîner terminé, Tony s'était senti bien et détendu. Une bonne conversation, un bon repas et la sensation d'être entouré d'amis, voilà qui était encore nouveau pour lui et il apprenait lentement à s'y habituer. Traverser la ville à pied pour retrouver sa péniche l'avait revigoré et il découvrit en arrivant qu'il avait oublié de mettre le chauffage avant de partir. Il faisait trop froid pour se déshabiller et se mettre au lit. Il alluma le thermostat en bougonnant. Dans une demi-heure il ferait chaud et il aurait sommeil.

Pour passer le temps, il ouvrit son ordinateur portable et consulta un site d'informations. Il vit un article sur le suicide de Jasmine Burton et cliqua dessus :

« La responsable associative Jasmine Burton a été poussée au suicide après avoir été harcelée sur Internet, ont déclaré ses amis hier soir.

Jasmine, trente-six ans, a été la cible de virulentes attaques anonymes depuis son apparition dans l'émission d'actualités The Big Ask. *Elle y a soutenu la thèse controversée selon laquelle les violeurs condamnés ne devraient pas avoir le droit d'occuper des postes les mettant en contact avec des femmes ou des enfants après leur sortie de prison.*

Jasmine, directrice générale de SafeHouse, une association caritative qui protège les femmes et les enfants d'origine étrangère victimes de trafic sexuel au Royaume-Uni, a été critiquée par les organisations défendant les criminels ayant purgé leur peine. L'une d'elles a déclaré : « Il s'agit d'un principe important qui est ici remis en cause, celui qui permet aux individus de se réinsérer dans la société après avoir payé leur dette. On ne doit pas traiter ceux qui veulent être réhabilités comme des parias. »

Une de ses collègues à SafeHouse témoigne : « Jasmine n'avait aucun problème avec les gens qui n'étaient pas de son avis et voulait mener un vrai débat sur ces questions. Le problème, c'était les attaques personnelles qu'elle recevait via les réseaux sociaux. Ces attaques étaient pires que tout. Certaines m'ont donné littéralement envie de vomir.

Au départ, elle a encaissé. Elle y a fait face, elle s'est plainte auprès des sites en question, elle a clairement fait comprendre qu'elle n'allait pas se taire. Mais les choses ont empiré. SafeHouse a porté plainte et la police a enquêté pour essayer de trouver les auteurs des messages les plus horribles.

On pensait tous qu'elle gérait la situation. Au travail, elle se moquait de ces gens, de leur orthographe et leur grammaire déplorable. Elle était bien décidée à continuer comme si de rien n'était. Mais manifestement, sous cette façade, les choses étaient différentes. On est tous sous le choc. On n'arrive pas à croire qu'on ait perdu quelqu'un d'aussi dévoué à la cause de ces femmes, les victimes de ces hommes contre lesquels elle se battait. »

Tony fixa l'écran sans le voir, réfléchissant à ce qu'il venait de lire. Le suicide n'avait jamais occupé une place centrale dans son métier mais inévitablement, il avait rencontré des patients qui avaient fait des tentatives. La plupart d'entre eux s'étaient également automutilés, généralement sur une longue période. Il associait l'automutilation au suicide. On disait du suicide que c'était un appel au secours, mais pour lui, le message était plutôt : « Je vous avais bien dit que j'allais mal. » Quand les gens en venaient à se tuer, ils pensaient que personne ne pouvait plus rien pour eux. Mais quand ils en étaient au stade de l'automutilation, on pouvait encore intervenir et les aider.

Bien entendu, certaines personnes mettaient fin à leurs jours sans passer par cette phase-là. Mais il y avait généralement d'autres signes avant-coureurs. Ça ne surgissait pas brusquement. Si personne ne remarquait rien, c'était souvent parce qu'il n'y avait personne pour remarquer quoi que ce soit. Jasmine Burton avait l'air d'être plutôt bien entourée. Ça soulevait pas mal de questions en lui.

Intrigué, il se mit à parcourir les réseaux sociaux pour voir ce que le monde avait à dire de la mort de Jasmine Burton. La plupart de ses détracteurs avaient gardé le silence, mais quelques-uns avaient pris la parole en déclarant d'ores et déjà qu'il s'agissait d'une victoire pour les droits des violeurs. À leurs yeux, ils étaient tout autant des victimes que les femmes qu'ils avaient violées. Tony était à la fois fasciné et dégoûté.

— Comment est-ce qu'on en est arrivés là ? se demanda-t-il.

Il était bien placé pour savoir que la psyché de ceux qui violaient, mutilaient et tuaient était empoisonnée. C'était son métier d'en gérer les conséquences. Mais la violence que l'apparent anonymat d'Internet générait était bien plus grande que ce qu'il aurait pu imaginer dix ans plus tôt.

Ce qui le troublait le plus, c'était la quantité de haine déversée contre les femmes. Certes, les hommes publics étaient insultés, ridiculisés, vilipendés. Mais le traitement réservé aux femmes pour avoir suggéré quelque chose d'aussi trivial que l'ajout de Jane Austen sur un billet de banque était bien pire. Elles étaient menacées de violence sexuelle, dénigrées et intimidées. Si l'un de ses patients avait parlé des femmes en ces termes, il aurait recommandé l'internement en hôpital psychiatrique sécurisé.

— Bon, alors tu t'es fait beaucoup d'ennemis, marmonna-t-il. Mais qu'est-ce qu'il y a d'autre ?

Outre les attaques, il y avait des messages d'amour. Des dizaines de gens – et pas seulement des femmes – avaient posté des commentaires regrettant la mort de Jasmine, louant le travail qu'elle avait fait dans sa vie et suggérant même la création d'une association en sa mémoire. Certains étaient même en colère : ils regrettaient qu'elle ait été tellement poussée à bout que le suicide semblait à ce moment-là la seule solution.

Il y avait également des détails concernant les circonstances de sa mort. Apparemment, Jasmine avait passé quelques jours dans une maison de vacances louée par une amie, dans le Devon. Elle avait dîné avec un ancien collègue et sa femme à Exeter avant de rentrer en voiture. Au petit matin, elle avait marché droit dans le fleuve Exe, les poches pleines de pierres, et s'était noyée.

— Pourquoi la noyade ? Ce n'est pas ce qu'il y a de plus facile. Que ce soit dans la mer ou dans un fleuve. Ce n'est pas comme sauter d'un pont. Là, une fois qu'on a franchi le parapet, il n'y a plus de retour en arrière possible. Mais se laisser couler ? L'instinct de survie doit prendre le dessus à un moment ou un autre, et nous faire hésiter. Avec la noyade, il est possible de revenir en arrière. D'ôter les pierres de ses poches. De revenir sur la rive. De se raisonner. Mais continuer d'avancer ? Ça demande un sacré courage.

Peut-être qu'elle n'avait pas eu le choix. Peut-être qu'elle avait été submergée par le besoin d'en finir et que c'était la seule option envisageable à ce moment-là. La plupart des gens n'emmenaient pas de quoi faire une overdose quand ils partaient en week-end. Elle n'avait sans doute pas eu la possibilité de se jeter d'un immeuble ou d'un pont. Et dans les locations de vacances on ne trouvait jamais de couteau aiguisé, c'était bien connu.

Tout de même. Il fallait être sacrément déterminée. Tony était triste qu'elle se soit sentie aussi seule et vulnérable en dépit de son entourage. Il avait du mal à comprendre qu'une femme aussi respectée et aimée finisse par se noyer dans les eaux glacées d'une rivière en pleine nuit. Pourtant, il avait passé sa vie à essayer de comprendre des individus blessés, dérangés et désespérés. Ce devait être bien pire pour ceux qui l'avaient connue et aimée.

Tony se leva et se prépara un chocolat chaud couvert de chantilly en bombe qu'il trouva dans son frigo. C'était l'un de ses rares petits plaisirs. Il en but une gorgée sans prêter réellement attention à sa boisson. Il y avait quelque chose qui le taraudait à propos de la mort de Jasmine Burton, mais il n'arrivait pas à savoir quoi au juste.

Avant qu'il ne puisse creuser la question, son téléphone se mit à vibrer, faisant une petite danse sur la table. Il n'aimait pas ça. À cette heure-ci, c'était très probablement l'hôpital psychiatrique sécurisé de Bradfield Moor. Une crise avec l'un de ses patients. Ou un nouvel admis qui posait problème.

Il se pencha pour attraper son téléphone, manquant l'éclabousser avec son chocolat. « Numéro caché. » C'était donc bien l'hôpital. Il lui fallut un peu de temps pour réussir à appuyer sur le bon bouton mais il décrocha avant la fin de la sonnerie.

— Docteur Hill, annonça-t-il en espérant que son interlocuteur relèverait son ton las.

— Tony ? C'est Carol.

Elle n'avait pas besoin de le dire. Il avait tout de suite reconnu sa voix.

— Salut, Carol. J'ai cru que c'était le travail qui m'appelait. Comment ça va ?

Il ne savait pas quoi dire d'autre. Ils avaient tous les deux essayé de renouer des liens récemment. Ils avaient échangé quelques textos. Ils avaient prévu de se retrouver pour dîner avant que Tony n'annule parce qu'il devait se rendre à Nottingham pour un procès. Le fossé entre eux était tellement grand que leurs efforts pour le combler semblaient vains. Toutefois, si elle l'appelait à cette heure tardive, c'était bon signe, non ? Même si ça signifiait probablement qu'elle avait bu. Qu'importe, mieux valait boire pour se donner du courage que ne pas avoir de courage du tout.

Il y eut une pause et puis elle dit :

— Je suis vraiment désolée, mais j'ai besoin d'un service.

Elle avait presque de la colère dans la voix.

Il ressentit une certaine joie en apprenant que c'était vers lui qu'elle s'était tournée. À moins bien sûr qu'il ne s'agisse d'un service que lui seul pouvait lui rendre. Toutefois, il ne voyait pas ce que ça aurait pu être étant donné qu'elle n'était plus flic.

— Pas de problème. Qu'est-ce que je peux faire pour toi ?

— Je suis au commissariat de Halifax. Je n'ai aucun moyen de rentrer chez moi. Je suis venue sans argent. Et ils refusent de me rendre mes clés. Je sais qu'il est tard et...

— Bien sûr, j'arrive, dit-il en lui coupant la parole.

Il n'avait pas l'intention de se faire prier.

— Ma voiture est garée dehors. J'arrive tout de suite.

Il n'y eut ni soupir de soulagement ni remerciement. Elle lui répondit en deux mots, mais il y avait une certaine chaleur dans sa voix maintenant.

— C'est gentil.

— Ça va ? Pourquoi est-ce que tu es au commissariat ?

— Tout va bien. Je t'expliquerai quand tu seras là.

— À tout de suite.

Elle raccrocha. D'un geste machinal, Tony glissa son téléphone dans sa poche et se dirigea vers la porte. Il attrapa en passant son manteau et ses clés suspendus à un crochet. Chaque chose avait sa place. C'était comme ça qu'il vivait désormais, un changement d'habitudes imposé par son environnement. Une nouvelle façon d'organiser son existence maintenant que Carol n'y occupait plus la place centrale.

Il sortit dans la fraîcheur humide de Minster Canal Basin. Même à minuit, c'était encore animé ; les derniers clients, regroupés devant les pubs et les restaurants, bavardaient et se disaient au revoir. Des bruits de conversations et de musique lui parvinrent d'autres bateaux amarrés là. Un tram traversa la nuit phares allumés sur le viaduc victorien dont les arches se découpaient sur les lumières de la ville derrière lui. En temps normal, il se serait arrêté un instant pour admirer tout ça, pour méditer sur ce petit coin de paradis improbable qu'il avait trouvé ici. Mais pas ce soir. Pas alors que Carol attendait au commissariat de Halifax.

Tony se glissa derrière le volant de sa voiture et prit la direction de la bretelle d'autoroute qui le mènerait sur la M62 pour traverser les Pennines jusqu'à Halifax. Il essayait de ne pas spéculer sur les raisons qui avaient conduit Carol là-bas. Quelles qu'elles soient, il soupçonnait qu'elles avaient un rapport avec l'alcool. Et ça laissait présager pas mal de problèmes.

Mais après tout, les difficultés avaient toujours été au cœur de leurs relations.

8

Tony n'était pas le seul à Bradfield que sa relation avec Carol Jordan laissait perplexe. Elinor haussa la voix pour couvrir le bruit de la brosse à dents électrique de Paula et dit :

— Je trouve que Tony devient de plus en plus à l'aise en société.

La bouche pleine de dentifrice, Paula grogna.

Elinor s'étira dans le lit et bâilla.

— Il a vraiment pris part à la conversation. Il a parlé avec Torin de jeux vidéo. Et on a tous discuté ensemble de cette pauvre femme qui s'est suicidée. Jasmine je-sais-plus-comment.

Paula cracha.

— Burton. Jasmine Burton. Oui, il était à l'aise ce soir. Après une vie d'asociabilité, on progresse !

Elle sortit de la salle d'eau pour se glisser sous la couette avant de se lover contre Elinor et de lui déposer un baiser mentholé sur les lèvres.

— Est-ce que tu sais comment ça se passe entre Carol et lui ?

Elinor s'allongea sur le côté et se colla contre sa compagne dans une position familière.

— Il ne parle pas vraiment d'elle. Je crois qu'ils sont quand même en contact. Je suis impressionnée qu'il tienne aussi bien le coup. Il a réussi à convaincre Blake de réembaucher Carol, au même grade. Et comment elle a réagi ? Elle lui a dit d'aller se faire voir. Tony a fait des pieds et des mains pour elle et elle s'en fout. À sa place, j'aurais coupé les ponts.

Elinor gloussa en caressant d'une main les cheveux blonds et courts de Paula.

— Non, tu n'aurais pas fait ça. Tu es exactement comme lui. Vous deux, vous risqueriez votre vie pour Carol Jordan.

Paula fit mine de protester.

— Bon, j'exagère un peu, mais pas tant que ça. Elle te manque, non ?

Paula attira Elinor encore plus près d'elle.

— C'est la meilleure flic avec qui j'aie jamais travaillé. Quand je vois les chefs que j'ai aujourd'hui, je me demande bien comment ils ont pu arriver jusque-là. Et franchement, je me demande si je ne devrais pas postuler à un endroit où mes talents seraient appréciés à leur juste valeur.

Elinor se retourna sur le dos et pencha la tête pour la regarder. Elle savait que sa compagne se sentait frustrée à cause du manque d'opportunités qu'offrait son poste actuel, mais c'était la première fois qu'elle évoquait la possibilité d'en changer.

— Où ça, par exemple ?

— Il y a des ouvertures. Carol a toujours dit que j'étais la meilleure pour mener les interrogatoires. Je pourrais tenter la lutte antiterroriste, le secteur privé ou même un poste dans le public. Ou bien je pourrais retourner ma veste et devenir chasseur de têtes pour une grosse boîte.

— Je ne m'attendais pas à ça. Je pensais que tu étais bien là où tu étais.

— Je l'étais, jusqu'à ce que Blake démantèle le groupe et nous envoie jouer de nouveaux morceaux avec des gens qui n'ont aucun sens du rythme.

Elinor sourit.

— Oh, une métaphore filée.

— Attends-toi à un zeugme bientôt.

— J'adore quand tu me dis des choses cochonnes, répondit Elinor en lui faisant un bisou juste à côté de sa bouche. Promets-moi de ne rien faire d'irréfléchi et d'impulsif.

Paula rit doucement.

— Et pourquoi je te promettrais ça alors que la dernière fois que ça m'est arrivé, c'était quand je t'ai embrassée dans un ascenseur ?

— Parce que tu m'as, maintenant. Mais si tu veux vraiment changer de poste, je pense que tu devrais en parler avec les gens dont l'avis compte le plus pour toi.

— C'est-à-dire avec toi.

Elinor lui donna un petit coup sur le nez.

— Moi bien sûr, mais aussi Tony et Carol. On pourrait faire d'une pierre deux coups et les inviter ensemble à dîner. Comme ça, ils seraient forcés de se voir et tu pourrais leur soumettre tes idées.

Paula haussa les épaules de façon exagérée.

— Tu sais vraiment parler aux filles, dit-elle avant de pousser un soupir. Ok, faisons comme ça. Soit ils voudront bien discuter ensemble, soit ils se feront la gueule toute la soirée. J'ai hâte.

9

La nuit londonienne était froide et humide, ce qui contrastait de manière saisissante avec la chaleur et le confort de leur salle à manger privatisée. James Blake et John Brandon étaient logés dans le même hôtel si bien qu'ils étaient contraints de rentrer ensemble à pied du restaurant. Même une douce soirée d'été n'aurait pu briser la glace qui s'était installée entre eux dès qu'ils avaient pris congé du sous-secrétaire d'État et de ses collaborateurs.

Après que Brandon avait défendu la force et la ténacité de Carol Jordan, Blake avait tenté d'abattre sa dernière carte :

— Il y a quelque chose que vous n'avez pas pris en compte, John, avait-il dit sur un ton condescendant. La personne que vous choisirez pour ce poste sera très médiatisée. Carol Jordan n'a pas les épaules pour supporter ça.

— Ses états de service sont irréprochables, avait contré Carver. Elle a notamment neutralisé certains des tueurs les plus recherchés de la dernière décennie, si ce n'est plus. Rien que l'affaire Jacko Vance lui assure le succès. Je serais bien embêté si je devais trouver un autre policier à présenter aux médias.

— Écoutez, ça n'a rien de personnel. Je trouve que c'est un excellent inspecteur. C'est moi qui lui ai proposé de reprendre son poste avec son ancien grade, après tout. Je pense avant tout à mes collègues. Travailler avec Carol Jordan n'est pas évident, n'est-ce pas ? Elle trimballe pas mal de casseroles derrière elle. Notamment la mort de son frère et de sa femme. Aux yeux de certains, elle pourrait porter malchance.

Il y avait eu un silence embarrassant avant que Brandon ne réponde :

— Est-ce que vous insinuez sérieusement que le meurtre du frère et de la belle-sœur de Carol sont comme des cadavres dans son placard ? Je crois que je n'ai jamais rien entendu d'aussi insultant.

Carver s'était penché en avant.

— Je ne suis pas sûr que vous ayez bien compris la nature de la presse britannique, James. Vous ne voyez pas que le *Daily Mail* va adorer cette histoire ? Carol Jordan, la justicière au cœur brisé. Croyez-moi, ils vont suggérer qu'on érige une statue à son effigie sur le quatrième socle de Trafalgar Square.

— Ça n'empêchera pas les autres de la traîner dans la boue, s'entêta Blake.

— Qu'ils essaient, répliqua Brandon d'un ton aussi sévère que l'expression de son visage.

— Elle a un problème d'alcool.

Apparemment, Blake pouvait se montrer aussi têtu que la femme qu'il tentait de discréditer.

— Ce n'est pas un problème, insista Brandon. Personne n'a jamais suggéré qu'elle avait été ivre pendant son service. Ni que la boisson ait pu altérer son jugement professionnel.

Blake lâcha un petit rire.

— Même si elle était ronde comme une queue de pelle, son équipe la couvrirait quand même. Écoutez, John, si moi je sais qu'elle a un problème d'alcool, combien de personnes sont au courant ? Et combien d'ennemis s'est-elle fait, au fil des années ? Il suffit d'un rancunier pour tout balancer.

Brandon secoua la tête d'un air écœuré.

— Ce n'est pas un fait notoire ! Ce n'est même pas de l'ordre du ragot de cantine. Je sais exactement de qui vous tenez ces informations. D'un membre de cette équipe si loyale que vous nous avez décrite. Sauf que lui, il n'est loyal qu'envers lui-même. Vous oubliez que Bradfield était mon secteur avant de devenir le vôtre et je sais en qui on peut avoir confiance. Carol Jordan le sait aussi. Le policier auquel vous faites référence tiendra sa langue ; il est trop ambitieux pour révéler un scoop qui pourrait nuire à sa carrière. Le secret de Carol Jordan est bien gardé, croyez-moi.

— L'avantage, intervint Carver, c'est que les médias vont chercher un héros, pas un truand. Nous annoncerons ça comme un nouveau projet susceptible de révolutionner la police britannique. À moins que cette équipe ne se plante complètement, elle sera soutenue. Je crois qu'on peut gérer les médias, James. Je pense qu'ils apprécieront Carol Jordan.

Et l'affaire avait été entendue. Blake avait fini par comprendre qu'il avait été un pion essentiel dans le projet à long terme de Brandon qui consistait à attribuer ce poste à Carol Jordan. Brandon savait très bien que Blake essaierait de nuire à Carol, mais que ce dernier n'avait pas toutes les cartes en main. En définitive, Blake s'était fait complètement manipuler. C'était humiliant. Il allongea le pas, bien décidé à distancer l'autre aussi vite que possible.

Ce dernier accéléra la cadence sans difficulté.

— Alors, comment vous trouvez Bradfield ? lui demanda-t-il d'un air innocent.

— On ne s'ennuie pas, répondit Blake crispé.

— C'est ce qui me plaisait aussi. Ça me maintenait en forme.

— La retraite doit être assez monotone, en comparaison.

Brandon ne cherchait pas le conflit.

— Je ne manque pas d'occupations. Le ministre de l'Intérieur déborde d'idées intéressantes qui ont besoin d'être analysées et évaluées, répondit-il en souriant. C'est bon de se sentir utile.

Avant que Blake ne puisse réagir, son portable émit une sonnerie rappelant celle des anciens téléphones fixes. Il le sortit de sa poche et regarda l'écran en fronçant les sourcils.

— Foutu numéro caché. Mais vu l'heure, je ferais mieux de…

Dans un autre contexte, il aurait pris un air désolé, mais au lieu de ça il s'empressa de répondre comme si ses responsabilités l'y contraignaient.

— Blake, annonça-t-il brusquement. Oui, je me souviens…

Il s'arrêta net. Une émotion difficile à identifier passa brièvement sur son visage puis plus rien. Il écouta avant de dire :

— Et où ça ?

Il y eut un nouveau silence, mais cette fois ses épaules se détendirent.

— Bien sûr. Non, vous avez raison. Rien. Mais merci de m'avoir averti.

Blake raccrocha et replaça lentement son téléphone dans sa poche. Il fit quelques pas pour rattraper Brandon.

— Bon, dit-il en poussant un soupir satisfait. Je viens d'avoir une conversation très intéressante. Dites-moi, John, avez-vous déjà eu affaire à un certain commandant Franklin, dans le West Yorkshire ?

Brandon le regarda d'un air las.

— John Franklin. Oh que oui. Pas personnellement, mais il a croisé le fer avec quelques-uns de mes hommes au fil des années. Est-ce qu'il travaille pour vous maintenant ?

Blake secoua la tête.

— Non, il est toujours dans le West Yorkshire. Mais il avait une information qu'il jugeait intéressante pour moi. Vu ce dont nous avons parlé ce soir, j'imagine qu'elle vous intéressera aussi.

Brandon était à présent très attentif. Quand un homme comme Blake laissait sa suffisance prendre le dessus, c'était mauvais signe. Il plongea les mains dans les poches de son imperméable, poings serrés.

— Allez, crachez le morceau. Je vois bien que vous en mourez d'envie.

Il pivota sur ses pieds pour regarder le profil de Blake. Il remarqua que la mâchoire de cet homme plus jeune que lui commençait à se ramollir et que ses pommettes disparaissaient sous un amas de chair. Il avait perdu l'habitude de faire de l'exercice, s'il l'avait jamais acquise. Signe que c'était un homme paresseux, au fond, songea Brandon qui attendait que Blake arrête de le faire poireauter.

— Le commandant Franklin voulait m'informer d'une arrestation ayant eu lieu dans son secteur.

Blake fit une pause mais Brandon n'avait aucune intention de le presser de continuer. Il finit par poursuivre :

— Le ministère de l'Intérieur va peut-être devoir revoir ses projets pour la nouvelle BEP. Carol Jordan vient d'être arrêtée pour conduite en état d'ivresse, annonça-t-il avant de se tourner vers Brandon. Voilà. J'espère que vous avez quelqu'un d'autre sous le coude.

10

Carol ne s'était jamais sentie aussi humiliée. C'était déjà assez embarrassant de devoir consentir à ce que la police vous relâche sous caution, mais attendre dans le couloir qu'on vienne vous chercher pour vous ramener chez vous, c'était affreusement gênant. Jusqu'alors elle n'avait vu ce défilé de misère et de pathos qu'étaient les gardes à vue que du coin de l'œil, au moment où elle venait déposer ses propres détenus. Elle n'avait jamais physiquement assisté à cette procession incessante de gens bourrés ou défoncés, de gens abîmés ou dont les blessures ne justifiaient pas un trajet à l'hôpital, de gens sans aucune inhibition. Le mélange d'odeurs était puissant : la sueur, l'alcool, le tabac, le vomi, l'urine et de temps en temps un effluve indescriptible et – Dieu merci – impossible à identifier.

Elle était plantée au beau milieu de tout ça. Il n'y avait nulle part où se cacher. Un banc en bois nu fixé au sol longeait le mur en face du comptoir qui séparait l'agent chargé des cellules de toute cette faune. Tous ceux qui attendaient la prochaine étape de leur garde à vue passaient par ce banc où ils se posaient, avachis. Un ou deux types levèrent les yeux vers elle comme si elle était une sorte d'apparition au milieu de leur soirée désastreuse, mais les autres étaient trop ivres, défoncés, malades ou terrifiés pour lui prêter attention. Ses poils se hérissaient au moindre contact involontaire.

Comme si tout ça ne suffisait pas, elle avait honte de devoir attendre qu'on vienne la sauver. Elle aurait pu supporter tout le reste si elle avait au moins gardé son autonomie. Mais ce n'était pas le cas. Elle l'avait perdue en même temps que sa dignité. Elle avait dû appeler Tony pour qu'il sorte en pleine nuit la secourir. Ça en disait long sur elle... C'était un homme qui n'existait que par son travail, lequel consistait à soigner des gens tellement mal en point qu'ils n'avaient pas le droit de vivre parmi leurs semblables. Un homme qui avait la vie sociale d'un loir. Un homme qui ne l'avait pas effacée de sa vie bien qu'elle l'ait tenu pour responsable de tous les malheurs qui lui étaient arrivés.

Carol poussa un soupir si profond que le junkie à côté d'elle sursauta comme s'il avait oublié qu'il n'était pas seul dans la pièce.

— Hein ? s'écria-t-il en regardant autour de lui d'un air affolé.

Elle s'écarta en essayant de ne pas s'apitoyer sur son propre sort. *Ça pourrait être pire, tu pourrais être comme eux*. Elle énuméra les raisons de se réjouir de la venue de Tony Hill. Il savait mieux que personne comprendre les êtres humains et leur comportement. Il était intelligent et surprenant : une fois qu'il vous admettait dans son univers, c'était impossible de s'ennuyer. Il était loyal et gentil, à sa façon, et il la faisait rire. Généralement sans le vouloir. Il avait refusé de l'abandonner malgré tout et si elle lui en donnait la possibilité, il serait plus enclin que quiconque à la sortir de cette situation misérable.

Son frère Michael l'avait soupçonnée d'être amoureuse de lui. Selon elle, ce n'était pas le terme exact. Il n'existait pas de mot pour décrire le mélange complexe de sentiments qui la reliait à Tony. Avec n'importe qui d'autre, une telle intimité les aurait inévitablement menés au lit. En dépit du courant qui passait entre eux, en dépit des étincelles et de l'intensité, c'était comme si une barrière infranchissable les séparait. Et ça, c'était dans les bons jours.

Récemment, il n'y avait pas eu beaucoup de bons jours.

Ce soir-là, le fossé entre eux risquait de se creuser davantage. Il répondrait sans doute à son agressivité avec une équanimité qui était encore pire que de la colère. Il était peut-être temps pour elle d'admettre qu'il lui manquait davantage qu'elle ne le laissait paraître.

L'agent raccrocha le téléphone :

— Carol Jordan ? Il y a quelqu'un pour vous à la réception, lança-t-il avant de regarder autour de lui. Agent Sharman, conduisez-la à la réception, s'il vous plaît. Vous recevrez une confirmation de votre rendez-vous au tribunal dans un jour ou deux. N'oubliez pas de vous y présenter. Revenez demain quand vous serez sobre et on vous rendra vos clés de voiture.

Elle suivit le jeune agent et ils franchirent une porte, traversèrent un couloir puis passèrent une nouvelle porte donnant sur une zone de réception banale. Elle aurait pu se trouver dans n'importe quel commissariat de n'importe quelle ville. Il était là, assis sur une chaise en plastique sous un poster vantant les services de sécurité pour particuliers, jouant à un jeu stupide sur son téléphone. Il ne leva même pas la tête quand elle arriva.

L'agent la laissa et elle s'avança vers Tony dont les pouces s'agitaient sur l'écran.

— Merci d'être venu.

Surpris, il sursauta, manquant de lâcher son téléphone.

— Carol, dit-il avec un sourire qui éclaira son visage fatigué. Comment vas-tu ?

— Je me sens complètement sobre même si l'alcootest n'est pas d'accord avec moi. On peut sortir d'ici ?

Il fit un geste en direction de la porte et la suivit en silence jusque dans la nuit froide.

— Je suis garé au coin, indiqua-t-il avant de passer devant elle.

Carol s'avachit dans le siège passager pendant que Tony grattait la glace du pare-brise avec une carte de crédit. Elle redoutait la conversation qui allait suivre, mais il n'y avait pas moyen d'y échapper. C'était le prix à payer pour sortir de là et ça ne pouvait pas être pire qu'une nuit en cellule.

Ils démarrèrent sans échanger un mot.

— Tu vas devoir me guider, finit par dire Tony à la sortie de la ville. Je ne connais pas le chemin pour aller chez toi depuis ce côté-ci.

— Reste sur cette route jusqu'à ce que tu aies traversé Hebden Bridge et ensuite je te dirai où tourner.

C'était nouveau pour elle d'être conduite par Tony. Ils s'étaient toujours tacitement mis d'accord pour que ce soit elle qui prenne le volant, dans un contexte professionnel ou non. Il était selon elle la définition même du mauvais conducteur. Facilement distrait par les autres automobilistes, sans parler de ce qui se passait dans sa propre tête, il freinait de façon intempestive, respectait peu les priorités aux intersections et conduisait systématiquement à cinq kilomètres/heure en dessous de la limite sauf quand il oubliait tout simplement que celle-ci existait. Heureusement, sa vieille Volvo était presque la seule voiture à rouler à cette heure-ci, si bien qu'il lui épargnerait des dépassements aléatoires sur les petites routes où ils allaient bientôt s'engager.

— Est-ce qu'ils t'ont dit quand tu devais te présenter au tribunal ?

— Mercredi. Ils ne traînent pas.

Il resta silencieux un moment avant de dire :

— C'est bon. Je pourrai m'arranger.

— Tu n'es pas obligé d'y aller. J'avais juste besoin qu'on me ramène chez moi ce soir, c'est tout.

Elle savait que c'était ingrat de sa part, mais elle était incapable d'accepter sa compassion ou sa gentillesse.

— Évidemment que je dois t'accompagner. Il faut bien que quelqu'un t'y emmène et te ramène. Il vaudrait mieux que tu ne conduises pas d'ici là.

Bientôt il n'y eut plus de lampadaires et la Volvo continua d'avancer dans la nuit noire.

— J'ai tout à fait le droit de conduire d'ici là, répliqua-t-elle sans se soucier de paraître sur la défensive.

— Les magistrats t'apprécieront davantage s'ils savent que tu n'as pas pris le volant.

Carol poussa un petit soupir de dérision.

— Ça ne change rien qu'ils m'apprécient ou pas. Je vais avoir un retrait de permis de douze mois, plus une amende, je vais perdre mon assurance et je vais avoir un casier. Que je leur plaise ou non, ça ne fera aucune différence.

— Ça fera une différence entre douze mois et quinze.

— Alors tu es un expert des cas de conduite en état d'ivresse, maintenant ?

Il ne répliqua rien.

Carol leva les yeux au ciel, s'exaspérant elle-même.

— Je suis désolée. Je ne voulais pas être désagréable. J'apprécie que tu sois venu.

Il pinça les lèvres en gardant le silence.

— J'ai du mal à y croire, tu sais, reprit-elle. Il y a à peine cinq kilomètres entre la maison de George Nicholas et la mienne. Cinq kilomètres d'une route qui ne va nulle part. Tu parles d'une poisse. J'ai vraiment pas de chance.

— La chance n'a rien à voir là-dedans, Carol. Ça fait un moment que tu exagères. Il fallait bien que ça arrive tôt ou tard.

— C'est des conneries, ça, Tony. Des conneries ! Je connais mes limites. Quand je ne suis pas en état de prendre le volant, je le sais. Je ne conduis jamais quand j'ai trop bu.

— Tu penses peut-être que tu es en état, mais tu es quand même au-dessus de la limite. Sois honnête. On sait tous les deux que ces dernières années, tu as été au-dessus de la limite en permanence. Et je ne parle pas d'un samedi soir un peu trop arrosé. Carol, il est temps que tu te réveilles.

— Oh putain ! explosa-t-elle. C'est pas parce que je suis obligée de t'écouter que tu dois me faire un sermon !

— Ce n'est pas un sermon, c'est une intervention. Ce soir, j'ai compris que je m'étais tu pendant trop longtemps. Je ne peux plus rester là à te regarder te détruire, Carol.

— Quoi ? On s'est à peine vus ces derniers mois. Tu ne m'as pas vraiment regardée faire quoi que ce soit. Et je ne suis pas en train de me détruire, j'essaie au contraire de me reconstruire. Tu le saurais si tu avais agi en ami.

Des lampadaires réapparurent. Ainsi que des vitrines de magasins et des feux tricolores. Carol se tourna sur son siège pour regarder dehors. Elle ne voulait pas qu'il voie son visage. Elle redoutait ce qu'il pourrait y lire.

— Je sais, je n'ai pas agi en ami. J'ai eu peur. Ça fait trop longtemps que je me répète que si je te dis la vérité, je vais te perdre pour de bon. Et je ne voulais pas prendre ce risque.

Elle avait la gorge serrée, les larmes menaçant de briser son armure.

— La prochaine à droite après le fish'n chips, indiqua-t-elle.

Tony bifurqua et s'engagea entre deux hautes rangées de maisons mitoyennes, sombres, à l'exception d'une lumière occasionnelle éclairant un escalier ou une salle de bains. Après ça, ils se retrouvèrent de nouveau en pleine campagne.

— Il faut que tu arrêtes de boire, Carol. C'est un mur qui te sépare des autres. De ceux qui se soucient de toi. Ceux qui se soucieraient de toi si tu leur en laissais la possibilité. Regarde-toi. Tu es une femme brillante. Tu es solide, tu es tenace, tu es belle et intelligente. Qu'est-ce que tu fais de ta vie ? Tu te renfermes. Tu utilises la mort de Michael et Lucy comme une excuse pour te concentrer sur ton histoire d'amour avec le pinot gris et la vodka. Et où est-ce que ça t'a menée ? Dans une cellule de commissariat, un samedi soir, avec les autres ivrognes, les junkies et les gens définitivement irrattrapables.

— Je ne suis pas une ivrogne ! cria-t-elle. C'est pas parce que j'aime bien boire un verre que je suis une alcoolique. Tu es complètement à côté de la plaque.

— Pas du tout. Je suis venu te chercher ce soir. Et cette fois je n'ai plus l'intention de partir, dit-il en s'arrêtant à un carrefour. Gauche ou droite ?

— Gauche. Tu suis la route et dans un kilomètre et demi, tu prends à droite. En fait, non. Dépose-moi au coin. Je n'aurai qu'un kilomètre à faire, je préfère marcher.

Tony lâcha un petit rire sardonique.

— Avec ces chaussures ? Ma compagnie doit être encore plus désagréable que je ne le croyais. Je te reconduis chez toi, Carol. Et je dors là.

— Quoi ? Comment ça, tu dors là ? Il n'y a pas de place pour toi.

— La maison est immense. J'ai apporté mon sac de couchage au cas où tu n'aurais pas de lit supplémentaire.

— Non.

— Est-ce qu'on pourra en discuter quand on arrivera ? Parce que là, j'ai besoin de me concentrer sur la route.

— Il n'y a rien à dire.

— Tu peux prétendre ce que tu veux, mais je sais que tu n'es pas heureuse comme ça. Et je ne peux plus fermer les yeux. Que ça te plaise ou non, Carol, il est temps que tu arrêtes l'alcool.

11

Observer de nouveau. Attendre. Se demander une fois de plus si c'était la bonne. Idéalement, il aurait aimé voir l'intérieur de sa maison avant de décider. Il lui fallait un escalier avec une balustrade à barreaux. On ne pouvait pas pendre quelqu'un à une rambarde si celle-ci consistait en un mur plein.

Ça ne le dérangeait pas d'attendre. Il avait de quoi s'occuper l'esprit. Tuer le temps lui permettait de se remémorer la faute originelle qui avait tout fait basculer. C'était un dimanche soir. Son père lui avait promis que sa mère allait rentrer ce soir-là. Il était excité mais n'avait rien laissé transparaître. Leur vie avait changé, ce qui le perturbait et mettait son père en colère.

Tout avait commencé quand sa mère avait annoncé qu'elle partait pour la journée dans le Sud, dans un endroit baptisé Greenham Common. Il n'avait jamais entendu ce nom auparavant. Il n'avait que huit ans ; son monde se bornait à Bradfield, où vivait toute sa famille, et Torremolinos, où ils se rendaient chaque été en charter pour une semaine de coups de soleil et de tourista. Il avait entendu parler de Londres, Manchester et Leeds mais n'y était jamais allé et il n'avait qu'une vague idée de leur place sur une carte. Aller à Greenham Common signifiait apparemment se lever à six heures parce que c'était à trois heures de bus environ. Et c'était réservé aux femmes.

Il lui avait demandé ce que c'était. Un hôtel ? Une plage ? Sa mère avait répondu en riant que non, c'était une base militaire avec des missiles nucléaires américains contre lesquels protestait un groupe de femmes pacifistes. Il ne comprenait pas pourquoi les gens protestaient contre les missiles. Les missiles étaient de bonnes choses, ils permettaient de réagir quand des gens vous attaquaient.

— Personne ne va nous attaquer, avait dit sa mère.

— Qu'est-ce que t'en sais ? Les Russes t'ont donné leur parole ? avait rétorqué son père avec une agressivité un peu lasse.

— Personne ne va utiliser l'arme nucléaire, Pete, ne sois pas ridicule. Tout le monde a entendu parler de l'hiver nucléaire. Ce serait la fin de l'existence telle qu'on la connaît. Ce serait le retour à l'âge de pierre, mais en pire, avec des mutations et toutes sortes de choses.

— Alors si personne ne compte les utiliser, quel est le problème ? On peut bien les garder.

— C'est un symbole, ils prouvent que cette île n'est rien que le porte-avions géant des Américains.

Il avait décroché à peu près à ce moment-là de la conversation. Il n'avait pas compris grand-chose sinon que sa mère et ses copines allaient faire une chaîne humaine autour de l'endroit où se trouvaient les missiles. Ça paraissait bizarre. C'était comme si elles leur faisaient un gros câlin.

Son père et lui avaient regardé les infos ce soir-là et avaient vu un reportage sur Greenham Common montrant des femmes arrêtées par des policiers se débattre en criant. Il y avait aussi des soldats, les yeux fixés devant eux comme si les femmes et les policiers évoluaient dans une autre dimension. Quand sa mère était rentrée, il était couché mais le lendemain au petit-déjeuner, elle était aussi excitée que lui la veille de son anniversaire. Son père s'était contenté de grogner.

En fait, il y avait tout un campement à Greenham Common. Pas comme dans la colonie de vacances où il était allé l'été précédent, où ils avaient dormi dans des cabanes en bois et fait plein d'activités dans les forêts environnantes. Il n'y avait même pas de vraies tentes, d'après son père. Seulement des bâches en plastique tendues entre des branches, repliées et fixées au sol, où elles dormaient toutes ensemble, avait-il dit avant de prononcer d'un air dégoûté un mot que le garçon n'avait pas compris. Quand il avait demandé plus tard à sa mère ce que signifiait « lesbienne » elle lui avait répondu qu'il était trop jeune pour comprendre mais que c'était une façon pour certaines personnes de témoigner leur amour pour les autres.

Quoi qu'il en soit, sa mère avait pris goût au camping à Greenham Common, même si ce n'était pas l'été. Au début, elle y allait seulement pour deux nuits. Puis elle se mit à y passer une semaine entière tous les quinze jours. Il n'aimait pas ça quand elle partait. Ils mangeaient plus ou moins la même chose tous les soirs. Des haricots sur des toasts ou des œufs au plat avec les jaunes tout durs et les blancs croustillants sur les bords.

Son père était toujours de mauvaise humeur dans ces moments-là.

Mais sa mère continuait à parler de sauver la planète et de l'importance de la solidarité entre les femmes, qui les rendait plus fortes.

— Je croyais que c'était les ouvriers qui étaient plus forts s'ils étaient unis, avait grommelé son père.

— Eux aussi. Tout ça, c'est de la solidarité. C'est une guerre qu'on mène ici.

Ça avait perturbé le garçon parce qu'il croyait que Greenham était au contraire un campement pacifiste. Son père jurait beaucoup quand on en montrait des images aux infos. Il disait que sa mère avait été manipulée par des connasses grandes gueules qui cherchaient à convertir des femmes normales à leurs pratiques contre nature. Elle était très contente de sa vie avant qu'elles ne lui mettent des idées farfelues dans la tête et qu'elles lui farcissent le crâne avec leurs conneries féministes. Elle s'était mise à lire énormément, aussi. Plus tard, à l'école, il avait découvert les livres de Sylvia Plath et Virginia Woolf. Son père disait qu'en allant à Greenham, sa mère était devenue la marionnette de ces bonnes femmes.

Ce dimanche-là, ils avaient attendu calmement qu'elle rentre à la maison. Contrairement à son habitude, son père avait préparé un dîner rien que pour elle. Il avait acheté chez Marks & Spencer deux boîtes de poulet en sauce qu'ils mangeraient avec des frites au four et des petits pois surgelés. Comme ça, sa mère comprendrait à quel point ils étaient contents de l'avoir à la maison.

Elle était censée rentrer vers seize heures. À dix-sept heures, son père n'en pouvait plus. Il avait ouvert une canette de bière et fumé cigarette sur cigarette jusqu'à ce que l'air du salon soit aussi irrespirable que celui d'une chambre à gaz. Le garçon avait laissé son père seul et était monté dans sa chambre d'où il pouvait observer la rue et guetter la vieille camionnette Volkswagen dans laquelle Muriel, la copine de sa mère, la ramenait toujours. Il s'était assis en tailleur sur son lit et avait prié, comme si ça pouvait marcher, pour que la camionnette orange et blanc apparaisse.

Il avait donc vu la police arriver avant son père. La voiture bleu et blanc s'était arrêtée devant chez eux et deux policiers en étaient sortis, un homme et une femme. Il s'était précipité en bas et avait ouvert la porte avant même qu'ils ne sonnent.

— Est-ce que ton papa est à la maison, mon grand ? avait demandé l'homme.

Il n'avait pas eu le temps d'ouvrir la bouche que son père s'était posté derrière lui, la main posée sur son épaule, et avait répondu, un nuage de fumée âcre accompagnant ses paroles :

— Oh merde, ne me dites pas qu'elle s'est fait arrêter ?

— Est-ce qu'on peut entrer ? avait demandé la femme, un sourire compatissant sur le visage.

En y repensant, ça avait été le dernier moment de son enfance où avait subsisté l'espoir du bonheur. À ce moment-là, dans sa tête, sa mère était encore en vie. Toujours là pour lui. Quelque part entre Greenham Common et sa chambre.

Elles étaient à moins d'une heure de la maison quand c'était arrivé. Un camion-citerne avait eu un accident. De l'essence s'était répandue sur la chaussée. La camionnette Volkswagen avait dérapé et fait un virage à 360 degrés avant de percuter la glissière de sécurité de la M6. Les trois femmes étaient mortes. Mais il n'y en avait qu'une qui comptait pour lui.

Son père s'était réfugié dans la colère. C'était comme s'il voulait qu'elle revienne juste pour pouvoir lui crier dessus et lui dire à quel point elle avait été stupide d'écouter ces foutues bonnes femmes. Quand il disait ça comme ça, ça paraissait logique. Même si le garçon avait voulu le contredire, il n'aurait pas pu s'opposer à ce raisonnement. Avant que ces femmes ne mettent des idées dans la tête de sa mère, elle avait été parfaitement heureuse, et lui aussi.

Certaines d'entre elles étaient venues aux obsèques. Il avait cru que son père allait les tuer. Au lieu de ça, il était resté calme, comme un ninja. Il était allé voir l'employé des pompes funèbres pour lui signaler qu'elles n'étaient pas les bienvenues. Puis il avait mené le garçon dans le crématorium, digne, la tête haute. Seules ses joues légèrement rougies pouvaient trahir sa colère.

Une fois les obsèques passées, cependant, il n'eut plus aucune raison de contenir cette colère. Elle envahissait le quotidien, gâchait chaque petit moment de bonheur. Ces femmes avaient empoisonné sa vie tout entière.

Aujourd'hui, ces salopes étaient partout, elles s'immisçaient dans la vie des gens, rendaient d'autres enfants comme lui malheureux. Il ne pouvait pas leur échapper. Il ne pouvait plus supporter leurs conneries. Il fallait qu'il y mette un terme.

Mais il devait agir intelligemment. S'il les tuait simplement, il en ferait des martyrs. Il fallait qu'il les dépouille de tout ce qui pouvait les rendre admirables. Qu'il leur ôte toute valeur. Faire croire qu'elles avaient elles-mêmes choisi la mort. Que leur culpabilité et leur honte avaient fini par prendre le dessus.

Maintenant qu'il avait commencé, il se sentait tellement mieux. Après Kate Rawlins, il avait ressenti une paix qu'il n'avait jamais connue auparavant. Ce sentiment avait grandi avec Daisy Morton et Jasmine Burton. Les corps s'accumulaient ; ces connasses allaient finir par le remarquer. Ça prendrait un moment, mais elles allaient se la fermer.

Sans quoi il les y contraindrait par la force.

12

Finalement, Carol avait cédé son lit à Tony.

— Il faut que je me lève tôt pour promener le chien, avait-elle insisté. Comme ça je ne te dérangerai pas.

Elle avait donc utilisé le matelas gonflable que Michael et Lucy avaient acheté pour les enfants des amis qui leur rendaient visite. « C'est censé les décourager », avait commenté Michael. Elle se rendait compte à présent qu'il ne plaisantait pas. Heureusement, le sac de couchage de Tony était rembourré de plumes d'oie si bien qu'elle n'avait pas eu à supporter le froid en plus de l'inconfort. Elle s'était installée dans un coin de la grange en pierres qu'elle avait rénovée ces derniers mois. Flash, habituée à avoir cette partie de la maison pour elle toute seule pendant la nuit, était excitée de partager son territoire avec sa maîtresse adorée et s'était immédiatement lovée contre ses jambes. Sentant comme elle lui tenait chaud, Carol se demanda pourquoi elle lui avait interdit l'accès à son lit jusqu'à maintenant.

Tony, lui, se trouvait dans l'aile de la maison contenant le studio indépendant où Carol avait vécu jusque-là. Il était fier qu'elle lui fasse suffisamment confiance pour l'accueillir dans son intimité. Il espérait qu'elle n'allait pas interpréter ce qu'il s'apprêtait à faire comme une trahison.

Carol avait redécoré la pièce à son goût. Michael, concepteur de jeux vidéo réputé, ne l'aurait pas reconnue. À l'origine, ça avait été un espace de travail pouvant servir de studio aux amis de passage. Un long bureau était posé contre l'un des murs, accompagné d'une rangée de prises toutes alignées à intervalles réguliers, comme un étrange concept design. Là où se trouvait avant un assortiment de moniteurs, d'ordinateurs et de périphériques, il y avait maintenant un seul ordinateur portable et une pile de tee-shirts. Sur un autre mur, des étagères contenaient les livres et les CD de Carol. Il y avait un grand lit et un coin dressing, une salle de bains et, plus loin, au bout d'un petit couloir, une cuisine de taille décente avec un bar et deux tabourets. La pièce était insonorisée et climatisée ; pour Tony, ça ressemblait davantage à un bunker qu'à autre chose.

Il avait eu du mal à dormir, mais ça n'avait rien d'inhabituel. Il avait des problèmes de sommeil depuis des années. Il dormait rarement plus de quatre ou cinq heures et se réveillait, les yeux fixés sur le plafond, à ruminer des pensées dans sa tête. L'atmosphère entre Carol et lui avant qu'ils se disent bonne nuit n'avait pas aidé. Il espérait qu'elle allait comprendre ce qu'il avait voulu lui dire. Il savait qu'elle n'allait pas capituler instantanément, qu'il allait falloir négocier pour trouver un terrain d'entente, mais il la croyait prête à changer. Prête à admettre qu'il était temps de reprendre le contrôle de sa vie.

Mais ça ne s'était pas passé comme ça. Elle avait bien failli lui claquer la porte de la maison au nez. Elle l'avait fusillé du regard quand il l'avait suivie à l'intérieur.

— Je te l'ai dit : tout ça c'est pas tes oignons, avait-elle lâché en traversant la maison pour gagner le studio.

Quand il l'avait rattrapée dans la cuisine, elle était en train de se verser un grand verre de vin blanc.

— Droit vers la bouteille, avait-il commenté. Tu n'as cessé de me répéter que tu n'avais pas de problème, mais quelle est la première chose que tu fais face à la moindre critique ? Boire un grand verre. Classique, Carol. Attitude d'alcoolique classique.

Elle avait avalé une gorgée avec un air de défi.

— Je ne suis pas alcoolique. J'aime bien boire. Et franchement, après la nuit que j'ai passée, je crois que je mérite ce petit plaisir.

— Je ne pense pas que ce verre t'apporte le moindre plaisir. Je pense qu'il t'apporte du soulagement. Je pense qu'il te permet de décompresser. Et je pense que tu en es dépendante. Ce verre, tu n'en as pas envie, tu en as besoin.

— Tu crois que je ne peux pas m'en passer ? Tu te trompes.

— Vraiment ? Alors pourquoi est-ce que tu avais toujours une petite bouteille de vodka dans le tiroir de ton bureau ? Pourquoi est-ce que tu transportes toujours une flasque dans ton sac à main ?

Elle avait émis un petit bruit de dégoût.

— Alors tu m'espionnes maintenant ?

Il avait secoué la tête d'un air triste.

— Pas moi. Ton équipe. Des gens qui se souciaient de toi et étaient venus m'en parler parce qu'ils n'osaient pas te le dire.

Il avait réussi à la toucher. Il n'avait pas honte de porter un coup si bas. Il voulait la blesser, il voulait qu'elle ait honte. Elle ne pouvait pas le regarder en face.

— Tu ne m'as jamais vue ivre morte. Être malade comme un chien. Perdre tous mes moyens. J'ai toujours été capable de faire mon travail. Capable de vivre normalement.

Tony avait haussé les épaules.

— Très bien, tu es une alcoolique qui arrive à vivre normalement. Pas besoin de s'effondrer dans la rue, de se pisser dessus, de coucher avec n'importe qui ou d'avoir des trous de mémoire pendant des jours pour être alcoolique. Il suffit d'être dépendant. C'est ce que tu es. On le sait tous les deux.

Carol avait regardé Tony avec de la haine dans les yeux.

— Je n'ai pas besoin de boire. Je peux m'arrêter quand je veux.

Il avait longuement soutenu son regard.

— Tu crois ? Prouve-le. Laisse-moi rester ici jusqu'à mercredi. Quatre jours seulement. Tu décroches et je reste là pour t'aider. Crois-moi, Carol, j'aimerais bien que tu me prouves que j'ai tort.

Elle lui avait lancé un regard assassin, d'un air à la fois incrédule et furieux. Il ne savait pas ce qui la mettait le plus en colère : arrêter l'alcool ou l'avoir dans les pattes pendant tout ce temps.

— Très bien, avait-elle dit sur un ton pincé. Si c'est le seul moyen pour que tu me foutes la paix, c'est d'accord.

Elle avait versé le reste de son verre dans l'évier, avec le même air de défi.

— Tu dormiras ici. Moi je prends le sac de couchage, je dois me lever tôt pour promener le chien. Comme ça je ne te dérangerai pas.

Sur ce, elle était sortie. Elle avait sans doute pensé qu'elle y gagnait au change.

Elle avait tort. Après son départ, il avait profité du fait que la pièce soit insonorisée pour se livrer à une petite inspection du studio. Trois bouteilles de whisky, deux bouteilles de vodka au poivre dans le freezer, une de gin, cinq de pinot gris, deux de cava, une de brandy et cinq de bière artisanale. Ravalant ses scrupules, il avait également fouillé son sac à main dans la penderie, où il avait découvert trois mignonnettes de vodka et une de whisky. Puis, l'une après l'autre, il les avait ouvertes et avait vidé leur contenu dans l'évier. Leurs effluves lui avaient chatouillé le nez. Elle allait être furieuse le lendemain matin, quand elle découvrirait ce qu'il avait fait. Mais au bout du compte, elle lui en serait reconnaissante.

À trente kilomètres de là, dans la banlieue de Bradfield, Ursula Foreman relisait ce qu'elle espérait être son dernier jet pour sa chronique mensuelle dans *TellIt !*, le site d'informations populaire qu'elle avait contribué à créer deux ans plus tôt. Elle passa ses mains dans ses boucles rousses afin de s'éclaircir les idées et stimuler sa concentration. Tout en lisant, elle mordillait machinalement le coin de sa lèvre inférieure gauche et plissait les yeux.

Quatre mois plus tôt, elle avait écrit un article qu'elle jugeait mesuré parlant de l'effet du sexisme ordinaire des séries télévisées sur les jeunes femmes.

Elle avait été surprise par l'hostilité qu'il avait suscitée. Un torrent de haine et de colère avait déferlé sur ses réseaux sociaux. Au départ, elle en avait ri, déplorant le manque d'imagination de ses détracteurs. En réaction, ils avaient forcé la dose. Jusque-là, Ursula s'en était tenue à la règle habituelle : ne pas leur donner de quoi nourrir leur colère. Mais elle avait du mal à rester silencieuse devant des attaques aussi injurieuses. Lors de sa chronique suivante, elle s'était demandé pourquoi des hommes – car elle était convaincue qu'il s'agissait quasi exclusivement d'hommes – nourrissaient des sentiments aussi négatifs envers des femmes qu'ils n'avaient jamais rencontrées et dont les paroles n'avaient que peu de chance d'avoir une quelconque influence sur leurs vies.

Cette chronique avait encore plus déchaîné les passions que la précédente. Ursula n'était pas impressionnée par ces critiques mais elle avait été un peu surprise quand ses collègues de *TellIt !* lui avaient demandé de continuer comme ça ; ces réactions déchaînées attiraient davantage de lecteurs sur le site et c'était bon pour les affaires.

Le mois suivant, elle avait parlé de la peur provoquée par ce genre d'attaques et de leur impact sur la vie des femmes. Quelqu'un de plus faible aurait pu céder sous les insultes qui faisaient désormais partie de son quotidien sur la toile. Mais Ursula avait tenu bon. Elle avait seulement demandé aux informaticiens de *TellIt !* d'identifier les pires internautes, dans l'espoir de réunir suffisamment de preuves contre eux pour pouvoir les dénoncer à la police.

La porte de son bureau s'ouvrit pour laisser apparaître un homme costaud vêtu d'un tee-shirt et d'un pantalon d'intérieur en polaire écossaise. Il tenait deux tasses fumantes.

— J'avais envie d'un chocolat chaud et je me suis dit que peut-être toi aussi, dit Bill Foreman en avançant d'un pas étonnamment léger compte tenu de sa corpulence. J'y ai ajouté un peu de rhum. J'ai pensé qu'un petit remontant te ferait pas de mal.

Ursula poussa un soupir de contentement.

— Tu es mon héros. J'envoie ça et j'ai fini.

Bill lui tendit l'une des tasses qu'elle serra dans ses mains, savourant la chaleur et l'arôme du chocolat mêlé au rhum. Il s'assit dans un fauteuil en chintz abîmé et Ursula pivota sur sa chaise de bureau pour lui faire face.

— Alors qu'est-ce que tu as choisi, finalement ?

Lui-même journaliste, il savait à quel point un article, à la fin, pouvait s'éloigner de son idée de départ.

— Un entre-deux. Je parle de la mutilation génitale des femmes. Comment nous en avons pris conscience ces dernières années au Royaume-Uni et à quel point il est nécessaire de créer un espace où les femmes pourraient en parler sans crainte des représailles.

Bill sourit.

— Rien de polémique, donc. Ce n'est pas très difficile d'imaginer comment ils vont t'attaquer là-dessus. Tu as trouvé un moyen d'énerver les fondamentalistes musulmans et les connards d'extrême droite dans un même article.

Ursula soupira.

— Déprimant, non ? C'était beaucoup plus facile de penser à l'égalité avec optimisme quand on n'avait pas à affronter des béotiens jour après jour. Quand on pensait que les esprits évoluaient vraiment et que les mecs avaient arrêté de peloter les fesses de leurs secrétaires devant la photocopieuse.

Bill fit une moue.

— Et pendant tout ce temps, ça couvait, en silence. Ça me dépasse. Je suis un mec. J'aime le foot, la bière et jouer à GTA avec mes copains. Mais ça ne veut pas dire que je suis obligé de mépriser les femmes. Ce n'est pas aussi binaire. Je ne comprends vraiment pas comment raisonnent ces types qui t'insultent comme ça.

— C'est parce que ça n'a pas grand-chose à voir avec la raison, dit Ursula en se penchant en avant d'un air animé. C'est émotionnel. Je crois que c'est lié aux bouleversements professionnels qu'ont rencontrés les hommes ces dernières décennies. Leurs pères et leurs grands-pères faisaient des travaux manuels et physiques. Certes, le travail était brutal et ils étaient exploités, mais la société construisait son identité autour de ça. C'était le genre de boulot qui faisait d'eux des hommes. C'était comme ça qu'on pouvait prouver de quoi on était capable.

Bill but une gorgée de chocolat et hocha la tête.

— Une sorte d'endoctrinement, dont le souvenir perdure encore jusqu'aujourd'hui. Il y a beaucoup d'hommes qui ont la sensation de ne pas être à la hauteur. C'est ancré tellement profondément en eux qu'ils ne le savent même pas, donc ils ne peuvent pas vraiment lutter contre. Et s'en prendre aux femmes, ça leur fait du bien.

— Au propre comme au figuré. J'avais pitié d'eux, jusqu'à ce que j'en sois victime.

Bill fixa la moquette entre ses pieds.

— À ce propos, est-ce que tu as jeté un œil aux dernières infos, ce soir ?

— Non, j'ai simplement fait des recherches sur le sujet qui me concernait. Pourquoi ? Est-ce qu'il s'est passé quelque chose ?

Bill soupira et remua sur sa chaise.

— Cette femme qu'on avait bien aimée dans *The Big Ask,* Jasmine Burton. Celle que tu as contactée pour qu'elle écrive quelque chose dans *TellIt !* Elle a…

Il regarda autour de lui comme s'il pouvait trouver les mots quelque part dans la pièce.

Alarmée, Ursula se redressa d'un coup.

— Qu'est-ce qu'elle a ? Est-ce qu'elle a été attaquée ?

Bill fit non de la tête.

— C'est… c'est pire que ça. Elle s'est suicidée.

Les mots résonnèrent dans la tête d'Ursula. Elle n'arrivait pas à les comprendre. Elle sourit et secoua la tête.

— Tu dois te tromper, Bill. Tu as mal compris.

— J'ai bien peur que non, ma chérie. J'ai vérifié sur une demi-douzaine de sites. Son corps a été retrouvé vers l'embouchure du fleuve Exe. Apparemment, elle s'est jetée dans l'eau avec les poches pleines de pierres.

— Le fleuve Exe ? C'est dans le Devon ou un truc comme ça, non ? dit-elle en lâchant un rire sans joie. Il y a forcément une erreur. Jasmine Burton vit à Birmingham.

— Oui, mais elle était là-bas dans la maison de vacances d'une amie. Pour s'éloigner un peu de tout ça, apparemment. Toutes ces attaques commençaient à lui peser, d'après une de ses collègues. Là-bas, toute seule, ça a dû la submerger.

Ursula se détourna et posa sa tasse bruyamment.

— J'y crois pas. J'arrive pas à y croire. On s'est envoyé des e-mails pas plus tard que la semaine dernière.

Elle se mit à taper sur son clavier pour consulter les sites d'actualités qu'elle visitait le plus souvent. La BBC, le *Guardian*, le *Huffington Post*, l'*Independent*, le *Daily Mail*. Ils disaient tous la même chose que Bill. Il resta assis en silence tandis qu'elle parcourait l'écran des yeux.

— La pauvre, finit-elle par commenter d'une petite voix. Elle avait l'air tellement solide. Comme si elle n'allait jamais lâcher le morceau ni s'écraser. C'est terrible qu'elle en soit arrivée là.

Bill se leva pour poser les mains sur ses épaules.

— Elle était seule, ma chérie. D'après ce que j'ai lu, en tout cas. Elle était célibataire. Elle n'avait pas d'enfants. Et même si des collègues et des amis te soutiennent, quand tu rentres chez toi le soir, que tu fermes la porte et que tu te retrouves seule confrontée à la sphère des timbrés, c'est dur de ne pas sombrer. C'est différent pour toi. Tu m'as moi, tu as notre famille, nos amis. Beaucoup de soutien pour t'aider à tenir le coup si tu commences à flancher. Jasmine n'avait pas cette bouée de sauvetage.

Ursula lui prit les mains.

— Je sais. Mais quand même… J'ai l'impression que ces connards ont gagné.

— Je comprends très bien ton sentiment. Et je suis désolé pour Jasmine. Mais tu n'es pas comme elle et ils n'arriveront pas à te détruire.

La confiance de son mari aurait dû lui remonter le moral. Mais alors qu'elle restait assise les yeux rivés sur l'écran, elle ne pouvait s'empêcher de penser au froid saisissant le corps de Jasmine alors qu'elle avançait dans l'estuaire, la boue collant à ses pieds, l'eau montant jusqu'à sa bouche, son nez, ses yeux, l'instinct la poussant à reprendre sa respiration, l'étouffement et la lutte au moment où le fleuve l'emportait, ce moment terrifiant où elle avait compris qu'il était trop tard pour changer d'avis.

Et puis la paix.

13

Carol fut réveillée par la lumière du matin. Dans le corps de ferme, les fenêtres n'avaient pas de rideaux. Elle avait évité d'en mettre parce que avec les travaux, il y avait toujours de la poussière partout. Et puis c'était inutile dans la mesure où elle ne recevait aucun visiteur pour la nuit. À moitié endormie, elle se tourna en grognant. Flash en profita pour bondir sur elle et lui lécher le visage de sa longue langue rose.

— Oh putain, grommela-t-elle en sortant du sac de couchage, frissonnant dans la pièce non chauffée.

Elle avait eu la présence d'esprit de préparer sa tenue la veille ; elle enfila rapidement ses vêtements chauds et imperméables qui se mariaient si bien avec le paysage et ses habitants. Elle avait mal à la tête et il lui fallait un café. Mais elle n'était pas encore prête à affronter son invité. Le grand air et une marche rapide sur la lande la remettraient d'aplomb.

Elle choisit délibérément un trajet la menant à l'opposé de la maison de George Nicholas. La dernière chose dont elle avait envie, c'était de devoir expliquer comment sa soirée s'était terminée. Il allait finir par le savoir, bien sûr. Mais pour le moment, elle n'avait pas le courage de lui parler.

Une demi-heure plus tard, elle redescendait la colline d'un bon pas, enjambant avec agilité les touffes d'herbes jaunes, la chienne décrivant de larges cercles autour d'elle. L'air vif lui avait rougi les joues et atténué son mal de tête. Il y avait de nombreux matins comme ça, préludes à une journée de dur labeur un peu abrutissant.

La lumière par la fenêtre de sa cuisine la surprit. Elle ne l'avait jamais vue allumée en redescendant de la colline. La ferme était habituellement plongée dans l'obscurité. Elle se rappela avec regret que ce jour-là n'était pas comme les autres. Aujourd'hui, elle allait devoir affronter Tony, et sa détermination à interférer avec sa vie. Elle avait envie de l'envoyer balader dès qu'il aurait bu un café, mais elle le connaissait suffisamment bien pour savoir que ce serait une perte de temps. Pour un homme aussi enclin à l'empathie, il savait très bien faire la sourde oreille quand ça l'arrangeait.

Devant la porte d'entrée, Carol s'arrêta pour reprendre sa respiration et ses esprits. Puis elle se redressa et entra. Deux douzaines de marches la menèrent à la porte du studio indépendant où elle vivait. Elle entra sans frapper. Après tout, elle était chez elle. Pas lui.

La pièce était vide. La veste de Tony était posée sur le dossier de sa chaise de bureau. Il faisait chaud dans l'annexe grâce au chauffage au sol installé par Michael quand il avait retapé la ferme la première fois. Carol passa devant la salle de bains pour gagner la cuisine, où se trouvait Tony, perplexe devant la machine à café. L'entendant approcher, il se retourna et esquissa un sourire d'excuse.

— Je voulais te préparer un café, mais je ne suis pas assez intelligent pour comprendre comment fonctionne cette chose.

— C'est pas si compliqué, dit-elle en ouvrant le zip de sa veste huilée avant de la jeter sur une chaise. Pousse-toi, je m'en occupe.

À ce moment-là, elle vit les bouteilles vides alignées sur le plan de travail. L'espace d'un instant, elle n'en crut pas ses yeux. Et puis elle se tourna vers lui.

— C'est quoi, tout ça ?

— C'est beaucoup plus facile d'arrêter de boire s'il n'y a rien à boire dans la maison.

— Comment est-ce que tu as osé ? Tu te prends pour qui, putain ?

— Je suis l'ami qui est là pour t'épargner de nouvelles humiliations comme celle d'hier soir, dit-il en lui indiquant de se calmer d'un geste de la main.

Carol ne se calma pas.

— C'est ton délire, pas le mien. Je n'ai jamais dit que j'allais arrêter de boire pour toujours. Ok, j'ai accepté ton challenge stupide. J'ai accepté de m'abstenir jusqu'à mon rendez-vous au tribunal. Mais c'est tout. Qu'est-ce qui t'a pris de vider tout mon alcool dans l'évier ? Tu as jeté près de deux cents livres sterling par la fenêtre, je te signale. Tu n'as peut-être pas remarqué, mais contrairement aux ivrognes à qui tu me compares, je ne bois que des marques de qualité. Je bois pour le plaisir, pas pour me saouler, dit-elle en secouant la tête. Espèce de connard !

— Je vais te rembourser, rétorqua-t-il posément.

— C'est pas une question d'argent mais de principe ! cria-t-elle. Tu n'as aucun droit.

Il se détourna légèrement d'elle.

— Si moi je n'ai pas le droit, alors personne ne l'a.

— Et c'est très bien comme ça !

Il se leva.

— Ok, je vais te laisser, dans ce cas. La prochaine fois que tu seras dans la merde, appelle quelqu'un d'autre, lança-t-il en la regardant bien en face, le regard dur, le menton levé. Si tu trouves quelqu'un pour te rendre service…

C'était bas, mais ça n'en demeurait pas moins vrai. Il ne lui avait jamais parlé de la sorte auparavant. Elle avait très envie de l'envoyer se faire voir, par fierté, mais elle avait également peur.

— Allez, assieds-toi et arrête de monter sur tes grands chevaux, dit-elle. Je vais faire le café.

Elle lui tourna le dos et s'affaira devant la machine. Il n'allait quand même pas la laisser tomber ? Quand elle se retourna, il était toujours là, ses mains agrippant si fort le dossier de la chaise que les jointures de ses doigts étaient devenues toutes blanches. Sans un mot, elle posa la tasse à expresso devant lui avant de s'en verser une deuxième tasse.

Elle prit une profonde inspiration.

— D'habitude, je mange des haricots sur des toasts et des œufs brouillés. Je peux t'en préparer si tu veux, lâcha-t-elle au lieu de s'excuser.

— Ça me va. Tu as laissé tomber le jus d'orange et la barre Granola.

Elle esquissa un petit sourire.

— J'ai compris à mes dépens qu'on ne pouvait pas tenir toute une journée avec ça dans le ventre.

Tony s'assit et but son café tandis qu'elle préparait le petit déjeuner avec l'économie de mouvements qu'elle avait développée depuis qu'elle s'était mise à retaper la ferme. Tout était à portée de main, pour une efficacité optimale. Pas de temps perdu, pas de désordre, pas d'hésitation. Dans la cuisine comme dans le reste de la maison. Ça aussi, elle l'avait compris à ses dépens.

Elle posa les assiettes sur la table et s'assit en face de lui, le visage fermé. Ce qui l'agaçait le plus, c'était que Tony paraisse indifférent à sa réaction. Il la remercia et dit :

— Quel est le programme pour aujourd'hui ?

— En ce qui te concerne, je ne sais pas, mais maintenant que j'ai terminé les premières installations électriques, je vais me mettre à faire le plâtre pour le mur du fond.

L'air frais lui avait fait du bien ; elle s'attaqua à son petit-déjeuner comme si le somptueux dîner de George Nicholas avait eu lieu une semaine plus tôt et non la veille.

— Les œufs sont bons, commenta Tony avant d'en avaler une nouvelle bouchée. J'ai deux rapports préliminaires à rédiger et j'ai mon ordinateur portable avec moi, donc j'ai de quoi m'occuper. Et quand j'aurai terminé ça… Eh bien je me mettrai à l'écriture de mon livre.

— Ton livre ?

Carol était étonnée. Un livre, c'était un gros projet. Elle n'était pas au courant de ça. Ça prouvait à quel point ils s'étaient éloignés.

— Quel genre de livre ?

— À ton avis ?

Elle sourit, malgré elle.

— J'imagine que tu pourrais synthétiser tous tes centres d'intérêt et écrire un guide illustré du genre profilage pour les nuls.

Il esquissa une petite moue d'autodérision.

— Avec un super-héros en costume venant sauver le monde.

— Non, tu aurais l'air ridicule avec un costume de super-héros. Alors, c'est quoi, ce livre ?

— Ça parle bien de profilage. Mon superviseur – tu sais, le psychologue que je vois régulièrement pour être sûr de ne pas perdre la boule – pense que si les policiers veulent arrêter d'engager des types comme moi et se lancer eux-mêmes dans le profilage pour faire des économies, on ne devrait pas les laisser faire ça n'importe comment. Il pense que je devrais écrire un livre sans jargon ni théorie qui expliquerait de la façon la plus pragmatique possible ce que je fais. Avec des exemples de profilage appliqué, tirés de mes enquêtes.

Carol fronça les sourcils.

— Est-ce que ça ne revient pas à collaborer avec ceux qui veulent ta peau ?

Tony haussa les épaules.

— De deux choses l'une : soit ils comprendront et ils apprendront à faire les choses correctement, ce qui est bien parce que je ne peux pas être partout à la fois. Soit ils ne comprendront rien et ils feront de nouveau appel à des experts comme moi qu'ils considéreront avec un peu plus de respect.

Elle éclata de rire.

— Je ne suis pas sûre qu'ils soient capables de respect, Tony ! Ils n'ont jamais apprécié ton travail à sa juste valeur.

— Certains, si. John Brandon. Toi. Quelques mandarins du ministère de l'Intérieur.

— Mais ça ne suffit pas pour forcer des imbéciles comme James Blake à prendre les bonnes décisions.

Elle termina son petit déjeuner et se leva en s'essuyant la bouche d'un revers de main. Elle croisa son regard et se sentit rougir. À force de travailler comme un ouvrier, elle en avait peu à peu acquis les manières. L'ancienne Carol Jordan aurait utilisé une serviette de table ou un morceau d'essuie-tout. La nouvelle Carol Jordan s'en fichait complètement.

Une fois seul, Tony s'installa avec son ordinateur et son carnet. Il pouvait se concentrer sur son travail sans avoir à la surveiller. Il doutait qu'elle ait des bouteilles cachées quelque part dans la maison. Et comme elle voulait absolument lui prouver qu'il avait tort, elle ne risquait pas de craquer aussi vite. Les vraies difficultés commenceraient lundi ou mardi, quand elle allait devoir affronter le tribunal, la honte et la suspension de son permis de conduire. À ce moment-là, il allait devoir la surveiller comme du lait sur le feu.

Ce qu'il lui fallait, c'était une tâche sur laquelle se concentrer. Le travail manuel, c'était bien, et elle avait clairement eu besoin de ça. Mais c'était répétitif et ça ne demandait aucun investissement intellectuel. Or Carol avait besoin de s'occuper l'esprit. Il fallait qu'il lui trouve un moyen de s'investir intellectuellement. Si elle ne pouvait plus travailler dans la police, elle devait trouver autre chose qui la stimulerait de la même façon. Avec des enjeux peut-être moins importants, de façon à ce qu'elle ne soit pas tentée de replonger dans la boisson.

Il poussa un soupir et se pencha sur ses notes afin de rédiger son rapport préliminaire sur un violeur récidiviste qui avait prétendu devant le tribunal entendre des voix. Tony pensait qu'il mentait. Selon lui, c'était un psychopathe très habile qui cherchait à se faire enfermer dans un hôpital psychiatrique sécurisé afin d'éviter la prison.

Quand il eut terminé, il était midi passé. Il se leva, s'étira et traversa la maison pour rejoindre Carol qui fixait des lattes de bois sur l'épais mur de pierres à l'aide de clous de quinze centimètres.

— Est-ce que tu veux que je prépare quelque chose pour le déjeuner ? demanda-t-il.

Elle s'arrêta et se retourna, écartant sa frange de son front en sueur. Sa chemise écossaise la moulait et son jean serré soulignait ses cuisses musclées. Il savait que c'était cliché, mais en la voyant comme ça, en sueur et négligé, il ne put s'empêcher d'être troublé.

— Il y a du pain, du fromage, du pâté et des tomates, dit-elle. En général je mange ça, avec un fruit.

Il hocha la tête.

— Je vais faire des sandwiches.

— Ok, répondit-elle en reprenant son travail. Je n'en ai pas pour longtemps, mais je veux terminer ça avant le déjeuner.

De retour à la cuisine, il confectionna des sandwiches à base de cheddar de supermarché et de tomates insipides. Carol prétendait boire par goût, mais il la soupçonnait de se nourrir uniquement par nécessité. Il y avait une corbeille avec des pommes et des poires ; il la posa sur la table à côté des sandwiches. Ce n'était pas vraiment un festin, mais ça ferait l'affaire. Il remplit deux verres d'eau et posa deux assiettes l'une en face de l'autre. Comme il ne pouvait rien ajouter pour rendre la table plus attrayante, il retourna à son ordinateur en attendant qu'elle le rejoigne.

Tony ne voulait pas entamer son deuxième rapport avant la pause déjeuner. Il alla donc sur un site d'informations et regarda s'il ne pouvait pas trouver plus de détails concernant la mort de Jasmine Burton. Il lut rapidement plusieurs articles, mais il n'y avait rien de nouveau.

— Des pierres dans les poches, murmura-t-il.

Ce détail le chiffonnait, mais il ne parvenait pas à mettre le doigt sur ce que cela lui rappelait.

— Qu'est-ce que tu as dit ?

Il était tellement absorbé par sa lecture qu'il ne l'avait pas entendue entrer.

— Rien d'important. Juste un truc qui me turlupine.

Elle se pencha pour jeter un œil à ce qu'il consultait. Il sentit une odeur de transpiration qui ne lui déplut pas. Ça aurait pu être érotique, songea-t-il, si son haleine n'avait pas eu des relents d'alcool. Son organisme était en train d'éliminer. Même s'ils avaient eu une relation amoureuse – et ça avait bien failli arriver par le passé – il aurait hésité à l'embrasser à cause de ça.

— Pourquoi est-ce que tu t'intéresses à un suicide dans le Devon ? lui demanda-t-elle.

— Je ne sais pas trop. J'étais chez Paula et Elinor hier soir et Torin en a parlé. On s'est mis à évoquer les attaques anonymes sur Internet, parce que apparemment, c'est ce qui a conduit Jasmine Burton au suicide. Mais il y a quelque chose là-dedans qui...

Il s'interrompit.

Carol lut l'article.

— Les médias adorent accuser Internet des pires maux, soupira-t-elle. Je comprends pourquoi cette histoire a retenu ton attention et te fait cogiter.

— Ah bon ? Ça me soulage.

Il la regarda, attendant qu'elle en dise davantage. Elle avait un demi-sourire mystérieux sur les lèvres.

— Pourquoi tu souris ? demanda-t-il.

— Tu ne peux pas t'en empêcher, hein ? Tu essaies déjà de reconstituer le puzzle.

— Quel puzzle ?

Le sourire de Carol s'élargit.

— Ce n'est pas la première, Tony. Ton subconscient sait que ce n'est pas la première.

14

L'agent Sam Evans s'étira avec délices, appréciant d'être allongé dans un lit tellement grand qu'il pouvait s'y étaler de tout son long. Il admira le contraste de sa peau café au lait contre les draps blancs et les courbes sculpturales de ses muscles. Les légers stores du velux diffusaient une lumière flatteuse, et Sam sourit, sachant que Stacey se pâmerait de plaisir en le voyant comme ça quand elle reviendrait avec le café.

À l'autre bout du loft, Stacey Chen versa d'une main des grains de café dans le broyeur de sa machine tout en tapotant de l'autre sur l'écran de sa minitablette. Elle ne pouvait pas s'en empêcher. Malgré la présence irrésistible de cet homme qu'elle n'aurait jamais cru pouvoir attirer dans son lit, le monde virtuel du cyberespace exerçait sa fascination.

Stacey avait conscience d'être une geek ; et même une super-geek. Ses parents immigrés avaient voulu qu'elle s'engage dans une voie traditionnelle : le droit, la médecine, la comptabilité. Mais la première fois qu'elle s'était retrouvée assise devant un écran d'ordinateur, elle avait su qu'elle avait trouvé sa vocation.

Elle avait voulu comprendre comment marchait cette machine pour l'utiliser à sa guise et avait plongé dans le monde virtuel comme si elle était le fruit des amours illégitimes de Steve Jobs et de Bill Gates.

Quand elle était étudiante, elle avait créé un programme de jeu qu'elle avait vendu à un important développeur pour une somme astronomique. Ça lui rapportait de l'argent depuis des années. Ses camarades s'étaient tous attendus à ce qu'elle rejoigne une entreprise de jeu vidéo ou bien un géant du logiciel. Personne ne pensait qu'elle intégrerait les rangs de la police. À présent elle était l'expert du numérique pour la police de Bradfield et pour toutes les autres brigades qui réussissaient à s'attacher ses précieux services. Pendant son temps libre, elle continuait de créer des programmes ; l'année passée, elle avait développé deux applications pour téléphone portable qui lui avaient rapporté chacune plus que son salaire annuel.

Très peu de personnes connaissaient l'étendue de son succès. Stacey n'avait pas tellement envie qu'on la questionne sur les raisons qui la poussaient à rester dans la police alors qu'elle aurait pu mieux gagner sa vie ailleurs. Et quand quelqu'un cherchait à en savoir plus, elle répondait qu'elle se sentait redevable envers la société qui avait accueilli ses parents. La vérité était trop inavouable.

Stacey aimait fourrer son nez dans les données personnelles des gens. Et être policière lui en donnait le pouvoir. Personne ne connaissait suffisamment son domaine pour imaginer à quel point elle pouvait s'immiscer dans la vie de tout un chacun. Elle se faufilait à l'intérieur de presque toutes les données confidentielles du pays et elle avait accès à toutes sortes d'informations dont les propriétaires légitimes pensaient qu'elles étaient bien cachées. Professionnellement, c'était utile. Mais rien ne l'excitait plus que de franchir un pare-feu de haut niveau pour accéder à des données privées. Pas même Sam.

Stacey versa du café moulu dans la cafetière avant d'y ajouter de l'eau bouillante. En attendant que ça infuse, elle repensa à sa soirée de la veille. Ils avaient passé un moment magnifique. Ils s'étaient fait livrer un menu complet concocté par un restaurant gastronomique, avaient ouvert une bouteille de champagne, regardé un film en streaming que Sam voulait voir, avant de passer douze heures au lit, alternant avec bonheur sexe et repos. C'était la première fois que Stacey entretenait une relation sérieuse et elle aimait tellement Sam qu'elle en était toute chamboulée. Après une nuit comme celle-là, la conclusion était claire : lui aussi l'aimait.

Cela faisait quelques mois maintenant qu'elle avait enfin trouvé le courage de lui dire ce qu'elle ressentait pour lui. Il avait été un peu méfiant au début. Mais ils étaient allés dîner ensemble et quand elle l'avait invité à prendre un dernier verre chez elle, il s'était finalement détendu. Ils étaient restés près des grandes fenêtres à regarder les lumières éparses de Bradfield la nuit et il avait passé son bras autour de ses épaules.

Ça avait été un moment magique. Stacey frissonna en y repensant. Elle but ensuite une gorgée de café tout en jetant un œil sur l'écran de sa tablette. À la lecture de l'alerte qu'elle avait créée quand elle avait rejoint la Brigade d'enquêtes prioritaires, elle resta bouche bée.

Sam n'allait pas en revenir.

Quand Carol retourna travailler, Tony essaya de se lancer dans la préparation de son second rapport d'évaluation. Mais sa remarque avait éveillé sa curiosité. Carol n'avait pas réussi à se souvenir des détails mais elle était certaine d'avoir lu récemment quelque chose au sujet d'une femme qui s'était suicidée après avoir été persécutée sur Internet pour avoir osé tenir des propos vaguement féministes. Mais elle n'arrivait pas non plus à se rappeler ce qui avait été dit au juste.

— Je vieillis, avait-elle dit sans humour. Ma mémoire n'est plus aussi bonne qu'avant.

C'était troublant d'entendre ça de la part d'une femme qui était connue pour sa mémoire infaillible. Carol pouvait répéter n'importe quelle conversation entendue mot pour mot. C'était parfois un don gênant. Il lui avait répondu sans réfléchir :

— C'est l'âge mais aussi l'alcool. Deux facteurs qui accélèrent la destruction des neurones.

Et ça avait réduit à néant les chances qu'elle lui vienne en aide. Ils avaient déjeuné en silence et elle était repartie travailler aussi vite que possible.

Il essaya différentes combinaisons de mots-clés dans diverses recherches, en vain. Il regrettait de ne plus travailler avec l'ancienne équipe de Carol. Stacey Chen aurait trouvé ce qu'il cherchait en quelques minutes. Ses années à jouer à des jeux vidéo l'avaient rendu accro à la chasse aux zombies mais elles ne l'avaient pas rendu plus efficace dans la recherche sur Internet.

Il était sur le point d'abandonner quand il tapa les mots « suicide viol harcèlement Internet » et trouva ce qu'il cherchait. Kate Rawlins animait une émission matinale joyeuse et légère sur une radio commerciale de Londres. Elle s'était affirmée en faveur de l'anonymat des victimes de viol suite à une affaire controversée impliquant une star de télé qui voulait retrouver son emploi après avoir purgé sa peine pour viol. Ses fans avaient révélé le nom de sa victime et l'avaient harcelée même si lui avait été jugé coupable ; Kate avait fait campagne contre ceux qui avaient révélé l'identité de la victime pour qu'ils soient jugés.

Elle avait reçu une avalanche de menaces et d'injures sur ses différents comptes de réseaux sociaux. Ils avaient même réussi à localiser sa fille, une étudiante en art, à qui ils avaient demandé de désavouer sa mère pour avoir fait preuve d'hostilité envers les hommes.

Kate, une femme qui s'était toujours montrée calme et mesurée pour séduire son public, s'était révélée combative et résolue. Elle s'était élevée contre ses détracteurs, profitant de ses passages à la radio pour les dénoncer. Les réactions n'en avaient été que plus violentes. À première vue, elle avait encaissé les coups sans broncher, recevant un large soutien des autres animateurs radio, des journalistes et de ses fans sur les réseaux sociaux.

Et puis un matin, son assistante avait débarqué chez elle dans le nord de Londres et l'avait trouvée dans le garage, le moteur de sa voiture en marche. Pour être sûre qu'elle ne reviendrait pas en arrière, Kate s'était menottée à l'accoudoir de la place passager de façon à ce qu'elle ne puisse pas atteindre le contact.

Sa mort entraîna une vague de choc et d'indignation. La star de télé fut pointée du doigt mais nia avoir encouragé les brutes qui avaient harcelé l'animatrice. L'histoire fit les gros titres des journaux pendant quelques jours avant de s'éteindre.

Circonstances similaires, morts très différentes. C'était intéressant, et pourtant en savoir plus sur Kate Rawlins n'avait pas apaisé sa curiosité. Quelque chose le turlupinait à propos de la mort de Jasmine Burton.

Mais se poser des questions à ce sujet ne servait à rien. L'expérience lui avait appris que la meilleure façon d'accéder à la partie immergée de l'iceberg c'était de se concentrer sur autre chose. Il se força donc à se remettre au travail.

Il émergea en fin d'après-midi. Il n'entendait plus les coups sourds lointains qui lui avaient tenu compagnie plus tôt dans la journée. Il se demanda si Carol était partie faire un tour avec le chien. Il espérait que ce n'était pas le cas ; il avait prévu de proposer de les accompagner pour leur prochaine sortie. Il avait besoin de prendre l'air et c'était toujours en marchant qu'il trouvait ses meilleures idées ; il pourrait réfléchir à son livre ou à Jasmine Burton.

Il ouvrit la porte et Flash se retrouva en un instant à côté de lui, tournoyant autour de ses jambes. Elle n'était donc pas sortie.

Carol ne travaillait pas non plus. À l'autre bout de la grange, elle était assise sur un tréteau, les épaules voûtées, bras croisés. Même à cette distance, il pouvait voir qu'elle tremblait, malgré les deux gros radiateurs d'appoint qui maintenaient les lieux à une température supportable. Tony prit son temps pour s'approcher d'elle, en essayant de ne pas laisser transparaître son inquiétude. Ce n'était pas le moment de l'accabler avec ses états d'âme.

En se rapprochant, il remarqua que son visage était couvert d'une pellicule de sueur. Elle essayait manifestement de reprendre le contrôle d'elle-même et d'arrêter de grelotter. Mais son corps la trahissait : elle tremblait comme un chien battu. Il s'assit à côté de Carol et passa son bras autour d'elle. Ils avaient évité tout contact physique depuis longtemps, craignant tous les deux ce qui pourrait en résulter. L'intimité qu'ils avaient partagée si naturellement avait été réduite à néant après la mort de Michael et Lucy ; depuis, ils étaient comme un pays déchiré par une guerre civile dont les deux parties en conflit ne savent pas comment renouer des relations diplomatiques. Sentir la chaleur de son corps contre le sien après tout ce temps le remplit de nostalgie. Il aurait préféré que le désir, et non le seul besoin de contact physique, soit à l'origine de cette étreinte.

— Je suis désolée, dit-elle d'une voix tout juste audible.

— Ça va passer.

Il pouvait sentir son corps trembler contre le sien et l'odeur âcre de sa transpiration.

— Ça te dirait d'aller faire un tour ? Prendre l'air te ferait du bien.

Carol posa la tête contre son épaule.

— En tout cas, ça ne peut pas me faire de mal. Donne-moi une minute.

Elle ferma les yeux et frissonna. Elle tira ensuite un vieux mouchoir d'une de ses poches et s'essuya le visage. Elle afficha un léger sourire.

— Ma mère aurait une attaque si elle me voyait dans cet état.

Tony lâcha un petit rire étranglé.

— Ce n'est rien par rapport à ce que ma mère dirait.

Carol gloussa à son tour.

— Elle ne m'a jamais aimée.

Elle fit un effort pour se lever, chancelant légèrement.

— Bon, allons-y. Mais je te préviens, ce n'est pas une promenade pour les petites natures.

Il afficha un sourire en coin.

— Tu penses vraiment que je suis une petite nature après cette matinée ?

15

Stacey revint précipitamment dans la chambre avec le café, tellement excitée qu'elle ne prêta pas attention à la nudité de Sam.

— Tu ne vas pas en croire tes oreilles, dit-elle en posant les deux cafés avant de se glisser sous les draps en soie à côté de lui.

— Tu vas me larguer ? répliqua-t-il sur un ton taquin en l'attirant dans ses bras.

Elle sentit son sexe se durcir contre sa cuisse mais pour le moment elle avait autre chose en tête.

— Ne dis pas de bêtises. C'est quelque chose de vraiment dingue.

Elle l'embrassa sur le bout du nez.

— Concentre-toi deux secondes, Sam. Je te promets que tu ne seras pas déçu. Je serai encore là après.

Elle se libéra de son étreinte et tendit le bras pour prendre sa tablette qu'elle gardait près du lit. Ses doigts pianotèrent dans tous les sens sur l'écran jusqu'à ce qu'elle trouve l'alerte qui l'avait laissée bouche bée dans la cuisine.

— Regarde ça.

Sam se redressa sur un coude en soupirant.

— J'ai du mal à croire qu'il existe quelque chose de plus excitant que ce que ma bite avait prévu pour toi. Ok, fais-moi voir.

Il tendit la main comme l'aurait fait un Romain au cours d'un banquet.

Stacey lui donna une chiquenaude sur l'épaule. Elle avait un côté prude et elle n'aimait pas l'entendre s'exprimer avec une telle vulgarité. Elle n'aimait pas qu'on se conduise en goujat.

— Je suis trop bien pour toi.

Il lui tira la langue et elle lui passa la tablette.

Pendant quelques secondes, il ne comprit pas vraiment ce qu'il avait sous les yeux. C'était manifestement un rapport d'arrestation provenant de la police du West Yorkshire. Les flics de Halifax. Concernant une conduite en état d'ivresse. Pourquoi Stacey était-elle aussi excitée au sujet d'une arrestation pour conduite en état d'ivresse ?

Et puis il vit le nom et émit un petit sifflement.

— Carol Jordan. Putain...

Il regarda la date et l'heure.

— Ça s'est passé hier soir. Comment t'as réussi à foutre la main là-dessus ?

Stacey haussa les épaules, en essayant de paraître modeste, sans y parvenir. Pourquoi le cacher ? Elle était fière de ses talents. Cependant, elle était vaguement consciente qu'autour d'elle on n'appréciait pas beaucoup qu'elle puisse fourrer son nez dans la vie privée des uns et des autres.

— C'est facile. J'ai installé une alerte pour que tout ce qui se rapporte à quelqu'un ou quelque chose qui m'intéresse dans les données auxquelles j'ai accès me soit signalé.

— Et Carol Jordan en fait partie ?

Sam étira le bras au-dessus de Stacey pour prendre son café.

— J'ai mis une alerte sur elle quand j'ai commencé à travailler pour la BEP. À l'époque, ça me paraissait être une bonne idée.

— D'espionner son chef ? dit-il en gloussant. C'est génial. Pas étonnant que tu aies toujours une longueur d'avance. Tu peux faire la même chose avec mon chef ? Je sais quasiment rien sur ce connard. Et qui a le savoir, a le pouvoir.

Stacey fronça les sourcils.

— Et tu utiliserais ce pouvoir pour faire le bien ou le mal, Sam ?

Il se mit à rire avant de l'embrasser.

— Je l'utiliserais pour nous, chérie.

Il jeta de nouveau un œil sur la tablette.

— C'est vraiment incroyable. Je savais qu'elle buvait. J'en ai parlé à Blake mais il ne l'a jamais prise sur le fait.

Stacey était scandalisée.

— Tu as dit à Blake que la chef buvait ? Pourquoi t'as fait ça ?

Il la regarda d'un air innocent.

— Parce que mon boulot a de l'importance pour moi. Je ne voulais pas qu'on perde des affaires parce qu'elle s'était enfilé un peu trop de vodka. C'était ma chef, pas mon amie, Stacey.

Stacey n'en revenait pas.

— Mais c'était une bonne chef, Sam. La meilleure que j'aie jamais eue. Le travail était intéressant, elle nous traitait équitablement et elle nous défendait toujours face à Blake. Pourquoi t'es allé parler dans son dos à celui qui cherchait le plus à la détruire ?

Elle attendait désespérément qu'il lui donne une réponse satisfaisante ; à ce stade de leur histoire d'amour, elle ne pouvait pas supporter l'idée qu'il puisse être moins bien que ce qu'elle avait cru.

Il lui rendit la tablette.

— Tu dis ça comme si c'était un drame. Je te l'ai dit, ce qui compte, c'est la justice. Et puis je voulais m'assurer que Blake sache dans quel camp j'étais quand tout partirait en vrille.

Il passa un bras autour d'elle et essaya de l'attirer vers lui.

Stacey ne savait plus trop quoi penser. Carol Jordan avait été une excellente chef selon elle. Elle se fichait de ce que Stacey faisait et de savoir où elle fourrait son nez, tant qu'elle arrivait à obtenir ce dont l'équipe avait besoin quand des vies étaient en jeu. Carol l'avait arrachée à un boulot sans grand intérêt pour lui offrir la possibilité de faire quelque chose d'utile, et elle avait apprécié ses talents comme aucun autre de ses supérieurs ne l'avait fait avant et depuis. Stacey supposait que c'était parce que le frère de Carol avait été un geek lui aussi, ce qui lui donnait une idée du monde dans lequel Stacey passait le plus clair de son temps.

Mais Sam était l'homme qu'elle aimait, l'homme sur lequel elle avait fantasmé et qu'elle avait désiré depuis le tout premier jour où il avait rejoint la BEP ; celui qui l'avait regardée de ses yeux marron qui semblaient sonder son âme et son cœur. Ça lui avait demandé du temps d'admettre qu'elle était attirée par lui et c'était grâce à Paula qu'elle s'était enfin décidée à lui déclarer sa flamme. Stacey n'arrivait toujours pas à croire qu'il l'avait choisie et ne voulait pas prendre le moindre risque avec lui.

Elle s'en voulait de ne pas défendre Carol comme celle-ci l'avait toujours fait pour les membres de son équipe.

— Mais elle a toujours été de notre côté, se contenta-t-elle de dire.

Sam appuya sa tête contre son épaule et descendit doucement vers sa poitrine.

— Oublie Carol Jordan. On a des choses plus intéressantes à faire maintenant.

Stacey succomba à la tentation sans penser une seconde que son amoureux était en train d'imaginer un moyen d'utiliser cette information à son avantage. Quand elle lui avait lancé qu'elle était trop bien pour lui, Stacey ne savait pas à quel point elle disait vrai.

16

Le métal crissa quand Tony passa les vitesses du Land Rover.

— J'aimerais bien pouvoir le reconduire un jour, grogna Carol.

— Ça fait un bail que je n'ai pas conduit un engin aussi primitif.

— Tu n'es pas vraiment un Jeremy Clarkson en ce qui concerne les voitures, répliqua-t-elle.

— Ce dont nous devrions tous les deux nous réjouir, dit-il en faisant la grimace. Ma Volvo est peut-être sur le point de rendre l'âme mais elle a été construite après l'invention de la synchronisation.

Tony était soulagé du ton badin qu'avait pris la conversation tandis qu'ils traversaient la campagne en direction de Bradfield, surtout après la soirée tendue et stressante qu'ils avaient passée au retour de leur promenade dans les collines derrière la grange. Il avait eu peur qu'elle ne se mette en colère, mais il avait pris garde à ne pas la pousser dans ses retranchements.

Et ce matin, Carol semblait plus calme. Ils s'étaient assis à la table de la cuisine, Flash aux pieds de sa maîtresse, et ils avaient réussi à parler sans se disputer ou sans trop remuer le couteau dans la plaie. Il avait rompu le silence en lui posant une question avec l'espoir qu'elle ne la prendrait pas mal.

— Qu'est-ce que tu fais habituellement le soir ?

Elle avait levé la tête et éloigné une épaisse mèche de cheveux blond argenté de son front.

— Quand je suis trop fatiguée pour continuer à travailler, je regarde la télévision. Tout sauf des séries policières, ce qui veut dire que je finis parfois par regarder des documentaires bizarres sur Channel 4, répondit-elle avec un sourire en coin.

— Il est peut-être temps que tu te mettes aux jeux vidéo ?

— Quoi ? dit-elle en lâchant un petit rire. Prétendre que je suis Lara Croft, comme tu le fais ? Et courir dans tous les sens avec d'improbables nichons en tuant des gens ?

— Tu sais très bien que tu exagères. Le genre de jeux auxquels je joue demande de la stratégie, des réflexes, de la réflexion. Ils sont heuristiques. Tu apprends de tes erreurs et tu développes des approches différentes pour aborder un problème.

Carol éclata de rire.

— C'est comme ça que tu justifies ces heures passées devant un écran à agir comme un de ces dingues dont tu t'occupes le reste du temps ?

Tony secoua la tête.

— Ça m'aide plutôt à ne plus penser à ces dingues. Et ça libère mon subconscient pour résoudre les problèmes que les dingues me posent.

— Et comment tu crois que ça pourrait m'aider ?

Elle le regarda de ses yeux gris-bleu avec défi. Elle but une grande gorgée de café et ce fut tout ce qu'elle avala en guise de petit déjeuner ce matin-là.

Profonde inspiration. Sujet difficile.

— Je pense que ça t'aiderait à réfléchir à ce que tu veux faire de ta vie. Tôt ou tard, tu n'auras plus de grange à rénover et tu devras prendre des décisions. Je te connais, Carol. Tu ne vas pas pouvoir rester coincée ici au milieu de nulle part, à promener le chien, à prendre des cours de cuisine et à regarder des trucs pourris à la télé.

Elle détourna son regard du sien.

— Et tu penses que *Grand Theft Auto* viendrait combler ce vide ?

— Ça t'occuperait jusqu'à ce que tu trouves autre chose à faire. Il faut que je me rende à Bradfield aujourd'hui. J'ai besoin de prendre des affaires de rechange et je dois m'organiser avec les autres thérapeutes de Bradfield Moor pour être remplacé jusqu'à la fin de la semaine. Je crois que je vais prendre…

— La fin de la semaine ? le coupa-t-elle, l'air à la fois surpris et choqué. Qui t'a demandé de t'installer ici ?

C'est à ce moment-là qu'il aurait normalement dû faire quelque chose pour éviter la confrontation. Il avait passé des années à éviter de parler de manière franche et directe avec elle. D'une part, parce que professionnellement, il ne croyait pas que faire la guerre était un moyen d'obtenir durablement la paix. Et surtout parce qu'il détestait la sensation qu'il ressentait au creux de son ventre quand ils se disputaient. Mais aujourd'hui, il savait qu'il n'y avait pas d'échappatoire.

— Tu as besoin de moi, Carol.

— Va te faire voir, Tony. Je n'ai pas besoin de toi. Je n'ai besoin de personne.

Elle fit glisser sa chaise bruyamment sur le sol en reculant. Le chien bondit sur ses pattes, les oreilles dressées et aux aguets. Carol esquissa un geste de la main.

— Regarde autour de toi. Je me débrouille bien toute seule.

— Pas vraiment. Tu n'arrêtes pas de te dire ça, mais ce n'est pas vrai pour autant. Tu souffres et tu as besoin d'aller mieux. Tu as besoin d'aide, Carol. Tu as besoin d'être aidée par quelqu'un qui croit que tu le mérites. Je ne vais nulle part. Je resterai ici tout le temps qu'il faudra.

Il vit ses yeux s'embuer de larmes quand elle se tourna.

— Merde. J'aurai jamais la paix ?

— Si tu veux vraiment que je parte, je le ferai. Mais je ne reviendrai pas.

— Et qui est-ce que tu enquiquineras alors ? Regarde les choses en face, Tony. Si je suis une sorte de Rémi sans famille, comme tu l'as suggéré hier, tu l'es toi aussi. Tu as besoin de moi pour te sentir utile. Je me suis très bien débrouillée sans toi ces derniers temps. Je peux continuer.

Il répliqua en levant le ton d'une façon inhabituelle.

— Tu veux bien arrêter ? Je suis fatigué qu'on se dispute. Toutes ces années, à chaque fois qu'on s'est retrouvés ensemble ça s'est terminé par une dispute ou un claquement de porte. J'en ai marre, je suis fatigué de tout ça, Carol. Je veux juste qu'on arrive à faire la paix ensemble. Eh oui, tu as raison. On se connaît mieux que personne. Tu ne peux pas y arriver sans moi et je ne peux pas y arriver sans toi.

Il tapa du poing contre la paume de son autre main.

— Je t'en prie. Arrête ça. S'il te plaît.

Carol tendit machinalement la main vers Flash, qui avait la tête posée sur les genoux de sa maîtresse. Elle caressa les oreilles douces de la chienne, essayant de gagner du temps. Quand elle fut certaine de pouvoir parler, elle finit par dire :

— Si nous allons à Bradfield, on ferait bien de passer par un magasin de bricolage et un magasin de literie. J'ai un jeu de clés de rechange pour le Land Rover ; on peut faire un saut au commissariat de Halifax pour récupérer les miennes si on a le temps.

Et ce fut tout. Ils avaient au moins réussi à se mettre d'accord.

Quand ils arrivèrent au sommet de la colline, il tenta sa chance pour la deuxième fois de la matinée.

— Au fait, j'ai prévu qu'on s'arrête pour prendre un café avec Paula.

— Oh, putain..., grommela Carol. Et une humiliation de plus.

— Tu n'es pas obligée de lui en parler si tu n'en as pas envie. Mais elle est peut-être déjà au courant.

— Elle sera au courant. Le bouche à oreille aura fonctionné.

— Qu'elle soit au courant ou non, elle ne va pas te juger. Ce n'est pas le genre de Paula. Mais ce n'est pas pour ça que je veux la voir.

Carol se tourna sur son siège, piquée par la curiosité.

— Pourquoi alors ? Qu'est-ce que tu manigances ?

— Il y a quelque chose qui me chiffonne au sujet du suicide de Jasmine Burton. Et c'est la raison pour laquelle je veux en savoir plus sur Kate Rawlins aussi.

Carol afficha un sourire en coin.

— Tu continues d'utiliser Paula pour faire la basse besogne ?

— Je le ferais moi-même si je le pouvais, mais c'est elle qui est aux commandes. Et elle est toujours en contact avec Stacey, qui n'est pas du genre elle non plus à refuser de rendre un service en sous-main à un vieil ami.

— Un de ces jours tu vas la mettre dans la merde. Et elle ne pourra pas compter sur moi pour l'aider à ce moment-là.

Tony esquissa un petit sourire.

— Ce n'est pas juste. Paula et moi avons formé une bonne équipe par le passé. Si elle n'avait pas pris les devants pour te tirer de ta tanière, je serais encore en train de croupir en prison à l'heure qu'il est.

— Tu dis ça comme si c'était une bonne chose, répliqua Carol d'un ton aigri.

— Ça l'est de mon point de vue. Enfin bon, je me disais que ce serait intéressant de voir ce qu'elle pouvait trouver. Ça pourrait être amusant.

— Quoi ? Une fausse enquête ? Tu penses que c'est ce dont j'ai besoin à ce stade de ma vie ?

Il haussa les épaules.

— Ce ne serait pas forcément une fausse enquête. Tout dépend de ce que Paula trouvera.

Allez, Carol. Je sais que tu as développé des tas de nouvelles aptitudes dernièrement mais tu en possèdes déjà certaines que tu dois entretenir.

Elle geignit.

— Ça suffit. Ça veut donc dire qu'avant même que nous parlions ce matin, tu avais prévu que je vienne avec toi à Bradfield ? Tu ne me crois pas capable de rester seule ? C'est ça ? Tu penses qu'aussitôt parti j'en profiterai pour appeler George Nicholas et lui demander de m'apporter une bouteille de vodka ?

Tony essaya d'avoir l'air offusqué.

— Ça ne m'a jamais traversé l'esprit, mentit-il. Je pensais simplement que tu serais contente de sortir un peu de chez toi. Et d'avoir la compagnie de quelqu'un d'autre que moi.

Carol marmonna quelque chose entre ses dents. Il pensa qu'il avait fait des progrès, même si ça restait douloureux. Mais son cœur lui criait que personne ne comptait plus pour lui que Carol Jordan.

17

Paula se brossait les dents dans les vestiaires pour essayer de se débarrasser du goût du jus de chaussette qu'elle avait bu au bureau. Si elle allait boire un vrai café, elle voulait en sentir toute la saveur. À l'époque de la BEP, ils en buvaient du bon, fraîchement moulu, ramené de temps en temps par quelqu'un qui s'était arrêté chez un torréfacteur. Sa nouvelle équipe était dirigée par un commandant qui se cramponnait à son job avec ses ongles manucurés et qui buvait du thé du Yorkshire tellement fort qu'on pouvait planter une cuiller toute droite à l'intérieur. Le commandant Fielding et Paula étaient partis du mauvais pied quand Fielding avait arrêté Tony pour meurtre ; Paula avait prouvé son innocence grâce à l'aide non négligeable de Carol. Malgré l'humiliation, Fielding avait gardé son poste. Mais elle s'était assurée depuis de lui rendre la vie impossible. Encore une bonne raison de regretter l'époque où elle faisait partie de la meilleure équipe qu'elle ait connue.

Quand Tony lui avait envoyé un texto la veille au soir, Paula avait fait sursauter Elinor en poussant des cris de joie à l'idée de les revoir, lui et

Carol, assis à la même table. Il n'y avait rien de plus triste que de voir deux personnes qui s'aimaient s'entre-déchirer. L'année passée avait été très difficile entre eux. Elle ne pouvait pas s'empêcher de se demander ce qui les avait poussés à se rabibocher.

Elle avait trouvé une réponse à sa question aussitôt qu'elle était entrée dans l'enceinte du commissariat ce matin-là. Elle ne s'était pas encore débarrassée de son manteau que le commandant Fielding avait fait son apparition à la porte de son bureau.

— Vous êtes au courant pour Carol Jordan ? avait-elle dit, avec un sourire méchant.

— Qu'est-ce qui lui est arrivé ? demanda Paula en se retournant pour accrocher sa veste.

Elle n'allait pas donner à Fielding le plaisir de voir sa réaction quand elle allait lui annoncer on ne sait quelle mauvaise nouvelle.

— Elle a été arrêtée pour conduite en état d'ivresse par la police du West Yorkshire, samedi soir. Et pas pour rien. Elle était bien au-dessus de la limite, d'après ce que je sais.

Fielding ne pouvait pas cacher sa jubilation. Elle n'était peut-être pas une aussi bonne policière que Carol Jordan l'avait été, mais elle ne se serait jamais fait arrêter pour ce genre de chose ; voilà ce qu'elle sous-entendait.

Paula cacha sa consternation et se retourna pour faire face à sa chef.

— Ça doit être un soulagement pour beaucoup de gens, dit-elle laconiquement.

Fielding fronça les sourcils.

— Qu'est-ce que voulez dire par là au juste, lieutenant ?

— Avec une condamnation de ce genre, il n'y a aucune chance qu'on lui demande d'intégrer la police à nouveau, expliqua-t-elle en affichant un sourire sardonique. Elle ne pourra donc pas entrer en concurrence avec qui que ce soit pour un poste, conclut-elle en tournant les talons, sans attendre la réaction de Fielding.

Elle avala une tasse d'un café exécrable avant de se diriger vers une salle d'interrogatoire sans jeter un regard en arrière.

Quand elle s'assit pour interroger un violeur présumé plein d'arrogance, elle enfouit dans un coin de sa tête les paroles de Fielding. Elle verrait ça plus tard. Pour le moment, elle devait concentrer ses efforts pour faire perdre de sa superbe à ce jeune homme et réussir à le plonger dans l'incertitude et la peur. C'est ce qu'elle aimait le plus dans son métier. Son environnement naturel était celui de la salle d'interrogatoire, où elle pouvait user de tout son talent pour obtenir et soutirer des informations à des hommes et des femmes qui étaient entrés dans la pièce avec la certitude qu'ils n'allaient rien révéler d'eux-mêmes. Personne n'était meilleur que Paula pour réduire à néant cette certitude et mettre ces gens face à leurs contradictions. Elle savait que c'était la raison pour laquelle Carol Jordan l'avait recrutée en tout premier lieu.

Quand elle en eut terminé avec le violeur, ce fut l'heure de partir pour aller retrouver les deux personnes dont le brio l'avait aidée à devenir la policière qu'elle était maintenant. Elle ne dit à personne où elle allait, seulement qu'elle devait voir quelqu'un au sujet d'une affaire. Fielding ne serait pas contente et c'était tant mieux.

Quand elle entra dans le café branché aux confins du campus universitaire où Tony lui avait donné rendez-vous, elle se demanda un instant s'il ne s'était pas trompé en choisissant cet endroit avant de comprendre que c'était intentionnel. Personne ici n'avait la moindre idée de qui ils étaient ; ils avaient l'air de trois pauvres clampins entrés là par erreur.

Paula repéra Carol et Tony assis autour d'une table au fond de la salle. Même à cette distance, Tony avait l'air fatigué ; il avait des cernes sous les yeux et les joues creuses.

Paula commanda un café allongé au bar avant de les rejoindre. Carol était pâle ; sa peau était sèche et tavelée. Elle avait aussi besoin d'une bonne coupe de cheveux, faite par un vrai coiffeur et pas par un pro de la tondeuse à qui elle aurait accordé sa confiance. Depuis leur dernière rencontre, elle semblait s'être renfermée encore davantage sur elle-même. Mais Paula était déterminée à ne pas laisser paraître son inquiétude vis-à-vis de son ancienne chef.

— Contente de vous voir, dit-elle en s'asseyant tout en se demandant quelle attitude adopter quand viendrait le moment d'évoquer l'arrestation pour conduite en état d'ivresse.

— Ça fait plaisir de te voir aussi, dit Tony.

— Merci d'avoir filé en douce pour nous rejoindre, ajouta Carol.

Paula afficha un grand sourire.

— Qu'est-ce qui vous fait dire que je suis partie en douce ?

Carol haussa les épaules.

— J'imagine mal le commandant Fielding vous autoriser à quitter le commissariat si elle avait su où vous comptiez aller. Surtout avec les bruits qui circulent sur mon compte.

Paula fixait son café du regard comme s'il contenait un message fascinant.

— Je suis au courant, dit-elle, en s'en voulant tout à coup de ne pas lui apporter son soutien.

Elle leva finalement les yeux de sa tasse et dit avec conviction.

— C'est nul.

Carol n'arrêtait pas de tourner sa cuiller dans tous les sens.

— J'étais au-dessus de la limite.

— Quand bien même. On ne peut pas trouver un moyen de régler ça ? Je pourrais en parler au commandant Franklin, je me suis toujours mieux entendue avec lui que vous…

Carol fit un geste de la main.

— Pas la peine. Ça ne servira à rien. John Franklin n'est pas un de mes amis, mais même s'il l'était, il aurait du mal à faire quelque chose. C'est un policier impartial, Paula.

Elle secoua la tête d'un air résigné.

— J'étais sur une route de campagne, à moins de deux kilomètres de chez moi, en pleine possession de mes moyens et de mon véhicule, ce qui paraît d'autant plus malheureux et injuste, mais à vrai dire, il n'y a pas sujet à polémiquer.

Paula ne pouvait pas s'empêcher d'admirer Carol pour son honnêteté. À sa place, elle ne pensait pas qu'elle aurait réussi à prendre les choses aussi sereinement.

— Ça fait un peu penser à un complot, grommela-t-elle. Mais je comprends votre point de vue. S'il y a quelque chose que je peux faire.

Je veux dire d'un point de vue pratique. Quand vous…

— Quand on m'aura retiré mon permis de conduire ? Merci, on verra à ce moment-là. Ce n'est pas très pratique vu là où je vis.

— Tu pourrais revenir t'installer en ville pendant cette période, intervint Tony. Il y a toujours des péniches à louer à Minster Basin. On pourrait être de nouveau voisins.

Paula avait le sentiment que Carol entendait ça pour la première fois. Il avait sans doute attendu qu'il y ait quelqu'un d'autre avec eux pour éviter qu'elle ne pique une crise à cette idée.

— Je vois, dit Carol. La chienne va adorer. Entravée et confinée en plein centre-ville. Non merci. Je préfère supporter les inconvénients. Et puis, je ne suis pas en train de faire tous ces travaux dans la grange pour que quelqu'un d'autre en profite.

— Bon, mais si jamais vous avez besoin d'un endroit pour dormir quand vous êtes en ville, on peut toujours vous accueillir, il y a un canapé dans le salon.

Carol haussa involontairement les épaules. Quelqu'un de moins compréhensif que Paula aurait pu mal le prendre.

— C'est gentil de votre part, Paula, mais je ne veux pas m'imposer. Je pense que je rappelle trop à Torin ce qui est arrivé à sa mère.

— En parlant de meurtre…, dit Tony avec son talent habituel pour passer du coq à l'âne.

— Ce que nous ne faisions pas, répliqua Carol.

— Nous n'en étions pas loin, dit Paula en faisant un geste d'excuse. Regardons les choses en face, c'est généralement ce qui nous réunit. J'aurais dû me douter que ce n'était pas juste pour boire un café qu'on se retrouvait. Lance-toi !

Elle leva sa tasse de café comme si elle portait un toast. Carol et Tony échangèrent un regard.

— Vas-y, dit-il. Tu es meilleure que moi pour les briefings.

Carol secoua la tête.

— Oh non, tu ne vas pas t'en sortir aussi facilement. C'est toi qui as eu cette idée farfelue.

Tony se redressa sur sa chaise et passa un bras par-dessus le dossier.

— C'est probablement une chimère. Tu te souviens que nous avons parlé de Jasmine Burton samedi soir ?

Paula hocha la tête.

— Oui, Torin était scandalisé par ce harcèlement. Il en parlait hier encore.

— Il y a quelque chose qui me turlupine à propos de cette histoire sans que je parvienne à savoir ce que c'est. Mais ça me chiffonne. On était en train de parler de ça Carol et moi, ajouta-t-il en faisant un geste dans sa direction pour qu'elle prenne le relais.

— Et je me suis souvenue de Kate Rawlins. Ça vous dit quelque chose ?

Paula secoua la tête.

— Non, désolée. Ça devrait ?

— L'animatrice radio qui avait plaidé pour l'anonymat des victimes de viol après que ce connard de la série télévisée *Northerners* a affirmé avoir été accusé à tort. Vous vous souvenez ?

Il fallut quelques secondes à Paula pour se souvenir de qui Carol parlait.

— Oui, bien sûr, désolée. J'avais oublié son nom. Mince. Une femme est poussée au suicide à cause d'une bande de salopards, et je n'arrive même pas à me souvenir de son nom.

Elle rougit, honteuse.

— Mais quel rapport avec Jasmine Burton ? Elles n'ont même pas choisi la même méthode. Kate Rawlins ne s'est pas suicidée par asphyxie dans sa voiture ?

— C'est exact, répondit Tony. Je sais à quel point ça peut paraître incroyablement ténu, et le fait d'être incapable de mettre le doigt sur ce qui me chiffonne n'aide sans doute pas, mais c'est mon job de repérer des similitudes là où d'autres n'en voient pas. Et moi, je vois des similitudes. Deux femmes. Avec du caractère, des compétences, respectées dans leur métier et qui ont le courage de leurs opinions jusqu'au jour où des grandes gueules, que certains appellent des trolls sur Internet, s'en prennent à elles.

— Pour moi ce sont plus des petits branleurs qu'autre chose, dit Carol. Les trolls dans les livres de Terry Pratchett sont plutôt sympathiques. Mais même les mères de ces connards ne trouveraient rien de sympathique chez eux.

Tony fit une moue comme si ses mots l'avaient blessé.

— En réalité, la plupart de ceux qui font ça se révèlent généralement être de pauvres types, souvent vulnérables, et aimés par leur mère.

Il leva une main pour couper court aux protestations que Carol était sur le point de formuler.

— Mais certains d'entre eux sont plus sournois et dangereux que ça, tu as raison.

— Tout ça est très intéressant, mais... ? intervint Paula.

— Les similitudes. Oui. Des femmes de caractère qui ne renoncent pas. Elles ont tenu tête à ces trolls, pardon, à ces connards. Elles ne se sont pas défilées, elles ne sont pas revenues sur ce qu'elles avaient dit, elles ont campé sur leur position. Elles ont agi avec courage et conviction. Et puis sans crier gare elles se suicident. Voilà pour les similitudes.

— Est-ce que tu es en train de suggérer qu'elles ont été assassinées ?

Paula avait déjà entendu des théories farfelues de la part de Tony au fil des ans, mais rien qui soit aussi tiré par les cheveux.

— Pas exactement, dit-il avec une certaine hésitation. Pas dans le sens conventionnel du terme qui implique que quelqu'un tue une autre personne directement. Mais il s'est passé quelque chose. Entre le moment où elles ont tenu tête à ces connards et leur mort. Un drame dans ce genre c'est curieux. Deux, je trouve ça louche.

— Et il pense que je devrais entretenir mes talents de policière pour ne pas les perdre, expliqua Carol sèchement. Même si on ne voit pas bien en quoi ils me seraient utiles à l'avenir. Nous allons donc jouer aux détectives.

Il y eut un long silence durant lequel chacun devint subitement très intéressé par le contenu de sa tasse et par le morceau zarbi-branché-indé qui passait en fond sonore. Ce fut Paula qui reprit la parole.

— Bon, mais qu'est-ce que vous attendez de moi exactement ?

— Je pense que tu peux mettre Stacey sur le coup, on va avoir besoin de ses talents, dit Carol. Nous voulons tout ce sur quoi vous pouvez mettre la main. Rapports de police, comptes-rendus d'interrogatoire, autopsies, la totale.

— Nous cherchons quelque chose dont on ne sait pas s'il existe et on ne saura pas ce que c'est jusqu'à ce qu'on le trouve, dit Tony. Mais si ce quelque chose existe, tu sais que tu peux compter sur nous pour qu'on le repère.

Il afficha son plus beau sourire, celui qui charmait tout le monde.

— Et pendant ce temps, je passerai en revue les archives des journaux en ligne pour voir si je ne trouve pas autre chose qui relie les deux affaires entre elles, dit Carol d'un air enjoué.

— Super, répondit Paula.

— Allez, admets-le, fit Tony, on t'a manqué, pas vrai ?

18

Les livres étaient des talismans qui le reliaient à son passé. Ils étaient la représentation physique de la distance que sa mère avait prise avec lui et du voyage qui l'avait menée à sa mort. C'était des textes sur lesquels elle s'était appuyée pour justifier son absence. Si sa résolution vacillait, il retournait vers ces livres et se remémorait la leçon qu'ils contenaient. Ils avaient été écrits par des femmes qui prêchaient le féminisme, défendaient leurs droits et voulaient bouleverser l'ordre établi. Aujourd'hui encore, des féministes stupides considéraient que ces textes étaient exemplaires et montraient à d'autres femmes la voie à suivre.

Mais leurs adeptes ne disaient jamais que cette voie les menait à leur mort. Ces femmes que sa mère avait lues et admirées – Sylvia Plath, Virginia Woolf – et les autres qu'il avait découvertes depuis, avaient compris que leurs revendications n'étaient pas un projet de vie, mais un aller simple pour l'enfer. Elles s'étaient inventé une vie de misère ; elles avaient créé elles-mêmes la recette du désastre. Leur révolution féministe les avait menées droit à la catastrophe.

Elles avaient donc logiquement fini par se tuer. Et comme il voulait montrer que ces femmes à la langue bien pendue se condamnaient elles-mêmes et leurs soi-disant sœurs à la perdition, les livres allaient servir à faire comprendre le message. Ils fonctionneraient comme des sortes de lettres d'adieu, pour appuyer l'acte lui-même sans éveiller les soupçons des autorités. Ce serait des signes facilement compréhensibles indiquant que ces femmes avaient mis fin à leurs jours.

Voici le message qu'il voulait faire passer : échouer à tenir votre rôle de femme et de mère vous donnera envie d'en finir. Il voulait qu'il n'y ait aucun malentendu. Il ne fallait surtout pas qu'on puisse imaginer qu'il s'agissait d'autre chose. Il ne voulait pas qu'elles deviennent des martyres, des victimes d'un assassinat : il devait donc renforcer l'image du suicide. Essayer de rédiger de fausses lettres d'adieu aurait été risqué ; les livres avaient le même but et ne pouvaient pas être considérés comme des faux.

En plus, une fois que les deux ou trois premiers suicides seraient connus du public et que les gens commenceraient à y réfléchir, la mode serait lancée. Des femmes idiotes poussées au désespoir et au suicide choisiraient leur propre texte pour faire leurs adieux et elles deviendraient ainsi partie intégrante du mouvement qu'il avait créé. Celles qui le comprendraient rejoindraient de leur plein gré sa communauté.

Les livres avaient été une idée de dernière minute. Mais une excellente idée. Il avait dû chercher ici et là pour se les procurer à temps. Plus il y réfléchissait, plus ils lui paraissaient importants. La petite pile sur l'étagère de son garage était devenue un des éléments essentiels de son projet. Les femmes qui se suicidaient trouvaient une justification dans les œuvres de celles qui s'étaient donné la mort avant elles. Il y avait presque une dimension poétique dans cette symétrie.

Et bien sûr, des morts il y en aurait d'autres.

19

Ils avaient commencé par s'atteler à un monde post-apocalyptique ayant réchappé à une maladie fongique infectieuse et mortelle. Pour Carol, qui ne s'était pas penchée sur un jeu vidéo avec attention depuis les blocs de polyèdre des années quatre-vingt-dix, *The Last of Us* avait l'air aussi fluide qu'un film.

— C'est une quête, comme dans tous les meilleurs livres et films, expliqua Tony. Je te garantis que tu te feras autant de soucis pour Joel et Ellie que tu t'en faisais pour Scout et Atticus Finch. Bon, peut-être pas autant. Mais tu les auras dans la peau et ils ne te quitteront plus.

Au début, il y avait eu beaucoup de jurons et de mouvements maladroits. Carol visait mal et sa coordination n'était pas terrible. Tony l'encourageait et prenait occasionnellement le contrôle de la manette pour lui montrer comment négocier un passage difficile. Et petit à petit, elle avait pris le coup de main. En la voyant immergée dans le monde des pixels, Tony s'en voulut de ne pas avoir réussi à la persuader de s'y mettre des années plus tôt. Concentrés sur le jeu, ils retrouvèrent une certaine intimité qu'il pensait avoir perdue à jamais. Ils se taquinaient, faisaient des blagues, râlaient quand elle perdait et poussaient des cris d'enthousiasme quand elle gagnait. Ils se donnaient des coups de coudes comme deux ados accros aux jeux vidéo, chacun concentré sur les objectifs qu'elle essayait d'accomplir.

Quand il lui avait proposé de faire une pause pour un café, Carol avait été étonnée de voir qu'ils avaient joué plus de trois heures.

— Je n'en reviens pas. Je pensais qu'il était autour de vingt-deux heures. Mais pas minuit. Je dois me lever tôt, dit-elle, étonnée.

— Fais sortir la chienne maintenant, elle te laissera dormir tranquille comme ça.

Il bâilla et tendit le bras pour prendre sa tablette.

Carol lui lança un coup d'œil narquois.

— Tu n'as manifestement jamais eu de chien. Je serais contente si j'arrivais à avoir une heure de répit avec celle-là.

— Au moins tu as un bon lit pour dormir cette nuit.

Un peu plus tôt dans la soirée, ils avaient passé une heure à monter un grand lit à l'autre bout de la grange. Carol avait insisté pour prendre le plus grand modèle du magasin.

— Si je dois partager mon lit avec un fichu chien, j'ai besoin du plus d'espace possible, avait-elle précisé.

— Peu importe la taille du lit que tu vas prendre, elle viendra se blottir contre toi de toute façon. Tu es sa maîtresse, elle veut être près de toi.

Carol avait rechigné mais elle avait opté pour le grand lit malgré tout. Et à présent qu'ils avaient fini de jouer, elle voulait s'y glisser aussi vite que possible. Mais quand elle revint de sa balade le long de la colline, elle trouva Tony plongé dans *80 days*.

— Ça a l'air un peu chiant, dit-elle en regardant par-dessus son épaule.

— Essaie.

Il lui donna la tablette et se détendit.

— Il y a toute une histoire, ce qui pourrait te plaire. Et le graphisme est plutôt joli.

Une heure plus tard, elle sortit la tête du jeu, hébétée.

— Mince, c'est addictif, dit-elle.

— Mais tu n'as pas eu envie de boire de toute la soirée, pas vrai ?

Elle lui lança un regard noir.

— Alors c'est comme ça que ça marche ? On remplace une addiction par une autre ?

— Tous les moyens sont bons. Et ce n'est pas comme si tu avais passé un mauvais moment. Si tu deviens accro, ça ne prendra pas tout ton temps. Enfin, je ne crois pas. J'adore jouer. Ça m'aide à résoudre des problèmes. Et c'est vrai, des nouveaux jeux m'ont parfois tenu éveillé presque toute la nuit. Mais généralement, je joue juste une heure ou deux, quand je n'ai rien d'urgent à faire. Et ensuite, je les mets de côté. C'est une addiction moins contraignante que l'alcool ou la drogue, tu peux me croire.

Elle eut l'air agacé pendant un instant et puis elle se mit à bâiller.

— Je te crois sur parole. Mais pour le moment, j'ai besoin de dormir. Si tu dois rester ici pendant quelque temps, il faut que j'installe une deuxième salle de bains.

— Ça ne me gêne pas de partager, dit-il sur un ton presque mélancolique.

— Peut-être, mais moi oui. Je vis seule depuis un certain temps et je ne tiens pas à ce que mes ablutions me soient dictées par l'emploi du temps de quelqu'un d'autre. De toute façon, c'est le prochain chantier que j'avais prévu sur ma liste après avoir fait le plâtre sur le mur du fond. Tu pourras m'aider avec la plomberie.

Elle se leva et lui donna une petite tape sur l'épaule.

— Merci, dit-elle avant de tourner les talons.

Ce n'était pas grand-chose, mais c'était plus que suffisant pour lui.

Pour une fois, Stacey fut presque soulagée d'avoir son appartement pour elle toute seule. Sam et son équipe étaient sortis pour fêter une double arrestation liée à un violent vol à main armé ; ils avaient préféré s'épargner le désagrément de le voir rentrer ivre et titubant au petit matin. Il passait donc la nuit chez lui, un appartement moderne à Kenton Vale surplombant un parc à l'allure de terrain vague dont les promoteurs avaient affirmé qu'il serait rénové. Ils n'avaient pas précisé que la rénovation ferait encore plus de dégâts. Sam s'en fichait.

— Est-ce que j'ai l'air d'un type qui fait des promenades dans un parc ? avait-il dit.

Ce qu'il aimait le plus dans son immeuble, c'était la salle de gym en sous-sol où il pouvait parfaire sa musculation dans le calme. Stacey aurait préféré mourir plutôt que d'aller dans une salle de sport. Elle appréciait d'avoir un appartement assez grand pour faire des exercices de pilates ou du yoga à son rythme. Mais s'il fallait installer un appareil de musculation multifonction dans son appartement pour que Sam emménage, elle apprendrait à vivre avec.

Toutefois, s'installer ensemble n'était pas au programme. Pas encore. Et même si Stacey aimait bien se laisser aller à imaginer passer encore plus de temps avec lui, elle devait admettre aussi que cela occasionnerait un certain nombre de désagréments. Quand trouverait-elle le temps de s'immiscer dans les données personnelles des gens, sans parler de faire de la programmation ? Comment arriverait-elle à cacher à Sam l'étendue de ce qu'elle savait sur des données supposées être protégées par des pare-feux ou même de vrais murs ? Ce n'était pas qu'elle ne lui faisait pas confiance. Elle avait confiance en lui, bien sûr. Mais son désir de bien faire – comme de parler à Blake des problèmes d'alcool de Carol – pouvait s'avérer dangereux, vu le genre d'informations confidentielles auxquelles elle avait accès.

Ce soir par exemple : comment aurait-elle pu expliquer ce qu'elle faisait à Sam ? Il aimait faire les choses dans les règles et pas pêcher des informations à l'aveuglette, tout ça sur une intuition. Il aurait dit que c'était une perte de temps. Pire, il aurait pensé qu'elle avait cédé aux caprices de son ancienne chef, incapable de lâcher prise et de passer à autre chose comme il l'avait fait.

Il faut dire qu'il n'était pas non plus un grand fan de Paula. Il trouvait qu'elle était la chouchoute de Carol Jordan et qu'elle bénéficiait d'un traitement de faveur quand les tâches étaient distribuées. Stacey se demandait s'il n'était pas un peu jaloux du taux de réussite de Paula. Elle était, après tout, la reine de la salle d'interrogatoire et officiait bien souvent au moment où l'affaire était presque élucidée. Ils contribuaient tous à faire progresser les enquêtes, mais comme c'était toujours Paula qui posait les questions et qui établissait finalement les faits, elle donnait l'impression d'avoir toujours le beau rôle.

Ça n'avait pas d'importance pour Stacey. En fait, elle était plutôt contente de ne pas être sur le devant de la scène, de rester dans l'ombre et de n'être rien d'autre que la « petite Chinoise » dans la tête de ceux qui n'appartenaient pas à l'équipe ; comme ça, ils ne mettaient pas le nez dans ses affaires et elle pouvait donc continuer impunément. C'était une des raisons pour lesquelles elle aimait travailler avec Carol Jordan. Elle se souciait du résultat et pas de savoir précisément comment Stacey l'avait obtenu tant que ça ne leur causait pas de problèmes par la suite. Parfois, ils avaient dû trouver des explications pour justifier ce qui semblait être un formidable bond en avant dans une enquête. Mais ça faisait partie du jeu.

Ce soir-là, cependant, c'était différent. Il n'y avait pas la BEP pour la protéger si les choses tournaient mal. Elle était toute seule. Et être une hackeuse bien intentionnée ne l'aiderait pas si elle se faisait prendre la main dans le sac à fouiller dans les affaires de ses confrères policiers. Pour Stacey, c'était comme un défi à relever. Paula lui avait offert la chance de pouvoir faire le genre de choses dans lequel elle excellait, et par les temps qui couraient, ce genre d'opportunités était rare. Le travail qu'on lui confiait officiellement aurait pu être accompli par un élève de terminale. Elle aurait pris ça comme une insulte si elle n'avait pas su que ceux qui lui avaient confié ces tâches en savaient peu sur son domaine d'expertise et n'avaient pas la moindre idée de ce dont elle était vraiment capable.

Elle aurait normalement refusé d'aller boire un verre un lundi soir après le travail. Elle avait toujours hâte de se retrouver chez elle après le premier jour d'abrutissement de la semaine. Mais Paula avait réussi à lui vendre l'invitation en lui disant que Carol et Tony avaient besoin de ses talents. Stacey se fichait de savoir que Carol n'appartenait plus au corps de la police. Ce qui l'attirait, c'était la perspective d'un challenge. Elle avait donc dit oui.

Elles s'étaient retrouvées dans un bar miteux aux confins de Temple Fields où la communauté gay frayait avec la prostitution. À cette heure, l'endroit était plus ou moins désert, à l'exception de deux jeunes types blafards avachis au bar.

— Tu connais toutes les meilleures adresses, dit Stacey en sirotant sa vodka tonic, l'air méfiant.

— Je sais comment passer inaperçue.

Paula avala une gorgée de sa bière hors de prix. Elles prirent des nouvelles l'une de l'autre mais Stacey n'avait pas le cœur à ça. Elle considérait Paula comme une amie – probablement sa plus proche – mais ça ne signifiait pas qu'elle devait s'intéresser à sa petite amie ou à leur étrange vie de couple avec un ado dont la mère avait été assassinée. Mais c'était la façon dont le monde fonctionnait. On devait faire semblant de s'intéresser.

— Tu sais sans doute que Carol a été serrée pour conduite en état d'ivresse ?

Stacey hocha la tête.

— Oui, j'ai appris ça.

— Si on était parano, on serait tenté de croire que Franklin avait placé ses hommes au bon endroit pour lui tendre un piège. Elle était à moins de deux kilomètres de chez elle, elle ne conduisait pas comme une dingue… La Carol Jordan qu'on connaît, quoi. Et là où elle vit, il y a juste une route de campagne qui va de Pétaouchnok, dans le West Yorkshire à Pétaouchnok, dans le Lancashire. Il faudrait attendre toute la nuit pour emboutir la voiture de quelqu'un d'autre.

Stacey voyait que Paula était en colère. Elle avait ruminé toute la journée et maintenant elle était prête à pousser un coup de gueule.

Mais Stacey l'en dissuada.

— J'ai cru ça moi aussi. Alors j'ai mené ma petite enquête. Tout s'est passé dans les règles. Franklin a contacté hier, par mail, le policier qui a procédé à l'arrestation, pour savoir ce qu'il faisait sur cette route. Ce dernier a répondu que lui et son collègue la prenaient régulièrement comme raccourci depuis Todmorden. Ce qui est aussi un bon moyen d'éviter de faire trop de vérifications de routine un samedi soir sur les routes les plus fréquentées.

Paula poussa un soupir.

— Je sais. Je râle juste contre le système. Bon, tout ça pour dire que Tony essaie de la faire renoncer à l'alcool…

— Quoi ? La faire arrêter de boire ? dit-elle sur un ton sceptique.

— Il n'y a que lui qui peut la convaincre d'essayer. Il semble croire que s'il arrive à l'occuper suffisamment pour ne pas y penser, elle finira par y arriver.

— Je lui souhaite bon courage, dit Stacey. Mais je croyais qu'elle faisait des travaux dans la maison de son frère ?

— Elle en est à la phase de réaménagement, affirme Tony. Mais comme c'est un travail très physique, il y a une limite à ce qu'elle peut faire en une journée. Elle se retrouve ensuite avec toute la soirée devant elle à n'avoir rien d'autre à faire que se soûler. Il a donc pensé qu'il fallait lui trouver autre chose pour s'occuper.

Paula lui lança un coup d'œil par-dessus la monture de ses lunettes.

— Il va la mettre au jeu vidéo.

Généralement, Stacey se conformait au stéréotype de la Chinoise impassible. Agissez comme les gens s'y attendent et ils vous ficheront la paix. Mais elle ne put s'empêcher d'écarquiller les yeux et de porter une main à sa bouche.

— Faire jouer Carol Jordan à des jeux vidéo ? Mais elle déteste ça !

Paula hocha la tête.

— Il a réussi à la convaincre de tenter le coup.

— C'est le monde à l'envers. Tu es sûre que c'est de Carol Jordan qu'on parle ?

— Ça avait l'air d'être elle ce matin. Et je pense qu'il y a des signes qui ne trompent pas. Il a eu une autre idée pour l'occuper : reformer leur duo pour enquêter sur une affaire. Une affaire qui est tellement passée inaperçue qu'elle n'existe pas encore, en fait.

Stacey écoutait attentivement.

— Ça, je veux bien le croire. Et comme c'est censé occuper Carol, il est allé chercher un truc bien tordu. Et c'est là que j'interviens je suppose.

Paula afficha un grand sourire.

— Tu sais très bien que tu en as envie.

— Vous me voulez seulement pour ma mesure en baud.

— Je ne sais pas de quoi tu parles, Stace. Enfin, peu importe, voici de quoi il s'agit : deux femmes, chacune ayant un peu le même profil, expriment certaines opinions sur Internet qui provoquent des commentaires virulents de la part d'individus qu'on appelle des trolls : les propos qu'ils tiennent sont haineux, violents, menaçants et j'en passe. Mais aucune des deux ne cède. Elles encaissent les coups et contre-attaquent. Et puis elles se suicident. Dit comme ça, on a l'impression qu'il y a des similitudes comme l'aurait conclu Tony. Mais c'est loin d'être le cas. Trois mois séparent les deux suicides. L'une des victimes s'est asphyxiée dans sa voiture, l'autre s'est noyée. Nous ne savons pas si elles s'étaient déjà rencontrées et encore moins si elles se connaissaient.

Stacey sortit automatiquement sa tablette et se mit à pianoter dessus.

— Noms ? Adresses ?

Elle posa une liste de questions de base auxquelles Paula répondit comme elle pouvait.

— Leur suicide a soulevé des interrogations ?

— Seulement l'incrédulité habituelle des amis et de la famille. Tony pense qu'il pourrait y avoir eu un genre d'intervention. Quelque chose qui les aurait poussées à passer à l'acte. Mais ce n'est qu'une conjecture à ce stade.

— Je suppose qu'ils veulent tout ce que je peux trouver.

— Au plus vite. Je vais jeter un œil à nos dossiers demain et voir ce qu'on a au sujet de plaintes pour harcèlement sur Internet de façon à m'en servir comme tremplin pour faire une demande officielle d'ouverture d'enquête. Mais tu sais ce qui va se passer. Je vais me récupérer un enquêteur débordé qui va travailler sur un autre dossier que le mien parce que ce n'est pas une affaire prioritaire. C'est pourquoi on a besoin de toi pour obtenir tout ce qui peut compter.

— Vous voulez aussi leurs données personnelles j'imagine ? Téléphones, disques durs, tablettes ?

Paula haussa une épaule, feignant la nonchalance.

— Seulement si tu peux le faire.

Voilà le défi. Il était temps maintenant de se mettre au travail. Littéralement. Stacey remonta les manches de sa chemise en coton égyptien parfaitement ajustée et pianota sur le clavier. *Seulement si tu peux le faire ?* À qui Paula croyait qu'elle s'adressait ?

Elle aurait des réponses à leur donner avant que Carol Jordan ne se rende au tribunal mercredi.

20

Carol avait compris au cours des derniers mois pourquoi les ouvriers du bâtiment écoutaient toujours la radio à plein volume. Le travail était répétitif et ennuyeux ; sans moyen de se distraire, ses pensées tournaient en rond. Avoir la radio en continu la tirait de sa routine et lui permettait temporairement de penser à autre chose. Elle avait tenté des émissions de débats, mais ça la déconcentrait trop. Elle était obligée d'arrêter ce qu'elle faisait pour crier sur l'idiot, le bigot ou le dingue qui parlait. Les stations de musique classique étaient inutiles parce qu'il y avait trop de moments silencieux ou bien de morceaux interminables. Elle avait tenté plusieurs stations de radios commerciales mais les pubs la dérangeaient. Et puis elle avait découvert la musique en streaming. Elle payait à présent ce qui lui semblait un montant ridicule pour avoir accès à une quantité apparemment infinie de morceaux. Elle avait compilé des playlists dont elle modifiait l'ordre et auxquelles elle ajoutait des morceaux régulièrement. Et ça avait marché.

Mais le lendemain du jour où Tony avait entrepris de lui changer les idées avec les jeux vidéo et une enquête policière, plus rien n'avait été pareil. Pour une fois, il fallait qu'elle se concentre sur sa tâche.

Faire la plomberie d'une salle de bains n'était pas une activité répétitive et ennuyeuse. Cela exigeait de l'attention et de la concentration, sinon elle allait être condamnée à vie à prendre des douches froides et à avoir une chasse d'eau récalcitrante. Avec ou sans musique, elle avait du mal à se concentrer très longtemps sur ce qu'elle faisait. Ses pensées partaient à la dérive ; elle cherchait à comprendre ce qui pouvait bien conduire une femme au tempérament bien trempé à se suicider. Et quand elle arrivait à ne plus penser à ça, des stratégies pour avancer dans un jeu vidéo basé sur le tour du monde en quatre-vingts jours lui trottaient dans la tête.

Quand Tony sortit en fin de matinée de ce qu'elle considérait toujours comme le bureau de Michael, en tenant une liste de courses dans la main et annonçant qu'il allait se rendre au supermarché, elle se dit qu'il était temps de laisser tomber les outils pour s'asseoir derrière son ordinateur. Il ne lui était jamais venu à l'idée de partir en douce dans son Land Rover pour faire des courses elle-même. Si Tony s'attendait à ce qu'elle flanche, il allait être surpris. Même si elle payait son sevrage par des douleurs en tout genre, des tremblements et des vertiges, elle avait déjà pris sa décision.

La question de savoir si elle allait pouvoir s'y tenir ne se posait même pas.

Pendant qu'elle attendait que son ordinateur portable se mette en marche, Carol prêta attention à ses mains comme elle ne l'avait pas fait depuis longtemps. Sa peau était sèche et rêche, ses ongles étaient cassés et elle les avait rongés au lieu de les limer comme elle l'aurait fait auparavant. Elle retourna ses mains et ressentit un mélange de fierté et de surprise en voyant les cicatrices et les callosités qui étaient le résultat de ses travaux dans la grange. Elle n'était plus la même, plus du tout. Pouvait-elle encore compter sur ses anciennes aptitudes ? Là était la question.

Stacey était sans le moindre doute la reine de l'informatique. Mais Carol avait appris pas mal de trucs tout au long de sa carrière. On pouvait se débrouiller sans qu'il soit question d'algorithmes et quand il s'agissait de débusquer sur Internet des pistes qui menaient aux genres d'infos que les policiers appréciaient, elle était loin d'être mauvaise.

Elle commença par chercher des exemples de harcèlement sur Internet. Un demi-million de résultats apparurent en quelques secondes. Que tant de choses aient été écrites, que tant de personnes aient été émues au point de s'emparer du clavier pour protester, était non seulement inquiétant mais aussi déprimant. Carol sentit la colère monter en elle en parcourant une série d'articles de journaux, d'études universitaires et de blogs. La majorité des victimes était des femmes et des adolescentes. Même s'il y avait des garçons et des jeunes hommes vulnérables dans le lot, le phénomène semblait être en grande partie misogyne.

Curieusement, quand les coupables étaient identifiés, ceux-ci se montraient d'abord consternés avant d'affirmer qu'ils n'avaient pas eu l'intention de blesser qui que ce soit ; c'était simplement pour « rigoler ». Ils mettaient ça sur le compte de l'alcool, de la drogue ou de la dépression. Leurs mères, leurs sœurs, leurs petites amies (quand ils en avaient), les défendaient, affirmant qu'ils n'étaient pas comme ça, que leurs victimes n'auraient pas dû être aussi sensibles ou à fleur de peau, que c'était juste une blague. « Vraiment ? dit Carol à voix haute, ça fait marrer de dire à quelqu'un qu'on espère que son bébé se fera violer par un Noir ? »

Et quand des femmes s'insurgeaient contre ce qui se passait, elles devaient faire face à davantage d'insultes, de menaces et de mépris. Dans ce climat déplaisant, c'était difficile de voir ce qui distinguait Kate Rawlins et Jasmine Burton de la masse. Carol était mal à l'aise rien qu'à lire ce qu'elle avait sous les yeux.

Elle se rendit compte après quelque temps qu'elle avait pris les choses par le mauvais bout ; elle examinait les causes alors qu'elle aurait dû examiner les conséquences. Kate et Jasmine se singularisaient non pas parce qu'elles avaient été victimes de harcèlement mais parce qu'elles avaient été retrouvées mortes.

Elle affina donc sa recherche en l'abordant sous un autre angle. Qui avait atterri sur une table d'autopsie après avoir été victime de harcèlement sur Internet ? Malheureusement, là encore, ce n'était pas les exemples qui manquaient. Mais la plupart des cas que Carol découvrait n'étaient pas comparables à ceux de ces deux femmes qui avaient piqué la curiosité de Tony. Des adolescentes qui s'étaient suicidées après avoir été malmenées par la vie, c'était tragique mais ça n'avait rien à voir avec du harcèlement. Tout comme la mort de ces femmes qui avaient souffert de problèmes psychologiques avant que des brutes anonymes ne s'en prennent à elles.

Après ce qui lui parut une longue journée, Carol trouva finalement quelque chose qui semblait se rapprocher de ce qu'elle cherchait. Daisy Morton avait été enseignante à mi-temps et conseillère municipale à Bradfield. « Sous notre nez », marmonna Carol. Elle s'en était prise à des bons à rien qui négligeaient l'éducation de leurs enfants.

« Je ne parle pas seulement des pères divorcés évanouis dans la nature qui font tout pour éviter d'assumer leurs responsabilités, avait dit Daisy. Je parle aussi des hommes de la classe moyenne qui ne quittent jamais leur travail plus tôt pour passer du temps avec leurs enfants ; qui dépensent allègrement quarante mille livres dans une nouvelle voiture mais qui ne passeront pas quarante minutes avec leurs gamins ; qui pensent que c'est le boulot d'une femme de s'occuper des enfants et qu'ils sont donc libres d'aller au pub. Ce sont ces pères indignes qui sont responsables de ces ados bons à rien qui n'ont aucun respect pour les femmes parce qu'ils n'ont jamais vu une femme se faire respecter. »

Daisy Morton avait fait tout son possible pour foutre la merde, songea Carol. Et elle en avait payé les conséquences. Ça avait commencé par des injures sur Internet avant qu'on s'en prenne directement à elle quand Daisy avait refusé de s'excuser ou de revenir sur ce qu'elle avait dit. On avait jeté une brique à travers la fenêtre de son salon, étalé des crottes de chien sur les fenêtres de son bureau où elle recevait le public, crevé les pneus de sa voiture… Malgré tout, Daisy avait continué de fustiger les hommes dont elle pensait qu'ils négligeaient leurs enfants.

Et puis, de façon inattendue, Daisy Morton était morte. Elle se trouvait dans sa cuisine quand celle-ci explosa et prit feu. L'intensité de l'incendie a rendu impossible l'intervention des pompiers pour la sauver. Le rapport d'enquête révéla un certain nombre d'anomalies : Daisy avait été retrouvée la tête à l'intérieur du four, qui était électrique et non pas à gaz. Pourtant, le légiste avait conclu que la mort n'était pas liée à l'inhalation de la fumée mais à une asphyxie au gaz naturel. L'explosion avait été provoquée par un des brûleurs de la cuisinière. Cependant, rien n'indiquait qu'il y avait eu homicide et le coroner avait conclu à un décès sans cause déterminée. Ça n'avait pas empêché une poignée de blogueurs et de journalistes d'affirmer que Daisy avait été poussée à mettre fin à ses jours à cause de la pression qu'on avait exercée sur elle.

C'était loin d'être satisfaisant, mais Carol savait par expérience que si les pièces du puzzle ne s'imbriquaient pas les unes dans les autres, ça ne servait à rien de taper dessus avec un marteau pour qu'elles s'encastrent. Le coroner avait opté pour la solution de facilité. Celle qui épargnerait à la famille la douleur liée au verdict concluant à un suicide en plus d'avoir perdu une femme ou une mère. Une solution qui évitait la culpabilisation des uns et des autres.

Elle imprima les quelques pages qui lui semblaient pertinentes et les déposa sur l'ordinateur portable de Tony avant de passer un coup de fil à Paula.

Les locaux du commissariat de police de Skenfrith Street étaient vides, à l'exception de deux policiers qui pianotaient sur les touches de leur clavier. Aucun des deux ne leva la tête quand Paula entra.

— Où sont passés les autres ? demanda-t-elle en se débarrassant de sa veste qu'elle posa sur sa chaise.

— On a reçu un appel quand vous étiez au tribunal, répondit un des policiers sans quitter des yeux son écran. Une attaque à main armée contre un café ambulant sur Station Approach.

— Une attaque à main armée contre un café ambulant ? C'est une blague ?

Il leva la tête et haussa les épaules.

— Les transactions se font essentiellement en liquide. Une centaine de clients sur le chemin de leur travail, qui déboursent en moyenne un billet de cinq livres à chaque fois et à la fin ça fait un bon paquet. Deux mecs avec un fusil de chasse et une moto. Ça ressemble au même duo qui a piqué la caisse du vendeur de hot-dogs sur Campion Boulevard le week-end dernier. Fielding a réquisitionné tous les collègues disponibles pour s'occuper de cette affaire.

L'autre policier se leva et s'étira.

— Elle a dit que si vous reveniez du tribunal, vous deviez vous occuper des appels.

— Et il y en a eu ?

Il secoua la tête.

— Rien qui exige une intervention immédiate.

Tout à fait ce qu'elle espérait. Comme d'habitude, Paula avait de nombreux dossiers en cours, mais rien qui ne soit urgent au point que Fielding remarque qu'elle reléguait une affaire au second plan. Elle alluma son ordinateur et consulta les dossiers en attente. Ce n'étaient que des causes perdues : des incidents mineurs difficiles à résoudre dont les victimes étaient si résignées à ce qu'on ne leur rende jamais justice qu'elles ne prenaient pas la peine de téléphoner pour se plaindre ; des histoires compliquées que personne n'avait réussi à saisir ou des affaires dont on n'arrivait pas à savoir si un crime avait même été commis... Sans compter les occasionnelles escroqueries sur Internet qui semblaient impossibles à démêler. Quelque part parmi ces dossiers, elle pensait qu'elle trouverait ce dont elle avait besoin : une plainte pour harcèlement sur Internet qui lui donnerait une raison légitime d'accéder aux rapports officiels concernant les deux affaires qui intéressaient Tony et Carol.

C'était une recherche décourageante et épuisante. Tellement d'histoires qui n'avaient pas trouvé leur conclusion, tellement de souffrance et de colère sans la moindre consolation, tellement de problèmes insolubles. Paula perdit bientôt le compte des incidents qui auraient pu être résolus si seulement la personne concernée avait eu quelqu'un à qui se confier, quelqu'un vers qui se tourner et qui aurait pu désamorcer un problème avant de devoir faire appel à la police. Après avoir parcouru environ la moitié des dossiers, elle finit par trouver ce qu'elle cherchait. Une jeune créatrice de mode indopakistanaise du nom de Shakila Bain avait été interviewée sur une chaîne d'info locale où elle avait affirmé que même si elle ne soutenait pas le fondamentalisme islamique ni la violence terroriste, il semblait évident que la diabolisation des jeunes hommes musulmans au Royaume-Uni était en train de créer un bataillon de djihadistes prêts à combattre avec ferveur pour leur cause. Pendant près de deux semaines, Shakila avait été assaillie par des messages de haine et toutes sortes de menaces. Elle avait porté plainte pour harcèlement auprès de la police mais avant qu'une enquête soit ouverte, ses détracteurs étaient passés à autre chose et s'en étaient pris à quelqu'un d'autre. L'affaire avait donc été mise de côté parmi les « dossiers sensibles » parce que personne ne voulait se retrouver impliqué dans quelque chose qui pouvait potentiellement s'aggraver.

Paula consulta le dossier. Shakila avait été interrogée deux fois : d'abord quand elle avait déposé sa plainte initiale puis dans le cadre d'un complément d'enquête quelques jours plus tard, conduit par Terry Browning, un des inspecteurs de l'équipe de Fielding. Il était proche de la retraite ; sa paresse était légendaire parmi ses collègues du commissariat. Toutes les affaires qu'on lui confiait étaient par définition celles qui n'intéressaient personne. Les ressortir mettrait sa chef en rogne, mais d'un autre côté, toutes les enquêtes sur lesquelles avait travaillé l'inspecteur Browning étaient forcément restées inabouties et elle pouvait peut-être en tirer quelque chose. En plus, ça lui donnerait une excuse pour parler aux policiers qui s'étaient occupés des affaires concernant Kate Rawlins et Jasmine Burton. C'était positif pour tout le monde.

Paula saisit le téléphone et composa le numéro de Shakila. Elle tomba directement sur le répondeur comme il fallait s'y attendre. Si Paula avait subi le même déferlement de haine que Shakila, elle aussi aurait pris soin de filtrer ses appels. Au signal sonore, elle dit :

— Bonjour, Shakila. Je suis le lieutenant Paula McIntyre de la police de Bradfield. Je réexamine votre plainte pour harcèlement et j'aimerais vous rencontrer pour discuter de ce qui s'est passé. Pouvez-vous me rappeler ou m'envoyer un texto sur mon portable ?

Elle récita son numéro et le répéta avant de raccrocher.

Elle n'eut pas à chercher bien loin pour identifier les policiers qui s'étaient chargés des suicides de Kate Rawlins et Jasmine Burton. Elle téléphona d'abord à un inspecteur de la Met. Lee Collins avait l'air jeune et effronté ; il avait l'accent traînant du sud-est de l'Angleterre. Mais son attitude ne collait pas avec son accent. Aussitôt que Paula expliqua la raison de son appel, son ton se radoucit.

— Une moche histoire, dit-il. C'est difficile d'imaginer la pression qu'elle a dû subir, pour en arriver là.

— Oui. Et j'ai bien l'intention de faire en sorte que ce genre de choses ne se reproduise pas. Je me demandais si ça vous gênerait de m'envoyer une copie de votre rapport afin que je puisse vérifier s'il y a des points sur lesquels nous devrions nous pencher.

Même en s'entendant parler, Paula savait que c'était un peu léger comme explication. Mais ce n'était pas inhabituel chez les flics de demander à des collègues des trucs qui n'avaient pas beaucoup de sens. On partait du postulat qu'un collègue ne voulait pas faire perdre son temps à un autre avec d'interminables explications.

— Bien sûr, pas de problème. Vous pensez que ça pourrait être les mêmes connards qui s'amusent à harceler des gens dans votre coin ?

— Ça se pourrait. Vous avez réussi à retrouver leurs traces ?

Il poussa un grand soupir de façon à être tout à fait audible.

— Les techniciens du labo travaillent toujours dessus. Vous savez à quel point ça peut être long pour eux de déterminer l'identité de quelqu'un à partir d'empreintes numériques.

— À qui le dites-vous. Mais j'aimerais bien voir ce que vous avez trouvé malgré tout.

— Bien sûr, mais je ne suis pas certain que vous trouviez quoi que ce soit. Rien n'indique qu'elle se sentait aussi mal. Elle refoulait manifestement tout ça. Mais elle voulait vraiment en finir. Il n'est pas question d'un appel au secours qui aurait mal tourné. Ce suicide était presque clinique dans sa précision.

Paula entendit du regret dans sa voix ; quelque chose qu'elle pouvait utiliser à son avantage.

— Clinique ? Qu'est-ce que vous voulez dire ?

— Elle n'a rien laissé au hasard. Elle était assise sur le siège passager et elle s'était menottée à l'accoudoir de la portière de façon à ne pas pouvoir atteindre la clé de contact pour couper le moteur.

— Je ne suis jamais tombée sur un cas comme ça auparavant.

Il soupira.

— Moi non plus. Mais j'ai vu des cas où les victimes s'étaient suicidées sur la banquette arrière. Certaines personnes mettent tout en œuvre pour ne pas avoir la possibilité de revenir en arrière.

— Si vous le dites. Je suis novice dans ce genre d'affaires.

— On peut dire que tout avait été bien planifié. Son sac à main et son téléphone étaient enfermés dans le coffre. Elle s'était décidée à passer à l'acte. La seule chose qu'elle avait avec elle, c'était un recueil de poèmes.

— Des poèmes ?

Si Paula avait dû choisir quelque chose pour se réconforter en cas de déprime, ce n'aurait pas été de la poésie.

— Quel genre de poèmes ?

— Attendez une minute…

Elle entendit un cliquetis de clés, puis l'inspecteur Collins fut de retour au téléphone.

— *The Death Notebooks*, d'Anne Sexton. C'est une poétesse américaine qui s'est suicidée de la même façon. Elle s'est enfermée dans son garage et a fait tourner le moteur de sa voiture.

— Kate était-elle une grande admiratrice d'Anne Sexton ?

— Sa fille, Madison, affirme qu'elle n'a jamais vu ce livre avant. Apparemment sa mère n'était pas quelqu'un de vraiment passionné par la poésie. Je pense qu'elle dit la vérité. J'ai jeté un rapide coup d'œil aux rayons de la bibliothèque de sa maison et il n'y avait pas un recueil de poésie.

— C'est curieux, non ?

Il n'y avait rien que Paula aimait davantage que ce qui paraissait incongru. Les années passées à travailler aux côtés de Tony lui avaient appris que ce qui sortait de l'ordinaire était un début de réponse à beaucoup de questions.

— Je ne sais pas. J'imagine que quand on en est au point de vouloir mettre un terme à sa vie, on n'a plus les idées claires. Plus rien ne paraît bizarre à ce stade, parce qu'on a basculé dans l'irrationnel.

— Sans doute. Bon, vous êtes toujours d'accord pour m'envoyer une copie de vos dossiers ?

— Je ne sais pas trop en quoi ça va pouvoir vous être utile, mais vous pouvez compter sur moi. Ce n'est pas comme s'il y avait le moindre doute sur ce qui s'est passé. Elle a été poussée au suicide. Et les ordures qui l'ont poussée à faire ça s'en tireront probablement sans être inquiétées, voilà tout.

Pour l'instant, pensa Paula tandis qu'elle raccrochait. Mais les choses pourraient changer avec Carol Jordan sur cette affaire. Au moment où elle se faisait cette réflexion, le téléphone de Paula se mit à sonner et le nom de son ancienne chef apparut à l'écran.

— Bonjour, chef, répondit Paula machinalement.

— Je crois que j'en ai trouvé une autre, dit Carol. Et cette fois tout près de chez nous.

21

Carol posa un plat fumant de *penne puttanesca* sur la table près de la salade que Tony avait déjà assaisonnée avec une vinaigrette relevée qu'il avait concoctée. Il y avait une bonne odeur d'olives et d'ail dans la pièce.

— Je ne veux pas parler de demain, dit-elle en s'asseyant.

Tony connaissait bien ce ton sec. Autant essayer d'avoir une conversation avec un cactus. Pour être honnête, il n'était pas mécontent de ne pas discuter de la comparution de Carol au tribunal, un sujet qui n'aurait généré que tension et malaise entre eux. Ça arriverait bien assez vite.

— De l'eau pétillante ? demanda-t-il en agitant la bouteille en plastique vert avec le sourire.

Carol tourna la tête et baissa les yeux sur la table.

— Pourquoi pas ? répondit-elle sans enthousiasme.

Ils se servirent des pâtes et de la salade en silence. Au bout de trois bouchées, Tony demanda :

— Bon alors, est-ce que Paula était déjà au courant pour Daisy Morton ?

Carol secoua la tête tout en mâchant sa salade. Elle but ensuite une grande gorgée d'eau avant de répondre :

— Paula n'a jamais entendu parler de cette affaire ; Daisy vivait à la périphérie de la ville, une zone qui dépend de la Division Nord. Mais heureusement pour nous, Paula a un bon contact là-bas. Un inspecteur qui s'appelle Franny Riley. Il a l'allure du chaînon manquant entre l'Homme de Néandertal et un joueur de rugby, mais c'est un policier plutôt malin. Elle va aller lui parler et voir s'il pourrait lui apprendre quelques petites choses.

— Est-ce qu'elle pense comme toi que ça pourrait être un cas similaire ?

— Elle n'est pas complètement convaincue. Dans le cas de Kate et Jasmine, il s'agissait de suicides sans équivoque. Aucun doute là-dessus. Mais les circonstances qui ont conduit à la mort de Daisy semblent moins claires.

Tony se figea.

— Ce n'est pas forcément un problème. La réalité n'est pas toujours claire et sans ambiguïté. Il arrive souvent des trucs qui échappent au contrôle des criminels, des trucs qui chamboulent leurs plans minutieux.

Carol acquiesça.

— Je sais. Et si j'ai bien appris quelque chose de toi, c'est que les criminels multirécidivistes n'agissent pas de façon immuable. Ils évoluent. Ils changent leurs actions, leurs méthodes, parce que dans leur tête de malades, ils trouvent de nouveaux moyens d'atteindre leur but ; et donc, d'une certaine façon, ce serait très surprenant qu'ils aient toujours le même mode opératoire.

— Qu'est-ce qui te trouble au sujet de la mort de Daisy ?

Carol but encore de l'eau, ne cessant de remplir son verre à ras bord. Maintenant qu'elle avait arrêté l'alcool, elle avait tout le temps soif. Elle avait l'impression d'avoir bu des litres de thé, de café et d'eau au cours des deux derniers jours. Et que rien ne venait combler son manque. Mais pour le moment, le fait de se resservir de l'eau lui permettait de se remettre les idées en place.

— D'après le rapport d'enquête, le médecin légiste a indiqué qu'elle était morte d'asphyxie due à une inhalation au gaz. On doit faire preuve d'une extrême précaution quand on veut se tuer avec du gaz. Il doit y en avoir une très grande concentration dans l'air. J'ai fait une petite recherche : pour être certain que ce soit mortel, il faut qu'il y ait au moins soixante-quinze pour cent de gaz dans l'atmosphère.

— Ça ne doit pas être impossible à faire, si ? Je veux dire, elle avait juste à allumer le gaz et attendre qu'il remplisse la pièce.

— Ce n'est pas aussi simple. Le gaz naturel est plus lourd que l'air et il stagne donc près du sol. Il s'échappe sous les portes et à travers les fissures du plancher.

— Mais elle était près du sol, non ? Tu as dit qu'elle avait la tête dans le four ?

Carol hocha la tête pensivement.

— Mais c'était un four électrique.

— Alors pourquoi... ?

Il ne finit pas sa phrase et regarda dans le vide. Elle connaissait ce regard. Les rouages s'enclenchaient, conduisant Tony dans une direction que la plupart des gens ne prendraient même pas la peine de considérer.

— Ce n'est pas vraiment une façon fiable de mettre fin à ses jours, si ?

— Ça dépend de ce que tu prévois, répondit Carol. Mais tu as raison, c'est un peu risqué pour s'asphyxier ; d'un autre côté, si tu remplis la maison de gaz, il suffit que quelqu'un appuie sur un interrupteur ou qu'un téléphone se mette à sonner pour que tout explose. Et donc si tu n'es pas encore mort à cause du gaz, il y a toutes les chances pour que tu sois tué dans l'explosion.

Il fronça les sourcils et regarda le plat comme s'il n'avait jamais vu de nourriture auparavant. Il donna un petit coup de fourchette dans une olive noire et dit lentement :

— J'aimerais bien savoir si elle était allongée avec la tête au bord du four ou complètement enfoncée à l'intérieur.

— Qu'est-ce que ça change ? Le plus important, c'est de savoir ce qui l'a poussée à passer à l'acte.

— Ça fait une différence. Si elle savait que le gaz était plus lourd que l'air alors ça avait du sens pour elle d'être aussi près que possible des brûleurs.

Il se remit à manger.

— Qu'est-ce qu'il y a d'autre qui te dérange au sujet de Daisy ?

— D'après le rapport d'enquête, elle n'a pas laissé de mot d'adieu.

Carol leva une main en anticipant l'objection de Tony.

— Oui, je sais qu'elle pourrait avoir laissé quelque chose qui a été détruit dans l'explosion, mais je pense qu'elle aurait anticipé ça. Il y a des tas de façons de laisser un message. Elle aurait pu envoyer un e-mail, elle aurait pu envoyer une lettre par la poste. Elle aurait pu laisser un message à son bureau à la mairie.

— Est-ce que Kate ou Jasmine ont laissé une lettre d'adieu ?

— Je ne sais pas encore. Je manque d'informations.

— Je me serais attendu à ce qu'elles laissent un message s'il y avait eu quelque chose qui les avait poussées à commettre l'irréparable, dit Tony. C'était des femmes qui savaient faire passer un message. Même si elles avaient été poussées à bout, est-ce qu'elles n'auraient pas voulu épargner ce sort à d'autres femmes ?

— Sauf si les menaces dont elles ont été victimes s'exerçaient aussi sur leurs enfants ou leurs proches.

— Ce qui expliquerait tout.

Il n'y avait rien de plus à ajouter, mais ils continuèrent de réfléchir aux quelques éléments qu'ils possédaient longtemps après la fin du repas. Il aimait la voir enthousiasmée par ce qu'elle savait faire de mieux : analyser, réorganiser et tirer au clair des éléments d'information disparates. En voyant son visage changer d'expression, le sentiment qu'elle lui manquait l'envahit de nouveau. Il ne pourrait pas supporter de la laisser s'éloigner de lui encore fois.

Carol lui montra l'e-mail de Paula et ils le parcoururent sans rien trouver d'important à ajouter au peu qu'ils avaient déjà. Ça, pensa Tony, c'était le problème quand on essayait de construire quelque chose à partir de rien. Ils avaient démarré avec très peu d'éléments et maintenant ils faisaient comme s'ils avaient vraiment de la matière. Il avait été intrigué par un détail et il avait voulu donner un os à ronger à Carol pour qu'elle ne pense plus à l'alcool et au mal qu'il lui avait fait. Et maintenant ils avaient de vrais policiers qui recherchaient clandestinement des informations. Il les avait tous poussés à poursuivre une chimère. Il avait créé une attente à laquelle il n'était pas sûr de pouvoir répondre. La déception qui en résulterait pouvait causer davantage de mal que le problème original. Et tout ça parce qu'il cherchait désespérément à revenir dans les bonnes grâces de Carol.

Il était sur le point de la mettre gentiment en garde quand la chienne se leva d'un bond et se dirigea vers la porte en aboyant. Tony jeta un coup d'œil à sa montre tandis que Carol se levait.

— C'est un peu tard pour recevoir de la visite.

— Je n'attends personne, répliqua-t-elle en se dirigeant vers la grange et en allumant une lampe sur son passage.

Tony la suivit parce que si elle n'attendait personne, elle ne devait pas se retrouver toute seule face à un inconnu. Il se tenait derrière Carol quand elle ouvrit la porte qui révéla un homme portant une casquette en tweed, un caban et une écharpe à motif écossais négligemment enroulée autour du cou. Sa barbe rappela à Tony le portrait du roi Edward sur les boîtes à cigares. Il soupçonnait que c'était un moyen de camoufler des lèvres trop fines qui contrastaient avec un nez légèrement bulbeux. La peau autour de ses yeux se plissait de profondes rides quand il souriait. La chienne s'était arrêtée d'aboyer et s'était couchée.

— Désolé de vous déranger si tard, mais je passais par là.

Carol jeta un rapide coup d'œil derrière elle, pour voir où était Tony. Elle recula et l'homme entra. Il était plus costaud que Tony à tout point de vue : plus grand, doté d'une forte carrure, et manifestement assez sûr de lui.

— Tony, je te présente mon voisin, George Nicholas. George, voici Tony Hill. Tony est un ancien collègue.

George serra la main de Tony. Sa poigne était aussi ferme et sèche qu'il s'y attendait. George le jaugea du regard.

— Vous êtes policier ? demanda-t-il sur un ton presque amusé.

— Non, je suis psychologue clinicien. J'offre mon expertise dans différents domaines.

Tony le regarda attentivement. Il se tenait à côté de Carol et tous deux empêchaient le visiteur de faire le moindre pas en avant.

— J'ai bien peur de ne rien y connaître, répondit George.

Il s'accroupit pour caresser la tête et les oreilles de la chienne. Il se releva ensuite et se tourna vers Carol.

— Je ne vous ai pas vue sur la colline ces derniers jours. Pas depuis que vous êtes venue dîner samedi. Je voulais juste vérifier que tout allait bien.

Tony imagina la gêne de Carol mais il savait qu'elle n'en montrerait rien. Il était temps de venir à sa rescousse.

— C'est ma faute. Je suis ici depuis quelques jours et à cause de moi elle déroge à sa promenade matinale, expliqua Tony en affichant un grand sourire.

— Je me rends compte que je me suis montrée impolie, George. Je ne vous ai pas remercié pour la soirée. Je m'en excuse, répliqua Carol.

— Oh, mais il n'y a pas de mal. J'étais juste un peu… inquiet, c'est tout.

Il afficha un sourire en coin en regardant Tony, comme s'il concédait sa défaite.

— Je me suis habitué à voir Carol et Flash sur la colline le matin.

— C'est rassurant de savoir qu'il y a quelqu'un qui veille sur toi quand je ne suis pas là, dit Tony non sans une certaine condescendance.

George inclina sa casquette et recula vers la porte.

— Je vais rentrer. Content de vous avoir vue, Carol. Et d'avoir fait votre connaissance, Tony.

Il tourna les talons et s'éloigna sans un regard en arrière. Carol referma la porte et s'adossa contre la porte en secouant la tête, l'air à la fois amusé et incrédule.

— Qu'est-ce qu'il y a ? demanda Tony, en connaissant parfaitement la réponse.

— Tu agis comme si tu défendais ton territoire, dit-elle avant d'ajouter plus sérieusement : Merci de m'avoir épargné de lui dire.

Tony haussa les épaules.

— Il le découvrira bien assez tôt. Tu vas devoir faire face à de nombreuses humiliations ; ce n'était pas la peine d'en rajouter une, expliqua-t-il avant de se diriger vers la cuisine.

Au bout de quelques pas, il se retourna et revint vers elle.

— Tu n'as pas le béguin pour lui ?

Carol se figea.

— Pour George ? Non, pourquoi tu dis ça ?

— Comme ça. Je voulais juste être sûr.

— Ça ne te regarde pas.

— Je sais.

Tony s'immobilisa à son tour. Il ne pouvait pas voir ses yeux dans la pénombre. Il ne savait pas si l'humour avait cédé sa place à la colère.

— Mais je pense qu'il a le béguin pour toi.

— Tu crois ? répondit-elle sur un ton amusé.

— C'est évident. Enfin, c'est évident pour moi, mais je suis psychologue. Je voulais juste tirer les choses au clair parce que je ne sais pas si tu as remarqué que je viens d'agir comme un con, en lui disant plus ou moins de dégager. Et donc, si tu ressens quelque chose pour lui, tu dois le rattraper pour t'excuser de la façon dont ton ami Tony Hill s'est conduit à cause de son manque de savoir-vivre.

Elle se mit à rire.

— Ça, c'est pas faux. Mais il n'y a aucune raison de s'excuser, ajouta-t-elle sur un ton plus doux. Je n'ai aucune attirance pour George.

Il eut envie de pousser un soupir de soulagement mais se contenta de sourire avant de retourner vers la cuisine. Parfois ce n'était pas la peine d'avoir le dernier mot.

Stacey Chen commençait à avoir l'impression de se noyer. Il ne lui avait pas fallu longtemps avant d'accéder aux rapports confidentiels concernant le suicide de Kate Rawlins, à l'enquête en cours sur le suicide présumé de Jasmine Burton et à cette affaire d'explosion au gaz qui avait tué Daisy Morton. En plus des documents officiels, elle avait réussi à accéder aux e-mails des policiers et en savait désormais un peu plus sur les pistes qu'ils avaient suivies. Les sms allaient lui demander plus d'efforts et même Stacey savait qu'elle pouvait finir bredouille. Elle avait tout communiqué à Paula afin que celle-ci en fasse une synthèse claire et utile pour Carol Jordan.

Elle allait maintenant devoir passer aux choses sérieuses. Qui étaient aussi les plus excitantes. Elle avait commencé chronologiquement par Kate Rawlins, la première qui était morte. Accéder à ses comptes sur les différents réseaux sociaux n'avait présenté aucune difficulté. Le mot de passe était Madison, le prénom de sa fille, suivi de son année de naissance. Stacey n'arrivait pas à comprendre pourquoi les gens choisissaient des mots de passe qui n'auraient pas dupé un ado éméché. Quand elle disait tout haut ce qu'elle pensait, ses collègues se plaignaient toujours que c'était trop difficile de se souvenir d'une suite aléatoire de lettres et de chiffres.

« Alors utilisez le numéro de votre plaque d'immatriculation comme base pour votre mot de passe, leur répondait-elle sans cacher son exaspération. Vous devriez vous en souvenir. Ajoutez-y quelque chose comme le numéro de rue de la maison dans laquelle vous viviez quand vous aviez dix ans et le tour est joué. »

Ce qui était ahurissant, c'était le nombre de messages injurieux qui émaillaient ses historiques et ses pages d'accueil. Retrouver la trace de tous ceux qui avaient laissé un message était une tâche difficile, même avec les programmes automatiques que Stacey avait à sa disposition pour trouver les adresses IP des personnes et leurs fournisseurs d'accès à Internet. Contourner les systèmes de sécurité pour obtenir le nom des personnes était généralement encore plus difficile, malgré l'expérience qu'elle avait acquise au fil des années. Elle se demanda si elle ne devait pas passer en revue les messages en se concentrant seulement sur les pires d'entre eux, mais rejeta cette idée. Elle ne pourrait pas se montrer objective et sans objectivité, ça ne valait pas le coup. Ce qui était traumatisant pour l'un pouvait être ressenti comme quelque chose d'anodin pour un autre et vice versa.

Une fois les recherches lancées, elle se pencha sur les e-mails. L'adresse de Kate n'était pas une de celles qu'on pouvait rapidement deviner et Stacey ne s'attendait donc pas à trouver des messages de ses persécuteurs ici, mais si Kate avait eu des problèmes avec quelqu'un, il y avait des chances qu'elle en ait parlé à un ami ou à un collègue. Après avoir copié le contenu de sa boîte de réception, elle l'envoya sur son propre serveur, avec l'intention d'y revenir plus tard.

Elle avait répété le même processus pour les deux autres femmes avant de passer enfin en revue les e-mails à la recherche de quelque chose de pertinent. Elle venait tout juste de commencer ce travail fastidieux quand le visage de Sam apparut sur l'écran de vidéosurveillance.

— Salut, ma belle. Je suis venu avec des truffes au caramel beurre salé, dit-il en montrant un sac à la caméra.

— Je ne m'attendais pas à te voir, répondit-elle en appuyant sur le bouton de l'interphone pour le faire entrer.

Elle était embêtée : elle était contente de le voir, mais elle était aussi en plein travail et elle ne voulait pas s'arrêter maintenant.

Elle l'accueillit à la porte et ses doutes s'évanouirent aussitôt qu'il l'attira contre lui et l'embrassa ; elle frissonna en sentant sa main lui caresser la nuque.

— Tu m'as manqué, lui dit-il.

Sa voix était rauque à cause de l'alcool ; elle sentit l'odeur du vin dans son haleine. Elle le connaissait suffisamment bien maintenant pour savoir qu'il avait bu, mais qu'il était loin d'être saoul.

— On est mardi. Tu vas généralement au pub pour le quiz et tu passes ensuite la nuit chez toi, dit Stacey collée contre lui et l'attirant dans l'appartement.

— Pete et Rick sont en déplacement tous les deux, expliqua-t-il en fermant la porte derrière lui.

Il se libéra de son étreinte pour retirer son manteau en cachemire bleu marine qu'elle lui avait offert après l'avoir vu l'admirer dans la vitrine d'une boutique Harvey Nick's.

— Il n'y avait pas trop d'intérêt à me retrouver là-bas juste avec Mitch. J'ai donc pensé te proposer le plaisir de ma compagnie.

— Je suis contente que tu sois là. Mais tu vas devoir t'occuper tout seul pendant un moment parce que j'ai un travail à terminer.

Sam fit la moue en lui lançant un regard de chien battu.

— Et moi qui pensais que tu serais ravie de me voir.

— Je le suis. Vraiment.

Elle lui caressa la cuisse, ce qui le fit frissonner.

— Mais tu dois me laisser travailler pendant un petit moment.

Il poussa un soupir théâtral en se dirigeant vers l'écran plasma géant qui dominait le mur du fond du salon et déposa son manteau sur une chaise en passant.

— Je vais regarder le football, alors.

Parfait, se dit Stacey. Elle lui versa un verre de vin avant de se retirer dans sa pièce de travail et passa un casque sur ses oreilles pour ne pas entendre le caquetage frénétique des commentateurs sportifs. Elle commença à faire le tri dans les e-mails de Kate Rawlins, se débarrassant de tout ce qui n'avait pas un caractère personnel. Une fois qu'elle eut terminé, elle écarta tout ce qui avait été écrit ou reçu avant que Kate ait fait ses déclarations sur les violeurs puis se lança dans la tâche pénible de les lire. Stacey était tellement absorbée par son travail qu'elle ne remarqua pas que Sam regardait par-dessus son épaule jusqu'à ce qu'il lui touche le bras. Elle retira son casque et le regarda en fronçant les sourcils.

— Tu as besoin de quelque chose ?

— De toi, dit-il en se penchant pour lui embrasser l'oreille. Le match de foot est terminé et je suis bien plus intéressant que les e-mails d'une inconnue. Qu'est-ce que tu es en train de faire, d'ailleurs ? Tu n'as pas des subalternes dans ton bureau pour s'occuper de ce genre de trucs ? Et pourquoi tu fais ça chez toi ?

Stacey poussa un soupir. Si ça avait été quelqu'un d'autre, elle lui aurait dit de dégager et de s'occuper de ses affaires. Avec Sam, elle ne voulait pas prendre ce risque, même si elle en avait envie.

— Parce que c'est pour quelqu'un d'étranger au service. Je rends un petit service à Paula, expliqua-t-elle.

Elle ne voulait pas agacer Sam en évoquant le nom de Carol.

— Si ça avait été quelque chose d'officiel, j'aurais évidemment pu confier ça à un agent subalterne pour me concentrer sur des choses plus compliquées. Mais il n'y a personne d'autre à qui refiler ça et je suis donc bien obligée de le faire.

— Pourquoi Paula ne peut pas faire son propre boulot ? grommela-t-il.

— Parce qu'elle a d'autres chats à fouetter.

Stacey essaya de se concentrer sur son écran mais c'était difficile avec Sam qui lui caressait les cheveux.

— Toi aussi.

Stacey poussa un soupir. Elle savait s'avouer vaincue. Et puis, ce que Sam avait à lui offrir était beaucoup plus excitant que les potins d'une femme morte. Ce n'était pas comme s'il y avait un caractère d'urgence là-dedans.

Alors que chez lui, l'urgence était bien réelle.

22

Le tribunal de Halifax ressemblait à un fâcheux mélange entre un hôtel de ville de l'ère victorienne et une école militaire italienne avec son grand campanile carré qui s'élevait au-dessus de l'entrée. Le grès blanchâtre brillait sous le soleil quand Carol et Tony arrivèrent en ce mercredi matin. Tony avait insisté pour qu'elle prenne un avocat qui plaide des circonstances atténuantes mais elle avait refusé.

— Ça ne sert à rien. Ce serait une dépense d'argent inutile. J'ai merdé, Tony, même si je m'en veux, je n'ai pas d'excuse.

Ça avait été son dernier mot sur le sujet.

Tony se gara à quelques rues du tribunal et ils gardèrent le silence pendant un moment, tous deux regardant à travers le pare-brise.

— On a le temps de trouver un endroit pour prendre un café, dit-il.

C'était les premiers mots qu'ils échangeaient depuis leur départ de la grange, en dehors des indications de directions.

— Je crois que je vais vomir.

Elle ferma la bouche et serra les mâchoires. Elle avait fait des merveilles avec son maquillage.

Il se demanda comment elle s'y était prise toutes ces années pour camoufler les effets de l'alcool sur son visage. Elle s'était habillée avec soin également : elle portait une gabardine bleu marine ample par-dessus un chemisier à col montant, un pantalon en tweed gris impeccablement repassé et des chaussures à petits talons. Elle avait l'air de quelqu'un de sérieux mais qui n'avait pas une apparence trop chic pour provoquer l'animosité.

— Tu veux qu'on marche un peu ? demanda Tony.

Carol regarda autour d'elle. Des bâtiments gris et sales de l'ère victorienne abritant des magasins bon marché, des boutiques caritatives et des snacks. De temps en temps, des façades tristes en béton transformaient le décor comme de vieux plombages dans une bouche pleine de chicots.

— Pas vraiment, répondit-elle. Ça ne va pas me remonter le moral. Même sous le soleil, on a l'impression de voir un paysage en noir et blanc.

Ils attendirent donc. Rien de ce qu'il pouvait dire n'améliorerait les choses. *Tu parles d'un psy*, pensa-t-il. Il était censé être payé pour aider les gens qui allaient mal mais il n'était manifestement rien d'autre qu'un charlatan. Tout au long de sa carrière, il avait été considéré comme un expert en empathie, celui qui savait se glisser dans la peau des gens, analyser ce qu'ils ressentaient et pourquoi. Mais à chaque fois, Carol démontrait qu'on se trompait sur son compte.

Les minutes s'écoulèrent lentement et péniblement jusqu'à ce qu'il soit une heure acceptable pour se présenter au tribunal. Carol appuya le bout de ses doigts contre son front et ferma les yeux avant de se redresser.

— Allons-y, dit-elle.

Ils marchèrent côte à côte à un rythme qui aurait pu rappeler une chanson de Leonard Cohen. Tony essaya de ne pas penser à ce qui les attendait et concentra son attention sur les gens qu'ils croisèrent dans la rue : des jeunes portant des sweats à capuche, des baskets et des jeans qui leur tombaient au bas des fesses ; des femmes âgées avec des mises en plis, tirant des chariots à motifs écossais ; des types bedonnants portant des jeans bon marché qui fumaient devant des bureaux de tabac ; des femmes poussant des landaus, leur jeunesse noyée sous des tonnes de maquillage ; et partout, des gens braillant au téléphone ou tapant des messages sur leur portable, plus intéressés par ce qui se passait ailleurs. Personne comme lui. Il ne s'était jamais senti à sa place dans ce monde et le passage du temps n'y changeait rien. Pendant des années, Carol avait été la seule personne qui lui avait donné le sentiment d'être à sa place. Et puis elle s'était éloignée de lui. À présent, Paula le considérait comme un membre de sa famille et c'était quelque chose d'important pour lui. Mais pas autant que la perspective d'arranger les choses avec Carol.

À l'intérieur du tribunal, ni l'un ni l'autre ne savait où aller ni ce qu'ils devaient faire. C'était la première fois qu'ils se retrouvaient du côté des prévenus. Il y avait toujours eu quelqu'un de disponible pour les guider à travers des endroits qui ne leur étaient pas familiers. Tony repéra une femme derrière un grand bureau incurvé et un écran d'ordinateur. Il se rapprocha, suivi de Carol.

— Excusez-moi. Mon amie doit se présenter devant le tribunal ce matin. Où doit-elle se rendre ?

La femme les regarda à peine. Elle avait l'air d'être victime de la pesanteur : tout en elle tirait vers le bas, que ce soit les poches qu'elle avait sous les yeux, ses joues tombantes en passant par ses épaules affaissées.

— Votre nom ?

— Carol Jordan.

Elle pianota sur son clavier et son attitude changea aussitôt. Elle haussa les sourcils et ouvrit grand les yeux. Elle jeta un coup d'œil à Carol avant de revenir vers l'écran.

— Il est écrit ici que vous devez vous rendre au premier étage. En salle de conférences numéro 2. Je ne comprends pas. Ce n'est pas une salle d'audience. Mais c'est bien ce qui est écrit : « Carol Jordan est attendue en salle de conférences numéro 2. » C'est complètement inhabituel.

Tony échangea un regard inquiet avec Carol. Elle haussa simplement les épaules et se dirigea vers l'escalier. Il la suivit, encore plus stressé qu'auparavant.

La salle de conférences numéro 2 était proche du palier de l'escalier. Ils s'arrêtèrent devant la porte. Carol haussa de nouveau les épaules et marmonna :

— Je n'ai rien à perdre…

Elle frappa à la porte et une voix leur dit d'entrer. Elle lui lança un dernier regard inquiet avant de tourner la poignée.

La seule personne qui se trouvait dans la pièce lambrissée se leva quand ils entrèrent. Il fit un signe de tête en direction de Carol, puis de Tony.

— Content de vous voir, dit John Brandon.

Comme il se rasseyait, tout ce à quoi Tony put songer était que la décoration de la pièce, avec ses chaises en plastique et sa table en bois clair de style scandinave, ne correspondait pas à ce qu'on attendait d'un tribunal. Sans doute les effets du choc, songea-t-il, en reprenant possession de lui-même. Il aurait dû y penser en montant l'escalier. S'il y avait pensé, John Brandon aurait été dans le top trois des personnes qu'il aurait imaginé se trouver dans cette pièce. Il jeta un coup d'œil à Carol. Son visage était fermé, indéchiffrable.

— Je ne m'attendais pas à vous voir aujourd'hui, dit-elle d'une voix neutre.

— J'imagine que non, répondit Brandon en se fendant d'un sourire.

— Non pas que ça me déplaise. Mais qu'est-ce que vous faites ici ?

Carol tira une chaise en face de Brandon et s'assit. Tony hésita un instant avant de s'asseoir entre les deux, à un autre bout de la table. Au cas où il faudrait jouer les arbitres.

Brandon se pencha en arrière sur sa chaise.

— Considérez-moi comme votre bonne fée. Si vous prenez le risque d'accepter ce que je vous propose, tout ça ne sera plus qu'un mauvais souvenir.

— Qu'est-ce que vous entendez par là ? C'était une arrestation justifiée. Je suis passée par toutes les étapes du processus. Tout a été écrit noir sur blanc.

Brandon jouait avec le bracelet de sa montre. Il n'était pas aussi à l'aise sur ce point qu'il voulait leur laisser croire, pensa Tony.

— Carol a raison, dit-il. Ce n'est pas comme si personne n'était au courant de ce qui lui était arrivé. Les commérages vont bon train dans un commissariat, vous le savez aussi bien que nous.

Brandon acquiesça.

— Bien sûr que je le sais. C'est pourquoi la nouvelle que Carol a subi un test à l'aide d'un éthylotest défectueux se répandra aussi comme une traînée de poudre. Carol et trois autres personnes qui ont également été victimes d'un appareil défectueux verront leur arrestation invalidée. Aucune poursuite ne sera engagée.

Il fit une pause avant de reprendre :

— Si vous acceptez ce que nous attendons de vous.

Tony imagina que Carol était aussi surprise que lui mais elle n'en montra rien et dit seulement :

— Ça doit être sacrément important pour qu'on décide de pervertir le fonctionnement de la justice, John. Je vous ai toujours connu comme un flic honnête.

Brandon grimaça.

— J'aime à croire que je le suis, Carol. Mais ce que nous avons en tête pour vous compte plus que de vous voir derrière les barreaux.

— Je conduisais sous l'influence de l'alcool. J'aurais pu tuer quelqu'un.

Il n'y avait aucune attitude de défi de sa part, elle énonçait simplement les faits.

— Vous avez conduit moins de cinq kilomètres sur une route de campagne déserte. Je vous ai déjà vue boire, et je pense qu'avec ce taux d'alcool dans le sang, vous conduisiez très convenablement.

Brandon haussa les épaules et écarta les mains.

— C'est une faute mineure.

— Ça reste un délit.

Brandon laissa échapper un soupir.

— Est-ce que vous voulez jouer les martyres, Carol ? Ou est-ce que vous voulez jouer la seule carte qu'il vous reste pour éviter la prison ?

— Vous avez dit qu'il y avait trois autres personnes impliquées là-dedans ?

Brandon hocha la tête.

— Arrêtées par les mêmes policiers au cours de leur patrouille.

— Ils devront donc tous subir un second test d'alcoolémie et peut-être aussi une prise de sang qui viendront confirmer ce qui s'est passé au moment où ils conduisaient, dit-elle.

Brandon la regarda comme s'il n'était pas sûr de savoir où elle voulait en venir.

— Oui.

— Et vous ne pensez pas qu'ils vont trouver ça un peu bizarre que les charges soient invalidées parce que le premier éthylotest était défectueux ? « Le fruit d'un arbre empoisonné » n'est pas un principe juridique dans ce pays, à moins qu'on ait changé la loi depuis que je ne travaille plus.

Brandon haussa de nouveau les épaules.

— Vous savez que c'est la politique du ministère public de ne pas poursuivre un dossier s'il n'y a pas au moins cinquante pour cent de chances de réussite. Et le premier test d'alcoolémie défectueux ouvre les portes à « l'argument de la flasque ».

— On peut s'arrêter une minute ? intervint Tony. C'est quoi ce fruit de l'arbre empoisonné ? Et cet argument de la flasque ?

Carol fit un geste en direction de Brandon pour indiquer qu'il pouvait répondre.

— « Le fruit de l'arbre empoisonné » est un principe juridique américain qui s'applique essentiellement aux fouilles. Si la fouille est illégale, rien de ce que vous obtenez dans ce cas-là ne peut être retenu comme preuve. Et vous devez prouver que vous avez obtenu tous les éléments qui en découlent par un autre moyen. Carol pense que même si le premier test d'alcoolémie n'était pas valable, celui effectué au commissariat sera conservé.

— Et ce ne sera pas le cas ?

Carol secoua la tête.

— C'est là qu'intervient « L'argument de la flasque » qui consiste à dire : « Oh, monsieur le juge, j'étais tellement stupéfaite du test d'alcoolémie que j'ai dû avaler une lampée de ma flasque qui se trouvait dans mon sac à main quand j'étais à l'arrière du véhicule de police en route pour le commissariat. Et c'est pourquoi le second test dépassait le taux autorisé. »

— Est-ce que des gens s'en sortent vraiment de cette façon ?

Brandon hocha la tête.

— Il y a eu des précédents. Le ministère public peut donc légitimement affirmer que ces cas peuvent s'avérer dommageables et qu'il vaut mieux laisser tomber. Et si quelqu'un trouve quelque chose à y redire, on peut arguer qu'il s'agit d'une excuse légitime.

Tony retint son souffle pendant un temps qui lui parut incroyablement long avant que Carol ne prenne la parole.

— Et pourquoi vous feriez tout ça ?

— Pour que vous repreniez du service.

— Je ne retravaillerai jamais pour James Blake.

C'était manifestement une condition sine qua non qui n'était pas soumise à négociation.

Brandon sourit.

— Vous n'aurez pas à le faire. J'ai en tête quelque chose de plutôt différent.

Elle reprit la parole avant qu'il puisse ajouter quelque chose.

— La dernière fois que vous m'avez fait reprendre du service, ça ne s'est pas bien passé. J'ai perdu un collègue et failli en perdre un deuxième.

Brandon soupira.

— Personne n'en a autant conscience que moi. Mais à vous deux, vous avez aussi sauvé pas mal de vies. Et c'est pourquoi on vous tient en si grande estime et que vous êtes la seule personne apte à faire ce travail. Ce que je vous offre, c'est la chance de diriger une Brigade d'enquêtes prioritaires autonome. Vous choisirez les membres de votre équipe. Vous serez ponctuellement chargée d'enquêter sur des homicides, des agressions sexuelles graves et d'autres crimes dans six secteurs du nord.

Il se pencha pour prendre sa sacoche d'ordinateur. Il en retira un dossier. Il l'ouvrit et étendit une carte sur la table. Elle montrait les différents secteurs gérés par la police de Bradfield ainsi que cinq autres traversant le nord de l'Angleterre, depuis l'East Yorkshire au comté de Cumbria.

— Le ministère de l'Intérieur a choisi ces secteurs comme lieux d'essai parce qu'ils partagent déjà les mêmes équipes techniques et scientifiques. Vous gérerez des enquêtes de haut niveau avec une équipe restreinte qui pourra faire appel aux services de la police locale et à ses représentants pour vous apporter l'aide dont vous aurez besoin.

— Pour faire le sale boulot, résuma Carol. Ça ne va pas rendre cette équipe très populaire auprès des autorités locales.

Brandon haussa les épaules :

— Ça ne vous changera pas trop.

La critique était à peine voilée.

Carol se fendit finalement d'un sourire.

— Rester proches de ses amis et plus encore de ses ennemis. Ma devise.

— C'est quoi le piège ? demanda Tony.

— Je ne crois pas qu'il y en ait un, répliqua Brandon. Nous réaffectons une excellente policière, nous avons l'occasion de tester une nouvelle façon de gérer des enquêtes, et Carol évite de fiche sa vie en l'air. Est-ce que vous y voyez un quelconque inconvénient, Tony ?

— Où serons-nous basés ? demanda Carol.

Brandon se mit à rire.

— Mon Dieu, Carol, vous ne perdez pas de temps pour aller directement au sujet qui fâche. Vous serez basés dans un bureau à Bradfield. Ce n'est pas négociable. D'un point de vue logistique, c'est le meilleur choix et ils ont de la place. Cependant, vous ne serez pas basés dans le quartier général de la police.

— Où est-ce qu'on sera, alors ?

— À Skenfrith Street. Le troisième étage est vide depuis qu'ils ont déménagé les locaux du commissariat. Tout est fonctionnel et prêt à l'emploi.

Le sourire de Brandon était encourageant.

— Skenfrith Street, dit Carol faiblement. Là où travaille le commandant Alex Fielding, qui me déteste encore plus que Blake. Génial. La dernière fois que j'y suis allée – elle fit un geste de la main pour désigner Tony – il était arrêté pour meurtre.

Elle va adorer nous avoir sous le même toit, ça nous rappellera de bons souvenirs.

Surpris, Tony poussa un petit cri :

— « Nous » ?

— Ça t'étonne ? répondit-elle en levant les yeux au ciel. Je n'envisagerais rien de tout ça sans une équipe digne de ce nom.

Brandon hocha la tête d'un air satisfait.

— Je prends ça pour un oui, si je comprends bien ?

— J'aimerais avoir un peu de temps pour y réfléchir.

Brandon secoua la tête.

— Ça ne va pas être possible. Le procès va commencer. Si nous voulons vous tirer d'affaire, ce doit être maintenant.

— Je ne vous crois pas, répliqua Tony. Si vous avez suffisamment de poids pour faire disparaître en fumée des charges pour conduite en état d'ivresse, vous pouvez aussi obtenir un ajournement. Assez long pour que Carol puisse bien réfléchir à cette proposition.

— Comme je l'ai expliqué tout à l'heure, il y a trois autres personnes qui sont susceptibles de s'en sortir pour que le déboutement de l'affaire concernant Carol paraisse réglo. Donc tout doit se passer ce matin. Il n'y a aucune marge de manœuvre.

Brandon se montrait ferme et inébranlable. Ça leur rappelait à tous les deux que derrière son apparente cordialité, Brandon pouvait afficher une détermination implacable. Ils l'avaient vu l'exercer à leur avantage par le passé ; c'était désagréable d'en faire les frais à présent.

Carol savait s'avouer vaincue.

— Encore une question, dit-elle, concédant sa défaite. Qui pourrait être rédhibitoire. Cette décision a manifestement été prise au plus haut niveau. Qui sera mon donneur d'ordre ?

— Le ministère de l'Intérieur en dernier ressort. Pour le moment, c'est moi qui supervise ce projet en son nom, le temps que les choses se mettent en place et que nous voyions comment tout cela fonctionne. Les chefs de la police des différentes brigades viendront ensuite m'épauler.

Cette fois, tout le monde sourit. Le soulagement était palpable. Carol prit une profonde inspiration et se détendit.

— Vu la situation… quand est-ce que je commence ?

Il se leva et tendit la main au-dessus de la table.

— Demain matin si ça vous convient ?

Carol lui serra la main.

— À quelle heure ?

— Retrouvons-nous là-bas à neuf heures, dit Brandon. Ne me laissez pas tomber, Carol. On compte sur vous.

Carol rougit.

— Je ne laisserai plus tomber personne, John.

Elle désigna Tony d'un signe de tête.

— Il parle sans arrêt de rédemption et de réhabilitation. J'essaierai de vous prouver à tous les deux que je suis capable de relever le défi.

23

Après Kate Rawlins, il avait ressenti un mélange bizarre de satisfaction et de nervosité. Il se félicitait d'avoir entamé ce projet évangélique. Mais quand il fermait les yeux la nuit, l'angoisse le submergeait. Il avait exercé un pouvoir de vie et de mort. Il avait été le dernier visage que Kate Rawlins avait vu. Et pourtant, il était parcouru par une vague d'appréhension, comme les vibrations propagées par un marteau-piqueur dans les bras de celui qui le tenait. Est-ce qu'il pourrait s'en tirer ? Il commença à se détendre au bout de quelques jours, quand il devint clair que tout le monde était persuadé qu'elle s'était suicidée.

Ce qui l'aidait à se calmer, c'était de se consacrer aux préparatifs. Il présélectionna trois autres femmes et commença à les surveiller autant qu'il le pouvait. Cette fois, Sylvia Plath serait son modèle. Il savait depuis le début que ce serait un défi. Plath s'était asphyxiée au gaz, mais c'était bien avant l'utilisation du gaz naturel. À l'époque, les cuisinières étaient alimentées par du gaz de houille toxique. Les gens mettaient leur tête dans le four, allumaient le gaz et mouraient. Sans douleur, aux dires de tous. C'était le gaz qui les tuait. Ça n'allait pas être aussi simple pour lui. Il avait réfléchi à ça pendant un moment et après avoir envisagé différentes options, il avait finalement mis un plan au point. Daisy Morton était un personnage médiatique. Il s'était donc présenté comme un journaliste pour un magazine féminin. L'article devait s'intituler : « Un moment en compagnie de Daisy Morton. » Flatter la vanité de quelqu'un, ça marchait à tous les coups.

À partir de là, ça avait été très facile. Il s'était rendu chez elle à l'heure convenue, et elle lui avait évidemment offert le thé. Il avait glissé du GHB dans sa tasse. Pendant qu'il attendait que le psychotrope fasse son effet, il avait écouté les conneries qu'elle lui racontait. S'il avait eu un quelconque doute sur ce qu'il faisait, il aurait été dissipé. Quand elle avait commencé à lui bredouiller ses stupides paroles, il lui avait donné deux Valium pour s'assurer qu'elle reste calme et sous contrôle ; si on effectuait une analyse toxicologique post-mortem, on penserait qu'elle avait pris ça pour se calmer et se donner le courage d'aller au bout de son projet.

Quand la drogue eut fait effet, les choses étaient devenues encore plus simples. Un sac plastique enfoncé sur la tête, du gaz sortant d'un réchaud transitant par un tuyau d'aspirateur, de la patience. Elle avait à peine bougé quand le gaz avait empli ses poumons, remplacé l'oxygène et l'avait asphyxiée lentement. Il avait regardé la membrane du sac en plastique se gonfler et se dégonfler avec les mouvements de sa respiration jusqu'à ce qu'elle s'arrête. C'était excitant de penser, comme dans le cas de Kate, qu'il pouvait arrêter tout ça quand il le souhaitait. C'était jouissif.

Mais il était plus fort que ça. Il avait un but et il n'allait pas s'en laisser détourner à cause de la pitié ou de la honte.

Il avait vérifié son pouls une première fois avant de le revérifier quelques minutes plus tard. Une fois certain qu'elle était vraiment morte, il avait enlevé le sac plastique, le tuyau d'aspirateur et avait allumé tous les brûleurs de la cuisinière. Il était allé chercher des serviettes dans la salle de bains, les avait passées sous l'eau avant de les mettre devant la porte ouvrant sur la cour. Il en avait posé d'autres derrière la porte de la cuisine quand il l'avait refermée en sortant. Cela n'empêcherait pas le gaz de s'échapper mais s'il y avait le genre d'explosion qu'il espérait, on retrouverait des restes de serviettes au bon endroit. Et s'il n'y avait pas de détonation, on supposerait qu'elles avaient été déplacées au moment où on avait ouvert la porte de la cuisine.

Il avait trouvé dans le jean de Daisy son téléphone portable auquel il avait raccordé un vieux répondeur qu'il avait apporté ; il avait installé ensuite les deux appareils à côté de la cuisinière.

Sa dernière action avant de quitter la maison avait été d'arracher des pages du livre de Sylvia Plath et de les laisser dans le couloir. Il n'était pas expert mais il pensait qu'une explosion les disséminerait dans le jardin. Quelques-unes resteraient intactes.

Il avait ensuite attendu patiemment. Si les choses se passaient comme il l'avait observé à quatre reprises jusqu'ici, personne n'allait revenir avant quatre heures de l'après-midi. La maison serait remplie de gaz à ce moment-là. Quand ses enfants rentreraient, aussitôt qu'ils approcheraient la porte d'entrée, il composerait le numéro de portable de Daisy, ce qui enclencherait le répondeur et provoquerait une impulsion électrique suffisante pour déclencher une explosion dans la pièce remplie de gaz.

Ce jour-là, l'attente avait été presque insupportable. Il aurait pu se contenter de laisser Daisy avec la tête dans le four mais il voulait quelque chose de plus spectaculaire, quelque chose qu'on ne pourrait pas ignorer. Ces morts devaient marquer les esprits et ouvrir les yeux des autres femmes.

Il fallait leur faire comprendre que se comporter comme Daisy et Kate ne pouvait que mal se terminer.

24

Travailler au sein de la BEP de Carol Jordan avait permis à Paula de découvrir ce qu'était une vraie police moderne. Mais quand il s'agissait de soutirer des informations à d'autres policiers, elle était parfaitement capable de revenir à des temps plus primitifs. Elle avait donc arrangé un rendez-vous avec le lieutenant Franny Riley dans un pub lugubre à quelques rues du quartier général de la division nord de la police de Bradfield. Le pub se composait de plusieurs petites pièces meublées de tables en bois sombres et de lourdes chaises. Bien que les pubs soient non fumeurs depuis des années, Paula aurait juré qu'il y avait une forte odeur de tabac dans l'air. Ça ne venait pas d'elle : cela faisait six semaines qu'elle avait remplacé sa cigarette habituelle par une cigarette électronique, au grand plaisir et soulagement d'Elinor.

Elle se commanda une pinte et s'assit à un coin de table, dos au mur, en attendant. Cinq minutes plus tard, un homme entra dans le pub, ressemblant davantage à un truand qu'à un flic : il avait un cou de taureau, un nez mal réparé après une ancienne fracture, des oreilles difformes et dissemblables ; il se déplaçait prudemment comme s'il s'attendait à devoir se battre ou fuir à tout instant. Il parcourut la salle du regard et, quand il vit Paula, se fendit d'un sourire qui donna à son visage de pirate un air plus bienveillant.

— Je vais prendre une Guinness, dit-il en s'installant en face d'elle.

— Je suis contente de vous voir, Franny, répondit-elle en se levant pour aller jusqu'au bar.

Quand elle revint, il était en train de tirer subrepticement sur sa propre cigarette électronique.

— Est-ce que c'est légal ? demanda-t-elle en posant sa pinte.

— Le patron du pub s'en fout. Il intervient quand ça clope à toute berzingue, mais la vapote ça ne le gêne pas. La moitié de ses clients fume et c'est grâce à nous qu'il gagne de l'argent, c'est donc pas dans son intérêt de faire des histoires.

Il avala une grande gorgée de sa pinte et lécha ensuite la mousse sur sa lèvre supérieure.

— La bière est bonne. Et donc, vous voulez que je fasse encore un boulot à votre place ?

Franny Riley était décidément de la vieille école. Mais Paula savait qu'il savait qu'elle était une bonne flic même si c'était une femme, comme il aurait pu le lui dire. Par le passé, elle avait montré ses compétences et elle lui faisait confiance malgré ses airs revêches.

— J'aimerais surtout que vous éclairiez mes lanternes, Franny, répliqua-t-elle en levant son verre pour un toast silencieux.

— Daisy Morton, vous m'avez dit au téléphone, c'est ça ?

— C'est ça.

— En quoi ça vous intéresse ? Vous travaillez à Skenfrith Street maintenant, non ? Plus à la toute-puissante BEP ? Qu'est-ce que Skenfrith Street a à voir avec Daisy Morton ? Est-ce que vous êtes en train de faire un boulot en douce ?

Il était plus futé qu'on aurait pu le croire.

— Vous vous souvenez de Tony Hill ?

Son visage se fendit d'un sourire sardonique.

— Ce drôle d'emmerdeur bavard avec un sac en plastique bleu qui pose des questions incompréhensibles ? Ce Tony Hill ?

— Celui-là même. Un emmerdeur certes, Franny, mais un emmerdeur intelligent. Enfin bref, il se pose quelques questions au sujet de deux ou trois affaires de suicide. Je lui ai dit que j'allais y jeter un coup d'œil pour lui rendre service.

Franny avala une autre lampée. La moitié de la pinte avait disparu en deux gorgées.

— Il s'est retrouvé en taule il y a quelque temps, non ? Et le commandant Fielding est passée pour une vraie conne ?

Paula afficha un sourire en coin.

— Et ça n'a pas franchement amélioré nos relations professionnelles. Fielding et moi on n'est pas vraiment copines aujourd'hui.

— Pas comme avec le commandant Jordan, hein ?

— Oh, si vous saviez... Mais peu importe, tout ça m'intéresse seulement parce que Tony s'intéresse à la mort de Daisy Morton.

— Un suicide. Le coroner a rendu ses conclusions et on ne s'est pas posé plus de questions. Je comprends que pour épargner la famille, il ait conclu à un décès sans cause déterminée : c'était une mort bizarre. Mais je ne crois pas qu'il y ait quoi que ce soit de suspect. Elle s'en est pris plein la gueule sur Internet et elle a pas supporté.

— D'accord. Mais vous devez admettre que ce n'est pas un suicide tout à fait ordinaire.

Il lui lança un coup d'œil perplexe.

— Ça existe, ça ?

— Vous le savez bien. Par overdose, en se jetant sous un train, par pendaison. Se coller la tête dans un four à gaz a été très à la mode, mais pas depuis qu'on est passé au gaz naturel il y a quarante ans. C'est très difficile de se foutre en l'air avec du gaz naturel parce que ce n'est pas toxique. Ça marche seulement quand on réussit à remplacer l'oxygène par du gaz carbonique. Mais je ne vous apprends sans doute rien.

Franny tira une grande bouffée sur sa cigarette électronique.

— Ça a marché, en même temps. Elle était manifestement déterminée à en finir. L'autopsie a révélé un empoisonnement au dioxyde de carbone. Pas de fumée dans les poumons. Elle était morte avant l'explosion et l'incendie.

Il haussa légèrement les épaules.

— Bon, vous avez raison, ce n'est pas la méthode la plus évidente. Mais qui sait ce qui se passe dans la tête d'une femme quand elle en a plein les bottes ? D'ailleurs, qui sait ce qui se passe la tête d'une femme au quotidien ?

— Est-ce que vous avez pu voir les menaces dont elle a été victime sur Internet ?

— Des trucs dégueulasses. Ces enfoirés mériteraient une bonne leçon. Ça n'arrêtait pas. C'est pas comme s'il n'y avait eu qu'une seule personne qui s'en était prise à elle. Ils étaient des dizaines. Si votre Tony est à la recherche d'un seul connard qui l'aurait poussée à bout, il fait fausse route.

Plus futé que la moyenne, comme elle le savait déjà.

— Je ne sais pas trop à quoi il pense, pour être honnête. Est-ce qu'il y avait autre chose qui sortait de l'ordinaire dans cette affaire ?

Franny vida sa pinte.

— Difficile à dire.

— Comment ça ?

— Il y avait un truc. Mais on sait très bien tous les deux qu'une explosion et un incendie peuvent provoquer de drôles de choses.

— Comme faire disparaître les vêtements des victimes ?

— Ce genre de choses. Ça pourrait être quelque chose que Daisy a décidé de faire elle-même ou bien qui aurait été causé par l'explosion.

Paula attendit pendant que Franny expirait un nuage de fumée tout en réfléchissant.

— Il y avait des pages d'un recueil de poésie dans le jardin. Éparpillées un peu partout.

— Un recueil de poésie ?

Il hocha la tête.

— Un truc intitulé *Ariel*. De cette femme, Sylvia Plath, qui est enterrée près de Heptonstall. Celle qui était mariée à Ted Hugues. Le poète lauréat.

Paula espérait que son étonnement concernant l'étendue de la culture littéraire de Franny ne se voyait pas.

— Sylvia Plath s'est suicidée par asphyxie, dit Paula.

Franny acquiesça.

— Oui, c'est ça. Peut-être que c'était le dernier message que Daisy voulait laisser au monde. Elle n'en pouvait plus, comme Sylvia Plath.

— Elle n'a pas laissé de lettre d'adieu ?

Il avala ostensiblement les dernières gouttes de sa pinte de bière.

— Pas un mot. Bon, vous prenez une autre pinte ou vous allez déguerpir comme un chat échaudé maintenant que vous m'avez tiré les vers du nez ?

Paula se mit à rire.

— Juste un demi. Parce que je ne suis pas du tout censée me trouver ici.

Franny s'esclaffa.

— Moi non plus, mon cœur. Moi non plus.

Quand ils étaient enfants, Carol et son frère Michael avaient leur propre technique pour arrêter le hoquet : pouces enfoncés dans les oreilles, index dans les narines, yeux fermés pour éviter toute distraction, il fallait garder le maximum d'air dans les poumons, le plus longtemps possible jusqu'à ce qu'on sente la pression du sang dans ses joues et ses yeux sur le point d'exploser. Le hoquet passait, mais la personne qui l'avait subi titubait quelques instants, avait le tournis et était désorientée. C'est comme ça que Carol se sentit en rentrant dans la grange. Elle s'était repliée sur elle-même pour éviter de devoir faire face aux conséquences de sa bêtise et puis tout à coup toute cette tension s'était relâchée.

Elle n'avait pratiquement rien dit sur le chemin du retour. Tony continuait de commencer des phrases sans les terminer, s'arrêtant au bout de quelques mots. Elle était habituée à ce qu'il se parle à lui-même quand il essayait de résoudre un problème. La nouveauté, c'était que ce soit elle le problème.

Il n'était pas encore l'heure de déjeuner quand ils entrèrent chez elle. Carol ferma la porte derrière eux et s'accroupit pour accepter l'accueil enthousiaste de Flash. Tandis que la chienne léchait ses mains, elle plongea son visage dans son pelage noir et blanc et essaya de se calmer. Tony se tenait à quelques pas derrière elles et les observait avec curiosité. Elle leva les yeux.

— Quoi ? Tu n'as jamais vu un chien accueillir son maître avant ?

— C'est un aspect de ta personnalité auquel je ne suis pas encore vraiment habitué. C'est manifestement une sorte de transfert, mais je ne sais pas vraiment de quoi.

Carol lui lança un regard noir avant de se radoucir. Ce n'était pas parce qu'il sortait des petites phrases dérangeantes qu'il n'essayait pas de l'aider. Elle se redressa et s'adossa contre le mur. Elle avait besoin de boire un verre. Elle était décidée à tenir bon, mais le désir la brûlait comme si elle avait de l'électricité dans les veines. Une vodka tonic si fraîche que des gouttes de condensation se formeraient sur le verre et couleraient sur ses doigts. Ou bien la douceur d'un pinot gris coulant dans sa gorge, emportant toute la tension avec lui. Quelques verres et elle ne ressentirait plus aucune peur.

Parce que c'était exactement ça qu'elle ressentait en ce moment même : de la peur. La peur la submergeait, faisait battre son cœur à tout rompre et lui donnait les mains moites. Elle sentait un filet de sueur froide lui couler le long du dos. Qu'est-ce qui lui avait pris d'avoir accepté ? Ses paupières tremblaient et elle avait du mal à respirer.

— Tu peux rentrer chez toi maintenant, dit-elle, en s'écartant du mur pour se diriger vers ce qui avait été son domaine privé jusqu'à ce que Tony décide de s'y installer. Je n'ai plus besoin d'un chauffeur.

Carol l'entendit marcher lentement derrière elle.

— Je veux t'aider, dit-il.

— Et c'est ce que tu as fait.

Carol traversa la cuisine en lui tournant toujours le dos et remplit la bouilloire en faisant écran avec son corps pour cacher le tremblement de ses mains.

— Il est temps maintenant pour moi de me débrouiller toute seule. Je ne bois plus et je ne vais pas recommencer.

— Je pensais que mon aide te serait utile. C'est un sacré défi que tu vas devoir relever. Et Brandon attend clairement de toi que tu te mettes immédiatement au travail même si tu as passé les six derniers mois à jouer les ouvriers en bâtiment, au lieu de faire ton travail de flic.

Il s'assit à la table, prit une mandarine et se mit à l'éplucher. La saveur douce-amère des pelures remplit l'air autour d'eux.

— Tu ne peux pas me suivre partout en me tenant par la main.

Elle l'empêcha de répondre en mettant en route le moulin à café. Quand il s'arrêta, elle versa le café moulu dans la cafetière avant de la remplir d'eau.

— Je sais que tu n'as pas besoin que je te tienne par la main, répliqua-t-il d'un ton si doux qu'il en était presque exaspérant. Et j'ai mon propre travail à reprendre. Mais tu as dit à Brandon tout à l'heure que tu voulais m'avoir dans l'équipe. Si je dois risquer ma réputation dans cette folle entreprise, le moins que tu puisses faire, c'est me donner la possibilité de t'aider à mettre ça sur pied. Tu ne crois pas ?

Tony, elle devait bien l'admettre, était sacrément malin. En jouant sur sa culpabilité, il ne lui laissait guère le choix. Elle remplit deux tasses de café et s'assit en face de lui.

— Ok, quelles sont tes CG ?

Il afficha un air perplexe qu'elle connaissait bien et qui était parfois trompeur.

— Mes CG ?

— Tes Conditions Générales.

Son visage s'éclaira.

— Eh bien, j'ai déjà un travail et je suis censé écrire un livre.

— Tu travailles seulement à mi-temps à Bradfield Moor. Tu as toujours réussi à trouver du temps pour t'occuper d'affaires criminelles avant.

Il fit une moue.

— Je suis l'homme qui n'a pas de vie.

Carol leva les yeux au ciel.

— Oh, mon pauvre ! Je sais très bien qu'on ne peut pas t'avoir à plein temps mais ce n'est pas grave. Ça a toujours bien fonctionné avant et on fera en sorte que ça marche à nouveau. Et puis c'est mieux pour le budget.

— Oh mon Dieu ! s'exclama Tony avec une horreur feinte. Tu es habitée par James Blake !

— Ah, ah, c'est ça.

— Bon, et tu penses à qui d'autre pour constituer cette équipe de choc ?

Il avait eu raison, comme d'habitude. Rien que le fait d'en parler, de réfléchir aux dimensions pratiques, la libérait d'une certaine tension qu'elle ressentait au niveau de la nuque et de la tête.

— Paula, évidemment. Et Stacey, parce qu'elle est faite pour ce genre de missions. Et puis il y a Kevin.

— Il vient juste de partir à la retraite, non ? Je ne me souviens plus si j'étais allé à son pot de départ.

— Oui, il a fêté ses trente ans de maison et il est en effet à la retraite. Mais je pense que je pourrais le convaincre de revenir. Je garde sous le coude quelques idées que je soumettrai à Brandon demain matin.

— Très intrigant.

— Tu seras au courant bien assez tôt. Est-ce que tu penses qu'Alvin Ambrose serait intéressé par cette mission ?

Ambrose, un inspecteur talentueux et obstiné de la West Mercia, avait travaillé avec l'équipe de Carol de temps à autre quand leurs chemins s'étaient croisés. Son sérieux et son ingéniosité l'avaient impressionnée. Et elle croyait se souvenir que Tony en avait presque fait son ami.

— Il était plutôt content quand il a appris qu'il y avait une possibilité pour que tu te retrouves à la West Mercia, reconnut Tony. Ce serait une bonne recrue pour l'équipe. Et il s'entend bien avec Paula.

— Je lui proposerai. Je pense qu'il serait partant pour quelque chose d'un peu plus exigeant que deux ou trois meurtres par an. C'est tout ce que j'ai en tête pour le moment. J'aurai besoin aussi d'un ou deux agents de police, mais ça peut attendre.

Paula a parlé d'un type qu'elle a sous ses ordres, un certain Hussain ?

Tony secoua la tête.

— Aucune idée. Je ne suis pas sûr de l'avoir déjà rencontré. Et Sam Evans ? C'est toujours un simple agent, non ?

Carol secoua la tête, le visage impassible.

— Je ne vais pas engager Sam.

— C'est un bon limier.

— Oui, mais il aime aussi beaucoup fourrer son nez dans ce qui ne le regarde pas. Je ne lui fais pas confiance, Tony. Une toute petite équipe comme celle-là ? Il y aura bien des gens susceptibles de nous poignarder dans le dos ; pas la peine de prendre le risque d'avoir un traître dans l'équipe.

— Je ne suis pas sûr que tu aies raison.

Il leva une main pour l'interrompre.

— Je sais qu'il n'est pas digne de confiance. Mais le truc avec Sam, c'est qu'il ne pense qu'à lui. Et une place dans une équipe comme celle-là, la première brigade d'enquêtes prioritaires indépendante, c'est la chance de sa vie. Il ne mettrait pas sa carrière en jeu.

— Il le ferait sans hésiter s'il pouvait s'en sortir avec les honneurs. Il serait l'homme qui tua Liberty Valence. Et moi je serais John Wayne se tirant une balle dans le pied pour l'avoir embauché.

Tony fronça les sourcils en essayant de comprendre sa métaphore alambiquée.

— Si tu le dis. Mais ça va être difficile pour Stacey.

Carol lui lança un regard noir.

— Stacey est une grande fille. Elle aime ce qu'elle fait. Elle ne va pas laisser passer une chance comme celle-ci juste parce que son petit ami va faire la tête.

Tony parut sceptique.

— Je peux t'assurer que Stacey aime davantage les données informatiques qu'elle ne pourra jamais aimer un être humain.

Il haussa les épaules et garda ses pensées pour lui.

— C'est ton équipe. Et il me semble que tu as tous les atouts en main pour la faire fonctionner.

— Dois-je comprendre que tu es partant ?

— Est-ce que je n'ai pas été assez clair ? Bien sûr que je suis partant. Il va sans dire que j'aime mon travail à la clinique. Il n'y a rien de plus gratifiant que d'aider quelqu'un à se reconstruire. Mais faire du profilage, c'est autre chose. Ça me force à être exigeant, à regarder tout ce que je connais sous un angle différent. Ça répond à un besoin chez moi dont je ne savais même pas qu'il existait avant.

Il s'éclaircit la gorge, comme s'il se sentait gêné. Elle ne l'avait jamais entendu parler avec autant d'éloquence du travail qu'il faisait pour la police. Il ne parlait généralement que de la façon dont il procédait et pas de ce que ça signifiait pour lui. Ces propos permettaient à Carol de mieux saisir sa façon de travailler. Elle avait rencontré d'autres profileurs, des hommes dont l'ego pourrissait l'enquête qu'ils étaient censés faire avancer ; et d'autres qui se cachaient tellement derrière leurs qualifications qu'ils étaient pires qu'inutiles. Mais Tony faisait preuve d'humilité et était toujours ouvert à des possibilités que d'autres négligeaient. Ce n'était pas qu'il manquait de certitudes ou de conviction. Il était simplement plus flexible.

— Bien, dit-elle.

— Alors par quoi on commence ?

— Je pense qu'un peu d'entraînement ne nous ferait pas de mal. Et donc nous pourrions aussi bien continuer avec ces affaires de harcèlement sur Internet.

Il secoua la tête, déconcerté.

— C'était... je ne sais pas, juste quelque chose pour nous occuper. Rien n'indique qu'il y ait quoi que ce soit de suspect.

— Sauf que nous avons l'habitude d'être méfiants et que quelque chose a attiré ton attention. Écoute, nous avons besoin de temps pour nous remettre en selle. Et je ne pense pas qu'on devrait le faire sur une affaire en cours avec les yeux des médias braqués sur nous.

Elle passa une main dans ses cheveux et essaya de réarranger sa coupe.

— Je ne sais pas non plus quand je vais avoir le temps d'aller chez le coiffeur. Brandon va vouloir annoncer publiquement ce projet. Je ne peux pas tenir une conférence de presse avec cette tête.

— Je te trouve très bien comme tu es, dit Tony.

Ce n'était pas de la galanterie de sa part ; il semblait plutôt surpris qu'elle fasse cette remarque.

Carol leva de nouveau les yeux au ciel.

— Si je les avais teints en rose, tu ne le remarquerais même pas. C'est un domaine où tes talents d'observation sont inexistants, Tony. Je t'assure que j'ai besoin d'une bonne coupe.

Elle sortit son téléphone.

— Je me demande si Wendy se souvient de la façon dont j'aimais bien être coiffée avant. Peut-être qu'elle pourrait me prendre en rendez-vous ce samedi… Et puis il faudrait aussi que j'emmène une pile de vêtements au pressing.

Elle lui jeta un coup d'œil pétillant, comme si elle avait eu une idée tout en parlant.

— Tu pourrais faire ça pour moi en rentrant chez toi. Il y a ce pressing vers Bradfield, celui qui est installé dans une ancienne station-service. Tu vois où je veux dire ? Juste après le rond-point de Morden.

— Tu tiens vraiment à te débarrasser de moi.

Elle ne pouvait pas le nier.

— Tu étais là pour moi quand j'en avais besoin, dit-elle. Je n'ai pas bu une goutte d'alcool depuis samedi soir. J'ai passé le cap le plus difficile et maintenant je dois apprendre à me faire confiance. Il faut que je me prépare pour demain. Ça fait longtemps et j'ai besoin de me remettre dans la peau d'un flic.

Carol fit de son mieux pour montrer qu'elle était désolée. Elle ne voulait pas le blesser. Mais elle savait que la nuit s'annonçait difficile ; l'envie de boire se ferait de plus en plus pressante au fur et à mesure que la peur grandirait en elle. Elle ne voulait pas qu'il en soit témoin. Elle ne voulait pas qu'il la prenne en pitié. Elle posa une main sur la sienne.

— Je veux dormir dans mon lit, Tony. Il faut que je reprenne possession de mon espace.

Ce fut suffisant. Elle lut dans ses yeux qu'il avait compris. Il baissa la tête.

— Ok.

Il afficha un sourire peiné, mais c'était malgré tout un sourire. Il se leva et faillit trébucher sur le chien.

— Si tu veux avoir mon avis, je suis content que tu aies dit oui à Brandon. Tu n'es pas une ouvrière en bâtiment, Carol. Tu es inspecteur de police. Il est temps pour toi de reprendre du service.

25

Une fois Tony parti avec les vêtements à déposer au pressing, le temps passa très lentement. Carol avait préparé sa tenue pour le lendemain matin : un tailleur en laine bleu marine, infroissable et qui ne générait pas d'électricité statique. Elle avait constaté en se préparant pour aller au tribunal que quelques-unes de ses vestes ne lui allaient plus maintenant qu'elle avait les bras plus musclés et les épaules plus larges. Il faudrait qu'elle revoie sérieusement sa garde-robe. Elle réprima un soupir et planifia une sortie au centre commercial avec Elinor. La compagne de Paula avait un bien meilleur sens du style qu'aucun d'entre eux ; avec sa spectaculaire chevelure noire, son teint pâle et sa minceur, les vêtements lui seyaient mieux qu'à la plupart, et elle était toujours ravie de partager ses vues en la matière. Carol ajouta une chemise fuchsia à la pile de vêtements, changea d'avis et opta pour une bleue puis une rouge écarlate avant de revenir vers la première. Cette indécision était quelque chose d'inhabituel chez elle et elle s'en fit le reproche.

Une fois que le problème de la garde-robe fut résolu, elle se retrouva désœuvrée. Comment se préparait-on à retourner au travail ? Être flic n'était pas un boulot comme un autre. Ce n'était pas comme de travailler pour une agence publicitaire, où on devait se tenir au courant de ce que faisait la concurrence ; ou dans l'industrie du pétrole, où on pouvait se familiariser avec de nouveaux procédés ; ou encore dans l'enseignement, où il y avait toujours de nouvelles façons d'aborder le programme scolaire. Certes, il pouvait y avoir certaines avancées dans les techniques médico-légales, mais elle n'allait pas les découvrir avant de se retrouver au beau milieu d'une enquête où elles seraient nécessaires. Hormis ça, c'était la routine habituelle. Chercher des renseignements, établir des connexions, élaborer une théorie, classer les preuves disponibles pour confirmer ou infirmer cette théorie, procéder à une arrestation et interroger les suspects jusqu'à ce que l'un d'entre eux se révèle être le coupable.

Il y avait bien ces affaires de suicides douteux sur lesquelles il fallait se pencher. Mais c'était mettre la charrue avant les bœufs. Elle avait besoin de davantage d'informations avant de pouvoir aller plus loin. Ce n'était probablement rien et elle aurait des tas d'affaires autrement plus sérieuses bien assez tôt. La meilleure chose qu'elle pouvait faire pour le moment c'était se détendre.

— Viens ici, Flash, dit-elle en enfilant ses bottes avant de prendre sa veste.

La lande était ensoleillée mais des nuages arrivaient par l'ouest. Une légère brise traversait la vallée et rafraîchissait l'atmosphère. Un temps parfait pour marcher sur la colline. Carol et sa chienne gravirent la lande jusqu'au sommet, Flash faisant de continuels allers-retours, parcourant quatre fois plus de distance que sa maîtresse.

À mi-chemin le long de la crête de la colline, son attention fut attirée par un mouvement en contrebas. C'était George Nicholas et Jess, la mère de Flash. Il s'était passé tellement de choses depuis son passage à la grange la veille ; elle avait l'impression qu'il s'était écoulé une éternité. Aujourd'hui, elle n'avait rien à cacher. Il était probablement temps de renouer les liens après la curieuse intervention de Tony. Elle lui fit un signe de la main.

George lui répondit par le même geste et s'avança dans sa direction. Il était presque à bout de souffle quand il la rejoignit mais ça ne l'empêchait pas de sourire.

— Votre ami Tony n'aime pas beaucoup marcher ?

— Il est retourné à Bradfield. En fait, il marche pas mal, mais surtout en ville. Il dit que ça l'aide à réfléchir. Ça et les jeux vidéo.

Elle secoua la tête avec un léger sourire en se souvenant de son entrée réticente dans ce monde et du plaisir inattendu qu'elle en avait retiré.

George lui emboîta le pas et ils descendirent la colline en direction de la grange.

— J'ai appris que vous aviez quelques soucis avec la justice, dit-il d'un air détaché.

— Les nouvelles vont vite.

La plupart des gens auraient été désarçonnés par le ton agressif de sa réponse, mais George avait passé sa scolarité dans un internat et il était plus coriace qu'il en avait l'air.

— Il se passe tellement peu de choses intéressantes dans la vallée qu'on se précipite sur ce genre de nouvelles comme des vautours. Est-ce que vous pensiez que personne ne l'apprendrait ?

Carol poussa un profond soupir.

— Il n'y a rien à apprendre. J'ai été arrêtée en rentrant chez moi, l'éthylotest était défectueux, les charges ont été abandonnées. Difficile d'imaginer quelque chose de moins intéressant.

— Sauf que vous aviez bu.

Elle sourit, mais d'une façon qui n'engageait pas à poursuivre la conversation sur le sujet.

— Dans les limites autorisées par la loi.

George leva les sourcils.

— J'aurais dit un peu plus que ça.

— Pardon ? Vous comptez le nombre de verres que boivent vos invités ? C'est petit-bourgeois, George. Je n'aurais jamais cru ça de votre part, répliqua-t-elle sur un ton badin tout en lui jetant un regard noir.

— Non, bien sûr que non. On le remarque, c'est tout. Surtout si les invités en question repartent en voiture. Personne ne voudrait avoir quoi que ce soit sur la conscience si quelque chose arrivait.

Elle lui lança un regard glacial.

— Eh bien, vous n'avez rien à vous reprocher George. D'après la loi, aucune infraction n'a été commise. Mieux, je vais reprendre du service.

— Vous allez reprendre votre travail dans la police ? Mais je croyais que vous aviez démissionné ?

Carol ramassa un morceau de bois et le jeta aussi loin qu'elle le put. Les deux chiens filèrent à travers les herbes jaunes de la lande à sa recherche.

— C'est le cas. Mais on m'a fait une proposition que je ne peux pas refuser et je reprends donc le travail.

— Votre ancien poste ?

Les chiens s'étaient lancés dans une lutte acharnée pour le bâton, chacun tirant de son côté en grognant.

— Pas exactement, répondit Carol. Le même genre de travail mais avec davantage d'attributions et de responsabilités.

— Et la chienne alors ? Comment allez-vous faire avec Flash ? Elle ne va pas aimer se retrouver seule toute la journée.

Carol n'y avait pas vraiment réfléchi. Mais elle avait toujours été bonne pour prendre des décisions rapides.

— Elle viendra avec moi. Elle pourra rester dans le bureau. C'est l'avantage d'être son propre patron.

George sembla un peu triste en entendant sa réponse.

— Je vois. Bon, mais si jamais vous avez besoin de la faire garder, vous pouvez toujours me la confier. Comme vous vous en êtes sans doute rendu compte, Jess est toujours contente de la voir.

— Merci. Je n'hésiterai pas alors.

— Ce sera avec plaisir.

Ils atteignirent le chemin qui longeait le bas de la colline. George devait prendre à droite pour rentrer chez lui et Carol à gauche pour rejoindre la grange. Il regarda avec espoir en direction de celle-ci, qui était la plus proche des deux habitations. Mais Carol n'y prêta pas attention.

— Il faut que je rentre, dit-elle. J'ai des tas de choses à préparer pour demain.

— Vous vous remettez déjà au travail ?

Elle haussa les épaules.

— J'ai pris ma décision. Il n'y a aucune raison d'attendre. À un de ces jours, George. Les travaux de la grange seront bientôt terminés ; j'organiserai sans doute quelque chose pour fêter ça. On se verra donc à ce moment-là, si ce n'est pas avant.

Il avait l'air bouleversé. Elle comprenait pourquoi. En une phrase, elle venait de tout réduire à néant. Plus de promenades matinales sur la colline avec les chiens, plus de discussions à propos du temps, de leur vie et du voisinage. Carol se demanda si elle lui avait fait miroiter un quelconque espoir au sujet de leur relation et se sentit brièvement coupable. Mais pas assez pour changer d'avis ou revoir ses projets. Elle lui fit un petit signe de la main avant de tourner les talons. Une centaine de mètres plus loin, elle pouvait toujours sentir ses yeux braqués sur elle et elle se retourna.

George était là où elle l'avait laissé, accroupi à côté de son chien, une main posée sur sa tête, le regard fixé sur elle. Carol continua de marcher vers la grange, sans regret, mais en se demandant si elle pourrait un jour avoir ce qu'elle désirait.

La réponse, comme c'était toujours le cas quand elle se posait ce genre de questions, était Tony. Malgré leur relation compliquée, il était celui avec qui elle se sentait le plus à son aise.

Une fois dans la grange, Carol se changea les idées en retournant à sa garde-robe. Il fallait qu'elle essaie ce chemisier pour être sûre qu'il lui allait bien. Cinq minutes plus tard, elle en vint à la conclusion qu'aucun des trois ne la mettait à son avantage. Jurant à haute voix, elle remit son pull. Au moins, on était mercredi. C'était la nocturne au centre commercial de Bradfield. Elle avait le temps de trouver quelque chose qui la fasse ressembler à une vraie flic et pas à une pub pour soutien-gorge.

Elle traversa la cuisine pour aller prendre les clés du Land Rover. Le crochet était vide. Elle fit une moue. Par inadvertance, Tony était parti avec les clés. Heureusement, il y avait un double dans le tiroir à couverts.

Sauf qu'elles ne s'y trouvaient pas. Elle chercha dans les autres tiroirs, en vain. Et puis elle comprit. Il avait eu peur qu'elle craque et qu'elle sorte pour aller acheter de l'alcool. Il s'était donc arrangé pour qu'elle soit coincée chez elle.

— Connard ! cria-t-elle inutilement.

Si Tony était la réponse, c'est qu'elle devait se poser la mauvaise question.

Carol n'était pas la seule à reconstruire sa vie dernièrement. Grâce à un surprenant concours de circonstances, Tony vivait dans une péniche d'une quinzaine de mètres dans le Minster Canal Basin au cœur de Bradfield, un bateau qu'il avait hérité de son père qu'il n'avait pas connu. Il s'était lui-même surpris de la vitesse à laquelle il s'était adapté à un espace aussi confiné. Il avait toujours été quelqu'un de désordonné, laissant traîner partout livres, papiers, boîtes de jeux vidéo et journaux, sans oublier l'occasionnelle tasse de café sale, inaccessible au milieu de tout ce fouillis. Mais dans un espace ou chaque centimètre carré comptait, ce genre de bazar rendait la vie impossible. Il lui avait fallu du temps pour en arriver à cette conclusion et comprendre que ce chaos lui portait préjudice.

Sa vie à bord était donc devenue nette et ordonnée. Les choses étaient jetées après usage ; rien n'était admis à bord du *Steeler* si sa présence n'était pas justifiée. Il n'était pas complètement repenti : son bureau à l'hôpital psychiatrique de Bradfield Moor était toujours aussi désordonné. Il y avait d'ailleurs un contraste saisissant entre l'endroit où il travaillait et la partie du cabinet où il recevait ses patients : un coin de la pièce avec deux fauteuils confortables séparés du désordre par un joli paravent japonais.

Mais un problème subsistait. La moitié des murs de son ancien logement abritaient des étagères remplies de livres abordant aussi bien la psychologie que la philosophie en passant par l'histoire mais aussi des romans et des livres relatant des faits divers. Il n'y avait aucune place dans son cabinet ni dans sa maison flottante pour accueillir cette bibliothèque ; ses livres lui manquaient autant qu'une femme qui l'aurait quitté. Le fait qu'ils n'aient pas disparu (ils étaient stockés dans des cartons dans un container) ne le rendait pas moins triste.

C'était une de ses collègues qui avait involontairement résolu son problème. Elle envisageait alors d'investir dans une nouvelle forme de biens immobiliers : la conversion de containers de cargo en studios indépendants dans des zones urbaines non développées. Tony s'était souvenu que l'entreprise de stockage qui avait pris en charge ses livres avait également des containers de transport à louer. Il s'était équipé d'un bloc-notes, d'un crayon et d'un mètre et avait découvert qu'il pouvait construire un petit labyrinthe de livres avec un bon fauteuil au milieu à seulement cinq minutes de marche du bateau. Sa bibliothèque personnelle.

Au cours des dernières semaines, il avait monté des étagères en kit sur les lieux de sa future bibliothèque et à présent il déballait les cartons et mettait ses livres en rayon. Il semblait les avoir empaquetés au hasard et il essayait de les classer comme ils venaient, un processus fatigant qui impliquait une réorganisation continuelle. Sans parler du fait qu'il replongeait son nez dans des volumes qu'il n'avait pas ouverts depuis des années et qui lui rappelaient pourquoi ils avaient attiré son attention à l'époque. C'était la tâche idéale pour se changer les idées et s'empêcher de revenir à des préoccupations sur lesquelles il n'avait pas d'emprise.

Tony s'y était rendu directement après avoir déposé les vêtements au pressing, sachant qu'il serait incapable de faire quoi que ce soit de plus constructif. Il savait que le besoin de boire la rongerait et qu'il ne pouvait pas lui faire confiance. Il avait donc pris les devants en s'autorisant à subtiliser ses clés de voiture. Il se demanda combien de temps il lui faudrait avant de le découvrir. Il espérait qu'elle le remarquerait seulement quand il arriverait à la grange le lendemain matin, feignant une étourderie. Ce n'était pas comme si c'était un scénario improbable.

Il ressentit donc une certaine déception quand Carol l'appela sur son portable quelques heures après son départ. Dès qu'il décrocha, elle laissa éclater sa colère :

— Comment oses-tu ? commença-t-elle. Pour qui tu te prends ? Qui te donne le droit de partir avec mes clés de voiture comme ça ?

— Je pensais juste...

— Non, tu n'as pas pensé. Tu n'avais pas à prendre cette décision me concernant. Tu as décidé que j'étais incapable de tenir parole. Tu as décidé que je devais être retenue prisonnière dans ma propre maison. Tu es censé faire preuve d'empathie, alors où est-ce qu'elle était ta foutue empathie cet après-midi ? Tu n'as pas réfléchi une seule nanoseconde à ce que je pouvais ressentir, d'être traitée comme quelqu'un à qui on ne pouvait pas faire confiance.

— J'ai pensé à ce que tu ressentirais si tu échouais.

Elle poussa un grognement.

— C'est comme ça que tu te défends ? En me disant que tu n'as pas confiance en moi ? Que je n'ai aucune volonté ? Est-ce que tu sais à quel point c'est difficile pour moi ? Mon corps et ma tête hurlent pour que je leur donne quelque chose à boire mais je ne les écoute pas et ça me fait souffrir mais JE NE CÈDE PAS. Je t'emmerde, Tony.

— J'essayais juste de t'aider.

— Super. Et maintenant je suis coincée au milieu de nulle part sans moyen de transport et avec un nouveau travail que je suis censée commencer demain matin.

— Je sais tout ça, j'avais prévu de te ramener les clés à la première heure pour que tu puisses aller travailler.

Elle lui répondit sur un ton glacial.

— Ça aurait été parfait si j'avais eu quelque chose à me mettre. Je peux aller au travail mais tout ce que je porterai sous ma veste ce sera un soutien-gorge. Et pas des plus élégants. Mes chemisiers ne me vont plus, Tony. J'allais me rendre à la nocturne du centre commercial pour renouveler ma garde-robe. Et pas pour aller m'acheter de la bibine au supermarché.

Il eut une sensation désagréable au creux du ventre, comme s'il venait de dégringoler trente étages dans un ascenseur. Il avait cru bien faire ; il avait pensé que même si elle lui en voulait au début, elle finirait par le remercier. Il était censé donner de bons conseils à ces patients pour les aider à prendre les bonnes décisions. Et il avait complètement foiré avec la personne qui comptait le plus pour lui.

— Je suis désolé, dit-il, mécontent de la faiblesse de sa repartie. Je peux te rapporter les clés tout de suite ?

— Je ne crois pas qu'il y ait le temps. Je vais prendre un taxi pour aller au centre commercial. Tu peux me retrouver là-bas avec mes clés et me ramener ensuite chez moi une fois que j'aurai terminé.

Elle ne semblait pas s'être calmée, mais au moins elle lui parlait encore. Il n'y a pas si longtemps, certaines crises avaient duré des semaines pendant lesquelles ils n'avaient pas échangé un mot et ça avait été l'épreuve la plus difficile de sa vie.

— Je t'enverrai un texto quand j'y serai, répondit-il.

Mais il parla dans le vide.

Comment est-ce qu'il allait bien pouvoir rattraper le coup cette fois ?

26

Le dernier étage du commissariat de Skenfrith Street avait une vue imprenable sur le garage à étages qui se trouvait en face. C'était sans doute son meilleur atout. Pour l'heure, c'était un espace rectangulaire avec une moquette industrielle grise et des murs peints en gris clair. Le faux plafond avait des rangées de néons qui privaient tout ce qu'ils éclairaient de leur humanité, y compris les humains. John Brandon aspira l'air entre ses dents et regarda le responsable des travaux d'un air interrogateur.

Un type à l'allure branchée, à la moustache gominée, portant un jean skinny et une veste en toile, tapota sur sa tablette qui afficha un plan de l'étage.

— Notre équipe est prête à configurer les lieux comme vous le souhaitez et à les mettre à votre disposition pour lundi, expliqua-t-il en passant une main dans ses cheveux.

Carol regarda autour d'elle en réfléchissant.

— Je veux un bureau ici, dit-elle. De six mètres sur six. Avec une fenêtre.

Le mec branché traça avec son doigt un carré sur le plan. Des lignes noires apparurent.

— Ce genre de dimension ?

Carol hocha la tête.

— Un bureau, deux meubles de rangement avec quatre tiroirs, un fauteuil ergonomique et deux chaises pour les visiteurs. Et un portemanteau.

L'homme tapota de nouveau sur la tablette et une vue d'ensemble apparut soudainement.

— Vous aurez besoin d'une corbeille à papier aussi, dit-il.

Et les choses continuèrent ainsi. Un bureau à part pour Stacey avec suffisamment de prises électriques pour alimenter une petite entreprise, entouré par des murs pour que les curieux ne puissent pas voir ses activités illicites. Des bureaux en open space pour tous les autres, avec deux petites salles de réunion où l'on pourrait s'isoler si nécessaire. Des tableaux blancs pour noter les informations d'une affaire en cours. Un paperboard. Une rangée de tables de travail au milieu de la pièce et quelques-unes dispersées en périphérie. Des ordinateurs, évidemment. Et un coin café.

— Nous avons besoin d'une bonne machine à café. Du grain à la tasse. Nous sommes intransigeants sur ce point dans cette BEP. Je me fiche de savoir comment vous allez caser ça dans le budget, mais c'est une nécessité, intima Carol qui prêchait un converti.

Le jeune homme afficha un grand sourire et hocha la tête.

— C'est une excellente demande. Vous l'aurez, à la seule condition que je puisse en profiter quand je serai dans l'immeuble.

Il allait ajouter quelque chose mais s'en abstint.

— Continuez, dit Carol.

— Il y a un nouveau torréfacteur qui a ouvert ses portes sur Bellwether Square : Le Temple du Café. Partout ailleurs ils font dans le grand cru mais eux sont plutôt vieille école, vous voyez ? Doux et chocolaté.

Il haussa les épaules.

— Si c'est votre truc, c'est l'endroit qu'il vous faut. Vous pourriez acheter votre café en grains là-bas.

Carol sourit et le remercia.

— Qu'est-ce que vous en dites, John ? On pourrait essayer ce nouveau café et laisser les ouvriers faire leur travail.

— Ça me semble une bonne idée, répondit-il, en se dirigeant vers l'ascenseur.

Quand les portes se refermèrent, Brandon ajouta :

— J'imagine que vous vous y connaissez ? En café ?

— Pas trop mal. Je crois pouvoir dire avec certitude que sur ce point, mon équipe et moi appartenons à la vieille école. Croyez-moi, John, vous n'auriez pas envie d'un café aux saveurs fruitées et acides.

— Je me souviens de l'époque où le café n'était rien d'autre que du café. Parfois mousseux, grommela-t-il en sortant de l'immeuble à sa suite.

Le ciel était bas et menaçant, l'atmosphère humide et lourde tandis qu'ils marchaient d'un pas vif en direction de Bellewether Square. Cinq minutes plus tard, ils étaient penchés sur leur boisson à un coin de table du Temple du Café, où l'arôme du café torréfié se mêlait à l'odeur des scones frais. Carol se dit que ça allait être difficile de résister à la tentation de venir ici à chaque fois qu'elle le pourrait.

— Alors, pas de regret ? demanda Brandon.

Carol secoua la tête.

— Non. Pour la première fois depuis des lustres, je suis enthousiasmée à l'idée de me remettre au travail. Travailler avec Blake a été plutôt contraignant pour tout dire. J'espère pouvoir gérer le budget à ma guise.

— Ce sera votre responsabilité, dit-il. Vous aurez certaines contraintes mais au moins c'est vous qui déciderez des priorités. Alors, sur qui avez-vous jeté votre dévolu ?

— Sur le lieutenant Paula McIntyre, sur l'agent Stacey Chen et une jeune recrue du nom de Karim Hussain de Bradfield. J'aimerais aussi avoir le lieutenant Alvin Ambrose de la West Mercia et tirer de sa retraite Kevin Matthews.

Brandon fronça les sourcils.

— Il n'y a aucun problème en ce qui concerne les policiers en service. Mais pourquoi Kevin voudrait-il reprendre le travail ?

— J'ai réfléchi à la question. Vous vous souvenez qu'il y a quelques années, il s'est retrouvé rétrogradé du grade d'inspecteur à celui de lieutenant.

Le visage de Brandon s'assombrit.

— Je m'en souviens. Il avait fait fuiter des informations à la presse. Il avait une liaison avec cette journaliste, Penny Burgess, c'est bien ça ?

— C'est ça. Mais c'était il y a longtemps.

— C'était la première affaire sur laquelle nous avions fait appel à Tony, n'est-ce pas ?

Carol ne semblait pas s'en souvenir.

— Toujours est-il que Kevin en a subi les conséquences. Il est descendu d'un échelon et il n'en a pas bougé. Il aurait pu tenter de redevenir inspecteur, mais il souhaitait rester à la BEP et je n'avais pas le budget pour un inspecteur. Idéalement, toutes les BEP devraient pouvoir compter sur un policier de ce rang. Et Paula n'est pas encore prête.

— Vous allez vous entourer d'une équipe très restreinte, dit Brandon.

— Vous nous avez promis l'aide des renforts locaux pour ce qui concerne les tâches quotidiennes ; je préfère donc me contenter d'une petite équipe afin de pouvoir consacrer notre budget à ce qui compte vraiment. Les experts judiciaires. Tony, par exemple.

Brandon considéra son café. C'était un projet osé, mais c'est ce qu'ils voulaient. Si les choses allaient de travers, tout ce qu'il avait à perdre, c'était un travail lucratif pour le ministère de l'Intérieur. Ils ne mourraient pas de faim, Maggie et lui, s'ils devaient compter seulement sur sa retraite de chef de la police. La seule personne qui prenait vraiment un risque ici c'était Carol, et ça n'allait pas être une mince affaire pour que ça marche. Il leva les yeux et lui fit un bref signe de la tête.

— Je pense que ça ne posera pas de problèmes. Le drôle de barbu a dit que les locaux seraient disponibles lundi. Je vais m'assurer que votre équipe soit prête à ce moment-là. Ça va être difficile, mais je sais être convaincant.

— Et pourquoi pas dès demain ? Si l'équipe est fin prête.

Brandon eut l'air surpris.

— Pourquoi dès demain ? Vous n'avez pas encore d'affaire. Vous aurez le temps de vous installer avant qu'on fasse appel à vos services.

— Le plus tôt sera le mieux, répondit-elle. Je pense qu'ils pourraient avoir besoin d'un peu d'exercice pour se remettre en selle, étant donné qu'aucun d'entre eux ne travaille exclusivement sur des affaires importantes.

— Un peu d'exercice ? répéta Brandon avec perplexité. Quel genre d'exercice ?

— Un petit truc sur lequel Tony et moi sommes en train de réfléchir, qui les fera travailler en équipe et sur quoi ils pourront se creuser la tête, dit-elle avec une certaine nonchalance qui aurait dupé seulement quelqu'un qui ne la connaissait pas.

Brandon poussa un soupir. Il savait qu'il ne pouvait pas se plaindre. Il était en partie responsable de toute cette périlleuse entreprise.

— Vous pourriez leur en toucher un mot pour savoir ce qu'ils en pensent. De mon côté, je vais voir ce que je peux faire pour que ces transferts soient effectifs immédiatement.

Le visage de Carol s'éclaira comme il ne l'avait pas vu depuis très longtemps.

— Merci, John. Et merci d'avoir eu confiance en moi en m'offrant cette opportunité. J'avais besoin de rebondir après ce qui est arrivé à Michael. Je ne savais simplement pas comment le faire.

Shakila Bain avait une beauté naturelle que Paula ne parviendrait jamais à égaler malgré tous ses efforts. Ses cheveux brillants étaient parfaitement lisses, son maquillage, bien que voyant, n'avait rien de grotesque et ses ongles étaient parfaitement manucurés. Elle avait l'air à la fois plus jeune et plus mature que les vingt-huit ans qui apparaissait sur son site. Elle portait une tunique en soie à carreaux par-dessus un pantalon moulant fabriqué à partir d'un tissu noir chatoyant. Paula, qui avait fait l'effort de mettre un jean noir propre et deux T-shirts sous sa veste Puffa, fut jaugée des pieds à la tête et se sentit habillée comme un sac.

Elle avait invité Paula à la rencontrer dans son studio du quartier nord de Manchester. Le quartier essayait visiblement de se transformer en endroit chic et tendance mais il y avait encore des progrès à faire, pensa Paula. Des grossistes aux vitrines pleines de vêtements bon marché et des magasins de bijoux d'occasion côtoyaient des bars à jus de fruits et des ateliers d'artisans. Le studio de Shakila occupait tout le deuxième étage d'un bâtiment en briques dans une ruelle miteuse. C'était étonnamment lumineux, ce qui était probablement une bonne chose pour les yeux des douzaines de femmes penchées sur leurs machines à coudre industrielles au milieu d'une montagne de tissus colorés. De grands croquis de tuniques et de chemises étaient punaisés en vrac sur les murs et venaient se rajouter au déferlement de couleurs.

Shakila la conduisit dans une petite salle de réunion aux murs blancs qui contrastaient avec la couleur vive des vêtements qu'elle portait. Quand elle ferma la porte, le cliquetis des machines s'atténua et le bruit de fond qu'elles produisaient se fit plus discret que le brouhaha des locaux du commissariat qu'elle venait de quitter.

— Merci de prendre le temps de me recevoir. Vous êtes manifestement très occupée, dit Paula en s'asseyant sur un canapé en cuir blanc.

Shakila haussa les épaules.

— Je suis assez surprise de vous voir, pour tout dire. Mes problèmes n'ont pas eu l'air de beaucoup intéresser vos collègues. Je ne sais pas si c'est parce que je suis musulmane ou bien une femme, mais je n'ai pas senti beaucoup d'empathie.

— Je suis désolée. Tout ce que je peux dire c'est qu'il s'agit d'un nouveau genre de délit et certains de mes collègues ne mesurent pas à quel point c'est difficile pour des gens comme vous de subir de telles attaques. Ce n'est pas une excuse, je sais. Mais c'est la raison pour laquelle je suis ici aujourd'hui. J'ai passé en revue certaines affaires et je crois que la vôtre mérite qu'on s'y penche avec davantage d'attention.

Paula était sincère même si l'unique raison pour laquelle elle s'intéressait à Shakila c'était parce qu'une autre affaire l'y avait poussée. Sans Kate, Jasmine ou Daisy, personne ne serait revenue voir la couturière.

Shakila haussa les épaules.

— Je suis contente de l'entendre mais ça ne change rien aux faits. J'ai été menacée, on m'a fait peur, je suis allée chercher de l'aide auprès de la police mais vous ne m'avez pas écoutée. Si ces gens n'avaient pas arrêté de me harceler, s'ils n'avaient pas trouvé quelque chose de plus excitant à se mettre sous la dent, s'ils avaient mis leurs menaces à exécution, ça ne me serait d'aucune consolation que vous soyez ici aujourd'hui.

À sa place, Paula aurait été encore plus remontée.

— J'ai lu le dossier et je comprends ce que vous ressentez. Ça vous ennuierait de m'expliquer en détail ce qui s'est passé ?

— Un des journalistes de la chaîne de télévision locale allait dans la même école que moi. Il cherchait une musulmane différente de l'image qu'on s'en fait pour parler de la radicalisation des jeunes hommes et de la raison pour laquelle certains d'entre eux devenaient jihadistes.

Elle soupira.

— Je ne pensais pas que c'était un sujet aussi controversé. Enfin, il suffit d'y réfléchir quelques minutes. Les adolescents cherchent toujours à défendre des causes. S'il existait l'équivalent du jihad pour des gamins blancs où investir leur idéalisme, ils s'engageraient illico. C'est le genre de choses stupides qui attire les jeunes quand ils ont l'âge le plus bête, ce n'est pas lié à l'islam. C'est pour ça que la moitié d'entre eux s'engagent dans l'armée.

— Et puis le ciel vous est tombé sur la tête ?

Shakila afficha un petit sourire.

— On pourrait le dire comme ça. Dans un premier temps, les choses sont restées relativement calmes. Et puis des internautes sans scrupules se sont emparés de l'affaire et j'ai reçu une avalanche d'insultes en moins de temps qu'il n'en faut pour le dire.

— Qu'est-ce qu'ils disaient ?

— Rien de très original. Que j'avais besoin de recevoir une bonne leçon, que j'étais une sale musulmane proterroriste, que je devais retourner de là où je venais, ce à quoi j'ai répondu que je n'avais aucune envie de retourner à Bingley dans le Yorkshire, dit-elle avec un sourire forcé. C'était vraiment horrible. Quand on en est arrivé à « on sait où tu vis, on va te rendre une petite visite », mon frère m'a persuadée de venir vous voir.

— Et qu'est-ce qui s'est passé ensuite ?

Elle écarta les mains.

— Pas grand-chose. J'ai expliqué mon cas, quelqu'un a pris des notes et je suis rentrée chez moi. Ensuite il y a eu cette politicienne qui est passée dans l'émission *Question Time* et qui a répété plus ou moins la même chose que moi et je ne les ai plus intéressés.

Elle haussa les épaules.

— Je suis plus jolie qu'elle mais elle attire davantage l'attention dans les médias, c'est donc plus excitant d'essayer de lui faire peur à elle.

— Et personne ne vous a menacée en face ?

Shakila secoua la tête.

— Ça ne veut pas dire qu'ils ne l'auraient pas fait s'ils n'avaient pas jeté leur dévolu sur quelqu'un d'autre. Ces gens sont des cons, vous savez.

Paula le savait.

— J'imagine que ça vous a beaucoup attristée.

— Attristée, le mot est faible. J'avais peur pour ma vie. Et pour les femmes qui travaillent avec moi. Et si un de ces salopards avait mis le feu ici ? Et si ces gens-là avaient décidé de m'attaquer pendant que je rentrais chez moi ? Je ne pouvais plus dormir, ni manger. J'ai passé quelques semaines vraiment atroces. Je ne suis pas quelqu'un qu'on impressionne facilement, lieutenant. Mais j'étais en train de m'effondrer sous le poids du stress. Heureusement pour moi, je peux compter sur ma famille.

Pendant un instant, Paula put entrevoir derrière son calme apparent le stress qu'elle avait subi.

— Ça peut sembler une question bizarre mais je vous la pose parce que nous nous intéressons à d'autres femmes qui ont vécu le même genre d'expérience que vous. Quelqu'un vous a-t-il suggéré de vous suicider ?

Shakila lâcha un petit rire.

— Il y avait toutes sortes de messages. Pour dire la vérité, j'ai arrêté de les lire au bout de quelques jours. J'ai décidé que je n'avais pas besoin d'avoir toute cette saloperie dans ma tête. Je ne les ai pas supprimés, au cas où quelque chose arriverait et que vos collègues décident finalement d'intervenir. Mais je ne les ai pas lus. Si vous voulez y jeter un œil, vous ou quelqu'un d'autre, vous pourrez avoir accès à ce qui se trouve sur mon ordinateur. Il faudra faire ça ici, par contre. Ma vie, mes affaires, tout se trouve sur mon ordinateur et je ne peux pas m'en séparer.

Paula sourit.

— D'accord. J'ai une collègue qui pourra faire une copie de votre disque dur en un rien de temps et examiner ensuite tout ça. Mais sinon, vous ne vous souvenez pas que quelqu'un vous ait poussée à vous suicider ?

— Beaucoup de ces gens m'ont dit que le monde se porterait bien mieux si j'étais morte, quelques-uns m'ont dit aussi que si j'aimais autant le djihad, pourquoi ne pas devenir kamikaze. Vous verrez par vous-même.

— Je vais demander à l'agent Chen de venir faire une copie de votre disque dur, dit Paula. Et nous verrons si nous pouvons retrouver la trace de ces hommes qui vous ont harcelée.

— Je suis d'accord pour porter plainte, dit Shakila. Même si ça veut dire que je risque de m'en prendre encore plein la figure. Tout ce que j'ai fait c'est exprimer une opinion. Quelqu'un doit montrer à ces gens qu'ils ne peuvent pas en agresser d'autres sous prétexte que leurs idées les dérangent.

27

Tout le monde semblait apprécier Skype à part lui, pensa Tony en fermant la porte de son cabinet avant d'aller s'asseoir devant son écran. Son aversion était à la fois personnelle et professionnelle. Tout le monde avait l'air bizarre sur Skype. Franchement, n'importe qui avait l'air d'un patient potentiel. Il y avait quelque chose de très perturbant dans ces regards figés. Même les gens qu'il appréciait paraissaient dérangés. D'un point de vue professionnel, le problème était qu'on ne voyait jamais assez bien la personne avec qui on discutait pour pouvoir interpréter son langage corporel. Cela pouvait dissimuler toutes sortes de signaux qui auraient été évidents dans le cas d'une rencontre de « visu » comme avait l'habitude de le dire son supérieur.

Mais parfois, c'était impossible d'y échapper. Comme ce matin. Paula se trouvait à Manchester pour interroger Shakila Bain, la couturière britannique d'origine pakistanaise qui avait été récemment victime de harcèlement. Stacey travaillait dans le département numérique du commissariat de Bradfield passant son temps à faire des analyses de routine des disques durs de fraudeurs potentiels. Et lui voyait des patients à Bradfield Cross. Ils étaient convenus d'une heure ; tout ce qu'il avait à faire maintenant, c'était lancer Skype.

Il rejoignit les deux autres avec seulement quatre minutes de retard ; elles étaient en pleine conversation au sujet de Shakila. Paula s'interrompit pour lui dire bonjour avant d'ajouter :

— Shakila a été d'une grande aide. Elle nous a donné accès à son disque dur et à ses comptes sur les réseaux sociaux pour que Stacey puisse découvrir qui sont les salopards qui l'ont harcelée et voir si on peut faire des recoupements.

— Super, dit-il. Est-ce qu'on a quelque chose qui suggère un lien entre les trois victimes ?

— Avant de parler de ça, qu'est-ce qui s'est passé hier ? L'audience a été reportée ? On n'a rien trouvé sur Internet à ce propos, dit Paula.

— Ce qui est bizarre, d'ailleurs, ajouta Stacey. Vu que les tribunaux sont ouverts au public.

Tony se frotta la nuque et fronça les sourcils.

— J'aurais dû vous appeler. Désolé. Les choses se sont un peu bousculées. Les charges ont été abandonnées.

Il y eut un silence stupéfait.

— Abandonnées ? Comment c'est possible ?

Stacey avait presque l'air offensée. Comme si elle connaissait les détails de l'affaire et ses implications.

— Je croyais qu'ils l'avaient prise la main dans le sac ? intervint Paula. Elle semblait s'être résignée à se voir retirer son permis de conduire. La totale.

Pour une fois, Tony n'était pas fâché que Skype ne leur permette pas de remarquer sa nervosité.

— L'éthylotest était défectueux. Carol et trois autres personnes ont donc vu les charges qui étaient retenues contre eux annulées.

Paula afficha un grand sourire comme un enfant le jour de son anniversaire.

— Elle est tirée d'affaire, alors ? Pas de casier ? Pas de retrait de permis ?

— Le permis de recommencer, tu veux dire, répliqua Stacey sombrement. Je ne souhaite rien de mal à Carol mais elle n'aurait pas dû faire ça.

— Elle ne boit plus, rétorqua Tony. Ça lui a fait un électrochoc, Stacey.

Il s'éclaircit la gorge.

— Enfin bref, elle vous parlera de tout ça elle-même plus tard.

Paula le regarda attentivement.

— Qu'est-ce que tu nous caches ?

Ça, se dit-il, c'était l'inconvénient d'avoir des amis. Ils vous connaissaient mieux que personne.

— Rien que vous n'apprendrez en temps voulu par la personne concernée, répondit-il sèchement. S'il te plaît, Paula, ne me mets pas dans une position inconfortable.

— Alors Carol a quelque chose à nous dire et ça doit être vachement important sinon tu aurais déjà vendu la mèche.

— Arrête de le taquiner, dit Stacey d'un air moqueur. Ça ne sert à rien. Il ne nous dira rien et on ne fera que le mettre encore plus mal à l'aise.

Tony ne se souvenait pas d'avoir entendu Stacey parler autant sur un sujet qui ne concernait pas directement l'univers numérique. Apparemment sa liaison avec Sam l'avait changée au point de lui faire prendre conscience de l'existence des autres.

Il aimait que les gens soient capables de le surprendre d'une façon positive.

— Bon, maintenant que nous avons établi que je n'allais pas vous raconter ce qui ne m'appartient pas de raconter, est-ce qu'on peut passer au sujet qui nous intéresse ?

Paula leva les yeux au ciel.

— À toi l'honneur, Stacey.

— Ok. Je ne vais pas vous ennuyer avec le nombre de messages insultants que j'ai trouvés, qui est incroyablement élevé sur tous les réseaux sociaux. Je savais que c'était un problème, mais je n'avais pas imaginé que c'était aussi répandu que les images pédophiles. Je sais que je suis une geek, mais même moi je regrette ce qu'Internet a pu rendre possible.

— Eh ben, c'est le monde à l'envers, répliqua Paula.

— C'est pas drôle. Sept personnes ont harcelé chacune de nos trois victimes. Sur ces sept personnes, seulement cinq l'ont fait à plusieurs reprises. Si vous cherchez un point de départ, c'en est un.

— Et est-ce qu'on sait qui sont ces cinq individus ? Concrètement ? demanda prudemment Tony.

— J'ai l'identité de trois d'entre eux. Les deux autres sont un peu plus discrets mais je finirai par les identifier.

— C'est du beau travail, Stacey. C'est bon de voir que tu n'as pas perdu la main, même si tu es actuellement sous-employée, dit Tony. C'est un bon point de départ.

— Il y a quelque chose d'autre qui est un peu bizarre, dit Paula. Il y avait un recueil de poèmes sur le siège conducteur à côté de Kate Rawlins. Selon sa famille, elle ne lisait jamais de poésie et personne n'a jamais remarqué ce livre chez elle. Il est d'une auteure américaine du nom d'Anne Sexton, qui s'est suicidée. Elle avait apparemment pas mal de problèmes psychologiques. Mais ce qui est encore plus intrigant, c'est que des pages d'un recueil de poésie de Sylvia Plath étaient éparpillées partout dans le jardin de Daisy Morton après l'explosion. Plath était elle aussi américaine. Et encore une fois, elle avait des problèmes psychologiques. Et elle s'est suicidée elle aussi. Comme si ça ne faisait pas assez de coïncidences, Kate et Daisy se sont suicidées à peu près de la même manière que ces poétesses. Sexton s'est enfermée dans son garage en faisant tourner le moteur de sa voiture et Plath s'est mis la tête dans le four ; même s'il n'y a pas eu d'explosion dans ce cas précis.

Tony se frappa le front brusquement.

— Mais bien sûr ! s'exclama-t-il. Je suis vraiment bête parfois.

Il se détendit et sourit.

— Ça me titillait depuis plusieurs jours… La mort de Jasmine. Elle s'est noyée dans un fleuve les poches pleines de pierres. Je savais bien qu'il y avait quelque chose qui me turlupinait.

Il affichait un air triomphant.

— De quoi tu parles ? dit Paula. Il va falloir nous en dire un peu plus.

— Virginia Woolf. Elle n'est pas américaine, d'accord, mais il s'agit bien d'une autre femme écrivain qui s'est suicidée. Elle s'est tuée en se jetant dans une rivière les poches remplies de pierres. Franchement, certains jours j'ai l'impression que je n'ai plus de cerveau. Est-ce que quelqu'un a retrouvé un livre de Virginia Woolf ?

Paula secoua la tête.

— Non. Mais les collègues chargés de l'enquête ne savent pas précisément où elle est entrée dans le fleuve. Ils n'ont pas dû juger ça important. Apparemment il y a une piste cyclable et un sentier qui longent l'estuaire. Elle avait garé sa voiture près du chemin mais ils ne savent pas vraiment jusqu'où elle a marché le long de la berge avant de se jeter dans l'eau.

— Est-ce qu'on connaît quelqu'un là-bas qui pourrait jeter un coup d'œil pour nous ?

Les deux femmes se regardèrent en silence.

— Rien de mon côté, dit Paula.

— Moi non plus, répondit Stacey. Du moins, pas que je sache. Je ne sais pas toujours où se trouvent tous mes contacts.

Tony n'ajouta rien de plus. Si Carol décidait de creuser cette piste, elle entrerait en contact avec les autorités locales. Si elle n'était pas réquisitionnée pour une autre affaire, ce qui était toujours une possibilité. Paula intervint avant qu'il puisse reprendre la parole.

— Mon téléphone, dit-elle en se retournant avant de leur faire face à nouveau. Je dois vous laisser, c'est Carol.

Elle disparut de l'écran, laissant Tony et Stacey en tête à tête, légèrement mal à l'aise.

— Envoie-moi ce que tu as sur les trois types que tu as identifiés, dit-il. On verra si je trouve quelque chose.

— Virginia Woolf, c'est pas elle qui a écrit *Une chambre à soi* ?

— Exact. Elle y démontre que les femmes avaient besoin d'une pièce et de cinq cents livres sterling par an si elles voulaient devenir écrivain. C'était un genre de féminisme pour la classe moyenne, dit-il.

— Le féminisme des privilégiés, répliqua Stacey.

Il pouvait entendre ses doigts pianoter sur les touches du clavier.

— Ça correspond à plus de vingt-sept mille livres par an de nos jours. Elle aurait eu du mal à subsister avec l'allocation-chômage.

— Mais nos quatre victimes étaient des femmes indépendantes. Elles n'attendaient pas qu'un homme ou l'État les entretiennent. C'était des féministes modernes, dit Tony en soupirant. Je me demande si nous ne sommes pas en train de nous fourvoyer.

Stacey sourit. Il n'était pas habitué à la voir sourire et fut surpris par sa douceur.

— Est-ce que c'est vraiment important ? Il y a suffisamment d'éléments ici pour que ça vaille le coup de s'y pencher. Et ça vaut le coup de s'y pencher parce qu'il faut bien que quelqu'un s'en occupe.

— Et comment on s'y prend ?

Un long silence.

— Je ne sais pas trop, répondit Stacey. Mais je crois que je comprendrai le moment venu.

28

Il allait devoir se donner plus de mal, c'était évident. Ces femmes étaient un peu comme les monstres des films fantastiques. À chaque fois qu'on coupait une tête, deux autres apparaissaient. Peut-être était-il plus conscient de ce qui se passait autour de lui. Quand il vivait avec Sarah, avant qu'elle ne signe son arrêt de mort, il ne prêtait sans doute pas suffisamment attention au monde qui l'entourait. Ou bien c'était la faute des réseaux sociaux où n'importe qui pouvait y aller de son petit commentaire merdique.

Une chose était certaine. Si Daisy Morton était quelqu'un d'important, les réseaux sociaux feraient leur maximum pour dénaturer le message qu'il avait voulu véhiculer. Comment pouvait-on croire que la mort de Daisy Morton était accidentelle ? Comment pouvait-on allumer accidentellement tous les brûleurs et se mettre la tête dans le four ? Comment faisait-on accidentellement sauter une maison en se trouvant à l'intérieur ? La lecture de l'interview de son mari l'avait mis hors de lui. « Daisy a dû se cogner la tête en vérifiant que le four fonctionnait normalement. »

Ça défiait la raison.

Mais la plupart des médias avaient tout de même laissé entendre que la mort de Daisy Morton avait été intentionnelle. Ils avaient souligné à quel point elle s'était montrée virulente sur les réseaux sociaux et comment la foudre s'était abattue sur elle, de façon tout à fait légitime à ses yeux. En lisant entre les lignes, le point de vue des médias était celui qu'il voulait faire passer : Daisy Morton s'était suicidée, victime de la pression exercée par ceux qui lui avaient montré l'étendue de sa bêtise.

Mais il avait pris conscience qu'il devait encore accentuer cette pression ; pour qu'elle se change en un raz-de-marée que personne ne puisse ignorer. Il avait donc accéléré les choses. Il faut dire que Jasmine Burton s'était précipitée droit dans ses filets avec son petit séjour dans le Devon. Toute seule dans son cottage isolé. Ça avait été un jeu d'enfant d'attendre son retour dans la soirée et de l'assommer avec une matraque qu'il avait achetée sur un site d'articles militaires plusieurs mois auparavant. Cette fois, ça n'avait pas vraiment d'importance : s'il y avait des dommages corporels, l'action de l'eau expliquerait les bosses et les marques sur la peau. Elle s'était effondrée brusquement et il avait eu peur de l'avoir tuée trop tôt. Ça aurait tout fichu par terre : il fallait qu'elle respire quand elle serait dans l'eau. Il fallait qu'elle se noie.

Il avait déjà ramassé des pierres à quelques encablures de l'estuaire, là où il avait laissé le livre. Celui de Virginia Woolf, cette fois. Elle s'était suicidée parce qu'elle était dépressive, sans enfants, frustrée et qu'elle ne savait pas comment être une femme. Probablement une autre lesbienne, ce qui était donc encore plus approprié.

Il avait ensuite rempli les poches de Jasmine Burton de pierres et s'était rendu au bord de l'estuaire où il l'avait jetée au moment de la marée descendante. On verrait s'ils parleraient d'accident cette fois. Ça lui avait bien servi, à Jasmine, d'affirmer que les femmes devaient être protégées des hommes. Elles avaient besoin d'apprendre à bien se tenir.

Il y avait une certaine beauté dans ce qu'il faisait. Une certaine élégance. Personne ne se sentait vraiment bouleversé par un suicide, malgré ce que pouvaient parfois dire les commentateurs télé aux grands cœurs pour montrer leur compassion. Ce que ressentaient la plupart des gens, c'était du mépris et de la colère. Du mépris envers ces gens trop faibles pour faire face à leurs problèmes. De la colère pour ces égoïstes qui se fichaient de la peine qu'ils infligeaient à ceux qu'ils laissaient derrière eux. En donnant l'apparence d'un suicide à leur mort justifiée, il condamnait ces femmes à l'opprobre. Au rejet. Personne ne pouvait prendre au sérieux des femmes qui avaient fait preuve de tant d'égoïsme et de lâcheté.

Lentement mais sûrement, il allait y arriver. Il voulait juste accélérer le processus. Il voulait que ces femmes retiennent la leçon et agissent convenablement. Rien de plus. Un monde où les femmes comme Sarah ne…

Il se donna une claque. Il fallait qu'il se montre plus fort. Il ne devait pas se laisser aller à penser à ce que Sarah avait fait. La souffrance causée par sa trahison était encore si grande qu'elle était comme une aiguille brûlante enfoncée dans sa chair. Il ne devait pas s'appesantir là-dessus mais plutôt se rappeler que ça avait été pour lui l'élément déclencheur : à ce moment-là, il avait compris qu'il fallait les remettre dans le droit chemin.

Une bonne fois pour toutes.

29

Le bon sens aurait voulu que Paula n'aborde pas le sujet avant Carol. Mais les choses ne fonctionnaient pas ainsi entre elles. Aussitôt qu'elle décrocha, Paula lança :

— Félicitations. Tony m'a dit que vous vous en étiez bien sortie hier.

— Ce n'est pas pour ça que j'appelle.

Le ton était glacial. Ce n'était pas un bon début.

— Non, évidemment, désolée, je…

— Ça vous dirait de retravailler avec moi ?

Plusieurs pensées se bousculèrent dans la tête de Paula : *Oui ! Comment ? Où ? Pour faire quoi ? Il y a un truc pas clair…*

— Je ne comprends pas, dit-elle.

— Ce n'est pas une question piège, Paula, expliqua Carol sur un ton moins sec. Est-ce que vous aimeriez retravailler avec moi ?

— Bien sûr. Mais comment ? Je veux dire, vous avez démissionné. Vous ne travaillez plus dans la police.

Paula aurait bien voulu voir le visage de Carol à cet instant. Ce n'était quand même pas une blague ? À moins que Carol n'ait ouvert une agence de détectives ?

— À partir d'aujourd'hui, je suis de nouveau le commandant Carol Jordan. Juste pour clarifier les choses, au cas où vous penseriez que je suis passée du côté obscur de la force en devenant détective privé.

— Quoi ? Vous revenez à Bradfield ? s'exclama Paula d'une voix plus aiguë qu'elle ne l'aurait voulu.

La veille au matin, Carol s'était vue désavouée. Et maintenant, elle était de nouveau en odeur de sainteté.

— Non. C'est un nouveau projet. John Brandon en est à l'origine, pour le compte du ministère de l'Intérieur. Ce sera une BEP volante couvrant six secteurs, ne s'occupant que des affaires de meurtres et des agressions sexuelles graves. Éventuellement des braquages, mais seulement si les policiers locaux sont en difficulté et que nous n'avons rien d'autre à faire. Ce sera une équipe restreinte et le sale boulot sera fait par nos collègues des différents commissariats locaux.

Paula avait du mal à comprendre. C'était vraiment bizarre.

— Techniquement, je serai donc toujours flic ?

— Vous officierez comme lieutenant de police. On considérera que vous êtes en service continu et vos droits à la retraite ne seront pas affectés. Vous serez simplement réaffectée à une autre unité. Une BEP régionale, à défaut d'un meilleur nom. Un mandarin de gouvernement est sans nul doute en train de se creuser la tête pour trouver un acronyme approprié. La BREP ou un truc stupide dans le genre. Mais nous travaillerons un peu comme des free-lances, avec notre propre budget. Nous n'aurons plus de comptes à rendre à James Blake.

— Ni au commandant Fielding, marmonna Paula. Vous êtes sérieuse, Carol ? Ce n'est pas une blague ?

— Je n'ai jamais été aussi sérieuse de ma vie. Hier matin, j'ai cru que ma carrière était terminée. Et maintenant, une perspective excitante s'offre à moi. Que demander de plus ?

Paula pouvait sentir la joie dans sa voix. Et c'était communicatif. Travailler de nouveau pour Carol, se consacrer à un véritable travail d'enquête digne de ce nom, utiliser ses talents pour conduire des interrogatoires sur des criminels qui méritaient qu'on les cuisine le mieux possible. Oh oui, ça vaudrait le coup de se lever le matin.

— Où est-ce que nous serons basés ?

— Il y aura probablement pas mal d'allers-retours. Quand nous travaillerons sur une affaire, nous irons sur le terrain. Mais notre quartier général se trouvera à Bradfield. Ils sont en train de rénover le dernier étage de Skenfrith Street à l'heure où on parle.

— Une machine à café ?

— C'est prévu.

— Dans ce cas vous pouvez compter sur moi. Quand est-ce qu'on commence ?

— Officiellement, lundi. Mais si vous voulez commencer dès demain, c'est possible aussi. Nous n'aurons pas encore de bureau, mais je vous enverrai un texto pour vous faire savoir où nous pouvons nous retrouver.

— Est-ce qu'il y a déjà des dossiers qui nous attendent ?

Carol se mit à rire.

— Oh là, doucement ! Nous n'avons même pas encore de tableau blanc.

— Alors on va s'asseoir en cercle et boire du café jusqu'à ce qu'on en ait un ?

— Pas exactement. Je me disais que nous pourrions avoir besoin d'un petit entraînement pour nous dérouiller un peu, dit-elle sur un ton faussement badin qui intrigua Paula. Nous pourrions continuer à creuser ces affaires de suicides et de harcèlement sur Internet. Pour se faire la main.

— Bizarrement, j'espérais que vous diriez ça. Vous êtes libre ce soir ?

Alvin Ambrose ramena sa ligne et regarda d'un air sombre son hameçon vide. Quelque chose s'en était approché, manifestement. Quelque chose qui avait emporté l'appât mais qui n'avait pas mordu à l'hameçon. Quelque chose qui s'était engraissé à ses dépens. La pêche à la ligne était supposée le détendre. C'est la raison pour laquelle sa femme lui avait offert du matériel de base pour son anniversaire.

— Va te relaxer sur une berge du canal, lui avait-elle dit.

Mais ça n'avait pas eu l'effet escompté puisqu'il s'était mis à broyer du noir. Ce qui n'était pas exactement le but.

Il remua sa considérable corpulence sur le minuscule tabouret et, en frissonnant légèrement, glissa un autre asticot sur l'hameçon avant de lancer la ligne. Il n'avait pas souvent rencontré d'asticots au cours de sa carrière ; il n'y avait pas énormément de meurtres dans la West Mercia. Mais il en avait croisé suffisamment pour savoir qu'il ne les aimait pas, malgré leur utilité médico-légale. La chaleur et l'odeur dégagées par d'innombrables asticots se frayant un chemin dans un corps retournaient l'estomac des plus endurcis.

Ambrose soupira et baissa les yeux sur la berge. À quelque deux cents mètres de là, un autre homme se tenait penché au-dessus de sa canne à pêche. Il avait jeté un coup d'œil méfiant à Ambrose quand il était passé à côté de lui et n'avait pas répondu au salut enjoué du lieutenant de police. Ça, c'était autre chose. Il était habitué à être le seul homme noir dans une pièce, que ce soit au pub, au commissariat, au tribunal, même si les choses s'amélioraient avec les années. Mais partout ailleurs, les gens le lui faisaient sentir. Il n'avait jamais vu un autre homme noir pêcher au bord du canal, et il n'avait jamais croisé un autre pêcheur qui avait voulu échanger plus qu'un simple signe de tête avec lui. Sa femme avait essayé de lui expliquer que c'était parce que la pêche était une activité solitaire. Mais elle n'avait pas réussi à le convaincre. Ce passe-temps qui était supposé le détendre et le relaxer s'avérait finalement frustrant.

Son téléphone se mit à vibrer, chassant ses pensées sombres. Avec un peu de chance, c'était le travail. Quelque chose d'intéressant à se mettre sous la dent.

— Si seulement, marmonna-t-il, en se levant pour sortir le portable de la poche de son jean qui lui serrait toujours les cuisses.

Aucun nom ne s'affichait sur l'écran. Ce devait donc être le travail.

— Ambrose, répondit-il sur un ton sec.

— Alvin ? C'est Carol Jordan. Vous vous souvenez de moi ?

Comme s'il pouvait oublier. Carol Jordan, la femme qui l'avait plongé dans les enquêtes les plus exigeantes de sa carrière. Une femme qui pouvait vous éviscérer d'un seul regard, mais qui pouvait aussi vous remplir de fierté en un sourire.

— Ex-commandant Jordan, répondit-il. En voilà une surprise.

— Oubliez le « ex », répliqua-t-elle avec bonne humeur. Je reprends du service et je monte une équipe, Alvin.

Son cœur fit un bond dans sa poitrine mais il essaya de ne pas s'emballer trop vite. Elle l'avait déjà déçu auparavant, quand elle avait accepté un travail qui aurait pu faire d'elle sa patronne avant de prendre tout le monde de court en quittant la police. Il avait entendu dire qu'elle était tombée dans une sorte de dépression. *Ne t'emballe pas, Alvin.*

— Vous reprenez le travail ?

— On m'a fait le genre de proposition qu'on ne peut pas refuser. Je vais être chargée de diriger une BEP indépendante qui couvrira six secteurs dans le Nord. Nous serons une sorte de brigade volante épaulée par les renforts des commissariats locaux. C'est un nouveau projet. Nous sommes peut-être l'avenir, Alvin. Et je vous veux dans mon équipe.

— Je ne sais pas, dit-il. Je suis habitué à travailler comme on le fait ici.

Carol gloussa.

— Vous n'êtes pas du genre à vous encroûter. Allez, Alvin, vous savez très bien que vous perdez votre temps dans ce coin perdu du Worcestershire. Rejoignez-moi là où il y a de l'action.

— Qui d'autre y a-t-il dans l'équipe ?

— Paula, le lieutenant McIntyre. Vous la connaissez, c'est la meilleure dans son genre pour mener un interrogatoire. Stacey Chen, la reine du numérique. Tony Hill, bien sûr. J'essaie de persuader Kevin Matthews de renoncer à sa retraite pour être mon inspecteur. Et nous aurons aussi quelques agents. Et peut-être un autre lieutenant pour s'occuper de la logistique.

— Où est-ce que vous serez basés ?

Carol énuméra les six secteurs qu'ils allaient couvrir.

— Mais notre QG sera à Bradfield. Ça vous obligera à vous éloigner de votre famille au début, j'en suis consciente. Mais si ça marche, il y a des tas de bons endroits pour élever des enfants par ici. Qu'est-ce que vous en pensez, Alvin ? Vous préférez vous enliser dans votre routine ou démarrer une nouvelle expérience plus excitante ?

Elle savait être persuasive. Il comprenait pourquoi Tony Hill restait dans son orbite.

— Quand est-ce que c'est censé démarrer ?

— Nous commençons lundi.

— Ce lundi ?

— Plus vite on commencera et mieux ce sera. John Brandon, mon ancien patron, assure le dialogue avec le ministère de l'Intérieur. Il organisera votre transfert.

— Vous ne perdez pas de temps.

— Non. Idéalement, j'aimerais vous avoir à Bradfield dès demain. Nous avons besoin de nous remettre en selle et j'ai un petit exercice pour ça.

— Demain ? C'est… c'est…

— Tout à fait possible. Vous avez un après-midi pour débarrasser votre bureau et régler vos affaires en cours. Si vous dites oui, votre chef sera mis au courant avant que vous ayez eu le temps de trouver un carton où vider vos tiroirs. Je vous promets que personne ne se mettra en travers de votre route.

Il avait le sentiment étrange que c'était une promesse qu'elle allait pouvoir tenir. Carol Jordan avait toujours su comment fonctionnaient les leviers du pouvoir. Il ne comprenait pas comment elle avait réussi à s'arranger avec la bureaucratie mais elle semblait avoir le coup de main.

— Il faut que j'en parle à ma femme.

Elle soupira.

— Oui, je m'en doute. Ok, je vous laisse une heure pour vous décider, dit-elle avant de raccrocher.

Il prit conscience trop tard qu'il n'avait pas son numéro.

Mais elle avait le sien.

Carol prit une profonde inspiration. C'était fatigant de continuer à faire croire que l'on maîtrisait tout. Elle avait réussi à convaincre Paula et Alvin, mais elle n'était pas sûre que ça marcherait avec Stacey. Quand on avait affaire à des gens qui ne dépensaient pas beaucoup d'énergie en relations humaines, c'était parfois difficile de leur jeter de la poudre aux yeux tout simplement parce qu'ils les gardaient fermés. Carol se força à passer à l'action et composa rapidement le numéro.

— Bonjour, lui répondit Stacey.

Ni nom, ni grade, ni titre honorifique. Elle protégeait ses arrières comme toujours.

— Comment ça se passe au travail ? demanda Carol.

— C'est pas palpitant, répondit Stacey.

— Pas comme avant.

— Non. Même si c'était intéressant de se pencher sur ces histoires de harcèlement sur Internet.

— Ça vous dirait de retravailler sur des choses intéressantes à plein-temps ?

Silence. Carol entendait Stacey respirer.

— Est-ce que ça a quelque chose à voir avec les charges qui ont été abandonnées contre vous hier ?

C'était au tour de Carol de marquer un silence. Elle ne connaissait pas la réponse à cette question et, franchement, elle ne voulait pas le savoir. Mais elle devait trouver quelque chose à dire pour rallier Stacey à son équipe. Certes, la spécialiste du numérique n'était pas gênée de parcourir des données confidentielles quand ça lui chantait, mais Carol n'était pas certaine que son insouciance irait jusqu'à supporter ce qui pourrait être considéré comme de la corruption pour une noble cause.

— En quelque sorte : le ministère de l'Intérieur veut me confier une mission.

C'était une réponse évasive, mais elle espérait que ça couvrirait ses arrières.

— Ce doit être une sacrée mission, pour qu'elle vous donne envie de reprendre du service.

Carol lui expliqua la proposition de Brandon. Stacey écouta patiemment avant de répondre :

— C'est tout réfléchi. Je suis partante.

— Je suis heureuse de l'entendre. Ça aurait été très préjudiciable si nous n'avions pas pu compter sur vous.

Stacey poussa un petit gloussement.

— Je sais. Et Sam ? Il va faire partie de l'équipe lui aussi ?

Carol sentit le silence s'installer entre elles. *Prends sur toi, serre les dents.*

— C'est une équipe très restreinte, Stacey. Chacun doit avoir une spécialité à offrir. Je comprends que ça vous paraisse bizarre, mais Sam ne me semble pas la personne la plus appropriée.

Pendant quelques secondes, elle se demanda si Stacey allait renoncer.

— C'est un bon policier, dit-elle.

— Je ne remets pas ça en question. Je suis désolée, Stacey. Ce n'est pas négociable.

Elle poussa un profond soupir.

— Je sais. C'est votre équipe. Et je suis heureuse d'en faire partie. Je suis déçue de ne pas pouvoir retravailler avec Sam, c'est tout. C'est pour ça que vous le laissez à l'écart ? Vous ne voulez pas que les gens qui entretiennent une liaison travaillent ensemble ?

— Non, ce n'est pas ça. Je veux que cette équipe soit différente de l'ancienne BEP.

— C'est vous qui décidez.

— Je vous informerai de l'endroit où nous nous retrouverons demain.

— J'ai hâte.

Il ne restait plus que Kevin. Il avait fêté sa retraite en emmenant sa femme en croisière pour un mois. D'après Paula, il ne s'était jamais autant ennuyé. Il avait reçu une proposition d'un ancien collègue pour faire partie de son agence de détectives à Manchester, mais – toujours selon Paula – il n'était pas très enthousiaste à l'idée de rejoindre une profession que les gens détestaient encore plus que celle de policier. Mais il avait pris les devants en acquérant la moitié d'un jardin ouvrier loué par un vieil oncle que l'arthrite empêchait de s'occuper de sa parcelle. Imaginer Kevin remonter ses manches et bêcher son potager était si amusant qu'elle décida d'aller voir ça par elle-même.

Les jardins ouvriers étaient invisibles depuis la route. Ils occupaient environ un demi-hectare de terrain environné aux quatre coins par des maisons donnant sur les rues animées de Harriestown, un ancien quartier prolétaire de Bradfield qui avait subi une inexorable gentrification avec l'arrivée à Downing Street des travaillistes nouvelle génération. Chaque rangée de maisons en brique était séparée par une allée tout juste assez grande pour laisser passer une voiture et qui se terminait par une zone pavée pouvant accueillir deux ou trois véhicules ; cela permettait aux usagers des jardins de pouvoir charger leurs récoltes le moment venu. Carol savait qu'il ne valait mieux pas s'y engager en voiture ; un véhicule inconnu aurait immédiatement attiré l'attention. Au lieu de ça, elle se gara dans une des rues avoisinantes et prit un étroit chemin goudronné. À cette heure de la journée, l'endroit était quasiment désert. Quelques silhouettes s'occupaient de leur potager ou travaillaient dans leur cabane de jardin.

Carol repéra immédiatement Kevin. Ses boucles rousses étaient voyantes, signalant sa présence à une cinquantaine de mètres à la ronde. Elle s'arrêta près d'un arbre et l'observa. D'un physique sec et musclé, il était en train de retourner avec effort la terre dans une tranchée. Son T-shirt vert délavé était mouillé de sueur en bas du dos. Il y mettait beaucoup d'énergie, comme si sa vie en dépendait. Il fit une pause et s'essuya le front avec le dos de la main avant de se remettre à la tâche. Elle se rapprocha et, quand elle fut à sa hauteur, elle l'appela.

Il leva les yeux, surpris, et se retourna sur le qui-vive. Elle était contente de voir qu'il avait encore les réflexes d'un policier. Quand il la reconnut, il se mit à rougir d'une façon assez comique.

— Qu'est-ce que vous faites ici ? demanda-t-il sur un ton plus surpris qu'agressif.

— Je vous cherche. Vous voulez bien me laisser entrer ? dit-elle en désignant le portail.

Il afficha un grand sourire.

— Oui, bien sûr.

Il avança jusqu'au portail et tira un trousseau de clés de son pantalon en velours sale.

— Ça fait plaisir de vous voir, répondit-il, en se dirigeant vers son abri de jardin. Stella vous a dit où me trouver ?

— Non, Paula.

Il désigna un banc devant la cabane.

— Asseyez-vous. Je ne peux pas vous offrir de boisson chaude, mais j'ai quelques bières à l'intérieur, si vous voulez ?

Carol secoua la tête.

— Pas pour moi, merci. Mais que ça ne vous empêche pas d'en boire une.

Il s'assit à côté d'elle.

— J'attends généralement d'avoir terminé ma journée.

Carol fit un geste en direction du potager.

— C'est un peu surprenant, tout ça. Je vous voyais davantage réparer de vieilles voitures de sport que cultiver des fruits et légumes.

Kevin étira ses bras le long du dossier du banc.

— Ça m'a pris un peu par surprise. Je suis venu deux ou trois fois donner un coup de main à mon oncle Joe et, sans que je m'y attende, j'y ai pris goût. C'est un travail difficile, mais le résultat en vaut la peine.

Il lui jeta un coup d'œil.

— Mais je ne vous apprends rien, d'après ce que j'ai entendu dire.

— Ce n'est pas faux, admit Carol. Mais pour les gens comme nous, je pense que l'intérêt s'estompe au bout d'un moment. Ce que nous avions l'habitude de faire nous manque et nous finissons par regretter celui ou celle que nous étions.

Il se redressa, retira de sa poche un paquet de cigarettes légèrement aplati et en alluma une avec son Zippo.

— Vous croyez ? dit-il en expirant la fumée.

— J'ai presque terminé de retaper la grange. J'ai commencé à me demander ce que j'allais faire ensuite. Et puis on m'a fait une proposition que je ne pouvais pas refuser.

Kevin se tourna vers elle.

— Quel genre de proposition ? Vous ne parlez pas d'affaires non résolues, si ? Parce que j'ai eu ce connard d'Upcher au téléphone il y a quelques semaines qui a voulu me convaincre de m'occuper de ce genre de dossiers.

— Le commissaire Upcher ? Il sévit toujours ?

Kevin sourit.

— C'était pour m'occuper, je pense. Ça n'avait pas l'air très palpitant. Je lui ai répondu que je préférais me concentrer sur la culture des asperges.

Ils échangèrent un sourire complice.

— Mais vous réfléchiriez à une proposition pour un travail digne de ce nom ?

— Si elle venait de quelqu'un comme vous, vous voulez dire ?

Elle acquiesça.

Il fuma en silence pendant une minute.

— J'aime bien ma vie, Carol. Je fais un peu de jardinage ici, je répare une vieille Frazer Nash avec des copains, je vais marcher dans les collines le lundi avec d'anciens camarades de sport. Je cuisine trois soirs par semaine.

Carol bâilla exagérément.

— Tant mieux pour vous, Kev. Je pourrais vivre comme ça pendant un mois maximum mais au-delà je commencerais à péter les plombs. Mais si vous nagez dans le bonheur, dit-elle en écartant les mains, je ne vois pas ce que je pourrais vous proposer de mieux.

Elle voyait qu'il commençait à cogiter.

— C'est quoi votre proposition au juste ?

Elle le lui dit. Mais elle savait que ce ne serait pas suffisant. Il devait y avoir un bonus, quelque chose qui le convaincrait de reprendre du service malgré sa réticence. C'était quelque chose qu'elle seule pouvait lui offrir, parce que c'était elle qui avait été à l'origine de sa disgrâce, elle qui avait découvert sa trahison et refusé de fermer les yeux. Par le passé, Carol et Kevin avaient travaillé ensemble, d'égal à égal, deux inspecteurs appartenant à la même équipe. Et puis il était tombé amoureux d'une femme qui n'était pas la sienne. Pire même, une femme qui était journaliste, qui lui soutirait des informations en échange de caresses et de mensonges.

Il avait eu de la chance de ne pas s'être fait virer : c'est que leur patron détestait encore plus Carol que Kevin. Il avait été rétrogradé lieutenant et n'avait jamais réussi à regagner son ancien grade tandis que Carol avait continué à grimper les échelons. Plus tard, il avait perdu son meilleur ami, assassiné par un tueur d'enfants. Il aurait pu se laisser gagner par l'amertume et le ressentiment après avoir subi tout ça. Il aurait pu chercher à se venger de Carol. Mais non : il avait ravalé sa rancœur et s'était montré un bon et loyal collègue. Elle misait à présent sur son désir de rattraper le temps perdu.

Elle regarda fixement les jardins.

— J'ai besoin d'un inspecteur, Kevin. Paula n'est pas prête. Et vous ? Vous en avez l'étoffe. Vous avez perdu la possibilité de montrer ce que vous saviez faire. Si vous travaillez pour moi, je vous nommerai inspecteur. Vous en aurez le grade, le salaire et la retraite. Et quand vous en aurez assez, vous pourrez toujours revenir ici. La Frazer je-ne-sais-plus-quoi sera toujours là elle aussi. Les collines également. Stella vous laissera revenir en cuisine. Je ne vous demande pas de tout abandonner. Seulement de remettre tout ça à plus tard.

Il semblait être sur le point de fondre en larmes.

— Pourquoi moi ? Qu'est-ce que j'ai de tellement spécial ? Pourquoi vous ne me fichez pas la paix au lieu de venir me tenter ?

— Parce que je suis une sacrée égoïste. Parce que c'est difficile, Kev. Et j'ai besoin de toute l'aide possible.

Elle afficha un sourire triste et fatigué.

Il envoya d'une pichenette son mégot dans le jardin et le regarda voler au-dessus de quelques tiges jaunes et rabougries. Il poussa un profond soupir.

— J'ai l'horrible pressentiment que je vais le regretter. Mais j'ai encore plus peur de le regretter si je vous dis non. J'accepte, Carol. Mais juste pour le temps où vous aurez besoin de moi. Une fois que tout sera opérationnel, je quitterai le navire. On est d'accord ?

Ils échangèrent une poignée de main avant de se donner une tape sur l'épaule.

— Je suis vraiment contente, Kev, dit-elle en se dirigeant vers le portail.

Elle se retourna vers lui, un grand sourire aux lèvres.

— Vous feriez bien de vous y remettre. Je vous ai dit qu'on commençait dès demain ?

30

Tony fut surpris de voir à quel point Flash était indifférente à la rumeur de la ville. Elle trottait le long du très animé Minster Canal Basin à quelques mètres devant Carol, s'arrêtant de temps à autre pour renifler quelque chose mais aussi jeter un rapide coup d'œil derrière elle pour vérifier où se trouvait sa maîtresse. Tony était assis sur le toit de sa péniche, les pieds au-dessus du vide, une tasse de thé dans les mains, observant Carol et son chien se dégourdir les pattes après son confinement dans le Land Rover. Quand il lui avait téléphoné pour lui proposer de se voir, c'est elle qui avait suggéré l*e Steeler* comme lieu de rendez-vous. Ça l'avait surpris : ces derniers temps, elle avait plutôt tendance à préférer les rencontres en terrain neutre. Mais elle avait expliqué que sa chienne avait besoin de se défouler et que le chemin le long du canal était propice. Voilà comment les choses se passaient ces derniers temps : un moment d'exultation qui se dégonflait rapidement.

Quand Carol et sa chienne revinrent, Paula avait appelé pour s'excuser de ne pas pouvoir les rejoindre : la nouvelle de son départ imminent était arrivée aux oreilles du commandant Fielding qui lui demandait de mettre en ordre tous ses dossiers afin que rien ne se perde en chemin au moment de la passation. Mais comme Tony l'expliqua à Carol, il était informé de tout ce que Paula avait fait jusqu'ici et il pouvait donc la mettre au courant.

Tandis qu'ils descendaient les marches menant à la cambuse et au salon, les griffes du chien cliquetant sur le parquet, Tony dit à Carol :

— On dirait qu'on commence à avoir quelque chose de tangible.

Il se plaqua contre la cuisinière pour laisser passer Carol et mit ensuite à chauffer la bouilloire sur le gaz.

— Oui, les harcèlements sur Internet sont bien réels, dit-elle en s'installant sur la banquette en cuir qui faisait le tour de la table. Tout comme les suicides.

— Et je pense qu'il pourrait exister un lien entre ces différentes affaires.

Il mit un sachet de thé dans le mug de Carol.

— Tu te souviens que je t'avais dit qu'il y avait quelque chose qui me chiffonnait au sujet de Jasmine Burton ? Et que je n'arrivais pas à mettre le doigt sur ce que c'était ?

— C'est à partir de là que tout a commencé.

— Avant de revenir là-dessus… Tu sais que Paula a parlé à Shakila Bain ce matin ? Cette créatrice de mode britannique d'origine pakistanaise qui avait été harcelée pour avoir dit que la diabolisation des jeunes hommes indo-pakistanais dans les médias faisait le jeu des djihadistes.

Carol hocha la tête.

— Paula va s'appuyer sur cette affaire pour essayer d'obtenir des informations sur les autres dossiers.

Tony versa de l'eau bouillante dans le mug et mélangea vigoureusement.

— Ce que Shakila a subi était indéniablement cruel et brutal. Mais au moins c'était hobbesien.

Carol se mit à grogner.

— Arrête de te la jouer. Qu'est-ce que tu veux dire par hobbesien ?

— Thomas Hobbes, l'homme qui a fondé de nombreux principes de la pensée libérale européenne. Les droits de l'homme et ce genre de choses. Il décrivait la vie sans ces principes comme : « cruelle, brutale et courte ».

— Laisse-moi mettre les choses au clair. Tu es en train de dire que ce qui est arrivé à Shakila n'a pas duré très longtemps ?

— Exactement. Tu vois, tu comprends. Et c'est intéressant, parce que par bien des aspects, elle ressemble beaucoup à ces femmes mortes qui nous préoccupent. Et qu'est-ce que ça nous suggère ?

Carol leva les yeux au ciel tandis qu'il lui donnait son thé et s'asseyait avec précaution en face d'elle en essayant de ne pas déranger la chienne qui était étendue sous la table.

— Je ne sais pas, Tony, qu'est-ce que ça nous suggère ?

— S'il y a un individu – ou un groupe d'individus, parce que avec Internet on ne peut exclure la possibilité d'une bande de voyous s'influençant mutuellement et faisant constamment dans la surenchère – mais supposons qu'il s'agisse d'un seul et unique individu. Si celui-ci pousse délibérément ces femmes à se suicider, ce qui l'intéresse est assez simple. Il ne s'agit pas seulement de femmes qui n'ont pas peur de dire ce qu'elles pensent. Parce que, soyons clairs, Internet ne manque pas de femmes que des trolls pourraient considérer comme des grandes gueules qu'il faudrait faire taire. Ce qui est intéressant au sujet de nos victimes, c'est qu'elles dénoncent des hommes qui se conduisent mal envers les femmes. Notre individu n'était pas intéressé par Shakila parce qu'il n'est pas islamophobe ou raciste. Bon, il l'est peut-être, mais ça ne le pousse pas hors de ses gonds comme c'est le cas avec les femmes qui s'en prennent aux hommes.

Carol buvait son thé à petites gorgées. À voir son air dégoûté, il supposa qu'elle aurait préféré une vodka tonic. La fin de l'après-midi était le moment de la journée où il était presque normal de boire un verre. Presque normal mais pas tout à fait.

— C'est très intéressant, dit-elle. Je ne sais pas où ça nous mène, mais te connaissant nous allons nous retrouver là où nous ne nous y attendions pas. Hobbesien, nom de Dieu. Mais quel rapport avec ce qui te turlupinait à propos du suicide de Jasmine Burton ?

— Ben, aucun, du moins pour l'instant. Mais j'ai réfléchi à quelque chose : Kate Rawlins avait un recueil de poèmes à côté d'elle dans sa voiture quand elle s'est suicidée, *The Death Notebooks* d'Anne Sexton. Il y avait des pages d'un recueil de poèmes de Sylvia Plath, *Ariel*, éparpillées partout dans le jardin de Daisy Morton. Deux poétesses qui se sont suicidées à peu près dans les mêmes circonstances que nos victimes. Et puis, tout à coup, une petite ampoule s'est allumée dans ma tête. Virginia Woolf, dit-il en souriant d'un air triomphal.

Carol demeura silencieuse.

— Tu te souviens de ce film, *The Hours* ? Celui où tous les écrivains deviennent fous et se suicident ?

— Vaguement. Meryl Streep et le faux nez de Nicole Kidman ?

— Tu ne te rappelles pas comment ça commence ? Virginia Woolf avance dans l'eau les poches pleines de cailloux. Les poches pleines de cailloux, Carol. Exactement comme Jasmine. C'était le lien que je cherchais.

— Mais il n'y a pas de livre.

Frustré, Tony fit un geste de la main.

— Nous n'en savons rien. Les flics du Devon pensent que la mort de Jasmine Burton n'a rien de suspect. Ils ne savent pas au juste où elle est entrée dans l'eau. Toute la rive est de l'Exe est peut-être parsemée des pages de *Mrs Dalloway*.

— Je pense qu'ils l'auraient remarqué. Mais ce que tu avances n'est pas inintéressant.

Il ouvrit la bouche pour parler, mais elle leva un doigt pour l'en empêcher pendant qu'elle réfléchissait. Elle regarda ensuite sa montre.

— Plus d'une heure, lança-t-elle en sortant son téléphone.

Elle tapota sur l'écran et le mit contre son oreille.

— Un instant, dit-elle à Tony.

En la voyant sourire, il comprit qu'on avait décroché à l'autre bout du fil. Il savait que son interlocuteur entendrait la chaleur de sa voix.

— Alors ? lâcha-t-elle sans préambule.

Elle mordilla sa lèvre alors qu'elle attendait la réponse. Il entendit une voix et la vit de nouveau sourire.

— C'est une excellente nouvelle. J'ai une mission pour vous. Pas la peine de venir à Bradfield demain. Je voudrais que vous alliez à Exeter...

Une pause.

— Oui, Exeter. Une femme du nom de Jasmine Burton s'est suicidée la semaine dernière. Elle s'est noyée dans la rivière Exe avec les poches remplies de cailloux. Elle avait été harcelée sur Internet. Vous pouvez faire une recherche Google sur elle et je vais demander à Paula de vous envoyer par e-mail plus d'infos ce soir. J'ai besoin que vous découvriez l'endroit où elle est entrée dans l'eau. Ce que vous devez trouver – je sais que ça peut paraître bizarre – c'est un exemplaire d'un livre de Virginia Woolf quelque part à proximité... Non, je ne sais pas quel livre. Je ne sais même pas si ça a vraiment de l'importance. Mais allez-y et cherchez, Alvin.

Une pause, des paroles indistinctes en fond sonore. Et puis Carol se mit à glousser.

— Non, on ne perd pas une minute. Peut-être qu'on poursuit une chimère. Ou pas. Il n'y a qu'une façon de le découvrir. On en reparle demain.

Elle raccrocha et afficha un grand sourire.

— Alvin a dit oui ?

Elle hocha la tête.

— Il a dit oui. Ça commence à ressembler à une vraie équipe.

Elle reprit son téléphone et se mit à rédiger un texto.

— Je dois prévenir Paula pour qu'elle lui fasse un topo.

— Fielding ne va pas être contente.

— Tant mieux, on n'aura pas perdu notre temps comme ça.

Elle leva les yeux.

— Je n'oublierai jamais la façon dont elle t'a traité.

Tony fit un petit mouvement d'épaules.

— Bon alors, chinois ou indien pour fêter ça ?

Stacey savait à quel point il était important d'être bien préparée. Plus une personne du calibre de Paula aurait d'informations pour mener ses interrogatoires, plus elle aurait de chance de pouvoir persuader le suspect ou le témoin de révéler tout ce qu'il savait. Elle s'était donc attelée à la tâche pour recueillir le maximum de données sur les cinq personnes qui avaient harcelé à maintes reprises Kate, Daisy et Jasmine. Leur lieu de travail. Leur adresse. Qui étaient leurs amis. À qui ils envoyaient des textos et ce qu'ils y disaient. Ce n'était pas une tâche très exigeante mais ça nécessitait de l'attention et de la concentration.

Elle était absorbée par ce qu'elle faisait quand Sam arriva avec du thaï à emporter. Elle fit une pause pour l'embrasser et le laissa mettre la table. Elle était à peine consciente qu'il bougeait autour d'elle jusqu'à ce qu'il l'interrompe dans son travail :

— Le repas est prêt, tu peux venir.

Elle cligna des yeux rapidement, enregistra ce qu'elle avait trouvé et se dirigea vers la table. Sam avait posé des bols et des baguettes, ainsi que des cuillers et des fourchettes à côté des contenants en plastique débarrassés de leur couvercle.

Le mélange d'arômes fit oublier son travail à Stacey et l'attira vers la nourriture comme un aimant, lui rappelant qu'elle n'avait rien mangé depuis un moment.

Ils remplirent leur bol de riz au jasmin et de légumes au curry.

— Ah, c'est bon, dit Stacey. Tu es allé chez Mango Thaï à Kenton Vale ?

— Oui. Parce que tu le mérites.

Il prit un petit morceau de poulet avec ses baguettes qu'il tendit vers la bouche de Stacey.

— Sur quoi tu travailles ? Tu avais l'air complètement absorbée par ce que tu faisais quand je suis arrivé.

Stacey aurait préféré qu'il ne lui pose pas cette question. Elle savait qu'il serait triste quand il apprendrait qu'il avait été mis à l'écart de l'équipe de Carol Jordan et elle avait espéré ne pas avoir à lui annoncer la nouvelle.

— Je cherche des infos pour Paula.

— Est-ce que Fielding sait que Paula te fait travailler à sa place ?

Le commandant Fielding avait un jour essayé de la recruter dans son équipe, mais ses plans avaient été contrariés par le commandant d'une équipe chargée du renseignement qui avait noyé Stacey sous une avalanche de travail sans intérêt.

— Ça n'a rien à voir avec Fielding.

Elle aurait bien voulu être une meilleure menteuse, mais elle savait que ça ne servait à rien d'essayer de berner Sam. C'était comme s'il était équipé d'un détecteur de mensonge réglé sur sa fréquence.

Sam fronça les sourcils, une crevette à la coco à mi-chemin de sa bouche.

— Quoi ? Est-ce que Paula est partie dans une autre équipe ? Est-ce qu'elle a réussi à échapper à Fielding ?

— En quelque sorte, répondit Stacey.

Sa réserve éveillait encore plus la curiosité habituelle de Sam.

— Allez, Stacey, arrête de tourner autour du pot. C'est quoi cette histoire ? Pour qui travaille Paula ?

— Tu ne vas pas en croire tes oreilles.

Elle savait qu'elle n'arriverait pas à détourner son attention de ce sujet, mais peut-être qu'elle pouvait lui épargner un peu de souffrance et de déception en retardant son explication.

Il se servit du pad thaï presque sans la quitter des yeux.

— C'est intrigant. Les nouvelles doivent être toutes fraîches, parce que je ne suis au courant de rien.

— Le ministère de l'Intérieur est sur le point de lancer un nouveau projet. Une BEP volante, s'occupant des homicides commis sur les six secteurs nord plus celui de Bradfield. C'est une équipe très restreinte. Elle pourra s'appuyer sur la police locale pour effectuer la plupart du travail de terrain.

L'intérêt de Sam se fit plus vif.

— Et Paula a été séduite par ça ? Ça m'a l'air voué à l'échec. Les policiers locaux en retireront tout le mérite, et ceux de la brigade volante seront les premiers à être pointés du doigt si quoi que ce soit capote. Je n'arrive pas à croire que Paula ait pu se montrer aussi naïve.

Stacey ressentit un certain soulagement : elle préférait l'entendre prendre les choses de cette façon.

— En fait, j'ai accepté de rejoindre cette équipe moi aussi, dit-elle avec une moue.

Sam posa ses baguettes sur la table. Il était tout ouïe, à présent.

— Pourquoi t'as fait ça ? Pourquoi tu as décidé de t'engager dans un truc pareil ? C'est de la folie, tu en es consciente ?

Elle avait la bouche pleine mais il attendit qu'elle s'explique, à l'affût, comme un prédateur ayant repéré une proie. Elle but une gorgée de bière Singha pour faire passer la nourriture avant d'afficher un sourire dont elle espérait qu'il ne trahissait pas sa nervosité.

— Je ne trouve pas que ce soit de la folie.

Il se pencha vers elle, prêt à bondir.

— Pourquoi ça, Stacey ?

— Je pense que ça pourrait marcher. Les petits commissariats traitent rarement des meurtres compliqués et ont donc rarement l'occasion de développer leurs compétences en la matière ; les plus gros, eux, pourraient faire un meilleur usage des policiers à leur disposition en les déployant sur d'autres affaires sérieuses et en développant leurs services de renseignements pour éviter d'autres crimes.

Il inclina la tête, comme si son cerveau analysait ce qu'il venait d'entendre.

— Ça pourrait aussi foirer très vite. Je pense que tout ça dépend de qui tient les rênes, dit-il avec une apparente désinvolture.

Stacey prit une profonde inspiration. Il n'y avait plus moyen de noyer le poisson à présent.

— C'est Carol Jordan, répondit-elle.

Sam en resta bouche bée. Pendant quelques secondes, il fut incapable de prononcer le moindre mot.

— Quoi ? finit-il par dire. Elle était en état d'arrestation la semaine dernière. Arrêtée pour conduite en état d'ivresse. Et maintenant elle est tirée des limbes pour diriger un groupe d'élite ? Comment c'est possible ?

Elle baissa les yeux sur son bol. C'était rare que Stacey n'ait pas la réponse à une question, mais pour une fois elle n'était pas mécontente de ne rien savoir.

— Les poursuites ont été abandonnées. L'éthylotest était défectueux.

— Tu plaisantes ?

— Ce sont des choses qui arrivent parfois, apparemment. Les poursuites concernant trois autres personnes ont été abandonnées également ; Carol n'était pas la seule.

Sam secoua la tête, incrédule.

— Toute cette affaire disparaît comme par magie, juste quand ils ont besoin de Carol Jordan ? Qui chapeaute tout ça ?

— Carol Jordan dirige le groupe. Mais c'est John Brandon qui est aux commandes pour le compte du ministère de l'Intérieur.

Il émit un petit reniflement de dédain.

— Évidemment que c'est John Brandon. Carol a toujours été sa chouchoute. Il remuerait ciel et terre pour elle. Putain. Ils l'ont tirée d'affaire. Évidemment qu'elle a accepté de sortir de sa réclusion pour accepter ce cadeau empoisonné. C'est toujours mieux que d'être clouée au pilori en tant qu'alcoolique et ratée, tu ne crois pas ?

— Je ne suis pas d'accord, Sam. Tu sais comme moi que Carol est très bonne dans ce qu'elle fait. Elle est la personne toute désignée pour diriger une opération comme ça, tu ne peux pas dire le contraire.

— Peu importe, répliqua-t-il, exaspéré. Ça pue. Pour blanchir Carol, on a tiré d'affaire trois autres soûlards. Tout ça pour lui donner un nouveau boulot.

— Tu n'as pas le droit de dire ça, Sam. Tu n'as aucune preuve qui suggère que Brandon a fait pression sur la justice.

Il secoua la tête.

— J'ai du mal à croire que tu penses vraiment ce que tu viens de dire. Tant mieux pour toi, Stacey. Tu vas pouvoir laisser derrière toi tous ces trucs chiants que tu faisais dernièrement. Tu vas pouvoir reprendre le travail qui laissait tout le monde bouche bée d'admiration. Super. Mais tu n'as pas remarqué quelque chose, Stacey ?

Le ton de sa voix la mit mal à l'aise mais elle réussit à répondre sans rien laisser transparaître.

— Quoi donc, Sam ?

Il se pencha vers elle, l'air blessé.

— Je ne suis pas rentré ce soir avec de bonnes nouvelles à annoncer. Je n'ai pas reçu de coup de fil pour me proposer de rejoindre cette brillante équipe. Je faisais partie tout comme toi de la précédente BEP. Mais est-ce qu'on m'a proposé quelque chose ?

Il fit une pause.

— Alors ? Oui ou non ?

— J'ai demandé à Carol si elle comptait faire appel à toi.

— Et qu'est-ce qu'elle a répondu ?

Stacey avait une boule dans la gorge. Elle ne voulait pas se mettre à pleurer mais c'était difficile de le voir dans cet état. Elle n'aimait pas le voir souffrir sans pouvoir l'aider.

— C'est une petite équipe et elle veut des spécialistes.

Il secoua la tête, ne voulant pas entendre ce qu'elle avait à lui dire.

— Tu es une spécialiste dans ton domaine, ça d'accord. Mais Paula ? C'est une flic comme les autres.

— Elle conduit des interrogatoires comme personne.

Stacey ne voulait pas le faire souffrir davantage mais elle ne savait pas non plus comment éviter de lui dire la vérité.

— Carol n'a pas dit que tu n'étais pas assez bon, seulement que tu n'étais pas fait pour ce job. Ce n'est pas la même chose.

Elle posa doucement la main sur son bras.

— S'il te plaît, Sam.

Il semblait sur le point d'éclater en sanglots. Elle ne l'avait jamais vu aussi vulnérable.

— Elle ne m'a jamais aimé, dit-il plein d'amertume. Je me suis cassé le cul pour sa BEP, tout ça pour rien, parce qu'elle ne m'aime pas.

— Eh bien, c'est qu'elle n'a pas beaucoup de discernement.

Elle se leva, se posta derrière lui et l'entoura de ses bras.

— Regardons les choses en face, quelqu'un qui préfère Tony Hill à toi doit avoir de sérieux problèmes d'hormones. Ne te laisse pas abattre par ça, Sam. Et puis, pour ce qui est de gravir les échelons, la BEP c'est une voie sans issue. Il y a très peu d'opportunités. Tu progresseras beaucoup plus vite dans une autre équipe.

Il prit sa main fermement dans la sienne.

— C'est vrai, répondit-il. Je ne vais pas me laisser abattre par Carol Jordan. Pas tant que je serai avec toi.

31

Le lieutenant Alvin Ambrose n'était pas retourné dans le Devon depuis son enfance. Ses parents avaient loué un minuscule deux-pièces à Torquay pendant une semaine, pour eux et leurs quatre enfants. Son père était chauffeur de bus, sa mère infirmière et ils voulaient que leurs enfants se familiarisent avec le bord de mer, comme eux l'avaient fait à leur âge dans les Caraïbes. Ils n'avaient rien dit, mais quand ils étaient descendus du train à Torquay, Alvin avait lu la déception dans leurs regards et vu leurs épaules s'affaisser. Les plages du Devon avaient paru incroyables aux yeux d'un gamin de six ans venant de Smethwick, la ville la plus éloignée de la mer qu'on puisse trouver en Angleterre. Mais pour ses parents, qui avaient rêvé du sable blanc de la Barbade, c'était une nouvelle désillusion qui s'ajoutait à toutes celles qu'ils avaient connues depuis leur arrivée dans ce pays dans les années cinquante.

Les enfants, eux, s'en fichaient. Alvin ainsi que ses frères et sœurs tombèrent amoureux de la plage et des eaux fraîches et salées de la Manche. Ils ne remarquèrent même pas qu'ils étaient les seuls enfants noirs sur le sable et que les autres familles s'installaient le plus loin possible d'eux. Mais ça n'échappa pas à leurs parents et malgré les jérémiades des enfants les années suivantes, ils ne remirent jamais les pieds sur une plage anglaise.

Il se remémora ces vacances alors que l'autoroute franchissait la frontière du Devon. Il y avait tellement de racisme ordinaire quand il était enfant. Il y avait les attaques directes, mais ce qui l'agaçait le plus, c'était les réflexions anodines. Du genre « Mais d'où est-ce que tu viens *vraiment* ? » comme s'il ne parlait pas avec un accent des Midlands. L'une des choses qui lui avait immédiatement plu dans l'équipe de Carol Jordan, c'était sa diversité – homos et hétéros, métisse, asiatique, rouquin – et le fait que personne ne se préoccupe de leurs différences quand il s'agissait de travailler ensemble. La seule chose qui comptait, c'était résoudre les enquêtes et sauver des vies. C'était pour ça qu'il avait tout fait pour convaincre sa femme de le laisser accepter ce poste. La distance allait être difficile pour elle comme pour lui, mais si ça fonctionnait, ils emménageraient à Bradfield et ça ne serait pas si mal pour eux et leurs enfants.

Cette enquête se révélait déjà plus intéressante que la plupart de celles sur lesquelles il avait travaillé à la West Mercia. Le compte rendu que lui avait envoyé Paula était assez intrigant ; personne n'avait signalé de crime, pourtant une affaire avait éveillé les soupçons de ce petit groupe d'enquêteurs passionnés qui avaient mobilisé tous les moyens à leur disposition. Alvin connaissait quelques flics bosseurs, mais il n'avait jamais rencontré auparavant de policiers qui allaient chercher eux-mêmes leur travail.

Le crime supposé en question était fascinant. Comment pouvait-on pousser une femme en apparence si forte et sûre d'elle à mettre fin à ses jours ? Qu'est-ce qui pouvait la faire basculer sans crier gare ? Il ne pouvait pas imaginer un mari pousser sa propre femme au suicide. La seule chose qui pouvait provoquer chez elle un tel désespoir, c'était la perte d'un enfant. Et même dans ce cas, il pensait qu'elle se serait battue, pour ceux qui l'entouraient. Cette affaire était un vrai mystère.

Un peu plus tôt, Alvin avait appelé le policier qui avait enquêté sur la mort de Jasmine Burton. Le lieutenant Paul Westmacott parlait avec un accent de l'Ouest, mais Alvin savait bien qu'il ne fallait pas interpréter ça comme une marque de stupidité. Westmacott avait paru surpris qu'il s'intéresse à cette affaire, et Alvin avait répondu évasivement qu'ils enquêtaient sur un cas similaire. Il ne voulait surtout pas lui mettre la puce à l'oreille et suggérer qu'il y avait peut-être quelque chose de louche que ses collègues n'avaient pas repéré. Il avait donc parlé d'un ton las et blasé, ne manifestant de réel intérêt qu'à la perspective de scones recouverts de crème.

Westmacott avait relevé cette remarque et suggéré qu'ils se retrouvent dans un café en dehors de la ville, surplombant l'estuaire. Alvin le rappela pour lui dire qu'il était presque arrivé et ils se fixèrent une heure de rendez-vous. Comme il avait cinq minutes d'avance, il en profita pour téléphoner à Paula et lui demander s'il y avait du nouveau.

— Je ne crois pas. Stacey essaie de retracer les déplacements de nos victimes grâce à leur téléphone et Carol et moi on est parties interroger des gens. Quant à Tony, va savoir ce qu'il fait... Il a pris le chien de Carol et doit donc être en train de marcher le long du canal entre ici et je ne sais où.

Puisqu'il n'y avait pas grand-chose à répondre à ça, il ne répondit rien. Il venait de raccrocher quand l'homme qu'il supposait être son contact gara une Ford Focus sur laquelle était peint le damier bleu et jaune de la police, aussi discret qu'un éléphant dans un magasin de porcelaine. Le policier en uniforme qui en sortit était corpulent, pour ne pas dire plus. Serré dans son gilet pare-balles, il avait l'air d'une boule de billard sur pattes. Il avança vers Alvin d'une démarche chaloupée à cause de ses cuisses musclées. Alvin se considérait lui-même comme quelqu'un de plutôt fort, mais ce type-là devait avoir bien du mal à passer les examens médicaux annuels. Sa tête était ronde comme un ballon de foot, encadrée par une frange noire, courte et bouclée, qui laissait le sommet de sa tête dégarni. Il était difficile de lui donner un âge ; comme il était dodu, la peau autour de ses yeux bleu-gris était lisse et sans rides. Ce gros bonhomme n'avait rien de jovial.

— Vous êtes le lieutenant Ambrose ? demanda-t-il en regardant Alvin de la tête aux pieds.

— C'est moi. Appelez-moi Alvin.

Il faillit lui tendre la main mais il n'était pas sûr que Westmacott apprécie le geste.

— Ok, allons manger un morceau, annonça Westmacott en se dirigeant vers le café, un établissement sans charme de l'entre-deux-guerres qu'on avait repeint en rose dans la vaine tentative de lui donner des airs de cottage de campagne.

L'intérieur était beaucoup plus engageant. Il y avait deux douzaines de tables, toutes recouvertes de jolies nappes blanches et un assortiment de porcelaine ancienne : des assiettes, des tasses et des sous-tasses. Environ la moitié des tables était occupée par un mélange curieux de couples d'un certain âge en tenue de randonnée et de femmes d'une cinquantaine d'années occupées à échanger des ragots au-dessus d'une tasse de thé. Westmacott choisit le coin le plus reculé et s'affala sur une fragile chaise en bois qui grinça légèrement.

Alvin s'assit en face de lui et saisit le menu.

— Je ne sais même pas pourquoi je regarde. Je sais ce que je veux. Des scones avec de la confiture et de la crème, et une grande théière de thé bien fort.

L'ombre d'un sourire passa sur le visage de Westmacott.

— Ça, c'est un vrai choix de flic.

Une serveuse blonde et maigrichonne aux yeux excessivement maquillés se planta à côté d'eux.

— Bonjour Paul, la même chose que d'habitude ? demanda-t-elle avec un accent des pays baltes.

Il hocha la tête.

— En double exemplaire, Elena. Mon collègue va prendre comme moi.

Elle gratifia Alvin d'un sourire radieux.

— Vous ne serez pas déçu, je vous assure. Vous êtes plutôt Devon ou Cornouailles ?

— Je ne suis pas d'ici. Je viens des Midlands.

Westmacott gloussa.

— Elle ne voulait pas parler de votre région d'origine. Elle veut savoir si vous mettez la confiture en premier ou bien la crème. En Cornouailles, ils font ça à l'envers et mettent la confiture d'abord mais chez nous, on étale la crème en premier et ensuite on recouvre le tout de confiture. C'est plus logique, comme ça on a plus de crème.

Qui l'eût cru ? Alvin sourit et Elena s'éloigna, slalomant gracieusement entre les tables tout en prenant bien garde à éviter le regard de clients dont elle n'avait pas envie de s'occuper.

— C'est votre café habituel, à ce que je vois ? lança Alvin pour essayer de tisser des liens malgré tout.

— J'aime bien écouter aux portes.

Alvin tenta d'effacer cette image saugrenue de son esprit, en vain. Si c'était tout ce qu'il pouvait obtenir en faisant preuve de diplomatie, ça ne valait pas le coup.

— Alors, qu'est-ce que vous pouvez me dire au sujet de Jasmine Burton ?

— Pourquoi est-ce qu'elle vous intéresse autant ? Je sais, vous l'avez dit, ça a un lien avec une autre affaire sur laquelle vous travaillez, mais je vois pas à quoi ça peut vous servir d'être venu jusqu'ici. C'était un suicide, point final.

— Vous savez ce que c'est quand votre chef a une idée fixe…, dit Alvin en cherchant à stimuler la camaraderie.

— Ouais. Elle doit penser qu'on a tous les deux pieds dans le même sabot ici. Vous devez être du même avis.

— Non, pas du tout. Personne n'a dit que vous aviez mal fait votre boulot.

— Peu importe. En tout cas je vous le dis : y a aucun doute là-dessus. On a retrouvé de l'eau du fleuve dans ses poumons et ses poches pleines de pierres. Ok, elle avait des bleus partout, mais c'est souvent le cas avec les corps qui passent du temps dans l'eau. Le légiste a conclu que ses blessures étaient post-mortem, expliqua-t-il en haussant les épaules. Comme j'ai dit, un suicide, point final.

Alvin sourit et hocha la tête.

— J'ai bien compris. Mais c'est un peu bizarre qu'elle n'ait pas laissé de mot à sa famille, quand même.

Westmacott fit une moue désapprobatrice.

— Ils ne le font pas tous. J'en ai vu pas mal dans ma carrière qui se sont tués et la moitié n'avaient pas pris la peine de laisser un mot. J'imagine qu'au point où ils en sont, ils ne pensent plus qu'à eux. Ils ne se tracassent pas pour ceux qu'ils laissent derrière et qui vont devoir vivre avec ça.

— Vous avez parlé aux amis chez qui elle logeait. Ils la trouvaient comment, avant sa mort ?

Ils se turent parce que Elena arrivait avec un plateau chargé. Elle distribua le thé et les scones, un pot de confiture et un bol de crème qui aurait largement pu nourrir toute la famille d'Alvin. Et personne dans sa famille n'avait un appétit d'oiseau. Il admira la table et sourit d'un air satisfait. Aucun témoin pour assister à son excès de gourmandise si ce n'était un homme encore plus gras que lui. Fantastique.

Les deux hommes attaquèrent.

— Les amis chez qui elle logeait ? répéta Alvin.

— Ils étaient sous le choc. Ils ont dit qu'ils l'avaient trouvée assez réservée, mais ils ont mis ça sur le compte du harcèlement et de la violation de sa vie privée. Ils ne l'ont pas trouvée suicidaire. Ils ne l'auraient jamais laissée partir s'ils avaient pensé qu'elle pouvait en arriver là. C'est un couple sympa, ils étaient bouleversés. Ils n'arrêtaient pas de dire que c'était leur faute, ce qui est stupide, franchement. Apparemment, cette Jasmine cachait bien son jeu.

Il enfourna un scone bien garni et le mastiqua vigoureusement.

— Et personne ne l'a vue après qu'elle a quitté leur maison ? Il n'y a pas eu d'autres témoignages ?

Westmacott secoua la tête.

— Personne. Et vu qu'elle était un peu connue, si quelqu'un avait vu quelque chose, il serait venu nous le dire.

— Est-ce que vous avez retrouvé quoi que ce soit sur les lieux du suicide ?

Westmacott lui jeta un regard en coin. Alvin ne s'attendait pas à ce qu'il lui dise toute la vérité.

— On ne sait pas exactement à quel endroit elle a quitté la berge. D'après l'agent qui est allé examiner les lieux, il n'y avait rien. Il y a un sentier pour les marcheurs et les cyclistes à l'est de l'estuaire et on a trouvé sa voiture garée à Exton, près du sentier. On pense qu'elle a dû entrer dans le fleuve quelque part entre Exton et Lympstone. C'est assez facile d'entrer dans l'eau par là. Vu l'endroit et le moment où elle s'est échouée, les gars du coin ont conclu que la marée devait être assez haute quand ça s'est passé. Mais il y a beaucoup de rochers ; une partie du sentier est en bois, l'autre partie est un chemin bien délimité et on n'a rien trouvé du tout.

Et personne n'y a regardé de trop près parce que personne ne s'est donné cette peine vu que ça avait tout l'air d'un suicide classique et point final. Et soyons honnêtes, c'est certainement vrai. Personne ne dit qu'elle a été poussée. Pas pour l'instant.

Alvin se concentra sur son scone et enchaîna :

— Comme vous le dites, c'était un suicide classique. J'imagine que vous avez quand même jeté un œil au cottage où elle logeait ?

— J'y suis allé moi-même. Rien d'anormal. Pas de journal intime, pas de lettre, rien du tout. Juste un sac de voyage pour le week-end avec quelques tenues de rechange, une trousse de toilette, deux ou trois magazines et son ordinateur portable. Il était allumé, pas de mot de passe. J'ai regardé ses derniers e-mails, rien d'intéressant. Surtout des échanges professionnels, et quelques messages d'amis. Mais rien du style : « Au fait, je vais faire un tour dans le Devon pour en finir. » Comme j'ai dit, on n'est pas complètement empotés ici. Si on n'a pas trouvé d'élément significatif, c'est parce qu'il n'y en avait aucun.

Il avait dit cela sur un ton qui n'invitait pas à la controverse.

Alvin prenait des notes dans sa tête. *Parler au légiste. Où est son ordinateur portable maintenant ? Comment a-t-elle su où aller ? Quelles chaussures portait-elle ?*

— Est-ce que son ordinateur a été rendu à sa famille ?

Westmacott serra les lèvres, impatient.

— En même temps que le reste de ses affaires, oui. Aucune raison de le garder.

Alvin s'était arrêté dans une station-service sur le chemin et avait acheté des cartes du coin. Il en sortit une et lui dit :

— Pour satisfaire ma curiosité, est-ce que vous pouvez me montrer exactement où on a retrouvé la voiture de Jasmine ?

Westmacott s'essuya la bouche d'un revers de main, laissant une trace baveuse sur sa joue.

— Vous, les gars des grandes villes, vous aimez bien perdre votre temps, c'est ça ?

Il saisit la carte qu'il déplia avant de suivre du doigt la ligne de l'estuaire.

— Là.

Alvin lui passa un crayon.

— Est-ce que vous pourriez marquer l'emplacement ? lui demanda-t-il avec un sourire complice. Pour que je puisse montrer au capitaine que j'ai bien acheté cette carte à des fins professionnelles.

Westmacott haussa les sourcils.

— Ok, dit-il avant de regarder de nouveau la carte et d'y tracer un cercle. C'est là que se trouvait sa voiture.

— Je vais peut-être aller y jeter un œil. Prendre deux ou trois photos pour faire plaisir à ma chef. Elle aime bien avoir tous les détails.

— Vous n'allez pas me dire ce que vous cherchez vraiment, hein ?

Alvin tenta d'afficher un air innocent.

— Comme je l'ai expliqué, ce n'est rien de plus qu'une affaire qui ressemble à une des nôtres. Ma chef aime bien que tout soit carré.

— Ouais c'est ça, maugréa-t-il.

Il finit son thé et attrapa les dernières miettes de ses scones du bout du doigt avant de le lécher.

— Les scones, c'est pour vous, dit-il en se levant. Profitez bien de votre temps perdu.

Il sortit d'un pas traînant sans se retourner. Alvin soupira et son regard croisa celui d'Elena. Au moins le thé et les scones avaient-ils valu le détour.

32

La meilleure façon de suivre quelqu'un, c'était de le devancer. La première fois qu'il avait lu ça, il s'était dit que ça n'avait aucun sens. Puis il avait continué de lire et compris ce que ça signifiait. Il s'agissait de deviner où votre cible se rendait et de s'y trouver avant elle. Se fondre dans le décor afin qu'elle ne vous remarque pas. Après quoi, vous pouviez la surveiller sans même avoir besoin de vous immiscer dans sa vie. Vu que vous y étiez déjà. Et avec un peu de chance, vous pouviez même deviner où est-ce qu'elle allait se rendre ensuite, et ainsi la surveiller d'encore plus loin.

À force de patience et d'observation, il avait découvert qu'Ursula Foreman consacrait ses jeudis après-midi à sa bonne action de la semaine, à savoir être bénévole pour la banque alimentaire. Si ça n'avait pas été aussi prévisible, ça l'aurait fait rire. Est-ce qu'elle croyait vraiment qu'elle pouvait compenser tous les problèmes qu'elle causait en passant quelques heures à faire la leçon à des gens qui ne pouvaient même pas nourrir leur famille ? Si les femmes comme elles arrêtaient d'encourager d'autres femmes à abandonner leur famille pour de prétendues carrières, il y aurait assez de travail pour tout le monde. À quoi ça servait, tout ça ? Ursula et ses semblables étaient les premières à critiquer les plafonds de verre qui les empêchaient de monter les échelons. Dans une famille, il n'y avait pas de plafond de verre. Quand on prenait soin des gens qu'on aimait, il n'y avait pas de limite.

La banque alimentaire se trouvait dans un magasin désaffecté de Brucehill, une cité sordide composée de trois tours et d'un lotissement de petites maisons reliées entre elles par des galeries, qui constituaient un labyrinthe idéal pour qui cherchait à échapper aux truands du quartier ou à la police. D'après l'un des bénévoles avec qui il avait bavardé, environ un tiers de leur clientèle venait de Micklefield, un dédale d'habitations privées organisées en petits lotissements le long de ruelles et d'impasses de l'autre côté de la colline ; des familles respectables de la classe moyenne qui avaient pris la crise financière de plein fouet et n'avaient pas encore vu les fruits du redressement économique promis par le gouvernement.

Ce bénévole lui avait expliqué que la demande auprès de la banque alimentaire était en hausse. Ils étaient donc très contents d'avoir de nouvelles recrues comme lui pour leur donner un coup de main. Apparemment, offrir de la nourriture aux gens nécessitait beaucoup d'organisation. Il restait au second plan, se contentant d'ouvrir les cartons et de trier les dons. Il savait d'instinct qu'Ursula ne s'occupait pas de ces basses besognes. Pour elle, hors de question d'accomplir une corvée dans l'ombre. Elle était en première ligne, à distribuer la misérable pitance allouée ce jour-là aux quémandeurs. Plus il la regardait, plus il se disait qu'elle serait forcément la prochaine.

Quand il était enfant, les banques alimentaires n'existaient pas. Même les pauvres parvenaient à nourrir leurs enfants. Les femmes savaient faire des miracles avec pas grand-chose. Elles savaient cuisiner. Ces gens-là, au contraire, pensaient que cuisiner signifiait mettre une pizza au four ou un plat préparé dans le micro-ondes. Voilà ce que le féminisme avait apporté à ce pays : une génération de femmes qui ne savaient pas concocter un repas digne de ce nom. Avant qu'elle se mette à passer tout son temps à Greenham, sa mère lui préparait à dîner chaque soir. Même quand l'argent venait à manquer et que les lentilles devaient remplacer la viande, elle s'en était sortie. Elle aurait eu honte d'accepter des dons. Ça aussi, ça avait changé à Greenham ; elle s'était mise à évoquer des visiteurs qui venaient au campement leur donner de la nourriture, comme si c'était une bonne chose pour elles d'être dépendantes des autres. Il était prêt à parier que si les banques alimentaires avaient existé à l'époque, les femmes de Greenham auraient été les premières à faire la queue.

Et celles comme Ursula les auraient encouragées. Elle aurait parlé sur son blog de ces femmes merveilleuses qui brisaient des familles et laissaient leurs enfants plantés devant la fenêtre de leur chambre, attendant en larmes une maman qui ne rentrerait jamais.

Eh bien les choses allaient commencer à changer maintenant. Ursula n'était qu'un maillon de la chaîne. D'ici peu – il en était certain – quelqu'un allait faire le rapprochement et allait enfin parler de suicides parmi ces femmes qui avaient vu la lumière, pris conscience des dégâts causés par leur prosélytisme et compris à quel point elles s'étaient trompées.

L'expérience le rendait de plus en plus perfectionniste. Avec Kate Rawlins, il avait saisi sa chance quand elle s'était présentée. Il avait laissé les circonstances dicter ses actions et non l'inverse. Désormais, il ne comptait plus sur le hasard. Il avait trouvé son modèle d'inspiration pour la suivante. Marina Tsvetaïeva, une poétesse russe. Elle avait pris des décisions judicieuses dans sa vie, notamment celle de confier sa fille à un orphelinat public pendant la famine de Moscou plutôt que de s'en occuper elle-même. La fillette était morte de faim, ce qui montrait bien ce qui arrivait quand les femmes n'assumaient pas leurs responsabilités. Finalement Tsvetaïeva avait compris que le seul moyen de se racheter était de mourir et elle s'était pendue chez elle.

Il avait quelques candidates en vue. Mais de plus en plus, il lui semblait qu'Ursula méritait d'être la prochaine à mourir. Il ne leur restait plus qu'à faire connaissance. Se rapprocher suffisamment pour qu'elle le laisse entrer s'il sonnait chez elle alors que son mari était absent. Il verserait le GHB dans la tasse de thé qu'elle ne manquerait pas de lui proposer. En peu de temps, elle serait incapable de lui opposer la moindre résistance et il pourrait facilement la pendre à la rambarde.

En attendant, il endosserait le rôle du bénévole serviable et bien élevé. Il resterait discret jusqu'à ce que le moment soit venu de faire connaissance avec elle. Et à ce moment-là, il jouerait la carte du charme. Elle tomberait dans le panneau. Comme toutes les autres. Jusqu'à ce qu'il soit trop tard.

Ces femmes étaient persuadées de tout maîtriser. Mais en vérité, on pouvait faire d'elles ce qu'on voulait.

33

La piste cyclable était impressionnante : une vraie route avec une barrière en bois et un revêtement lisse. Alvin n'avait jamais rien vu de pareil là où il habitait. Ça lui donnait presque envie de se mettre au vélo. Mais pas complètement. Imaginer son corps massif sur un vélo lui faisait un peu penser à un numéro de cirque. « Regardez l'ours chauve en équilibre sur deux roues ! » Il préférait se tenir sur ses pieds et laisser le vélo aux enfants.

Il s'engagea sur la piste vers le nord en observant ce qui l'entourait. La marée était descendante, ce qui mettait à nu un amas pentu de pierres, certaines émergeant de l'eau couvertes de bernacles et d'algues. Mais ce n'était pas le genre de pierres dont Jasmine Burton avait rempli ses poches. Elles étaient trop grosses ; il aurait eu du mal à les soulever lui-même à deux mains. Par ailleurs, il n'arrivait pas à l'imaginer passer par-dessus la barrière en bois pour accéder à l'eau. Aux yeux d'Alvin, les pierres dans les poches signifiaient qu'elle souhaitait une mort paisible. Il n'était pas Tony Hill, mais il avait suffisamment d'imagination pour penser que quand on voulait en finir sereinement, on ne s'embêtait pas à grimper une barrière alors qu'en marchant un peu plus loin, on pouvait trouver un accès plus facile. Même de là où il se trouvait, il pouvait voir la piste se transformer en chemin de terre bordé par des touffes de roseaux jaunis.

Il pressa le pas, convaincu d'avancer dans la bonne direction, au sens propre comme au figuré. Dès que la barrière disparut, Alvin s'approcha des roseaux pour les examiner attentivement à la recherche d'un signe indiquant qu'on les avait piétinés. Cela faisait quasiment une semaine que Jasmine Burton avait pénétré dans ces eaux grises et froides, mais certaines herbes pouvaient être encore aplaties.

Mais il ne vit rien et, au bout de huit cents mètres environ, une nouvelle barrière apparut. Elle n'était pas très solide, ce n'était que des morceaux de bois croisés entre des piquets. Néanmoins, c'était probablement suffisant pour constituer une barrière psychologique. Il fit donc demi-tour et cette fois traversa les roseaux pour gagner le bord de l'estuaire, content d'avoir chaussé les bottes en caoutchouc qu'il gardait dans le coffre de sa voiture avec ce qu'il appelait de façon un peu grandiloquente son « sac spécial homicide ». Son nouveau poste allait peut-être enfin lui permettre d'en faire bon usage. Le sol était assez ferme même si çà et là ses bottes s'y enfonçaient davantage. Les yeux rivés par terre, il n'était pas convaincu de découvrir une quelconque empreinte maintenant, d'autant qu'il avait beaucoup plu en début de semaine. Mais il prit son temps, quadrilla la zone et multiplia les allers-retours en scrutant chaque anomalie.

Bien entendu, il y avait des déchets. Des sachets de Haribo et de chips Walkers, des emballages de Mars et de Toblerone, des bouteilles de Lucozade en plastique et des canettes de Coca Light. Ils n'attiraient que brièvement son attention. Il était presque parvenu au bout de la zone couverte de roseaux quand il aperçut quelque chose de bizarre coincé entre les branches nues d'un buisson épineux tordu et apparemment mort. Quelque chose de couleur violette lui rappelant les raisins que sa mère déposait dans la corbeille à fruits démodée du buffet. Est-ce que c'était un livre ? Alvin s'approcha prudemment comme si sa proie était un oiseau susceptible de prendre son envol.

S'il s'était agi d'une véritable enquête, s'ils avaient eu des preuves pour qualifier d'homicide cette « répétition générale » comme l'avait appelée Paula, il n'aurait pas fait un pas de plus et aurait appelé la police scientifique. Mais ce n'était pas le cas. Il sortit donc son téléphone pour photographier la scène. Il n'y avait pas grand-chose à voir. Néanmoins, il avança pas à pas en faisant des photos tout du long.

C'était bel et bien un livre. Il le distinguait à présent. Une couverture violette et une écriture blanche. La couverture avait été pliée par les intempéries, ce qui rendait le titre difficile à déchiffrer de loin. Il ne voyait rien d'autre. Pas d'empreinte de chaussures, pas de morceau de vêtements accrochés au buisson. Alvin enfila une paire de gants en latex et tendit la main vers le livre.

Une chambre à soi, de Virginia Woolf. Il le plaça dans un sachet en plastique. Ce n'était pas de la poésie, à la différence des autres. Mais d'après Paula, Tony avait prédit qu'ils trouveraient quelque chose de Virginia Woolf, qui s'était apparemment noyée dans un fleuve après avoir rempli ses poches de pierres. En pensant à ça, il se rappela les pierres, justement. Il recula de quelques pas pour se rapprocher du bord. La terre boueuse de la rive était parsemée de petites pierres, polies par l'eau. Elles avaient pour la plupart la taille et la forme d'un avocat ou d'une mangue, jugea Alvin qui savait qu'on allait lui demander de les décrire. Il prit de nouvelles photos après avoir déposé son crayon parmi les pierres, pour donner une idée de l'échelle. Rien n'indiquait que certaines aient été déplacées, mais vu le temps qui s'était écoulé depuis, l'inverse aurait été surprenant, d'autant plus que cette berge était submergée ou du moins léchée par les eaux du fleuve au minimum deux fois par jour.

Comme il ne voyait pas quoi faire de plus, il prit encore quelques photos puis regagna sa voiture. Il avait fait toute cette route pour prendre un thé avec des scones et trouver un livre de poche détrempé. Mais puisqu'il était là, autant aller jusqu'au bout. Il composa le numéro de Paul Westmacott, qui répondit sèchement.

— Ici Alvin. Une petite question : Qui a pratiqué l'autopsie de Jasmine Burton ?

— Pourquoi ? Vous pensez qu'il a pu passer à côté de quelque chose, lui aussi ?

— Non, c'est juste pour vérifier. Et je n'ai jamais dit que vous étiez passé à côté de quoi que ce soit.

— Pas besoin de le dire. De toute façon, vous ne trouverez rien à reprocher à son examen. C'est un pro, le professeur John Chilton, qui vient de l'université. Il l'a pratiquée lui-même, il n'a pas délégué ça à ses étudiants.

— C'est là que je peux le trouver ? À l'université ?

Westmacott gloussa.

— Un vendredi après-midi ? Y a aucune chance. Il est sûrement sur son bateau, pas loin des côtes françaises à l'heure qu'il est. C'est un vrai marin, le professeur. On le reverra pas avant lundi après-midi.

— Vous avez son numéro ?

— Oui, mais j'ai pas envie de risquer ma vie en donnant ses coordonnées à quelqu'un qui va venir lui gâcher son week-end.

— Oh, bon sang ! s'exclama Alvin exaspéré. Je suis flic, putain. Vous pensez pas que je peux me procurer son numéro en cinq minutes ? Si vous voulez me mettre des bâtons dans les roues, allez-y. Mais vous pouvez être sûr d'une chose : quand j'aurai trouvé ce numéro de téléphone, je ne manquerai pas de dire au professeur Chilton que c'est vous qui me l'avez transmis.

Il y eut un moment de silence. Puis, d'un ton las, Westmacott lui donna le numéro avant de raccrocher. Alvin se demanda à quoi tout ça pouvait bien rimer. Ça n'avait servi à rien sinon à élever sa pression artérielle et conforter Westmacott dans son idée qu'Alvin n'était qu'un con de la ville. Pourquoi est-ce que les gens se montraient souvent aussi régionalistes ? Il poussa un soupir puis composa le numéro que Westmacott lui avait donné. La voix qui lui répondit était sèche, bourgeoise et presque féminine. Alvin expliqua qui il était et ce qu'il voulait savoir.

— Ah oui, la noyade. Malheureusement mes notes sont dans mon bureau à l'université.

Alvin ressentit une profonde déception. Apparemment, Westmacott avait raison.

— Quand est-ce que vous pourrez vous y rendre ?

— Laissez-moi réfléchir… Il faut que je récupère ma voiture au garage… Est-ce que vous pouvez me retrouver là-bas dans une demi-heure ?

Va te faire foutre, Paul Westmacott !

— Sans problème.

Chilton lui donna quelques indications et ils raccrochèrent. En reprenant la route d'Exeter, Alvin appela Paula pour lui faire part de ses découvertes.

— Je te jure, parfois je me demande si Tony ne sacrifie pas des chèvres au sommet des collines, dit-elle. Comment est-ce qu'il a pu deviner ?

— Son cerveau n'est pas connecté comme le nôtre. Je vais aller voir le légiste. Je ne m'attends pas à faire des découvertes, mais je préfère tout vérifier. Où vous en êtes, vous ?

— J'attends que Carol en ait terminé avec les ouvriers du troisième étage pour qu'on puisse aller interroger le mari de Daisy Morton. Comme toi, on ratisse large. Dis, je sais que tu as de la route à faire, mais est-ce que ça t'embêterait de me retrouver à Solihull après ? Il se trouve que Jasmine Burton était lesbienne et Stacey a trouvé le nom de sa petite amie.

— Elle aussi, elle doit sacrifier des chèvres au sommet des collines, commenta Alvin. Je pense que j'aurai fini ici dans une heure environ. La M5 un vendredi, ça va être l'enfer, mais je devrais pouvoir te rejoindre vers dix-neuf heures, si ça te va ?

— Ok. On discutera des détails à ce moment-là. Amuse-toi bien avec ton légiste.

On n'entendait pas souvent les mots « s'amuser » et « légiste » dans la même phrase. Mais le professeur Chilton s'avéra être un homme jovial. Il était petit et mince, avec une épaisse chevelure blonde et bouclée, parcourue de mèches blanches, qui convenait très bien à son image de savant fou. Il avait la peau tannée des marins et de profondes rides autour des yeux.

— Entrez, asseyez-vous, c'est un plaisir de vous rencontrer, vous n'êtes pas d'ici, n'est-ce pas ?

Il avait débité tout ça d'une traite en accompagnant sa phrase d'un sourire chaleureux et d'un grand geste en direction d'une des deux chaises disposées face à son bureau. La pièce était spartiate et la table de travail vide. La seule chose indiquant qu'il ne s'agissait pas d'un bureau temporaire c'étaient les photos encadrées au mur, représentant des yachts en mer. Manifestement, le professeur Chilton n'entreposait pas ses livres ici.

— Je suis en poste à Bradfield, expliqua Alvin pas très à l'aise dans ce cadre inhabituel. Nous enquêtons sur plusieurs suicides de femmes qui ont été harcelées sur Internet et nous cherchons à éliminer toute circonstance suspecte.

Le professeur se frotta les mains comme s'il voulait les laver.

— Bien entendu, je comprends. Mais votre accent est plus proche de celui de Birmingham que de Bradfield, et notre noyée était de là-bas, alors je me suis demandé, vous voyez… Bon, où sont mes notes…, dit-il avant d'ouvrir un tiroir et d'en sortir un dossier vert. Ah, les voilà.

Il l'examina en fronçant les sourcils, concentré, puis leva les yeux.

— Je peux vous en donner une copie si vous voulez l'emporter avec vous.

Alvin hocha la tête et demanda :

— Est-ce que vous pouvez quand même me faire un petit résumé ?

Le professeur sourit de nouveau.

— Naturellement. Une jeune femme en bonne condition physique, avec une bonne hygiène de vie. Décès par noyade. Elle avait de l'eau en provenance de l'estuaire dans les poumons, donc on sait qu'on ne lui a pas plongé la tête dans une baignoire ou une piscine avant de la jeter dans le fleuve. On sait qu'elle a dîné avec ses amis – curry de poulet thaï, salade verte, crumble aux pommes avec de la crème – et qu'ils ont fini leur repas vers vingt et une heures. Elle n'avait pas d'alcool dans le sang. Au vu du contenu de l'estomac, j'ai estimé l'heure de la mort entre une heure et trois heures du matin.

— Des traces de drogue ?

— Je n'aurai pas le compte rendu des examens toxicologiques avant au moins une semaine.

— Est-ce qu'elle avait des blessures pouvant indiquer une quelconque violence ?

Chilton le regarda d'un air interrogateur, les yeux perçants, comme un merle ayant aperçu un asticot.

— Question intéressante, mais c'est très difficile d'y répondre. À cause du courant, le corps a subi des dégâts. Les vagues, les rochers… la peau est fragile, elle n'est pas très résistante. Quand un corps passe un peu de temps dans l'eau, on peut croire qu'il a été battu même si personne n'a levé la main sur cette personne. Les blessures de Jasmine Burton ont très bien pu lui être infligées après sa mort, mais pas nécessairement. Cela étant dit, elles pourraient également être parfaitement innocentes. La rive est pleine de rochers par là-bas. Si elle avait glissé au moment où elle descendait dans l'eau, elle aurait sans doute pu se blesser. Donc ma réponse lieutenant, c'est qu'on n'a aucun moyen de le savoir.

C'était une phrase à rallonge pour dire qu'il n'en savait rien.

— Je comprends. Merci d'avoir éclairci ce point. Est-ce qu'elle avait des chaussures aux pieds quand elle a échoué sur la berge ?

— Une seule basket. New Balance. Les lacets se sont emmêlés et ont formé un gros nœud, ce qui explique qu'elle avait toujours cette chaussure au pied.

Alvin nota pour lui-même qu'il lui fallait vérifier ce que Jasmine portait plus tôt dans la soirée. Il pouvait être intéressant de savoir si elle était retournée au cottage entre le moment où elle avait quitté ses amis et celui où elle s'était noyée dans l'Exe. Ou peut-être était-ce inutile.

— Qu'est-ce qu'elle portait d'autre ?

Chilton tourna les pages pour revenir au début du dossier.

— Rien d'inhabituel. Les vêtements étaient relativement en bon état parce qu'elle n'est restée que vingt-quatre heures dans l'eau avant d'échouer. Jean, culotte, pull, tee-shirt à manches longues, soutien-gorge. Et un manteau doublé s'arrêtant à mi-cuisses. Les poches étaient pleines de pierres et les fermetures Éclair étaient fermées. Le poids additionnel n'était pas énorme… Voilà, 7,93 kilos.

Mais ça a suffi à la lester. Et bien sûr, ça a dû la fatiguer plus rapidement, expliqua-t-il en refermant le dossier avant de pousser un soupir. Les gens s'imaginent que la noyade permet de mourir paisiblement. Croyez-moi, c'est loin d'être le cas.

Il posa le dossier sur la table, devant Alvin.

— Tenez. Je vais demander à ma secrétaire d'en faire une copie, dit-il avant de se lever. Ce fut un plaisir, lieutenant, mais j'ai d'autres choses à faire, tout comme vous, j'imagine.

Alvin rejoignit sa voiture, plongé dans ses pensées. On aurait pu croire qu'il n'avait rien appris de neuf sur les dernières heures de Jasmine Burton. Mais si on étudiait tout ça selon le point de vue proposé par Tony Hill, on pouvait commencer à entrevoir quelque chose de différent. Quand un événement se produisait une fois, c'était intrigant ; deux fois, c'était une coïncidence ; trois fois, ce n'était plus un hasard. Et en règle générale, quand cet événement se reproduisait une quatrième fois, on tenait un tueur en série.

34

La familiarité de cette situation avait quelque chose d'étrangement réconfortant. Paula conduisait, Carol était à la place passager, les yeux fixés sur la route mais l'esprit ailleurs. Elle était assaillie par un mélange d'émotions : le bonheur de pouvoir de nouveau exercer cette profession pour laquelle elle était douée, l'appréhension d'avoir perdu la main, et l'excitation profonde qu'il y avait à être sur la piste d'un tueur. Car même si un observateur extérieur aurait qualifié leur quête d'illusion ridicule fondée sur des faits imaginaires, Carol savait qu'il y avait derrière tout ça quelque chose de bien réel et de dangereux. Elle avait entendu des collègues rejeter ce genre de certitudes en prétextant qu'il s'agissait de pressentiments ou d'intuitions féminines. Mais Tony lui avait expliqué un jour que ces certitudes trouvaient naissance dans un ensemble de facteurs souvent impalpables et inconscients reliés par le fil de l'expérience.

« Tu n'es peut-être pas capable de leur donner une explication logique, mais ça ne signifie pas pour autant qu'il n'y en a pas, avait-il dit. Fais-toi confiance. On a parfois de bonnes raisons de tirer certaines conclusions. »

— Rappelez-moi ce qu'on sait sur le parcours de Daisy Morton, dit-elle à Paula alors que celle-ci traversait la ville vers le nord.

— Elle a vécu à Bradfield toute sa vie. Une famille respectable de la classe ouvrière. Le père était plombier, la mère employée chez le marchand de journaux du quartier. Daisy s'est mariée jeune et avait déjà deux enfants à l'âge de vingt-deux ans. Ils sont grands maintenant, tous les deux à l'université. L'un à Édimbourg, l'autre à Bristol.

— Ça ne doit pas être facile pour eux d'avoir perdu leur mère en plein milieu de leurs études. Ça peut vous foutre en l'air, ce genre de choses, commenta Carol en se rappelant à quel point on était vulnérable à cet âge malgré l'air cool qu'on se donnait.

— Je vois les ravages que ça provoque dans la vie de tous les jours avec Torin. Je suis impressionnée par sa capacité à gérer ça. À sa place, j'aurais complètement pété les plombs. J'espère que les enfants de Daisy vont être aussi forts.

— J'espère qu'ils auront des gens comme Elinor et vous dans leur vie. Donc Daisy a eu ses enfants jeune et ensuite ?

— Quand ils sont entrés à l'école, elle a suivi une formation d'institutrice puis a exercé à mi-temps. Elle travaillait quatre matinées par semaine à l'école primaire de Harriestown, l'école qu'elle avait fréquentée en tant qu'élève. Son mari, John, est employé à temps plein dans un syndicat et elle s'est impliquée dans la politique locale quand elle a commencé à enseigner. Elle était conseillère municipale travailliste depuis un peu plus de six ans. Elle était appréciée même si elle n'avait pas peur de la controverse.

— Elle aimait bien attirer l'attention des médias ?

Carol pensait connaître ce type de personnes, qui étaient dévouées à leur cause sans pour autant négliger la célébrité.

— Eh bien, on l'a vue plusieurs fois à la une du *Sentinel Times,* reconnut Paula. Mais personne ne l'a critiquée depuis sa mort.

— Évidemment, personne ne fait ça ! répliqua Carol. Regardez la façon dont ils ont traité Jimmy Savile. Ils ont quasiment attendu qu'il soit sur son lit de mort dans la cathédrale de Leeds pour faire éclater la vérité. Je ne suggère pas que Daisy Morton ait un quelconque point commun avec lui. Mais vous savez, la mort met les gens sur un piédestal même s'ils ne l'ont pas mérité. Il faut laisser passer un peu de temps avant d'avoir accès à la vérité. Mais dites-m'en plus au sujet de Daisy.

— Elle est restée mariée à John. Ils ont vécu pendant quinze ans dans la maison qui a explosé. Ils l'avaient achetée grâce à un emprunt contracté par le biais de l'entreprise de John et il leur restait cinq ans à rembourser. Rien qui indique des problèmes conjugaux.

— À part qu'il ne se doutait pas qu'elle était suicidaire.

— C'est ça.

— Ce qui signifie soit qu'ils étaient beaucoup moins proches qu'il voudrait nous le faire croire, soit qu'elle n'avait pas l'intention de se tuer. Où est-ce qu'il vit maintenant que sa maison est en ruines ?

— Il est avec Phil, le frère de Daisy, et sa famille. Phil Adamson. Il dirige une chaîne locale de boucheries, il a bien réussi dans la vie. Il a une belle maison près du golf, assez grande pour lui, sa femme, leurs deux ados et maintenant son beau-frère veuf. En fait, d'après ce que m'a dit Franny, ils sont tous sous le choc. C'était une famille soudée. Phil a une maison en Espagne où ils avaient l'habitude d'aller tous ensemble.

La poitrine de Carol se serra douloureusement. Elle savait ce que c'était que de perdre quelqu'un ; elle avait eu un frère dont elle avait été proche avec qui elle avait vécu à l'âge adulte. Elle savait que pour John Morton et sa famille, le travail de deuil ne faisait que commencer. S'il s'agissait bel et bien d'un suicide, il allait devoir vivre avec la même culpabilité qu'elle avait ressentie, mais pour d'autres raisons.

— Est-ce que Franny a ajouté quelque chose au sujet des menaces qu'avait reçues Daisy Morton ? Est-ce qu'elle avait contacté la police ?

— Non, répondit Paula en bifurquant sur une large avenue à trois voies.

Entre les grandes maisons, Carol apercevait par intermittence le parcours de golf avec son gazon d'un vert presque surnaturel. Quand on vivait dans un coin pareil, on devait presque en oublier qu'on se trouvait dans une ville bouillonnante et pleine de contrastes où le crime pouvait se cacher à chaque coin de rue. Mais ici, il y avait une illusion de calme et de prospérité. Pourtant, derrière ces jardins bien entretenus et ces portes d'entrée joliment peintes, la vérité était souvent aussi laide que dans n'importe quelle ruelle du centre-ville. Paula ralentit pour vérifier les numéros avant de s'arrêter devant une maison à pignons d'imitation Tudor avec une large allée.

— Je lui ai proposé qu'on vienne lui parler sur son lieu de travail, mais Morton préférait nous rencontrer ici.

Une femme d'une quarantaine d'années à l'apparence soignée ouvrit la porte d'entrée d'un noir brillant. Son maquillage discret dissimulait tout signe de deuil, mais son visage était grave. Carol jugea que sa tenue venait certainement de chez Marks & Spencer plutôt que d'une boutique extravagante ; son pantalon foncé et son pull couleur prune correspondaient à sa silhouette passe-partout et trahissaient un désir de confort.

— Je suis Trish Adamson, dit-elle après qu'ils se furent présentés. La belle-sœur de John. Entrez, il est au fond, dans la véranda. Est-ce que vous voulez du café ? Du thé ?

— Ce serait gentil. Café s'il vous plaît, répondit Carol.

— Nous sommes encore tous sous le choc, dit Trish en les conduisant à l'autre extrémité de la maison. Tous les matins quand je me réveille, je dois me rappeler que Daisy est morte. Elle était tellement pleine de vie, c'est impossible de...

Elle n'acheva pas sa phrase et ouvrit la porte donnant sur une véranda compacte avec vue panoramique sur le golf. Un homme de grande taille était assis dans un fauteuil en osier, voûté comme un oiseau au repos.

— John, c'est la police.

Carol fit les présentations tandis que Trish s'éclipsait. John Morton ne dit rien et se contenta d'esquisser un bref hochement de tête. Carol s'assit en face de lui, observa son long visage creusé, les cernes sombres sous ses yeux et sa barbe de deux jours. Ses cheveux noirs parsemés de mèches blanches semblaient avoir besoin d'un bon lavage.

— Merci d'avoir accepté de nous parler, dit Carol.

Il passa sa langue sur sa lèvre supérieure.

— Tout ce que je veux, c'est une réponse.

Sa voix était sèche et brisée, comme s'il avait été blessé à la gorge.

Paula prit le relais.

— Je comprends. Nous sommes ici pour réexaminer les éléments de l'enquête et voir si on aurait pu passer à côté d'un élément. Je me demandais si Daisy vous avait dit quelque chose suggérant qu'un événement inattendu allait se produire ce jour-là ?

Il soupira.

— Non, rien du tout. Je sais bien que vous devez entendre ça tout le temps quand quelqu'un se suicide. Mais Daisy n'était vraiment pas le genre de personne à faire ça. Elle aimait la vie. Elle aimait ses enfants, son travail, et elle m'aimait.

— Elle était au cœur de la tempête durant les deux dernières semaines de sa vie, fit remarquer Paula.

Il sourit, mais ses yeux s'embuèrent de larmes.

— Ça ne l'a pas détruite, croyez-moi. Elle ne reculait pas devant la bataille. Elle disait toujours que c'était à ça qu'on voyait si on était sur la bonne voie. Quand l'opposition commençait à monter au créneau, dit-il en regardant Trish qui entrait avec un plateau. C'est pas vrai, Trish ? Daisy adorait affronter la critique.

Trish posa le plateau et distribua des tasses de café instantané.

— C'est vrai. Elle se battait pour ses convictions, quel que soit son adversaire. Elle a toujours été comme ça, même plus jeune. Elle ne s'est jamais laissé marcher sur les pieds.

— Mais elle a reçu des attaques très virulentes sur les réseaux sociaux. J'en ai lu quelques-unes et c'était horrible. Ça ne l'a pas déstabilisée ?

John serra la tasse contre sa poitrine comme s'il avait besoin de se réchauffer.

— Au départ, ça l'a un peu secouée. Mais ensuite, ça l'a plutôt mise en colère. Elle était comme ça. Elle puisait sa force dans l'hostilité des autres.

— Mais quelque chose a détruit cette force, intervint Paula. Est-ce que vous avez la moindre idée de ce qui a pu se passer ?

— On se pose cette question tous les jours depuis que c'est arrivé, répondit Trish. Et on aboutit toujours à la même conclusion. Elle ne s'est pas suicidée. C'était un horrible accident. Le coroner nous a donné raison, il s'est prononcé en faveur d'un accident. Il savait que ce n'était pas un suicide.

John fixait des yeux le contenu de sa tasse.

— Elle n'aurait jamais fait quelque chose d'aussi égoïste. La seule explication, c'est qu'elle devait être en train de nettoyer le four et qu'elle a perdu connaissance à cause des vapeurs. Le gaz s'est répandu dans la maison, et quand elle a reçu un appel sur son portable, l'étincelle a créé une explosion. C'est la seule possibilité envisageable.

Stacey avait piraté le rapport de la police scientifique sur l'explosion, si bien que Carol savait qu'on n'avait retrouvé aucun produit nettoyant sur les lieux. Elle savait également que Daisy était morte d'asphyxie après inhalation de gaz naturel et que ce n'était pas quelque chose qui survenait par accident.

— Est-ce qu'elle était plus distraite que d'habitude, à cause de ces insultes ? Si j'ai bien compris, ça ne se limitait pas à la sphère Internet, n'est-ce pas ? Ça a dû être assez effrayant.

— Oui, la brique balancée par la fenêtre, ça nous a fait peur, répondit John. J'avais peur pour elle, mais Daisy était persuadée que c'était l'œuvre d'un lâche. Elle pensait que ceux qui jettent des briques n'ont pas le courage d'affronter leurs ennemis en face. Et ce qui s'est passé le prouve.

— Il y a une chose qui me surprend, dit Paula. En lisant les rapports, j'ai découvert que les pages d'un livre étaient éparpillées dans le jardin.

Carol ne put s'empêcher d'admirer le style de son lieutenant. Elle parvenait à mêler approbation et compassion tout en faisant progresser la discussion.

— Elle lisait beaucoup, intervint Trish. Elle défendait les bibliothèques municipales, c'était un de ses grands combats.

— Elle n'avait pas dû chômer ces derniers temps, fit remarquer Paula.

— Elle savait que les livres permettent à la classe ouvrière d'améliorer sa condition, renchérit John.

Il donnait l'impression d'avoir souvent répété cette phrase.

— Alors elle appréciait Sylvia Plath ?

Trish fronça les sourcils.

— Elle n'en a jamais parlé. C'est plutôt quelque chose d'intime, la poésie. John ?

Il paraissait abasourdi.

— Je ne sais pas. Je ne me rappelle pas l'avoir vue lire de la poésie. Mais elle lisait des tas de choses dont elle ne me parlait pas. Moi, mon domaine, c'est l'histoire.

— Pourquoi est-ce que vous vous intéressez à un recueil de poèmes ? demanda Trish.

Paula esquissa un petit sourire d'excuse.

— Je suis moi-même une grande admiratrice de Sylvia Plath. C'était par curiosité, rien de plus.

Elle posa ensuite une question plus traditionnelle afin que la conversation ne se termine pas sur cette note.

— La dernière campagne de Daisy concernait les pères qui n'assument pas leurs responsabilités. Est-ce que c'était la première fois qu'elle abordait ce problème en public ?

Trish et John échangèrent un regard comme s'ils pouvaient y trouver une réponse. John secoua la tête.

— Elle m'en avait parlé comme ça, en passant. Mais elle n'avait jamais abordé la question en public auparavant. Elle parlait surtout des problèmes qui touchaient le quartier. Mais le parti la poussait à se présenter au Parlement et elle voulait prouver qu'elle pouvait s'attaquer à des sujets plus importants.

— Elle m'a dit que ça leur plaisait bien qu'elle jette des pavés dans la mare ; qu'elle pouvait attirer l'attention du public sur certains problèmes, ajouta Trish. Elle était en pleine ascension. C'est ce qui rend cet événement d'autant plus difficile. Un accident aussi tragique...

John se redressa sur son siège.

— Comme le dit Trish, ça ne peut qu'être un horrible accident. Daisy ne se serait jamais suicidée. Et si quelqu'un avait voulu se débarrasser d'elle, il l'aurait fait de façon directe, non ? Sans ça, ça n'aurait aucun sens.

35

Une question taraudait Tony alors qu'il parcourait le chemin longeant le canal, les yeux fixés sur le sol, la chienne sur ses talons. Quel genre de tueur en série souhaitait garder ses crimes secrets ? Il avait enquêté sur plusieurs de ces criminels, en avait interrogé un certain nombre et avait lu quantité d'articles sur le sujet. Généralement, ils ne voulaient pas se faire arrêter, du moins au début de leur projet. Mais ils voulaient que leurs actes fassent la une des journaux. Ils voulaient être célèbres, respectés, craints. Ils voulaient qu'on les reconnaisse. Or ce tueur – car Tony était désormais persuadé qu'ils avaient affaire à un tueur – paraissait vouloir passer inaperçu.

L'expérience lui avait prouvé que si une chose exaspérait ce genre d'individus, c'était que quelqu'un s'attribue le mérite de leurs actes. Une petite partie d'eux-mêmes se félicitait qu'on se trompe de coupable si ça leur permettait de vaquer tranquillement à leurs occupations. Mais ils se sentaient surtout floués de voir quelqu'un d'autre récolter les lauriers à leur place. Toutefois, celui qui était responsable de la mort de ces femmes semblait se satisfaire de son anonymat.

Un anonymat si absolu qu'aux yeux du monde, cet individu n'existait même pas.

Flash s'arrêta pour renifler une odeur particulièrement intrigante et Tony s'arrêta également, surpris que ses pensées lui laissent le loisir de prêter attention au chien. D'habitude, quand il marchait pour s'éclaircir les idées, il était tellement absorbé que rien ne pouvait l'en distraire. Mais ce chien faisait désormais partie de sa vie si bien qu'il était connecté à lui sans même avoir besoin d'y penser consciemment. Il se demanda si la raison de cet attachement était liée à son passé, à la première personne qui lui ait jamais témoigné de l'amour. Joan, la dame de cantine qui recueillait des chiens errants et, plus tard, avait recueilli le jeune Tony. Joan, sans qui il n'aurait pas pu échapper aux conséquences inévitablement engendrées par la vie dans une maison où l'amour, l'affection et la compassion n'existaient pas. Il était devenu expert en souffrance et en solitude jusqu'à ce que Joan le prenne sous son aile, prétextant qu'elle avait besoin d'aide avec ses chiens.

Il avait toujours cru qu'il n'aimait pas beaucoup les chiens. Qu'il s'était surtout attaché à elle et à sa gentillesse un peu bourrue. Mais il s'était peut-être trompé. De façon inattendue, il s'était immédiatement attaché à Flash. Il était possible que ce colley ait fait remonter quelque chose de si profondément enfoui en lui qu'il n'en avait jamais pris conscience jusque-là. Une fois de plus, Carol Jordan lui avait ouvert les yeux.

Flash repartit en gambadant et il reprit le cours de ses pensées. Pour quelle raison un tueur voudrait-il dissimuler ses crimes, son identité, jusqu'à son existence ? La réponse devait forcément se trouver dans les crimes eux-mêmes. Il cherchait à faire passer un message qui dépassait la simple satisfaction de son ego. Si le tueur attirait l'attention sur lui, son message en serait d'une certaine façon occulté. Et c'était l'inverse de ce qu'il désirait.

Tony devait donc comprendre quel était ce message. S'il y parvenait, il y avait des chances qu'il soit sur la bonne voie. Ce message avait probablement à voir avec les écrivaines dont les œuvres étaient présentes sur les lieux des crimes. Inévitablement, il y avait dans tout ça une question d'ego et de pouvoir. Et ça l'amenait à la deuxième question à laquelle il devait trouver une réponse avant sa prochaine réunion avec la nouvelle BEP de Carol. Est-ce qu'il restait à distance de ses victimes, en les poussant à bout jusqu'à ce qu'elles en finissent ? Ou jouait-il un rôle plus actif ? Perpétrait-il lui-même ces meurtres avant de les maquiller en suicides ?

Quand il aurait trouvé la réponse à cette question, il aurait fait un grand pas en avant dans toute cette affaire. Et à ce moment-là, ils pourraient mettre en commun leurs compétences hors normes pour trouver ce meurtrier auquel personne ne croyait à part eux.

Paula fut contente de voir qu'Alvin avait opté pour un lieu de rendez-vous qu'elle aurait pu choisir elle-même. C'était un pub traditionnel, sans musique trop forte, proposant des bières artisanales et fréquenté par des gens assez vieux pour en être à leur deuxième histoire d'amour sérieuse. Elle se fit plaisir en commandant un demi de Hook Norton avant de trouver un coin tranquille où elle pourrait mettre à jour le compte rendu de sa conversation avec John Morton. Les remarques sur Sylvia Plath étaient intéressantes. C'était aussi la première fois que Daisy évoquait des sujets controversés devant une audience plus large. Les deux autres victimes étaient des femmes un peu plus connues du grand public ; elles étaient des victimes potentielles plus probables que la Daisy d'avant. Mais la nouvelle Daisy, celle qui affichait son ambition politique, était plus exposée qu'elle ne l'avait été jusqu'alors. Paula en conclut que leur suspect devait se déplacer assez facilement à travers tout le pays et qu'il savait se fondre dans le paysage.

Elle était en train de réfléchir à ce que cette idée impliquait quand Alvin arriva. Il s'arrêta au bar pour commander une boisson, esquissant de la main un geste interrogateur en direction de Paula, qui fit non de la tête. Il s'assit sur le tabouret en face d'elle et posa soigneusement sa pinte au centre de son sous-bock.

— J'ai fait trop de route aujourd'hui, dit-il en étouffant un bâillement.

— Mais ça a payé, commenta Paula.

Elle se trouvait avec Carol quand Alvin lui avait annoncé la bonne nouvelle.

— On tient notre troisième victime, ajouta-t-elle.

Il but une petite gorgée de sa bière, en savoura le goût, puis descendit un quart de son verre en une seule lampée avant de claquer ses lèvres de plaisir.

— Je ne comprends pas très bien ce que je fais là. Est-ce que c'est une sorte de mise en jambes ? Est-ce qu'on s'entraîne pour être prêts le moment venu ? Parce que si c'est le cas, ça ne me plaît pas. On n'a pas le droit de jouer avec le chagrin des gens.

Paula se gratta le sourcil.

— Je crois que tout est parti d'un truc que Tony trouvait un peu bizarre. Les trucs bizarres, il aime bien ça. Mais d'habitude il les garde pour lui. Sauf que cette fois il en a parlé à Carol pile au moment où cette équipe se formait. Et quand on y a regardé de plus près, on s'est rendu compte qu'on tenait peut-être quelque chose.

Son explication parut rassurer Alvin. Il but une nouvelle gorgée de bière, visiblement plus détendu.

— Alors dis-moi qui on va voir.

— La petite amie de Jasmine Burton. Elle s'appelle Emma Cotterill et elle est architecte. Elle travaille pour la municipalité. D'après la secrétaire de Jasmine, elles étaient ensemble depuis un an et demi. Elles ne vivaient pas ensemble mais elles passaient beaucoup de temps toutes les deux. Si quelqu'un sait ce qui se passait dans la tête de Jasmine, c'est Emma.

Alvin soupira.

— La pauvre. La personne qu'elle aime s'est suicidée et on vient lui demander de remuer tout ça...

— Sauf que c'est peut-être pas aussi simple que ça. Et ce qu'on va découvrir va sans doute l'aider à faire son deuil.

— Peut-être, conclut-il en terminant sa pinte. Allez viens, finissons-en.

La maison était une drôle de bâtisse située dans une rue composée de pavillons individuels datant de l'entre-deux-guerres. Elle faisait penser à un transatlantique avec sa façade semblable à une proue et ses fenêtres comme des hublots.

Même si elle était indéniablement moderne, elle avait un petit côté Art déco. Quand Emma ouvrit la porte, Paula ne put s'empêcher de penser que l'architecte avait adopté un look en accord avec sa maison. Ses cheveux noirs de jais étaient coupés en un carré géométrique. Son maquillage rappelait les pubs des années vingt ; elle portait un pull rayé à encolure bateau et ce genre de pantalon large qu'arboraient les marins sur les caricatures.

— Vous devez être le lieutenant McIntyre, dit-elle en regardant Paula dans les yeux sans ciller.

Elle avait un accent du Sud sans aucune trace du parler des Midlands.

— C'est ça. Et voici le lieutenant Ambrose.

Elle haussa ses sourcils parfaits.

— Un binôme de lieutenants. Je ne savais pas que vous vous déplaciez par deux. Est-ce que je peux voir vos cartes ? Dans *Crimewatch*, ils nous conseillent toujours d'être vigilants.

Elle esquissa un sourire aussi cassant que ses paroles.

Un petit air de Dorothy Parker pour compléter le tableau, songea Paula tandis qu'ils suivaient Emma à l'étage jusqu'à un salon dont la baie vitrée surplombait le jardin. Le mobilier était contemporain : il y avait un long canapé prune et trois fauteuils gris clair disposés autour de trois petites tables basses en forme de goutte. C'était une pièce qui correspondait bien à sa propriétaire mais qui n'aurait pas convenu à la plupart des gens, pensa Paula. Torin n'aurait pas pu poser ses pieds sur la table et le style de la pièce ne collait pas avec l'élégance tout en retenue d'Elinor.

Emma leur indiqua les fauteuils et s'assit en face d'eux. Elle ne proposa ni thé, ni café, ni quoi que ce soit de plus fort.

— Je suis curieuse, dit-elle. Je n'étais pas membre de la famille de Jasmine, et j'ai appris sa mort en écoutant la radio, comme la plupart des gens qui la connaissaient. Vous êtes les premiers policiers à venir me voir et vous n'êtes pas du coin, fit-elle remarquer en notant la surprise sur le visage de Paula. J'ai vérifié. Je ne suis pas bête. Je sais que les journalistes peuvent faire des coups tordus.

— Nous enquêtons sur des affaires de harcèlement en ligne, expliqua Paula.

— Nous essayons d'identifier des individus se livrant à ce genre d'attaques à répétition dans le but de les empêcher de nuire, ajouta Alvin.

— Et on s'est dit que Jasmine s'était peut-être confiée à vous, reprit Paula en offrant un sourire empli de compassion.

Emma lissa ses cheveux d'une main.

— Bien sûr qu'elle s'est confiée à moi. Pendant les deux dernières semaines de sa vie, elle ne parlait quasiment de rien d'autre. Elle essayait vraiment de garder la face, de rester digne, mais en réalité elle n'en pouvait plus.

— Ça a dû être dur pour vous, commenta Alvin.

Emma soupira et tourna les yeux vers l'obscurité au-dehors, d'un air mélancolique. Paula n'était pas entièrement convaincue.

— C'était horrible. Voir une femme si forte et si assurée s'effondrer comme ça devant moi… J'ai fait de mon mieux pour l'aider, mais les attaques étaient incessantes. Je lui ai dit d'arrêter d'aller sur Internet, de les laisser s'égosiller jusqu'à ce qu'ils passent à autre chose, mais elle était attirée par l'écran comme une mouche par une flamme.

— Est-ce qu'elle a envisagé de porter plainte ?

Emma baissa les yeux.

— Elle pensait qu'on ne la prendrait pas au sérieux. Apparemment, on enquête sur les cas de harcèlement en ligne uniquement quand il y a des dégâts matériels, comme pendant les manifestations.

— Ce n'est pas strictement exact, dit Alvin. On a déjà poursuivi des gens pour menaces de mort et incendie volontaire.

— Pas souvent, répliqua Emma sèchement. Ça ne suffit pas à leur fermer le clapet, à ces petits merdeux.

Il y eut un silence embarrassant. Puis Paula demanda :

— Est-ce que Jasmine avait élaboré une stratégie contre eux ?

— Elle était persuadée que ça allait se tasser. Ces gens sont comme des pies. S'ils trouvent quelque chose qui les attire davantage, ils se jettent dessus. Elle attendait que la vie reprenne son cours normal. Et d'ailleurs, ça s'était un peu calmé. C'était infime, mais ça allait un tout petit peu mieux chaque jour. C'est pour ça que sa mort est si difficile à accepter.

— Qu'est-ce qui s'est passé, selon vous ? demanda Paula.

Une question ouverte histoire de voir où ils mettaient les pieds.

— Elle est partie quelques jours pour se reposer. Je lui ai fait promettre de ne pas aller sur les réseaux sociaux, mais elle n'a sans doute pas tenu parole, vu ce qui s'est passé. Ce n'est qu'une supposition, parce que je ne lui ai pas parlé ce dernier jour. J'avais une série de rendez-vous et je savais qu'elle dînait avec des amis. Je m'attendais à ce qu'elle m'appelle en rentrant au cottage. On se contactait via Facetime quasiment tous les soirs, avant de se coucher. Mais ça ne m'a pas inquiétée non plus qu'elle ne m'appelle pas. Je me suis dit qu'elle passait un bon moment et qu'elle allait rentrer tard.

Emma relâcha sa garde et, l'espace d'un instant, Paula aperçut sur son visage une douleur bien réelle.

— Mais ce n'était pas le cas, dit cette dernière doucement.

— Non, en effet.

— Est-ce que vous pensez qu'elle avait des envies suicidaires ? demanda Alvin.

— Si je pensais qu'elle voulait se suicider ? Vous me prenez pour qui ? Vous croyez vraiment que si j'avais pensé ça, je l'aurais laissée partir ? répliqua Emma avec une colère qui s'éteignit aussi vite qu'elle était apparue. Mais j'imagine que quelque part vous avez raison. Quand j'ai appris la nouvelle, j'ai eu un choc. Mais… d'une certaine façon, ça ne m'a pas surprise, si vous voyez ce que je veux dire. Je pensais qu'elle était plus fragile qu'elle ne voulait bien l'admettre.

Elle soupira et glissa ses mains entre ses cuisses.

— Manifestement, j'ai sous-estimé son état. J'aurais dû me rendre compte qu'elle allait vraiment mal. Je n'ai pas été là pour elle.

— Croyez-moi, on ne peut rien faire pour empêcher quelqu'un de se suicider quand il est déterminé à le faire, intervint Alvin. Ce n'est pas votre faute, Emma. Vous croyez que le harcèlement en ligne a pu la pousser à bout ?

Emma hocha la tête.

— J'en suis sûre, aujourd'hui. Je ne pensais pas qu'elle était aussi désespérée, mais apparemment j'avais tort.

— Je suis désolée, dit Paula. Mais le lieutenant Ambrose a raison. Ce n'est pas votre faute. Il y a juste une chose qui nous surprend. Jasmine n'a pas laissé de mot. Est-ce qu'elle vous a envoyé un message ? Un texto, un e-mail ? Voire une lettre ?

Emma secoua la tête.

— Non. Rien. Et ça me fait de la peine, croyez-moi. Je pensais que j'avais plus d'importance que ça pour elle.

— Il y a beaucoup de gens qui ne laissent pas de mot, commenta Alvin d'une voix grave qui se voulait réconfortante. Je crois qu'à ce stade, leur propre souffrance éclipse tout le reste.

— Nous pensons quand même que Jasmine a laissé quelque chose derrière elle, précisa Paula. Est-ce qu'elle appréciait l'œuvre de Virginia Woolf, par hasard ?

Emma parut étonnée.

— Virginia Woolf ?

— C'était une écrivaine.

Emma secoua la tête, agacée.

— Je sais qui c'est, bien sûr. Mais je ne me rappelle pas avoir entendu Jasmine parler d'elle. Nous lisions toutes les deux, mais pas ce genre de livres. Je lis principalement des biographies, mais Jasmine, elle, était fan de romans policiers. Quel est le rapport entre Virginia Woolf et ce qui lui est arrivé ?

— Elles ont toutes les deux choisi la même méthode. Plonger dans l'eau, les poches pleines de pierres. Et on a trouvé un livre de Woolf sur la berge, probablement là où elle a pénétré dans le fleuve, expliqua Paula.

— Un livre ? Lequel ?

— *Une chambre à soi.*

Emma fronça les sourcils.

— Je ne le connais pas. De quoi est-ce que ça parle ? demanda-t-elle avant de lâcher un petit rire. Pas de harcèlement en ligne, j'imagine.

— C'est un essai, pas un roman. Elle explique pourquoi c'est si difficile pour les femmes de devenir écrivain. Elle soutient que si on veut devenir écrivain, il faut une chambre à soi et cinq cents livres par an.

Manifestement abasourdie, Emma secoua la tête.

— Tout ça est très honorable, mais ça n'a rien à voir avec Jasmine. Je ne crois pas qu'elle nourrissait l'ambition secrète de devenir écrivain. Elle aimait son métier et elle le faisait bien. Mais ces ordures l'ont ébranlée à tel point qu'elle a préféré fuir tout ça, répondit-elle en regardant Paula droit dans les yeux. Il faut que vous fassiez votre boulot. Identifiez ces salauds et condamnez-les. Détruisez leur vie comme ils ont détruit celle de Jasmine.

36

C'était presque comme le bon vieux temps : traverser Bellwether Square un samedi matin de bonne heure, avant l'assaut de la foule venue faire du shopping. Carol avait effectué ce parcours plus de fois qu'elle ne pouvait se le rappeler, à l'époque où elle se rendait dans les bureaux de la BEP en empruntant le même dédale de ruelles médiévales et d'allées. Sa coiffeuse, Wendy, avait ouvert son salon vingt ans plus tôt à un angle de la place, en face d'un cordonnier à l'ancienne et d'un maroquinier de luxe. Son carnet de rendez-vous était toujours plein ; il fallait se faire coiffer par une série d'employées moins expérimentées avant d'espérer figurer sur la liste des clientes de Wendy.

Carol avait eu la chance d'être cooptée quelques années plus tôt par Maggie, la femme de John Brandon, qui avait été l'une de ses premières clientes. Depuis lors, elle ne s'était quasiment jamais fait coiffer par personne d'autre, sauf quand les circonstances l'avaient forcée à quitter Bradfield. Même quand elle habitait l'East Yorkshire, elle avait fait la route à travers les Pennines toutes les cinq semaines pour Wendy. Alors ce jour-là, comme elle reprenait du service, Carol avait pris rendez-vous chez sa coiffeuse.

Elle traversa les ruelles, légèrement excitée. Elle n'y était pas allée depuis des mois. Quand elle avait eu besoin d'une coupe, elle s'était contentée du salon de coiffure de son village, où une employée anonyme lui avait grossièrement taillé les cheveux en une tignasse ressemblant de loin à une coupe. Après la mort de son frère, ce genre de détails lui avait semblé d'une futilité insupportable. Wendy allait être effrayée du résultat.

Carol poussa la porte et Wendy regarda par-dessus ses lunettes depuis le comptoir où était posé son carnet de rendez-vous.

— Désolée, on ne prend pas de patients sans rendez-vous, lança-t-elle sur un ton caustique.

— Très drôle, répliqua Carol. Je sais, c'est catastrophique.

— Catastrophique ? J'ai vu des accidentés de la route mieux coiffés que ça. Qui vous a coupé les cheveux ?

— Je préfère ne pas vous le dire.

Carol ôta son manteau avant de le ranger dans une penderie près de la porte.

— Il faut me le dire, pour que je puisse l'empêcher de nuire à la profession, répliqua Wendy en faisant asseoir Carol. Mais qu'est-ce qui vous a pris ? Une fois de temps en temps, dans l'urgence, je peux comprendre. Mais ça ? C'est du vandalisme ! Vous avez de beaux cheveux, vous devriez les respecter.

— Comment allez-vous depuis tout ce temps, Wendy ?

Carol s'installa confortablement dans le siège tandis que la coiffeuse l'ajustait afin que la tête de sa cliente soit bien positionnée au-dessus du bac.

— Occupée, répondit-elle en mouillant les cheveux de Carol et en se mettant à les shampouiner vigoureusement. Bien trop occupée. Je n'ai pas encore pris de vacances cette année. Et on dit que Lincoln a libéré les esclaves…

Elle massa puis rinça sa chevelure. Les deux femmes restèrent silencieuses pendant que Carol se laissait chouchouter. Shampoing, massage, rinçage. Après-shampoing, rinçage.

Quand elle se leva, Carol essaya de justifier son absence.

— J'ai passé du temps à rénover une ferme. Au beau milieu de nulle part.

— Et la police ? demanda Wendy en empoignant ciseaux et rasoir.

— Je croyais avoir tiré un trait dessus mais apparemment, elle ne l'entendait pas de cette oreille.

— Eh bien, je suis contente de vous revoir.

Elles bavardèrent à peine tandis que Wendy s'occupait d'elle.

— Je crois qu'on a terminé, finit-elle par dire en enduisant les pointes de Carol de cire tout en regardant le résultat dans le miroir. Et c'est un petit miracle.

Alors qu'elle disait ça, une jeune femme avec une coiffure rose et rousse criarde déboula dans le salon, journal et café à la main.

— Vous n'allez jamais croire ce que je…

Quand elle vit Carol, elle s'interrompit et rougit immédiatement.

— Tu es en retard, la sermonna Wendy.

— Je croyais qu'on n'ouvrait qu'à dix heures.

— Bonjour, Tamsin, dit Carol.

— J'ai ouvert plus tôt pour Carol, expliqua Wendy. Tu te souviens d'elle ?

Tamsin ne parvint pas à la regarder dans les yeux.

— Bonjour Carol, dit-elle en lançant à Wendy un regard interrogateur.

Cette dernière s'interrompit. Carol ne distinguait pas bien ce qui se passait derrière elle, mais Tamsin semblait montrer le journal à sa patronne.

— Ah, fit cette dernière en poussant un long soupir. Carol, j'imagine que vous n'avez pas vu le journal de ce matin...

— Non, est-ce que j'aurais dû ?

Wendy pinça les lèvres.

— Oui, je crois...

Elle saisit le journal des mains de Tamsin et le posa délicatement sur les genoux de sa cliente. La une du *Sentinel Times* affichait une grande photo de Carol en train de rire, tête penchée en arrière, un verre à la main. *Une commandante de police impliquée dans une mystérieuse affaire de conduite en état d'ivresse*.

La pièce se mit à tourner autour d'elle. L'espace d'un instant, elle crut même à un canular de mauvais goût. Mais personne ne bondit en criant : « Surprise ! ». Wendy et Tamsin la regardaient dans le miroir, consternées. Carol se força à lire l'article.

« *Les charges de conduite en état d'ivresse retenues contre une commandante de police à la retraite ont été mystérieusement abandonnées quelques jours avant qu'elle ne revienne à la tête d'une nouvelle brigade.*

Carol Jordan occupait le grade de commandant au sein de la police de Bradfield jusqu'à ce qu'elle prenne sa retraite il y a quelques mois.

Dans la soirée de samedi, la police l'a arrêtée près de chez elle dans le West Yorkshire et l'a soumise à un contrôle d'alcoolémie. D'après une source policière, elle était "bien au-dessus de la limite". Plus tard dans la soirée, elle a été inculpée pour conduite en état d'ivresse au commissariat de Halifax.

Elle était censée comparaître devant le tribunal de Halifax mercredi, mais les services de police ont informé les magistrats que l'alcootest était défectueux. Les charges retenues contre elle et trois autres automobilistes ont été abandonnées.

L'une de nos sources a déclaré : "Ça nous a beaucoup surpris. Nous n'étions pas au courant que les alcootests étaient défectueux avant que le tribunal ne l'annonce. Aucun de nos alcootests n'a été retiré de la circulation. C'est une affaire très étrange."

Deux jours après l'abandon des charges contre Jordan, le public a découvert qu'on l'avait récemment nommée à la tête d'une toute nouvelle Brigade régionale d'enquêtes prioritaires mise en place par le ministère de l'Intérieur dans le but de réduire les coûts et faciliter les enquêtes pour homicide.

Un porte-parole du ministère de l'Intérieur a déclaré : "Nous faisons confiance au commandant Carol Jordan. Personne n'est mieux qualifié qu'elle pour diriger cette nouvelle unité." Il a refusé de commenter l'annonce faite au tribunal de Halifax.

Jack Lorimer, l'un des automobilistes ayant échappé à la comparution devant les juges à cause de l'alcootest défectueux, nous a confié : "Je suis très content qu'on ait prouvé que je ne représentais aucun danger au volant. La police a refusé de m'entendre quand j'ai répété que je ne pouvais pas avoir dépassé la limite, mais j'avais raison."

Le commandant Jordan n'était pas disponible pour commenter cette affaire. »

Carol replia le journal en deux avant de le rendre à Wendy.

— Bon, une femme avertie en vaut deux, dit-elle en parvenant à maîtriser les tremblements dans sa voix. Merci de me l'avoir montré.

— Ils sous-entendent qu'il s'est passé un truc pas très net, commenta Tamsin.

— Les journaux font toujours ça, répliqua Wendy en jetant le quotidien dans la corbeille. Ils prennent un fait tout simple et le déforment pour en faire complètement autre chose.

D'un geste de la main, elle ôta les cheveux qui s'étaient déposés sur la blouse qu'elle avait fait enfiler à Carol pour la protéger.

— Tous ceux qui vous connaissent savent bien qu'il ne faut pas prendre ça au sérieux, ajouta-t-elle.

Carol se leva et se débarrassa de la blouse.

— C'est gentil de votre part, Wendy. Mais il y a beaucoup de gens qui ne me connaissent pas.

— Ne dites pas n'importe quoi. Tout le monde vous admire ici ! C'est vous qui avez arrêté Jacko Vance. Sans parler de toutes ces autres ordures.

— C'est déjà de l'histoire ancienne.

Wendy lui posa une main sur le bras.

— Peu importe ce que racontent les journaux. Qu'ils aillent se faire voir. Vous valez mieux que ça, Carol. Maintenant sortez d'ici avec votre fabuleuse nouvelle coiffure et allez arrêter les criminels ! lui dit-elle avant de lancer à Tamsin : « Fais chauffer la bouilloire. Notre prochain client sera là dans dix minutes. »

Carol s'approcha de la caisse pour payer mais Wendy secoua la tête.

— C'est gratuit pour vous aujourd'hui. Je suis contente de vous revoir au salon.

— Je ne peux pas accepter, Wendy.

— Il y a une condition : que vous ne laissiez plus jamais cette sauvage s'approcher de vos cheveux. Ça me fait vraiment mal de voir une belle chevelure comme la vôtre se faire massacrer. Maintenant filez et laissez-nous travailler ! la houspilla-t-elle en repoussant son portefeuille. Et ne ruminez pas trop. Tout ça sera oublié dès lundi.

Carol ne pouvait cependant pas s'empêcher de ruminer. En regagnant sa voiture, elle s'imagina que les gens la fixaient des yeux. Les implications de cet article tonitruant étaient évidentes. Il y avait eu corruption au tribunal de Halifax. C'était la vérité. John Brandon avait décrit ça comme quelque chose de positif ; à présent, les faits étaient révélés dans toute leur laideur. Elle faisait la une des journaux pour de mauvaises raisons. Wendy n'avait peut-être pas tort ; peut-être qu'elle était très appréciée du public.

Mais ça n'allait pas durer.

On allait lui coller une étiquette de flic corrompu. Corrompue et alcoolique. Pas vraiment le genre de personnes que les gens espéraient pour enquêter sur le meurtre de leur enfant, leur épouse, leur père. À chaque fois qu'ils entreraient dans un commissariat pour collaborer avec les équipes locales, ils rencontreraient des officiers insubordonnés ou méprisants, se moquant de cette alcoolique que ses supérieurs avaient dû venir sauver. Les Blake et les Fielding, sans oublier John Franklin, tous ceux-là allaient se délecter de la voir se couvrir de honte. John Franklin. Bien sûr. Par le passé elle les avait humiliés, lui et ses collègues, et il avait saisi l'occasion de prendre sa revanche. Qui d'autre aurait pu fournir des déclarations anonymes émanant du commissariat du West Yorkshire ? Elle n'aurait jamais dû demander qu'il soit averti. Elle avait invité son ennemi dans sa cellule et le nouveau poste de Carol avait dû représenter pour lui l'affront de trop. La jeter en pâture aux journalistes, c'était la vengeance parfaite pour un policier. L'humiliation publique doublée d'un coup fatal porté à ses compétences professionnelles.

Quand elle rejoignit sa voiture, elle avait les mains tremblantes et la bouche sèche. Elle avait surtout envie de boire un verre. Elle avait déjà sur les lèvres le goût acide de la margarita, elle sentait les bulles d'une vodka tonic sur sa langue et la fraîcheur d'un pinot gris dans sa gorge. Quitte à ce qu'on l'accuse d'être alcoolique, autant l'être pour de bon. Quel était l'intérêt de rester sobre si tout le monde la jugeait déjà ?

Carol inséra sa clé et démarra le Land Rover. Elle pouvait aller directement au supermarché faire le plein d'alcool et rentrer chez elle. Personne ne s'apercevrait qu'elle avait pris un petit remontant. Sa prochaine réunion avec l'équipe n'était prévue que le lendemain matin. Elle avait largement le temps de boire puis de cuver sans que personne ne s'en rende compte. Elle se sentirait tellement mieux après quelques verres. Ça lui permettrait de se calmer, de se détendre et de combattre ses angoisses.

Elle frappa du poing sur le volant.

— Putain de merde !

C'était forcément Franklin. Qui d'autre aurait pu lui faire ça ? Qui d'autre aurait pu la trahir à ce point ? Qui en savait suffisamment sur cette affaire pour faire le lien entre les différents éléments ? Pas la journaliste locale qui couvrait les affaires judiciaires. Si ça avait été elle, le scandale aurait éclaté depuis plusieurs jours. Non, c'était forcément Franklin, ce connard. Le seul autre candidat potentiel était Blake et elle ne pensait pas que l'ancien commissaire en chef prendrait le risque que tout ça lui retombe dessus. Il attendait lui aussi de pouvoir prendre sa revanche, elle en était sûre, mais ce genre de coups-là ne lui ressemblait tout de même pas.

Nom d'un chien, comment est-ce qu'elle allait pouvoir travailler si elle devait sans arrêt surveiller ses arrières ? Elle ne pouvait plus reculer, à présent. Elle avait donné son accord à John Brandon. Par ailleurs, son équipe enquêtait déjà sur une série de morts que personne d'autre qu'eux ne trouvait suspectes. Elle ne pouvait pas les laisser tomber. Il fallait bien que quelqu'un défende les morts et protège les vivants.

Mais cette décision lui laissait le loisir de boire un petit verre. Il fallait qu'elle passe récupérer son chien chez Tony. Elle ne laisserait rien transparaître. Elle lui dirait qu'elle avait du travail, elle prendrait son chien et rentrerait chez elle. Elle serait à la maison en moins d'une heure armée de quelques bouteilles pour l'aider à tenir jusqu'à ce que l'humiliation s'estompe. Tout irait bien. Elle contrôlait la situation.

Carol passa la première et sortit du parking. Elle traversa les petites rues du centre-ville et, dix minutes plus tard, arriva à l'extrémité du quai où se trouvait le *Steeler*. Elle descendit sans prendre la peine de verrouiller sa portière et traversa en courant le quai pavé. Elle monta à bord d'un bond, tourna la poignée et ouvrit la porte en grand.

Il était à la table de son coin salon, ordinateur portable ouvert, et s'immobilisa en plein milieu de la phrase qu'il tapait. Il la regarda, alarmé.

— Qu'est-ce qui se passe ?

Sa résolution s'envola et elle s'effondra sur les marches.

— J'ai besoin de boire un verre, gémit-elle.

37

Paula s'offrait le luxe rare d'une grasse matinée. Elinor était partie au travail, Torin dormait chez son meilleur ami qui fêtait son anniversaire et Carol avait ordonné à son lieutenant de prendre un jour de congé. Elle profitait donc de ce moment entre veille et sommeil, s'assoupissant puis se réveillant de nouveau, et c'était très appréciable. Elle fut forcée de se réveiller complètement quand son téléphone vibra. L'espace d'un instant, elle crut que c'était un rêve mais elle tendit quand même la main du côté de la table de chevet.

Elle vérifia le nom qui s'affichait à l'écran – Elinor – et décrocha sans hésiter.

— Hmmm, grogna-t-elle encore à moitié endormie.

— Est-ce que tu es allée sur Internet ce matin ? demanda-t-elle sans préambule.

Paula déglutit et se força à s'asseoir.

— Non. Pourquoi ?

— Il faut que tu voies la une du *Sentinel Times*. J'imagine que l'édition en ligne est la même. Sinon, il va falloir que tu sortes acheter le journal. Je n'ai pas le temps de t'expliquer. J'ai du boulot pardessus la tête, on se rappelle plus tard.

Elle raccrocha.

Paula secoua la tête comme un chien sortant de l'eau. Est-ce qu'elle venait de rêver ? Elle bâilla et s'étira avant de descendre au rez-de-chaussée pour prendre sa tablette. En attendant que l'eau boue, elle se frotta les yeux et consulta le site Internet du journal de Bradfield. Le gros titre lui sauta aux yeux : *Une commandante de police impliquée dans une mystérieuse affaire de conduite en état d'ivresse*.

— Oh merde, murmura-t-elle tandis qu'elle continuait de lire.

Cherchant à démontrer comme à son habitude qu'il était aussi audacieux que les journaux à scandale nationaux, le *Sentinel Times* sous-entendait sans jamais le dire qu'il y avait eu corruption. Mais on comprenait parfaitement ce qu'il cherchait à suggérer. Ça n'aurait pas pu être pire.

Sans plus se soucier de la bouilloire, Paula courut à l'étage appeler Stacey.

— Est-ce que tu es chez toi ? lui demanda-t-elle.

— Oui.

— J'arrive. Il faut qu'on discute.

Stacey lui répliqua que Carol leur avait donné un jour de congé. Mais Paula avait déjà raccroché et se dirigeait vers la douche. Dix minutes plus tard, elle sortait de chez elle, cheveux mouillés, la rage montant en elle. Comment est-ce qu'ils avaient pu faire ça, ces salauds ? Est-ce qu'ils ignoraient ce que Carol Jordan avait fait pour leur ville pendant toutes ces années ? Combien d'habitants seraient morts si elle ne s'était pas donné tout ce mal ? Elle avait pris des risques et voilà comment on la remerciait. Et si on voulait être cynique, on pouvait même se demander combien de ces foutus journaux avaient été vendus grâce à Carol et son équipe.

Une fois derrière le volant, elle se força à se calmer et à se concentrer sur la route. La dernière chose dont ils avaient besoin, c'était un nouveau scandale. Quand elle sonna à l'interphone de Stacey, elle était un peu apaisée. Mais pas tant que ça.

— Est-ce que tu as vu le journal ? lâcha-t-elle avant même de franchir le seuil.

Abasourdie, Stacey recula de quelques pas.

— Seulement le *Financial Times*. Qu'est-ce qui se passe ?

Paula avança et se dirigea droit vers le bureau de Stacey.

— Lequel de ces ordinateurs est-ce que je peux utiliser ?

— Dans l'idéal, aucun, répondit-elle en s'installant dans son fauteuil. Qu'est-ce que je dois chercher ?

— La page d'accueil de ce putain de *Sentinel Times*.

Paula pianotait des doigts contre sa cuisse. Même les machines ultrapuissantes de Stacey n'allaient pas assez vite pour elle.

— Oh, dit Stacey en lisant le titre.

Elle cliqua sur l'article.

— Oh non…

— Ce n'est pas arrivé par hasard, dit Paula. Et ce n'est pas non plus le résultat d'une enquête de routine. Si ça provenait de la journaliste chargée des affaires judiciaires, ce serait sorti il y a plusieurs jours.

— Oui, on en aurait entendu parler dès le lendemain, il y a des règles pour ce genre d'articles, renchérit Stacey en passant ses doigts sur le clavier sans taper sur aucune touche.

Paula l'avait souvent vue faire ça quand elle réfléchissait.

— En plus, ajouta Paula, au tribunal elle n'aurait pas été désignée comme l'ex-commandant Carol Jordan, on aurait seulement fourni son nom et son adresse. Et ça n'aurait pas mis la puce à l'oreille des journalistes du *Halifax Courier*. S'ils avaient parlé de cette affaire, ils auraient simplement dit : « Un alcootest défectueux met quatre conducteurs dans l'embarras. »

— Quelqu'un a transmis cette info à la presse, tu as raison, confirma Stacey en se levant avant de pousser doucement Paula. Caféine et sucre. C'est ce qu'il te faut. Tu peux aller vapoter sur le balcon pendant que je nous prépare ça.

Décontenancée, Paula obéit. Stacey avait changé. L'amour lui faisait peu à peu délaisser cette froideur et cette distance qui l'avaient caractérisée. Bientôt elle serait comme les Cyclones de *Battlestar Galactica*, on ne pourrait plus la différencier des humains. Paula s'appuya contre le garde-fou du petit balcon, et parcourut la ville des yeux. Qui voulait voir échouer la nouvelle BEP au point de tuer le projet avant même qu'il n'éclose ? « Il y a l'embarras du choix », marmonna-t-elle en relevant le col de sa veste pour se protéger du vent frais.

Stacey l'appela à l'intérieur et elles s'installèrent à la table de la cuisine avec une théière de thé vert et une pile de *crumpets* beurrés.

— Sam n'est pas là aujourd'hui ? demanda Paula en tendant la main vers un *crumpet* et le pot de confiture rhubarbe-gingembre.

— Non, il est parti avec des copains, répondit Stacey en s'affairant au-dessus de la théière.

— Bon, je crois qu'on peut supposer qu'il s'agit d'une fuite délibérée et qu'elle vient de chez nous. Quelqu'un qui veut nous foutre en l'air avant même qu'on se mette dans les starting-blocks.

Stacey versa le thé.

— Ça ne nous avance pas vraiment. Blake doit être furieux qu'elle revienne en poste sans pour autant être sous ses ordres. Le commandant Fielding la déteste parce que Carol l'a fait passer pour quelqu'un d'encore plus stupide qu'elle ne l'est. Ça fait déjà deux et j'ai même pas commencé à réfléchir.

— Le commandant Franklin ne doit pas être ravi lui non plus. Ils ont eu maille à partir plusieurs fois au fil des années. Elle les a fait passer plus d'une fois pour des idiots, lui et son équipe. Là, ses officiers ont procédé à une arrestation en bonne et due forme (en fait, quatre arrestations) et une huile du ministère de l'Intérieur vient leur dire qu'il est plus important de relâcher Carol Jordan que de respecter la loi. À sa place, je serais hors de moi.

Stacey fixa son thé des yeux.

— Il n'a pas tort. Je ne suis pas complètement à l'aise avec la façon dont on est arrivés là où on est.

— C'est une question d'équilibre, non ? On sait tout le bien qu'a fait Carol Jordan par le passé. On sait tout le bien qu'elle est capable d'accomplir à l'avenir. Elle a juste commis une petite erreur.

— Cette fois-ci peut-être, fit remarquer Stacey avec sévérité. Elle joue avec le feu depuis des années, on le sait toutes les deux.

— Mais cette histoire l'a forcée à arrêter de boire. C'est une conséquence très positive. Je sais bien que si on se place d'un point de vue moral, on peut trouver l'argument douteux, mais je trouve que le résultat est tout de même bénéfique.

— L'avenir nous le dira. En attendant, Blake, Fielding et Franklin ne sont que trois sources potentielles. Il doit y en avoir plein d'autres. Il y a six zones géographiques impliquées dans ce projet. J'ai du mal à croire qu'il n'y a pas parmi tous ces gens des policiers qui ont des comptes à régler avec elle. Des chefs vexés qu'on leur pique leurs enquêtes. Des commandants qui se seraient bien vus à la tête de cette brigade.

Elle haussa rapidement les épaules, comme si elle n'était pas habituée à avoir ce genre de discussion passionnée.

Paula remua son thé et prit un deuxième *crumpet*. Exactement comme elle les aimait. Légèrement croustillants, couverts de beurre. Heureusement qu'Elinor ne pouvait pas la voir.

— Il faut qu'on trouve qui est derrière tout ça, parce qu'il ne s'arrêtera peut-être pas là. Ça ne va sans doute pas se reproduire tout de suite, mais il y a vraiment une volonté de nuire dans tout ça. Il faut qu'on y mette un terme, Stacey.

— Tu proposes qu'on fasse quoi ?

Stacey grignotait son *crumpet* sans regarder Paula. Rien de très étonnant… Elle avait l'habitude de plonger en elle-même quand elle avait besoin de réfléchir.

— Est-ce que tu peux t'introduire dans le système informatique du journal ? On doit pouvoir y trouver quelque chose. Un e-mail. Un paiement.

Un message. C'est un scoop, ils en ont forcément parlé entre eux.

— L'article n'est pas signé. J'ai remarqué ça récemment, sur certains articles susceptibles de poser problème au journal qui les publie. On dirait qu'ils ont peur qu'on les attaque et qu'ils essaient de compliquer toute recherche.

— Je ne comprends pas.

— Disons que tu as un journal et que je contourne ton dispositif de sécurité pour m'introduire dans ton site. Je n'ai pas envie d'y rester plus longtemps que nécessaire parce que ton informaticien est peut-être du genre méfiant et qu'il a pu installer des pièges contre les intrus comme moi. Alors si j'ai le nom du journaliste qui a écrit l'article et que j'essaie d'en savoir plus sur son compte, j'ai un point de départ très clair. Je peux accéder à son dossier et, avec un peu de chance, trouver toutes ses notes et son enquête menant à l'article. Mais si je n'ai pas ce point de départ, je dois m'appuyer sur l'article tel qu'il apparaît à l'écran et c'est bien plus difficile. Et ça prend du temps. Du temps dont je ne dispose pas, si la sécurité du site est efficace.

Paula hocha la tête.

— Ok, je vois ce que tu veux dire.

Stacey passa une main dans ses cheveux et une mèche derrière son oreille.

— Maintenant tu vas me demander : « Alors, est-ce que tu peux faire ça, Stacey ? » dit-elle avec un sourire sans chaleur. Est-ce que je peux faire ça pour Carol ?

Paula se sentit décontenancée. Ce n'était pas comme ça que ça fonctionnait entre elles habituellement. En général, Stacey adorait être confrontée à un casse-tête redoutable. On lui donnait une mission impossible et elle ne se sentait plus de joie.

— Alors, est-ce que tu peux faire ça, Stacey ?

Paula tourna ses paumes vers le ciel et lui lança son meilleur regard de chien battu.

Stacey sourit, manifestement malgré elle.

— Je vais voir ce que je peux faire. Mais je te préviens, j'ai déjà une montagne de travail avec les suicides. Tu n'arriverais pas à croire la quantité de saloperies que ces femmes ont reçue. Chaque fois que je m'éloigne de l'écran, j'ai l'impression d'avoir besoin d'une douche. Ça va me changer un peu d'avoir affaire à des journalistes. C'est le genre de sales types auquel je suis habituée.

— Tant mieux, parce qu'il faut qu'on mette la main sur celui qui essaie de foutre en l'air notre groupe. Si on ne l'arrête pas, ce n'est pas seulement Carol qui va couler. On est tous dans le même bateau maintenant. Soit on sombre, soit on s'en sort tous ensemble.

38

En ce dimanche matin, le soleil franchit doucement la barrière de nuages pour baigner la ville d'une lumière rose et dorée. C'était une lumière flatteuse même pour la métropole victorienne qu'était Bradfield, et qui donnait presque au Minster Canal Basin des airs de carte postale. Tony Hill était debout sur le toit de sa péniche, les mains enfoncées dans les poches de sa veste doublée, les yeux fixés sur l'horizon proche constitué d'usines rénovées et de fours à brique.

Les heures qui avaient suivi l'arrivée de Carol, désespérée, la veille, n'avaient pas été faciles. Il était fier qu'elle n'ait pas tenté de dissimuler son envie de boire, qu'elle ne se soit pas rendue directement au supermarché pour acheter des bouteilles, ni retranchée chez elle pour noyer sa colère et son humiliation dans l'alcool. C'était courageux de sa part de venir le voir. Et ça lui avait coûté. Carol avait toujours eu du mal à admettre ses faiblesses. L'échec l'avait toujours poussée à se dépasser.

Son arrivée avait provoqué chez Tony un mélange de bonheur et d'anxiété. Il était content qu'elle se soit tournée vers lui dans un moment de détresse. Mais la voir aussi différente de d'habitude n'avait pas été facile. Il avait souvent affaire à des gens tourmentés ; il en voyait tous les jours dans son travail de clinicien et l'empathie qu'il ressentait pour ses patients constituait souvent un premier pas vers leur guérison et une possible rédemption. Mais il était plus facile d'éprouver de l'empathie quand on n'était pas lié émotionnellement à la personne qui souffrait. Or c'était précisément le cas avec Carol.

Mais ils s'en étaient sortis. Elle lui avait montré l'article qui avait tout déclenché et partagé avec lui sa colère et son désespoir. Ils avaient parlé de ce que ça signifiait pour elle et de ce que les autres allaient en penser. Ils avaient évoqué différentes stratégies pour gérer les retombées de l'affaire. Il avait préparé d'innombrables tasses de thé ou de café et s'était fait livrer un curry depuis leur restaurant préféré à Temple Fields. Ils avaient quitté la ville à pied en empruntant le chemin longeant le canal et étaient rentrés en taxi.

À vingt-deux heures, ils étaient épuisés. Carol s'était pris la tête dans les mains et avait dit :

— Je devrais rentrer.

— À quoi bon ? On doit se retrouver avec l'équipe ici demain et tu es crevée. C'est stupide de faire autant de route. Reste ici, tu sais bien que tu es la bienvenue.

— Et la chienne ?

— Elle est la bienvenue aussi.

— C'est pas ce que je voulais dire. Elle n'a jamais passé la nuit ailleurs qu'à la maison. Et je n'ai rien pour la nourrir.

Tony s'était penché ostensiblement pour examiner Flash, qui était allongée sous la table entre leurs pieds, endormie.

— Manifestement, elle a l'air très agitée... Je vais aller jusqu'à l'épicerie de nuit lui acheter une boîte de pâtée. Ça ne va pas la tuer de manger comme une prolétaire pour une fois.

Carol poussa un soupir.

— Il n'y a qu'une seule cabine. Et il se trouve que tu y dors déjà.

— J'ai un sac de couchage. Tu peux t'allonger ici, sur la banquette, c'est conçu pour servir de lit d'appoint.

Carol jeta un regard méfiant à la banquette.

— Je ne suis pas sûre...

— Les coussins du dossier sont fixés à des rails. Ils se relèvent de façon à couvrir la fenêtre et élargir la banquette. Arthur a conçu lui-même la moitié des gadgets ici. Et ça marche. Si tu as un doute, je dors ici et toi tu prends la cabine.

L'affaire avait donc été entendue. Carol sur la banquette, le chien à ses pieds, Tony dans sa cabine à quelques mètres de là. Au début il avait eu peur de ne pas parvenir à se sentir à l'aise en la sachant si proche, chez lui. Mais le tohu-bohu émotionnel de cette journée l'avait épuisé plus qu'il ne l'avait cru et quelques minutes après avoir éteint la lumière, il avait sombré dans un profond sommeil. Quand il se réveilla après la meilleure nuit qu'il avait passée depuis des mois, il resta allongé à se demander ce qui avait pu le tirer du sommeil avant de comprendre que c'était le bruit de l'écoutille.

Il émergea quelques secondes plus tard et vit le sac de couchage soigneusement roulé, la banquette repliée et le salon vide. Sur la table, il y avait un message griffonné sur un sac en papier : « Partie promener Flash. Je rentre bientôt. »

Heureux qu'elle n'ait pas décidé de ficher le camp, il enfila une veste et grimpa sur le toit, respirant l'air frais du matin, parcourant des yeux les environs du canal dans l'espoir d'apercevoir Carol et Flash. Les ruines de l'église étaient spectaculaires dans cette lumière naissante mais sa beauté ne l'intéressait pas. Il ne s'était jamais passionné que pour les différentes facettes de l'être humain.

Il regarda sur son portable si l'article du *Sentinel Times* avait été relayé par d'autres médias. Sa poitrine se serra quand il vit que les tabloïdes s'en étaient emparés même si aucun n'en avait fait leur une. Par peur d'être poursuivis pour diffamation, sans doute. Il soupira et se remit à scruter les environs. Sa patience finit par être récompensée. Au loin sur le chemin, deux silhouettes se matérialisèrent peu à peu : c'était Carol et son chien. Elle allait rentrer à temps pour qu'ils puissent prendre le petit déjeuner avant que le reste de l'équipe n'arrive. Tony ne savait pas comment ils allaient tous tenir dans la péniche, mais c'était juste pour cette fois. Dès demain, leurs nouveaux bureaux à Skenfrith Street seraient prêts.

Une heure plus tard, ils commencèrent à arriver. Paula fut la première et serra Tony contre elle sur le quai.

— Est-ce qu'elle va bien ?

— Elle tient le coup. Mais c'était limite…

— Je suis furieuse, putain. Stacey est déjà en train de rechercher la taupe. Il va déguster quand on découvrira qui il est.

— Ouais. Il y a du café à l'intérieur, Carol est déjà là.

Kevin et Alvin se garèrent dans le parking l'un après l'autre. À en juger par leurs expressions corporelles, Kevin était en train d'exposer à Alvin la tempête médiatique qui s'était abattue sur Carol. Alvin serrait les poings en avançant d'un air décidé comme s'il voulait en découdre.

— Est-ce qu'on sait qui est responsable de ça ? demanda-t-il.

— Non, pas encore. Et on ne va pas en parler aujourd'hui, ajouta Tony d'un ton ferme.

Stacey fermait la marche, ordinateur portable et tablette sous le bras. Tony lui demanda si elle avait du nouveau.

— Pas beaucoup, répondit-elle en lui cédant le passage à l'entrée du bateau.

Ils étaient serrés à l'intérieur, mais chacun avait trouvé une place. Les trois femmes sur la banquette, Tony dans son fauteuil en cuir pivotant, Kevin et Alvin appuyés contre les meubles de la kitchenette. Flash était assise à la poupe, alerte et fascinée par la vie du canal.

Carol prit la parole.

— Quand nous avons ouvert cette enquête, il s'agissait simplement d'un exercice. Avec sa capacité à relier des événements apparemment isolés, Tony a découvert une série de suicides inattendus, chez des femmes qui avaient été victimes de violentes attaques en ligne. En y regardant de plus près, nous avons découvert un lien étrange entre elles. Un livre a été retrouvé à chaque fois sur les lieux. Ou les restes d'un livre. Deux recueils de poésie et un essai. Les écrivaines s'étaient elles-mêmes toutes suicidées et de la même façon que les victimes. Évidemment, il y en a peut-être d'autres qu'on ignore encore. Il semblerait que ce soit le même scénario qui se reproduise à chaque fois.

— Et dans ce cas, ça signifie que ce ne sont pas de simples suicides, intervint Tony.

C'était comme s'il n'y avait jamais eu d'interruption dans leurs réunions ; chacun avait repris aisément son rôle.

Carol acquiesça.

— Grâce aux enquêtes préliminaires qu'on a pu mener auprès des proches des victimes, on peut dire avec une quasi-certitude qu'aucune d'elles n'était particulièrement fan de ces auteures. La présence de ces livres sur les lieux des crimes a donc une signification particulière.

— À moins que ces femmes ne se soient mises secrètement d'accord entre elles – ce qui n'a aucun sens – la présence des livres nous indique que quelqu'un d'autre est impliqué, n'est-ce pas ? fit remarquer Paula, énonçant à voix haute ce que tout le monde pensait tout bas.

— Exactement, confirma Tony. La question est : Y a-t-il eu incitation ou participation active ?

Alvin remua, croisant les bras sur sa poitrine.

— Il va falloir m'expliquer ça en termes simples.

— Tu vas finir par t'habituer à ses analyses énigmatiques, le rassura Kevin. Il aime bien nous épater avec sa science.

Tony parut blessé.

— Ce n'était pas mon intention, je suis désolé. Je ne m'explique pas toujours clairement.

— Les choses sont tellement limpides dans ta tête que tu oublies souvent qu'on est un peu largués, lui rappela Carol. Explique-nous ce que tu voulais dire.

Tony se frotta la tête, esquissant une moue, agacé par lui-même.

— Je suis désolé. La question est : Est-ce que le suspect agit à distance en poussant ces femmes à bout, de sorte que le suicide leur apparaît comme la seule solution, ou bien est-ce qu'il ou elle joue un rôle actif dans tout ça ?

— Tu veux dire : est-ce que c'est un meurtre ? demanda Alvin.

— Eh bien techniquement, les forcer à se donner la mort, ce serait considéré comme un meurtre de toute façon. Mais oui, je veux dire participer activement à ces meurtres.

— Comment est-ce qu'il s'y prendrait ? demanda Paula.

— Je ne sais pas trop, admit Tony. Peut-être en ayant recours à une drogue du viol pour pouvoir les contrôler. Il peut très bien avoir utilisé du GHB, qui n'apparaît pas lors des analyses toxicologiques parce qu'il est éliminé très rapidement par l'organisme. Ça expliquerait comment Daisy Morton a pu s'intoxiquer avec du gaz naturel, par exemple. Parce que si elle avait essayé de faire ça seule, elle aurait perdu connaissance avant d'y parvenir. Et ça paraît tellement bizarre alors qu'il existe des méthodes bien plus simples et efficaces de mettre fin à ses jours.

Alvin hocha la tête lentement, décroisant les bras et s'adossant de nouveau aux meubles de la cuisine.

— Ça lui aurait aussi permis d'avancer dans le fleuve avec Jasmine Burton avant de faire demi-tour. C'est une explication un peu tordue mais plausible.

— Vu le peu de preuves qu'on a, c'est plus plausible que la théorie selon laquelle il les aurait poussées à bout jusqu'à ce qu'elles se suicident, commenta Stacey. J'ai passé en revue la majorité des attaques en ligne et en dehors des rares qui disent des choses comme « J'espère que tu vas crever d'un cancer » ou « Les femmes dans ton genre méritent pas de vivre », je n'ai rien vu qui laisse penser à une campagne de harcèlement organisée pour pousser ces femmes à en finir.

— Donc si on accepte qu'il y a un lien entre ces décès, nous devons garder en mémoire que le coupable était certainement présent au moment de la mort, n'est-ce pas ? résuma Carol.

Les autres acquiescèrent d'un hochement de tête ou en marmonnant.

— Dans ce cas, on doit repasser en revue chacune de ces affaires. Comme la nouvelle BEP bénéficie d'un statut qui la place au-dessus des différentes forces de police locales, on va demander à toutes les équipes de rouvrir les dossiers et on va voir si on peut trouver des témoins qui auraient vu quelqu'un traîner sur les lieux des crimes – puisque nous sommes désormais certains qu'il s'agit de crimes. Est-ce que quelqu'un a été aperçu dans la région de l'estuaire, vêtu d'une combinaison de plongée, le soir de la mort de Jasmine ? Est-ce qu'un témoin a vu une personne sortir de la maison ou du garage de Kate Rawlins au moment fatidique ? Est-ce que les voisins ont remarqué quelqu'un qui traînait autour de la maison de Daisy Morton le jour de l'explosion ?

— Ils vont nous adorer, commenta Kevin. J'imagine qu'on ne pourra pas demander de l'aide à la Met, ou aux forces locales du Devon et de Cornouailles ?

— On leur demandera poliment, comme on l'aurait fait quand on faisait encore partie de la police de Bradfield. Et s'ils rechignent, je dirai à Brandon de nous donner un coup de main.

Tony surprit Paula et Stacey échanger un regard incrédule. Elles devaient sûrement penser que John Brandon avait déjà suffisamment fait pour Carol.

— Je suis sûr qu'on n'en aura pas besoin, intervint-il. Il faudra simplement qu'on leur demande très gentiment. Mais il y a une autre façon d'aborder les choses…

Carol fit un geste de la main l'invitant à développer son propos.

— Dis-nous à quoi tu penses, ne nous fais pas lambiner.

Il devait bien admettre qu'il appréciait l'impatience sur leurs visages.

— Il ne va pas s'arrêter à ce stade, alors qu'il commence à être rôdé ; il va aller jusqu'au bout pour se faire entendre. Et c'est quelque chose à quoi je vais devoir réfléchir. Qu'est-ce qu'il cherche à dire, en définitive ? Mais en attendant, nous devons être conscients qu'il va chercher d'autres victimes. Si on peut les identifier, on pourra peut-être intervenir. De cette façon, on sauvera une vie et on l'arrêtera. D'une pierre deux coups.

— C'est facile à dire, marmonna Paula. Mais comment est-ce qu'on peut le faire puisqu'on ne sait pas quel est son but ?

— Il faut qu'on se pose la question suivante : pourquoi ces femmes, en particulier ? En quoi est-ce qu'elles remplissent ses critères ?

— En somme, que sait-on à leur sujet ? reformula Carol.

— Elles interviennent toutes dans la sphère publique, répondit Kevin. Elles ne sont pas archiconnues, mais elles sont soutenues par un certain nombre de personnes qui partagent leurs idées.

— Elles sont toutes adultes, ajouta Paula. Ce ne sont pas des adolescentes. D'une certaine façon, ce ne sont pas des victimes faciles. Elles ont sans doute dû se forger une carapace pour en arriver là où elles sont.

— Elles représentent donc un certain défi, résuma Carol.

— C'est important pour lui de les réduire au silence, poursuivit Tony en agitant les doigts comme s'il avait envie d'écrire quelque chose sur un tableau absent. C'est de ça qu'il s'agit ici, non ? Il réduit au silence des femmes qui ont un auditoire à qui elles tiennent des propos insupportables pour lui.

— Ces propos sont féministes, dit Stacey qui habituellement n'intervenait pas durant ce genre de réunions. J'ai regardé leurs archives en ligne et elles ne s'attaquent pas à n'importe quel sujet au hasard. Elles critiquent l'attitude des hommes et le font en utilisant des termes explicitement féministes. Donc, d'après moi, celui qui fait ça a un problème avec les femmes qui prennent la parole au nom d'autres femmes.

— C'est juste, confirma Tony.

— Je pense qu'il s'agit d'un homme, déclara Alvin. Je sais bien qu'il y a plein de femmes qui ne défendent pas les discours féministes, mais j'ai du mal à croire qu'une femme puisse commettre de tels actes, ou alors ça signifierait qu'elle est sérieusement dérangée. Or ces meurtres ont nécessité une telle organisation et une telle minutie qu'une personne complètement folle n'aurait pas pu les perpétrer. Un homme, au contraire, peut s'être mis en tête de réduire ces femmes au silence et se convaincre qu'il s'agit là d'une attitude raisonnable. Il peut se dire qu'il fait ce qui doit être fait, qu'il agit en homme.

Il y eut un moment de silence tandis que l'équipe digérait ce que la nouvelle recrue venait d'annoncer, puis tous hochèrent la tête ou esquissèrent un sourire.

— Ça se tient, finit par dire Tony.

— Complètement, renchérit Carol.

— Qu'est-ce qu'on sait au sujet des écrivaines dont il a laissé les livres ? Pourquoi elles en particulier ? demanda Kevin.

— J'ai regardé sur Internet, expliqua Tony. Et j'ai interrogé une prof de lettres de l'université. D'après elle, ces écrivaines ont toutes été assimilées au mouvement féministe même si elles ne se sont pas nécessairement revendiquées comme telles.

— C'est bon à savoir, dit Carol, mais la question principale demeure : comment utiliser ces informations pour identifier sa prochaine victime ? Et comment trouver les preuves qui inculperont le coupable ?

39

La lourde porte en métal fit un bruit sourd en s'ouvrant. Tony tendit le bras vers l'interrupteur et pénétra dans sa bibliothèque. Il referma la porte, se cloîtrant ainsi dans le conteneur, avec son dédale d'étagères et ses cartons attendant d'être déballés. Il voulait rédiger un profil et avait besoin d'y réfléchir dans le calme. Même si les autres membres de l'équipe étaient partis vaquer à leurs tâches respectives (trouver de nouvelles victimes d'attaques sur Internet, parler avec les policiers chargés d'enquêter sur les suicides pour voir s'il y avait eu des témoins, faire des recherches sur les femmes écrivains qui avaient mis fin à leurs jours, etc.), *Steeler* n'était pas un endroit tranquille le dimanche. La communauté des résidents du canal était très sociable : ce jour-là était dédié aux barbecues, aux fêtes et aux concerts.

Il aurait pu aller travailler dans son bureau de l'hôpital de Bradfield Moor, mais quand les gens savaient qu'il y était, ils venaient souvent le solliciter. À présent, il avait une échappatoire. Aux yeux de certains, ça ressemblait davantage à une cellule de prison qu'à un lieu propice à l'inspiration, mais Tony aimait y être seul.

Il ouvrit son ordinateur portable et créa un nouveau document avec son introduction standard.

« Le profil psychologique qui suit ne doit pas être considéré comme un portrait-robot et doit être utilisé avec précaution. Le profil établi peut ne pas correspondre en tout point à la personnalité du criminel même s'il y a de fortes probabilités que les caractéristiques mises en évidence soient proches de la réalité. Ce rapport exprime des suppositions et des hypothèses mais en aucun cas des certitudes.

Un tueur en série laisse des traces en commettant ses crimes. Ce qu'il fait, consciemment ou non, n'est pas le fruit du hasard. Déterminer ses motivations permet de comprendre la logique du tueur. Cela peut ne pas nous paraître logique, mais pour lui c'est quelque chose de fondamental. Sa façon de penser est si particulière qu'il n'est pas aisé de le capturer. Parce qu'il est unique, les moyens pour l'arrêter, l'interroger et comprendre ses motivations doivent être adaptés en conséquence. »

C'était presque réconfortant de voir ces mots sur l'écran. Ils le reconnectaient à cette discipline qui était la sienne depuis des années. Il poursuivit, rédigeant des notes qui constitueraient ensuite le profil psychologique.

« Quel est son but ? Réduire au silence des femmes qui critiquent ouvertement les hommes, généralement en utilisant des termes féministes.

À quoi ça sert ? À montrer à d'autres femmes que le féminisme n'est qu'une forme de désespoir. Que c'est un tabou, un fruit défendu. Il veut leur montrer que tenir ce genre de discours les rendra tellement malheureuses que le suicide sera la seule issue.

D'où vient cette hostilité ? Presque certainement de l'enfance ou de la préadolescence. Les hommes qui perdent la tête parce qu'ils se sentent violemment agressés par certains discours féministes ont tendance à diriger leur colère de façon assez directe et personnelle, sous la forme de violences domestiques.

Qu'est-ce qui, dans son enfance, a donné naissance à cette vision déformée de la réalité ? Une mère qui aurait subitement disparu et dont on a mal expliqué l'absence soudaine à l'enfant ? Une mère qui serait peut-être devenue lesbienne et aurait été chassée de la famille ? Si c'est le cas, ça a dû se produire à une époque où les tribunaux préféraient attribuer la garde de l'enfant au père plutôt qu'à une mère lesbienne, ce qui signifierait que le tueur aurait été enfant, disons, au début des années quatre-vingt-dix. Mais les femmes qu'il tue ne sont pas toutes lesbiennes, donc ce n'est peut-être pas la raison. Quelle que soit l'explication qu'on lui ait donnée pour justifier le départ de sa mère, ça a provoqué chez lui une réaction extrêmement hostile envers le féminisme et les femmes qu'il perçoit comme telles.

Il est intéressant qu'il n'ait pas recours au viol. Il cherche à exercer son pouvoir sur ces femmes en les éliminant et pas uniquement en les punissant ou en les humiliant. Il veut se débarrasser d'elles pour de bon.

À en juger par le degré de maîtrise de soi et d'organisation que nous observons, il n'est pas jeune, ni impulsif. J'estimerais qu'il a entre trente et quarante-cinq ans.

Généralement, les tueurs en série suivent un parcours qui inclut le crime sexuel et culmine dans le meurtre : mauvaise scolarité, crimes mineurs incluant des actes de torture envers les animaux, agressions sexuelles et actes de violence contre des opposants plus faibles. D'habitude, donc, je suggère d'enquêter sur le passé criminel des éventuels suspects ou de rechercher des criminels déjà connus sévissant dans la zone du meurtre en question.

Mais cet assassin est différent. Ces meurtres semblent dénués d'une composante sexuelle. J'en conclus qu'il n'a pas suivi un parcours de délinquance qui aurait fini par le conduire au meurtre. Ce qui le pousse à tuer, c'est cette blessure qu'il porte au fond de lui et que rien, sinon l'élimination de ses victimes, ne pourra faire taire les voix qu'il entend dans sa tête. Il ne lui est jamais venu à l'esprit de torturer un chat ou agresser sexuellement une mineure. Il n'a donc pas le casier judiciaire typique d'un tueur en série. Il est probable qu'il n'a même pas de casier.

Le fait qu'il laisse des textes littéraires sur les lieux des crimes indique un certain niveau d'éducation et de sophistication. Il ne s'est pas contenté de taper « suicides célèbres » dans Google. Il a volontairement choisi des femmes écrivains pouvant être qualifiées de féministes. Cela suggère qu'il est probablement diplômé et qu'il a un emploi. Il a peut-être étudié la littérature à l'université.

Il est intelligent. Réussir à mettre en scène un suicide n'est pas chose facile. Cela nécessite de l'organisation, de la patience et du sang-froid. Une fois ses victimes identifiées et choisies, il les surveille et étudie leurs habitudes sans éveiller les soupçons. Il est donc intelligent, patient et méthodique dans son approche. Il travaille à son compte ou a un poste qui lui laisse une certaine liberté et une grande mobilité, puisque les victimes ont été retrouvées à Londres, Birmingham et Bradfield. Il ne semble pas présenter de points faibles.

Mais il faut bien qu'il repère ses cibles d'une façon ou d'une autre. Il est fort probable qu'il ne les connaît pas personnellement. Est-ce qu'il les trouve au hasard sur Internet, en cherchant des femmes qui expriment des opinions dérangeantes ? Est-ce qu'il les a entendues à la radio ou vues dans le journal ? Est-ce qu'il les suit sur Twitter ? Quoi qu'il en soit, je pense qu'il est d'abord spectateur. Il peut se joindre à ceux qui formulent des critiques agressives, mais c'est seulement occasionnel. Il n'est pas un habitué de ce genre de pratiques. Il apprécie ce que les autres disent et font, sans y participer. Il est trop intelligent et trop discipliné pour ça. Il sait à quel point c'est facile d'être identifié quand on se détache du lot.

Cet homme est dangereux. Il va continuer à tuer parce qu'il veut instaurer un climat de peur. Son but, je crois, est de forcer les femmes à arrêter de prendre la parole en public, ce qui n'est pas réaliste. Il a donc de nombreuses victimes potentielles et il ne reculera devant rien pour se débarrasser d'elles. Il faut qu'on l'arrête. Et à l'instant où j'écris, j'ignore de quelle façon nous devons nous y prendre. »

Tony relut cette conclusion et essaya de la formuler de façon plus encourageante. Mais rien ne lui vint.

— Tu as perdu la main, se dit-il en fermant son ordinateur portable avant de le poser sur la table, à côté de lui.

C'était frustrant pour lui de ne pas pouvoir terminer un travail par manque d'imagination.

Quand il était bloqué, il trouvait souvent plus productif de se concentrer sur tout autre chose, afin de libérer son subconscient. Ainsi, son esprit était libre de ruminer des pensées jusqu'à ce qu'une idée surgisse. Habituellement, sa distraction préférée était le jeu vidéo, qui occupait entièrement l'esprit et les mains. Créer un monde, sauver l'humanité, affronter une menace ou construire un chemin de fer, voilà qui ne manquait jamais de l'aider à avancer de façon inattendue.

Cela dit, il refusait d'installer des jeux sur son ordinateur portable et il n'avait rien d'intéressant sur son téléphone. Là où il se trouvait, sa seule distraction, c'était les livres. Et il n'en manquait pas. Mais la lecture ne lui permettait pas de se changer les idées parce qu'elle sollicitait les mêmes zones cérébrales que ses enquêtes. Il ne lui restait donc plus qu'à déballer des cartons et ranger ses livres. Trouver la meilleure organisation possible pour sa bibliothèque, c'était exactement le genre de tâches qu'il lui fallait.

Il se leva, enleva sa veste et se dirigea vers le carton le plus proche. *Histoire de la sexualité* de Foucault, *The Psychopath Test* de Jon Ronson et *Mapping Murder* de David Canter. Oh oui, c'était parfait. Il se mit à sortir ses livres et à réfléchir à leur emplacement. C'était une tâche répétitive et assez absorbante qui offrait une certaine distraction, jusqu'à ce qu'un détail auquel il n'avait pas prêté attention lui saute aux yeux.

Plus d'une heure s'était écoulée. Il avait vidé trois cartons et s'apprêtait à ouvrir le quatrième quand il s'arrêta net. Il se frappa le front en levant les yeux au ciel.

— Les livres ! s'exclama-t-il. Les livres, espèce d'imbécile !

40

Stacey avait mis en place une série de routines et programmait de nouvelles recherches. C'était le genre de choses qui, habituellement, l'apaisait. Mais pas aujourd'hui. Aujourd'hui, elle se sentait déstabilisée. La session de travail matinale avec l'équipe avait été rassurante et stimulante, et ça l'avait confortée dans son choix de revenir travailler aux côtés de Carol Jordan. Mais ensuite chacun était parti vaquer à ses occupations et elle s'était retrouvée seule avec cette anxiété qu'elle ressentait depuis qu'elle avait annoncé la création de la nouvelle BEP à Sam.

Il n'avait pas beaucoup parlé pendant la soirée et ensuite, quand ils étaient allés se coucher, elle avait presque dû le forcer à se lover contre elle.

— Je sais qu'elle ne me fait pas confiance mais je mérite qu'on me donne l'occasion de lui prouver qu'elle a tort, avait-il dit.

Il n'arrêtait pas de remuer le couteau dans la plaie. Stacey aurait bien aimé pouvoir le réconforter. Elle savait que c'était un bon flic ; si seulement elle arrivait à le montrer à Carol Jordan.

Le lendemain matin, il était parti en disant qu'il retrouvait des copains le soir et qu'ils iraient sans doute voir un concert à Leeds ; elle ne l'avait pas revu depuis. Elle lui avait envoyé deux textos et laissé un message mais n'avait reçu aucune nouvelle. D'après le peu d'expérience qu'elle avait avec les hommes, elle savait que quand ils étaient blessés dans leur orgueil il fallait leur laisser le temps de panser leurs blessures, alors elle n'avait pas insisté.

Elle décida de passer chez lui en rentrant après la réunion. Il ne répondit pas à l'interphone et elle n'avait pas de clé. Quand elle lui avait donné un double des siennes, il avait dit :

— Pas la peine que je te donne la clé de chez moi. Pourquoi est-ce qu'on irait là-bas alors qu'on a ton super-appart à disposition ?

Elle avait été flattée qu'il aime son appartement, mais à présent, elle regrettait de ne pas avoir insisté. Elle n'aimait pas l'imaginer seul chez lui à broyer du noir. Elle voulait le réconforter, le rassurer et lui répéter qu'il avait toujours une belle carrière devant lui. Maintenant, il ne lui restait plus qu'à rentrer chez elle pour reprendre les recherches qui mettraient peut-être la brigade sur la piste du meurtrier.

Stacey mesurait l'importance de son travail mais pour une fois, ça ne suffisait pas à stimuler sa concentration. Elle vérifiait ses messages et ses e-mails toutes les cinq minutes, s'agaçant elle-même. Elle ne tenait pas en place et ne cessait de faire les cent pas dans l'appartement, allant remplir sa bouteille d'eau ou regardant pensivement les toits par la fenêtre. Pourquoi est-ce qu'il ne la laissait pas l'aider ? Est-ce que ce n'était pas ce qu'on faisait quand on s'aimait ?

Quand son téléphone sonna, elle faillit trébucher en se précipitant vers son bureau. En voyant le nom de Tony s'afficher sur l'écran, elle hésita à répondre. Mais son sens du devoir l'emporta sur sa déception et elle répondit en branchant son téléphone sur ses haut-parleurs.

— Les livres, annonça-t-il sans préambule. C'est comme ça qu'on va le trouver.

— C'est-à-dire ?

Stacey avait travaillé suffisamment longtemps avec Tony pour ne pas le prendre pour un fou quand il balançait ce genre de phrases énigmatiques.

— J'ai commencé à rédiger un profil psychologique et je n'ai pas réussi à trouver de pistes qui pourraient vous aider à mettre la main sur ce type. Je me suis senti frustré, parce que d'habitude c'est un peu comme une formule mathématique : je prends la théorie et je l'applique à un cas pratique. Et puis tout un coup ça m'est apparu : les livres.

— Je ne suis pas sûre de bien comprendre ce que tu dis, Tony.

— Ça fait un moment qu'il prévoit ça. Il n'enchaîne pas les meurtres à toute vitesse. Il choisit les victimes qui se présentent à lui, mais pas la méthode. Il a préparé une liste de livres pour éviter de se retrouver à court. Tu comprends ? S'il avait commencé tout ça par hasard, il n'aurait pas pu être certain d'avoir suffisamment de femmes écrivains sous la main pour alimenter sa campagne meurtrière. Ça me rappelle la fin de *Seven*, où on comprend que le tueur avait tout prévu depuis le début, mais comment est-ce qu'il aurait pu prévoir que ça allait se terminer avec un flic dont le péché était la colère ? Il aurait très bien pu être désespéré, lâche ou indifférent. Le tueur était mal préparé. Notre tueur est aussi prévoyant, mais il a bien préparé son coup, lui. Je suis sûr qu'il a une liste de livres qu'il peut attribuer à chaque meurtre, et il attend qu'on se rende compte que toutes ces morts ont un point commun. Que toutes ces femmes se suicident parce qu'elles ont honte de ce qu'elles ont dit et qu'elles se copient l'une l'autre en laissant des livres en guise de message.

Stacey commença à comprendre.

— Et tu penses qu'il a acheté tous ces livres en même temps ?

— Exactement ! Je savais que tu verrais où je voulais en venir. J'ai fait une petite recherche rapide et j'ai découvert qu'on ne pouvait pas trouver tous ces livres réunis dans la première librairie venue. Il y a fort à parier qu'il les a achetés en ligne. Et on sait tous quel est le premier site de vente de livres en ligne, non ?

— Valhalla.co.uk. L'empire du mal.

— Tu crois qu'ils pourraient étudier leurs archives et nous dire si quelqu'un a acheté ces trois livres au cours des douze derniers mois ?

Stacey ne put s'empêcher de se moquer de lui.

— Tu plaisantes ? Ce serait plus facile de forcer une banque suisse à livrer les noms de ceux qui possèdent des comptes secrets.

— C'est bien ce que je pensais. Et tout le monde le sait, non ? Tout le monde sait que Valhalla est complètement parano en matière de politique de confidentialité et que le site ne révèle jamais aucune information sur ses clients.

— Exactement. Donc c'est pas la peine de leur demander. Même si on avait un mandat, ça prendrait des mois, voire des années, pour obtenir quoi que ce soit.

— Parfait.

— Comment ça, « parfait » ? Je croyais que tu voulais obtenir cette information ?

— Bien sûr que je la veux. Mais cette information n'existerait pas si notre tueur pensait qu'elle pourrait le trahir.

— Soit je suis complètement stupide, soit ce que tu dis n'a aucun sens.

— Désolé. Ce type est futé, Stacey. Il sait comment effacer sa trace. Ce que je veux dire, c'est que le tueur a commandé en toute sécurité chez Valhalla parce qu'il sait, comme tout le monde, que le site refuse de livrer la moindre information sur ses clients. En commandant chez eux, il ne prenait donc aucun risque. Il savait qu'on n'obtiendrait jamais d'information sur lui légalement. Mais ce qu'il ne pouvait pas savoir, c'est qu'on t'a, toi, expliqua-t-il sur un ton enjoué.

— Ok, laisse-moi reformuler : tu veux que je pirate le site de valhalla.co.uk dont la sécurité est légendaire et que je trouve l'identité du client qui a acheté ces trois livres ?

Elle n'essaya même pas de cacher son incrédulité.

— C'est ça, tu as tout compris. Tu peux le faire, non ?

Stacey soupira. Le problème quand on était aussi doué qu'elle, c'était que tout le monde s'attendait à ce qu'elle fasse des miracles en permanence. Comme personne ne connaissait rien aux systèmes informatiques, ils s'imaginaient tous que son travail était complexe mais faisable. Ils pensaient qu'il était aussi facile de pirater le site d'une multinationale obsédée par la sécurité que d'accéder au compte d'un ado sur un réseau social.

— C'est un sacré boulot, Tony. Je ne suis pas sûre de pouvoir faire ça.

— Tu plaisantes, ou quoi ? Tu fais des trucs impressionnants. Tu as un véritable talent pour comprendre le fonctionnement des systèmes informatiques.

— C'est pas ce que je voulais dire. Je parle des outils techniques. Je ne suis pas sûre d'avoir les outils pour faire ce boulot. Il va certainement falloir que j'écrive un programme. Ou que j'en adapte un que j'ai déjà, suivant ce que je trouve. Ce serait peut-être plus simple et plus rapide de confier ça à quelqu'un d'autre.

Stacey ne savait pas trop pourquoi elle disait ça à Tony. Habituellement, avec ses collègues, elle acceptait toutes les missions sans rien dire. Elle maintenait ainsi son image de hacker magicienne. Elle ne détaillait jamais les difficultés ou les facilités d'une tâche donnée. Elle se contentait de présenter ses résultats, tel un prestidigitateur réalisant un tour compliqué comme si de rien n'était. Elle devait le reconnaître, elle aimait bien donner l'image de quelqu'un d'incroyable. Mais sa relation amoureuse avec Sam l'avait changée de bien des façons. Elle comprenait que les gens pouvaient continuer de l'estimer même si elle montrait ses faiblesses. Et s'il y avait quelqu'un à qui elle pouvait avouer ses faiblesses, c'était bien Tony.

— Ce n'est pas risqué ? Tu as déjà délégué du travail à quelqu'un ?

Stacey prit une grande inspiration.

— Oui, je l'ai déjà fait. Il y a deux personnes en qui j'ai toute confiance. La première m'a aidée quand j'en avais besoin sans me poser de questions. Il m'a rendu service, j'ai fait de même, et on est quittes aujourd'hui. L'autre personne, je la connais depuis mes débuts de programmatrice. On a bossé ensemble pendant des années, mais jamais sur des projets concernant la police. Tu sais que j'ai ma propre entreprise, non ?

Tony lâcha un petit rire.

— Ça fait longtemps que je me doute que tu as une autre source de revenus ou alors que tu siphonnes les comptes de la banque d'Angleterre. On ne peut pas avoir ce train de vie avec un salaire de policier.

Stacey ressentit un petit pincement d'anxiété.

— Tu penses que Carol le sait aussi ?

Il réfléchit un instant.

— Je dirais qu'elle préfère ne pas le savoir. Tant que ça n'a aucun impact sur ton travail au sein de la BEP, elle ne va pas venir t'enquiquiner à propos de tes activités personnelles. Mais qu'est-ce que tu voulais me dire au sujet de ton entreprise ?

— Simplement que cet ami a pas mal bossé pour moi au fil des années et il ne m'a jamais déçue. Une grande partie de notre travail est confidentielle. Il aurait pu ruiner mes affaires plusieurs fois ces dix dernières années, mais je n'ai jamais eu la moindre raison de m'inquiéter. Alors oui, si j'ai besoin d'aide, je peux me tourner vers ces deux personnes.

— Et ça te permet de ne pas te salir les mains si tout ça venait à se savoir, ajouta Tony.

— C'est un avantage, admit Stacey. Je ne veux pas aller en prison. Mais eux non plus. Il y a donc peu de chances qu'ils commettent des erreurs compromettantes. Ce sont des garçons intelligents, Tony. Ce ne sont pas des débutants et ils savent parfaitement ce qu'ils peuvent faire ou non. Donc si je dois déléguer la tâche que tu me demandes..., dit-elle avant de s'interrompre un instant. Je crois que tout se passerait bien. Il n'y a qu'un seul problème.

— Lequel ?

— Si c'est l'élément-clé pour coincer notre type, il va falloir qu'on trouve une bonne explication pour justifier l'arrestation. On ne peut pas présenter au tribunal des informations que nous ne sommes pas censés détenir.

Tony essaya de se montrer positif :

— On a toujours trouvé le moyen de te protéger jusqu'à maintenant. Il y a toujours une façon d'expliquer comment on a découvert tel ou tel élément. Je ne vois pas pourquoi ce serait différent cette fois-ci.

Sauf qu'ils n'avaient jamais été confrontés à un tueur comme celui-là.

41

Elle était censée prendre un nouveau départ et repartir sur de bonnes bases. Mais à cause des journaux du week-end, l'excitation de Carol avait cédé la place à une appréhension grandissante. Elle avait mal dormi et n'avait cessé de se réveiller en sachant très bien que s'il y avait eu de l'alcool dans la maison, elle aurait bu sans un instant d'hésitation. Tony avait eu raison d'agir comme il l'avait fait, même si elle lui en avait voulu sur le moment.

Quand elle se réveilla pour la septième fois à six heures passées de quelques minutes, elle décida de se lever. Elle enfila sa tenue habituelle et alla promener Flash sur la lande d'un pas rapide. Arrivée au sommet de la colline, elle ralentit la cadence, baissant les yeux vers la vallée en contrebas, cette tache pâle au loin qui représentait Bradfield. Elle essaya de se convaincre que tout allait bien se passer. Elle avait surmonté des obstacles plus importants qu'un groupe de journalistes, après tout. Les gros titres d'aujourd'hui seraient de l'histoire ancienne dès le week-end prochain.

Le problème, c'est que dorénavant, quand elle demanderait l'assistance des six forces de police avec lesquelles elle allait travailler, les gens allaient forcément se poser des questions. Son intégrité était remise en question et c'était sa faute. Elle avait sauté sur l'occasion de revenir dans la police en choisissant la facilité, alors qu'elle aurait dû admettre qu'elle s'était elle-même mise dans la difficulté. Mais il était trop tard pour revenir là-dessus. Le mal était fait.

Elle n'avait plus qu'à les affronter. Peut-être qu'un jour elle arriverait à tourner la page. Pour le moment, il fallait garder la tête haute.

Le temps qu'elle arrive à Skenfrith Street, Carol avait consolidé sa détermination et était prête à encaisser tout ce que les médias pouvaient lui envoyer à la figure. John Brandon l'attendait dans la nouvelle salle de travail de la BEP, où deux électriciens étaient en train de fixer les dernières prises.

— Très beau travail, commenta-t-il en l'accueillant. Je n'étais pas sûr que tout soit terminé à temps mais j'avais tort.

— Merci d'avoir rendu tout ça possible, John, lui dit-elle en lui serrant la main. Je suis désolée de vous avoir compliqué la tâche plus que prévu.

Il poussa un soupir.

— Je ne vais pas vous cacher qu'on aurait pu se passer de ça. Tout se serait très bien déroulé si un abruti n'avait pas alerté la presse, répondit-il en pinçant les lèvres.

— Quelle ligne de défense va-t-on adopter ? Parce qu'ils vont forcément nous interroger là-dessus.

Elle repoussa sa frange puis la laissa retomber sur son front.

— J'y ai réfléchi pendant le week-end. On ne va pas se laisser faire, dit Brandon en consultant sa montre. Est-ce que vous êtes prête ? J'ai trois commissaires et trois adjoints qui attendent en bas pour annoncer à la presse qu'ils se réjouissent de collaborer bientôt avec votre BEP afin de résoudre avec efficacité et professionnalisme les crimes les plus graves. Ça vous va ?

Soulagée, Carol sourit et le suivit jusque dans la salle dédiée aux conférences de presse, récemment rénovée. Elle eut le plaisir de constater que James Blake avait délégué son adjoint, un ancien chef de la brigade des stups au visage et à la silhouette anguleux, pour assister à la conférence.

— Heureux de savoir que vous êtes remontée en selle, Carol, lui dit-il avec un accent du Nord prononcé. J'ai hâte de voir votre équipe à l'œuvre.

Elle était presque convaincue de sa sincérité. Elle salua les autres chefs présents, échangeant sourires affables et poignées de mains fermes.

Ils montèrent sur l'estrade devant deux douzaines de caméras. La pièce était bondée ; il devait y avoir une soixantaine de journalistes et plusieurs équipes de télévision dans une pièce conçue pour accueillir au maximum quarante personnes. Le brouhaha des conversations cessa dès que John Brandon s'éclaircit la voix. Il se présenta et s'avança sur l'estrade avant d'exposer la mission de la nouvelle Brigade régionale d'enquêtes prioritaires, la BREP. En entendant l'acronyme, Carol ne put retenir un sourire de satisfaction. Elle avait vu juste.

Brandon se tourna ensuite vers elle :

— J'ai le plaisir de vous présenter le commandant Carol Jordan, choisie pour diriger cette équipe d'élite. Le commandant Jordan a une longue carrière derrière elle et s'est distinguée notamment ici à Bradfield, où elle a été à la tête de la Brigade d'enquêtes prioritaires pendant de nombreuses années. Je ne vais pas vous ennuyer avec un exposé de ses hauts faits parce que vous pouvez trouver tout ça sur Internet. Je dirais simplement qu'aucun autre policier ne peut égaler son expérience et ses compétences. Quand j'étais son supérieur, on la surnommait le limier, en raison de son étonnant pourcentage de réussite.

C'était la première fois que Carol entendait ça. Elle se demanda si c'était l'idée d'un des fonctionnaires du ministère. Ça ne ressemblait pas à du Brandon.

Il évoqua ensuite la qualité exceptionnelle de son équipe. Les journalistes commençaient à s'agiter, attendant quelque chose de plus croustillant qu'une conférence de presse classique. Pour finir, Brandon lança la phrase tant redoutée :

— Des questions ?

Plusieurs journalistes prirent la parole en même temps.

— Un seul à la fois, leur dit Brandon.

Il y eut quelques questions au sujet de la structure de la BREP, notamment destinées aux commissaires à qui l'on demanda quel allait être l'impact de cette nouvelle brigade d'élite sur leurs équipes existantes. Rien que de très anodin. Puis Brandon désigna la journaliste suivante :

— Vous madame, avec le haut bleu.

La femme fronça les sourcils pour montrer que la question était sérieuse :

— Commandant Jordan, nous avons appris que vous aviez été arrêtée le week-end dernier pour conduite en état d'ivresse. Êtes-vous sûre d'être la plus à même de diriger cette brigade d'exception ?

Carol força un sourire poli. *Viens te battre...*

— C'est vrai, j'ai été arrêtée par erreur à cause d'un alcootest défectueux, à la suite d'un contrôle routier. Je ne vois pas en quoi cette erreur aurait le moindre impact sur mes capacités à exercer mon métier.

— Est-ce que vous voulez dire que vous n'aviez pas bu ? renchérit la journaliste.

— Ce que je veux dire, c'est que l'affaire est close. J'ai quitté le tribunal sans la moindre condamnation.

— Est-ce que vous niez avoir un problème d'alcool ?

Carol sentit la colère monter en elle.

— Qu'est-ce que vous essayez de faire ici au juste ? Me discréditer ou vous livrer simplement à un petit exercice de sexisme ordinaire ? Si j'étais un homme, on n'en aurait même pas parlé. Parce qu'un homme qui boit un verre, c'est normal. Mais une femme qui boit, elle, brise toutes les règles. On nous demande de rendre des comptes parce que nous refusons de rentrer dans la petite case qui nous est réservée. Mon seul problème, c'est d'avoir affaire à des gens qui n'y connaissent rien et sont persuadés de savoir tout mieux que tout le monde.

Il y eut un silence que Brandon brisa :

— Je crois qu'on peut passer à autre chose, dit-il en désignant un homme grassouillet en sueur assis au premier rang. Monsieur ?

— Qui a découvert que l'alcootest était défectueux ? Et comment est-ce qu'ils s'en sont rendu compte ?

Carol continua de sourire.

— Je n'en sais rien. C'est une question technique qui ne relève pas de mes compétences. Il faut demander ça à la police du West Yorkshire.

— Monsieur Brandon, est-ce qu'il est exact que le ministère de l'Intérieur est intervenu dans cette affaire ?

Brandon ne put cacher son effarement.

— C'est une affaire locale qui a été réglée à l'échelle locale. Vous pensez vraiment que le ministère de l'Intérieur n'a rien de mieux à faire que de s'intéresser à ce genre de choses ? Écoutez, il n'y a rien de suspect dans tout ça, contrairement à ce que certains d'entre vous insinuent.

— Les soupçons continuent de peser, pourtant, insista le journaliste. Toute cette histoire arrange bien le commandant Jordan.

— Bien au contraire ! s'emporta Brandon. Le commandant Jordan ne souhaite qu'une seule chose : poursuivre sa mission. Au lieu de ça, elle doit faire face à des insinuations lâches et à des allégations sans fondements. Vous autres, vous êtes manipulés par des envieux dont la démagogie a été contrariée et vous cherchez à salir son nom.

Carol avait une boule au ventre. Elle savait que Brandon croyait bien faire, mais il avait au contraire jeté de l'huile sur le feu.

— Est-ce qu'on peut revenir à ce qui compte vraiment ? lança-t-elle au-dessus du brouhaha d'un ton cinglant. Mon équipe a pour mission de sauver des vies. Au moment où nous parlons, il y a des individus que nous ne connaissons pas encore et qui s'apprêtent à commettre des crimes graves. C'est mon rôle de les arrêter. Nous sommes déjà sur la piste d'un tueur dont personne n'avait connaissance avant que notre brigade ne se penche sur ses victimes. Alors est-ce qu'on peut arrêter de parler de choses sans importance ? Je n'ai pas le temps de me préoccuper des rumeurs et des ragots et vous non plus, si vous aviez vraiment envie de faire votre boulot correctement.

Une montée d'adrénaline accéléra les battements de son cœur. Elle repoussa sa chaise et ôta le petit micro accroché à sa veste.

Brandon comprit le message et se leva.

— Ce sera tout pour le moment, mesdames et messieurs. Si vous avez d'autres questions, merci de les adresser à Pamela James, chargée des relations avec la presse.

— Est-ce que c'est vrai que vous avez engagé Tony Hill ?

Cette voix lui était familière. Penny Burgess, la chroniqueuse spécialisée dans les faits divers qui suivait Carol depuis des années, n'en avait pas terminé.

— Demandez-lui, répondit Carol en se retournant pour descendre de l'estrade.

Elle avait beau être soulagée d'avoir survécu à la séance de questions, quelque chose la tracassait. Pourquoi est-ce que Penny Burgess avait posé une question à propos de Tony ? Elle avait davantage entravé Carol et son équipe au fil des années que tous ses collègues réunis. Quand elle s'intéressait à quelque chose, mieux valait y prêter attention. Avant qu'elle ne puisse ajouter quoi que ce soit, Brandon lui donna une petite tape dans le dos.

— Bon travail, Carol. Vous les avez remis à leur place.

Ses félicitations trouvèrent un écho chez les autres policiers présents, à l'exception du commissaire adjoint de Bradfield.

Il la regarda avec attention.

— Vous avez sous-entendu que vous aviez déjà une affaire en cours. Laquelle ?

— Nous n'en sommes qu'au tout début, répondit-elle d'un air évasif. Nous ne sommes pas encore prêts à parler de quoi que ce soit.

— Intéressant. Je croyais que c'était votre premier jour aujourd'hui.

Elle lui fit un sourire enjôleur.

— On ne traîne pas. Merci de nous avoir apporté votre soutien. J'ai hâte de pouvoir collaborer avec vous.

Sur ce, elle se détourna en consultant ostensiblement sa montre.

— Je suis désolée, je dois y aller, reprit-elle à l'intention de Brandon. Mon équipe m'attend.

Il hocha la tête.

— Bonne chance.

— Merci. J'ai l'impression que nous allons en avoir besoin.

— Le pays a les yeux braqués sur vous, c'est certain. Je sais que vous n'allez pas nous décevoir.

42

Tony fixait l'écran des yeux, tentant de décrypter le langage corporel des participants à la conférence de presse filmée par les caméras de surveillance de la BREP. Indifférent aux commentaires du reste de l'équipe, il se concentrait sur Carol, la regardant passer de l'appréhension à la frustration au moment de la repartie de Brandon, avant de se lancer finalement dans la confrontation. C'était merveilleux à voir ; elle se métamorphosait au fur et à mesure qu'elle reprenait le contrôle d'elle-même. On comprenait aisément comment le langage corporel pouvait inspirer les concepteurs de jeux vidéo.

Toutefois, il ne pouvait s'empêcher d'être un peu inquiet. La réponse catégorique que Carol avait si naturellement – et à juste titre – formulée était exactement le genre de remarques qui provoquait les imbéciles. Et encore plus dangereux que les imbéciles, il y avait cet homme qui tuait les femmes quand elles osaient parler haut et fort. Il s'ôta cette idée de la tête. Ce type avait tellement de cibles vulnérables qu'il n'allait pas s'en prendre à une femme aussi forte que Carol.

Les autres membres de l'équipe étaient agacés à la fois par les journalistes, par Brandon et par la hiérarchie.

— Ne répondez pas, ne leur donnez pas cette satisfaction, avait grommelé Kevin.

Puis, quand Carol avait repris ses esprits et avait exposé l'importance de leur mission, ils avaient poussé des cris de joie en levant les bras. Ensuite, pour fêter ça, Paula avait préparé un café à tout le monde avec leur machine flambant neuve.

Quand Carol franchit la porte, ils étaient de bonne humeur, prêts à attaquer la prochaine étape de leur enquête, quelle qu'elle soit. Ils s'installèrent autour de la grande table au centre de la pièce, les yeux braqués sur elle, impatients.

— Bon, maintenant vous savez à qui vous avez affaire, résuma-t-elle. Ils ne vont pas y aller de main morte avec nous, et c'est en grande partie ma faute. Je pourrais vous présenter mes excuses, mais en fait je suis contente qu'on ne soit pas leurrés par un faux sentiment de sécurité. Je veux qu'on nous respecte à condition de le mériter. Alors Stacey, qu'est-ce que vous avez de nouveau ?

Stacey tapota sur sa tablette et examina son écran.

— J'ai l'identité des cinq hommes qui ont le plus harcelé Kate, Daisy et Jasmine. Je sais où ils habitent et où ils travaillent.

— Allez, on va leur donner une bonne leçon, dit Alvin. On va leur faire regretter d'être nés, à ces petites ordures.

— Ouh là, là !, y en a un qui a bu trop de café, le taquina Paula.

— Le type qu'on cherche n'est pas parmi eux, déclara Tony. S'il a envoyé des messages haineux à ces femmes, il ne l'a sans doute pas fait plus d'une ou deux fois, et ce n'était pas des menaces de mort. C'est trop facile de menacer sur Internet quand on pense être anonyme. C'est le genre de trucs qu'on fait quand on a quelques bières dans le nez, qu'on s'est disputé avec sa copine ou qu'on s'est fait engueuler par son patron, surtout si c'est une femme. Avant, ça demandait un réel effort d'envoyer des menaces de mort. Il fallait prendre la peine de découper des lettres dans un magazine, les coller sur une feuille de papier et trouver l'adresse du destinataire. Il fallait donner de sa personne. Il ne s'agissait pas d'une réaction à chaud.

— Et en quoi est-ce que ça exclut notre tueur ? Ce n'est pas parce que n'importe qui aurait pu le faire qu'il ne l'a pas fait. Si vous comprenez ce que je veux dire, intervint Paula.

— Parce qu'il est prudent. Il est prévoyant. Il réfléchit avant d'agir. Il n'est pas stupide. Il sait qu'une fois qu'on aura compris ce qui se passe, on va jeter notre dévolu sur les auteurs de ces messages haineux. S'il avait envoyé des menaces de mort à l'ancienne, il aurait été du genre à récupérer les magazines dans les poubelles. Pour qu'on ne puisse établir aucun lien avec lui. Il aurait porté des gants. Il aurait acheté le papier et la colle dans des magasins différents, dans des villes différentes. Il aurait fait quatre-vingts kilomètres dans la direction opposée pour aller poster la lettre. Il est trop intelligent pour couvrir d'insultes une femme qu'il s'apprête à tuer. Il fait partie de ceux qui restent en retrait et regardent les autres s'enfoncer tout seuls. Il se peut même qu'il aiguillonne certains pour harceler davantage ces femmes. Mais ce qui est clair, c'est qu'il a mesuré l'importance de l'anonymat, expliqua Tony en haussant les épaules et tournant les paumes vers le ciel. Je suis désolé de paraître aussi négatif, d'autant plus que Stacey a fait un super-boulot.

— Un boulot vraiment incroyable, renchérit Carol. Je ne vais pas vous demander comment vous avez obtenu des informations qui sont censées être confidentielles.

— Mieux vaut ne pas le savoir, commenta Paula.

— Sans doute. Je comprends ce que Tony cherche à nous dire, mais dans l'immédiat, nous n'avons pas d'autre piste. Donc je pense qu'on devrait interroger ces pauvres types. Les secouer un peu et voir si, comme le suggère Tony, quelqu'un les a encouragés à harceler ces femmes.

Tony croisa le regard de Stacey. Elle haussa les sourcils et hocha légèrement la tête.

— En fait, ajouta Tony, il y a peut-être autre chose.

Carol se carra dans son fauteuil avec sur le visage une expression indiquant qu'elle n'en attendait pas moins. Elle sourit.

— Évidemment qu'il y a autre chose. Qu'est-ce que vous avez manigancé derrière mon dos ?

— La seule chose qui peut nous mener directement jusqu'à lui, ce sont les livres, affirma Tony. C'est son mode opératoire. Ils prouvent qu'il n'est pas uniquement guidé par la simple misogynie. Il vise spécifiquement les femmes qui rejettent le modèle masculin traditionnel. Il utilise ces femmes écrivains comme des exemples, expliqua-t-il avant de continuer en esquissant des guillemets avec les doigts, n'en déplaise à Carol. « Quand vous avez ce genre de mauvaises pensées, quand votre conduite est contraire à celle que la femme est censée tenir, voilà ce que vous récoltez. Vous devez comprendre que votre vie va devenir insupportable. » C'est son message, et c'est la clé de tout ce qui se passe en ce moment.

Carol hocha la tête d'un air impatient.

— Oui, bon, tout ça paraît logique, mais en quoi est-ce que ça nous avance ?

— Il aime bien tout planifier, tu dis ? intervint Paula. Il a donc tout prévu, non ?

Tony pointa le doigt sur elle.

— Donnez un bon point à cette jeune femme ! Et ça signifie que... ?

Paula réfléchit en fronçant les sourcils.

— Qu'il a acheté les livres avant de commencer à tuer les femmes, conclut-elle, son visage s'éclairant soudain. Il a peut-être acheté tous les livres en même temps, au même endroit.

— C'est quasi certain, confirma Tony. Et on ne peut pas tous les trouver dans la première librairie venue. Celui d'Anne Sexton est épuisé, par exemple. Quand on fait une recherche sur les trois livres, il n'y a qu'un seul vendeur en ligne qui les propose tous.

— Ne dis rien, laisse-moi deviner, intervint Kevin. Valhalla.co.uk.

— Je comprends pourquoi tu as choisi les membres de cette équipe, Carol, commenta Tony avec ironie. Exactement, Kevin. Valhalla.

Kevin poussa un soupir.

— Dans ce cas, c'est peine perdue. Ils ne divulguent jamais leurs informations. Et – ne le prends pas mal, Stacey – même les hackers ne peuvent pas pirater leur système. C'est l'une des grandes fiertés de ce site.

— Il y a une première fois à tout, dit Stacey. Aucun système n'est infaillible.

Carol regarda successivement Tony et Stacey.

— Vous êtes déjà sur le coup, c'est ça ?

— J'ai appelé Stacey hier quand l'idée m'est venue, expliqua Tony. Je me suis dit que tu avais déjà suffisamment à faire avec cette conférence de presse sans ajouter une activité illégale à ton emploi du temps.

Carol se boucha les oreilles.

— Ça suffit. Je ne veux rien savoir. Apportez-moi simplement les réponses. En attendant, penchons-nous sur les auteurs de ces menaces. Où habitent-ils, Stacey ?

— Deux à Londres, un à Sunderland, un à Rochdale et un à Cheltenham.

Carol réfléchit un instant.

— Paula, vous avez déjà contacté un collègue de la Met au sujet de cette affaire, non ?

— L'agent Lee Collins. Il s'est occupé de l'affaire Kate Rawlins.

— Qu'avez-vous pensé de lui ?

— Il était enclin à collaborer. Il ne s'est pas braqué quand je lui ai demandé, en gros, s'il avait fait son job correctement. Il m'a paru plutôt intelligent.

— Ok, je vais appeler son supérieur et lui demander d'interroger nos deux types de Londres. Alvin, vous étiez posté pas très loin de Cheltenham avant, non ? Qu'est-ce que vous diriez de vous mettre en route et d'aller cuisiner un de ces types ?

Alvin sourit. Il avait quitté la maison ce matin-là sans savoir à quelle heure il allait rentrer. Apparemment, Carol se montrait indulgente avec lui pour son premier jour. Avec un peu de chance, il serait rentré à temps pour coucher les enfants. Ce serait une première.

— Avec plaisir.

— Parfait. Paula, Rochdale. Et Kevin, le dernier : Sunderland. Je sais que vous aimez conduire. Allons leur parler sur leur lieu de travail, pour faire pression sur eux au maximum. Et Stacey ? Continuez comme ça jusqu'à ce que vous ayez du nouveau.

Elle se mit à rassembler ses affaires.

— J'ai déjà du nouveau, répliqua Stacey alors que tout le monde se préparait à partir.

— Nous sommes tout ouïe, dit Carol en s'immobilisant.

— On a évoqué la possibilité de prédire qui serait la prochaine victime. J'ai mis au point un algorithme basé sur les trois femmes qu'on connaît déjà. Il n'est pas aussi sophistiqué que je l'aimerais, mais c'est un moyen pratique et rapide d'identifier des profils potentiels. J'ai six candidates qui remplissent tous les critères.

— Oh, Stacey, soupira Carol. La police de Bradfield a eu tort de vous cantonner à des tâches subalternes. Vous êtes un génie. Tony, une idée sur la meilleure façon de procéder ?

— Je te suggère d'aller à Rochdale pour faire peur à l'auteur des menaces et de laisser Paula contacter ces six femmes, dit-il sans détour. Tu es douée pour foutre la trouille et personne ne sait mieux mettre les gens en confiance que Paula.

À en juger par son expression, ce n'était pas ce que Carol avait prévu.

— Je pensais surtout à une suggestion concernant l'angle d'approche.

— Il faut d'abord établir les faits : le genre d'insultes qu'ont reçu les victimes, depuis combien de temps ça dure, combien de personnes les ont menacées. Ensuite, il faut passer à l'aspect émotionnel : comment elles se sentent, est-ce qu'elles sont bien entourées, est-ce qu'elles ont besoin qu'on contacte la police locale pour elles. Et terminer par les questions habituelles : est-ce qu'elles ont vu des individus louches, est-ce qu'elles ont eu le sentiment d'être suivies ou est-ce qu'elles ont remarqué des choses inhabituelles ces derniers temps, conclut-il avant de lancer un regard contrit à Paula. Ce ne sont que des suggestions. Tu auras tes propres idées.

Paula griffonna dans son carnet.

— C'est toujours bien d'avoir un avis extérieur, marmonna-t-elle.

— OK, on se retrouve ici demain matin sauf contrordre. Je suis joignable par téléphone comme d'habitude si vous avez besoin de moi, dit Carol en se levant. Allons-y.

— Et moi ? gémit Tony.

— Continue de réfléchir, Tony, lui conseilla-t-elle. C'est ce que tu fais de mieux.

Il y avait une petite pique dans sa réponse, mais il la laissa volontiers passer.

Dans le couloir menant à l'ascenseur, Paula prit Kevin à part.

— J'ai besoin de te parler. Retrouve-moi à la cantine dans cinq minutes.

Kevin parut immédiatement alarmé. D'après son expérience, quand Paula avait une idée derrière la tête, il fallait se méfier. Elle avait le don de se mettre dans des situations compliquées et c'était précisément ce que voulait éviter Kevin. Il avait temporairement repris du service, mais ça ne signifiait pas qu'il était prêt à tout.

Arrivé dans la cantine, il trouva Paula attablée dans un coin tranquille avec une canette de Coca Light et un petit paquet de Kit Kat.

— Les quatre grands groupes alimentaires, annonça-t-elle quand il s'assit. Le chocolat, le chocolat, le chocolat et le Coca Light. Tu en veux ?

— Non, merci. Tu es toujours comme ça quand Elinor a le dos tourné ?

Paula fit une grimace.

— Oui, à peu près. Sans compter que Torin rafle tous les biscuits, gâteaux et chocolats de la maison.

— Typique des ados, commenta-t-il sur le ton las de ceux qui étaient passés par là. Alors, qu'est-ce que tu voulais me dire ?

Paula prit un air méfiant, ce qui l'inquiéta encore plus.

— Quelqu'un a balancé l'histoire de Carol à la presse.

Il rougit tout à coup comme ça arrive parfois aux rouquins. C'était précisément parce qu'il avait été à l'origine d'une fuite dans la presse qu'il avait perdu son grade d'inspecteur plusieurs années auparavant. Est-ce que Paula suggérait qu'il aurait pu être assez bête pour commettre une deuxième fois la même erreur ?

— Je ne connais même pas les détails de cette affaire, répondit-il rapidement. Ne me regarde pas comme ça, Paula.

Elle eut l'air abasourdi.

— Non, Kevin, ce n'est pas du tout à ça que je pensais, enfin !

Elle se couvrit la bouche comme si elle voulait ravaler les mots qu'elle avait prononcés.

— Non, ça ne m'a pas traversé l'esprit, insista-t-elle.

Il la regarda dans les yeux pendant un bon moment.

— D'accord, je te crois. C'est un sujet un peu sensible pour moi, même après tout ce temps. Alors qu'est-ce que tu veux ?

— Comme je l'ai dit, quelqu'un a tout balancé. Stacey et moi on a décidé de trouver l'origine de la fuite. C'est toujours plus facile d'affronter son ennemi quand on le connaît. Et il faut qu'on sache si la fuite vient d'ici ou pas.

Kevin esquissa un petit sourire et dit :

— Alors Stacey s'est introduite dans les arcanes du *Sentinel Times*.

Ce n'était pas une question.

— Et elle n'a rien trouvé, répondit Paula avec regret. Pas la moindre trace numérique. Pas de mémo, pas de mail interne, pas de paiement en lien avec l'article en question. Et aucun paiement effectué vers une personne qu'on connaît.

— Alors pourquoi tu m'en parles ?

Il avait le pressentiment terrible qu'une catastrophe imminente allait lui tomber dessus. Quelqu'un lui avait dit que c'était un des signes annonciateurs de la crise cardiaque. À ce moment-là, il était persuadé qu'une crise cardiaque valait mieux que l'annonce que Paula s'apprêtait à lui faire.

— Quand la technologie nous laisse tomber, on ne peut que s'en remettre aux gens...

Le silence s'installa entre eux. Cette phrase était à l'opposé de ce que pensait Stacey, il le savait. Les machines avaient leurs limites ; les êtres humains étaient plus souples, plus malléables. Pour quelqu'un qui misait tout sur les machines, c'était un anathème. Mais pour des gens comme lui et Paula, c'était tout à fait sensé. Et à ce moment-là, il comprit ce qu'elle voulait dire.

— Oh non, dit-il. Je ne peux pas revivre ça.

— Ce n'est pas ce que je te demande. On a simplement besoin que tu lui poses une question.

Il secoua la tête. Il essayait de contenir ses sentiments parce que c'était le seul moyen pour lui de se protéger.

— Elle a failli foutre en l'air mon mariage. Elle a même failli me foutre en l'air.

— Je sais, mais quelqu'un essaie de démolir Carol et il faut qu'on sache qui, on lui doit bien ça. C'est fini entre vous depuis des années, Kevin, c'est de l'histoire ancienne, non ?

Il lâcha un petit rire amer.

— Est-ce que tu as déjà ressenti un amour aussi puissant qu'un virus ? Quelque chose que tu as dans la peau et contre lequel tu ne peux rien ? Tu crois que c'est fini, que tu as tourné la page et puis tu la croises et bing ! C'est retour à la case départ. Ça rend dingue.

— Oh oui, dit Paula. L'amour poison. Celui qui te poursuit pour toujours. Qui ne cesse de se rappeler à toi. Alison Young. Même aujourd'hui, je continue de la surveiller sur Internet pour être sûre de ne jamais la croiser parce que si ça arrivait, j'aurais trop peur de ne pas pouvoir lui résister. J'adore Elinor. Je n'ai pas le moindre doute en ce qui concerne notre amour. Mais je ne me fais pas suffisamment confiance, je ne sais pas ce que je ferais si je me retrouvais face à Alison Young. Donc oui, je vois très bien de quoi tu veux parler. Et je te demande d'aller boire un verre avec ton Alison Young.

Kevin ferma les yeux en inspirant et expirant lentement. Puis il les rouvrit et prit un Kit Kat. Il le déballa et le mit dans sa bouche. Il l'avala en deux bouchées.

— Tu veux... dit-il la bouche pleine, que je contacte... Penny Burgess ?

Paula soupira.

— Si elle ne sait pas déjà qui est la source de la fuite, elle peut le découvrir. Et elle a une sacrée dette envers toi.

Kevin posa les mains sur son visage pour le masser, comme s'il voulait le nettoyer.

— J'ai failli foutre en l'air mon mariage. Et ma famille. Stella et moi, on a reconstruit notre vie ensemble.

— Et c'est ta force.

— Tu crois ?

Paula hocha la tête et tendit le bras pour saisir la main tremblante de Kevin.

— J'en suis sûre. Je t'ai vu recoller les morceaux de ton couple et je t'admire pour ça. Kevin, je ne pense pas que tu devrais avoir peur de Penny Burgess.

Il esquissa un sourire peu convaincant.

— Tu dis ça seulement parce que tu veux savoir qui a balancé Carol.

Paula secoua la tête.

— Je ne vais pas nier que c'est important. Pas seulement pour moi, pour nous tous. Mais en te voyant comme ça, je me dis aussi que ce qui compte, c'est que tu en finisses une bonne fois pour toutes avec Penny Burgess. Je suis sincère, Kev. Tu ne seras jamais complètement libre tant que tu ne l'auras pas affrontée et que tu n'auras pas compris qu'elle ne peut plus t'atteindre. Si tu ne le fais pas pour Carol ou pour nous tous, fais-le pour Stella.

43

Ursula Foreman examina sa voiture, sidérée. Elle était bien embêtée que son pneu soit crevé, mais le pire, c'était qu'apparemment, il avait été lacéré à coups de couteau. Elle était devenue presque blasée face au harcèlement qu'elle recevait sur Internet, s'en moquant en public et le méprisant en privé. Mais si cet acte était intentionnel, il représentait un pas inquiétant de plus dans l'agression. Ce n'était pas si grave d'insulter quelqu'un sous couvert d'anonymat. Crever ses pneus, c'était tout autre chose. Elle regarda autour d'elle, s'attendant presque à découvrir son agresseur caché dans un coin du parking de la banque alimentaire.

Mais il n'y avait nulle part où se cacher et personne en vue. Seulement quelques véhicules, appartenant pour la plupart aux bénévoles ; leurs clients n'avaient généralement pas les moyens de venir là en voiture. Celui qui avait fait ça avait disparu depuis longtemps. Elle n'était pas certaine que l'attaque la visait personnellement. Il y avait des dingues qui étaient opposés aux banques alimentaires, sous prétexte qu'elles attiraient des gens qu'ils considéraient comme des moins que rien : les immigrés, les pauvres, ceux qui vivaient d'allocations et ceux qui avaient des problèmes de santé mentale.

Ursula déverrouilla sa voiture en grommelant. La dernière chose qu'elle avait envie de faire, c'était de changer un pneu. Elle voulait rentrer chez elle et déguster le bon repas que Bill avait cuisiné. Il partait pour Londres pour trois jours le lendemain et il avait l'habitude de préparer un petit repas de fête la veille de ce genre de départs. Comme s'il voulait laisser un souvenir de lui à travers les bonnes odeurs qui embaumeraient la cuisine et le réfrigérateur.

Alors qu'elle ouvrait le coffre, une voiture se gara à côté d'elle. Ursula leva la tête et reconnut le nouveau bénévole avec qui elle avait bavardé la semaine précédente. Comment s'appelait-il déjà ? Mike ? Matt ? Martin ? Elle poussa sur le côté une pile de cabas réutilisables et souleva le tapis du coffre. Matt, c'était ça.

Une fraction de seconde plus tard, il se tenait debout entre les deux voitures, l'air préoccupé.

— Il y a un problème, Ursula ?

— Quelqu'un a crevé mon pneu, dit-elle en se penchant en avant pour dévisser le support qui maintenait la roue de secours en place.

— Tu plaisantes ? C'est nul.

Elle s'interrompit et soupira.

— Je suis bien embêtée. J'ai l'habitude qu'on me critique pour ce que j'écris, mais je n'ai jamais eu droit à une attaque directe comme celle-ci.

Il avança.

— Je vais te donner un coup de main.

Il sourit d'un air franc.

Elle hésita, mais juste l'espace d'un instant. En bonne féministe, elle savait qu'elle aurait dû s'occuper de ça elle-même. Mais ce n'était pas un crime d'accepter un coup de main, même s'il venait d'un homme. Après tout, ce n'était pas comme si elle jouait la pauvre femme en détresse. Elle était parfaitement capable de s'en charger, mais elle ne serait pas fâchée de s'épargner cette corvée, elle devait bien l'admettre.

— Merci, c'est sympa.

Elle se décala pour qu'il puisse saisir la roue de secours et les outils.

— Ça va me prendre deux minutes, dit-il. J'aime bien mettre les mains dans le cambouis. J'en ai pas souvent l'occasion en ce moment.

Lors de leur conversation la semaine précédente, il lui avait dit qu'il était analyste informatique et qu'il travaillait pour des petites et moyennes entreprises. Il voyageait ainsi dans tout le pays selon un emploi du temps imprévisible. Elle imaginait qu'il était bon dans son travail. À la banque alimentaire, il paraissait précis et organisé. Il avait un physique assez passe-partout avec ses cheveux châtains coupés court sans style particulier, ses traits réguliers et sa taille moyenne. Il n'avait rien de surprenant ni d'effrayant, rien qui puisse intimider les femmes ni provoquer les hommes.

Sans broncher, il dégagea la roue de secours et plaça le cric sous le châssis.

— Tu as raison, c'est bien un coup de couteau, dit-il en s'accroupissant. Ce n'est pas anodin.

— Non, répondit Ursula en frissonnant. Mais c'était peut-être une attaque au hasard. Quelqu'un qui voulait s'en prendre à la banque alimentaire.

Il secoua la tête.

— Je ne pense pas. S'il avait voulu s'attaquer à la banque alimentaire, il aurait balancé une brique à travers la fenêtre ou mis des crottes de chien dans la boîte aux lettres.

— Ça fait peur. J'ai reçu beaucoup de messages d'insultes. Je ne sais pas si tu t'en souviens mais je t'ai dit que je participais à un magazine en ligne. Certaines personnes – soyons honnêtes, certains *hommes* – n'apprécient pas ce que je dis. Mais c'est la première fois que je suis victime d'une attaque comme celle-ci.

Il desserra l'écrou de la roue en grognant.

— On ne pense pas à ce genre de choses quand on décide d'exprimer ses opinions. Il y a des gens qui se sentent tellement offensés qu'ils sont prêts à prendre les armes.

— Tu as raison, soupira Ursula. Mais je ne regrette rien. Il faut défendre son point de vue, sinon à quoi ça sert ?

Le dernier écrou céda et il ôta la roue.

— Je suis d'accord. Les problèmes commencent quand on se rend compte que certaines personnes ont des valeurs complètement différentes voire opposées aux nôtres. Et elles sont persuadées d'avoir autant de bons arguments que nous.

— C'est tout à fait juste. Mais le plus raisonnable, c'est d'en discuter, non ? D'admettre que nous ne sommes pas d'accord ? Au lieu de couvrir les autres d'insultes et de crever leurs pneus.

Il prit la roue de secours en essayant d'aligner les boulons face aux trous.

— Il y a des gens avec qui on ne peut pas raisonner. Ils campent sur leur position, même quand on leur prouve qu'ils ont tort, répondit-il en fixant la roue. Voilà, j'ai presque fini. Tu vas quelque part ce soir ?

— Non, je rentre. Mon mari part pour Londres demain pour son travail et il nous prépare un petit repas.

— En famille ?

— En tête à tête. On n'a pas d'enfants.

— C'est dommage, commenta-t-il en vérifiant que les écrous étaient bien fixés.

— Non, on ne regrette pas. On trouve qu'il y a suffisamment d'enfants sur Terre et on a tous les deux une carrière qu'on adore. Ça aurait été compliqué de continuer à mener ça de front avec une famille. Et puis on n'a jamais ressenti ce désir, ni l'un ni l'autre, expliqua-t-elle en haussant les épaules. Ça nous convient. Et toi ?

Il saisit la roue hors d'usage.

— J'ai jamais rencontré la bonne personne.

Ursula, qui se sentait toujours chanceuse d'avoir rencontré Bill même après leurs quatorze années de vie commune, ressentit de la peine pour lui.

— Il ne faut pas désespérer, dit-elle. Il y a beaucoup de gens qui trouvent l'amour assez tard dans la vie.

Il lâcha un petit rire.

— Oui, et beaucoup qui ne le trouvent pas du tout. Je crois que je suis trop exigeant, dit-il en revissant les écrous sur la roue. En parlant d'exigence, j'aurais besoin de te demander un petit conseil.

— Bien sûr, dit Ursula qui ne savait pas vraiment où il voulait en venir mais qui n'allait pas lui refuser un service à son tour.

— Je fais ce métier depuis longtemps et je me suis dit que je pouvais aider les entreprises à améliorer leurs systèmes informatiques. J'ai pensé que je pouvais peut-être publier un guide qui permettrait aux patrons de mettre en place eux-mêmes ces améliorations.

— Tu as sans doute raison. Après tout, tu ne peux pas être partout.

— Exactement. Est-ce que je pourrais passer chez toi un de ces jours pour qu'on discute de la meilleure approche ? D'un point de vue pratique ? J'ai pensé qu'avec ton expérience à *TellIt !*, tu devais avoir plein de super bons conseils à me donner.

Ce n'était pas trop demander. Elle pouvait bien lui rendre ce service pour le remercier de sa gentillesse.

— Oui bien sûr, répondit-elle. Un matin, dans la semaine, ça me va. Je serai chez moi en train de travailler. Je suis toujours partante pour une pause-café.

Il sourit.

— Tu ne peux pas savoir à quel point ça me fait plaisir. À bientôt alors.

44

De temps en temps, Stacey avait l'occasion de quitter son bureau et de jouer les James Bond en minijupe. Les précautions qu'elle prenait pour se protéger et protéger ses sources auraient semblé relever de la paranoïa pour un observateur extérieur. Mais elle savait combien de traces les gens laissaient derrière eux quotidiennement en se contentant de vaquer à leurs occupations routinières. À l'heure de la surveillance électronique et de l'omniprésence des caméras, passer inaperçu était devenu terriblement difficile. Mais Stacey était rodée ; si elle avait participé au jeu télévisé *Mastermind*, elle aurait choisi comme sujet de prédilection « passer incognito ».

Dans le tiroir de son bureau, elle avait un tas de cartes SIM prépayées, achetées en liquide dans des magasins aux quatre coins du pays. À chaque fois qu'elle se rendait dans une autre ville pour son travail, elle en profitait pour renouveler son stock. Elle en choisit une au hasard et la glissa dans un téléphone qui aurait fait honte à un adolescent. Elle envoya un texto consistant en une série de chiffres. Il s'agissait du numéro de téléphone d'une cabine située dans le hall de la gare, à dix minutes à pied de son appartement, auquel elle ajouta deux autres chiffres pour brouiller les pistes.

Quand son texto arriverait, elle savait que son contact se dirigerait vers les cabines téléphoniques du centre commercial. De là, quinze minutes plus tard exactement, il appellerait la cabine de la gare où elle attendrait. C'était comique que malgré toutes les avancées de la technologie, la communication la plus sécurisée se fasse par le biais de ces vieilles lignes fixes. Ces appels ne pouvaient pas être repérés ni pistés par un système de surveillance national. Ils garantissaient une sécurité maximale, surtout si l'on utilisait en plus de ça des portables prépayés au lieu d'un téléphone fixe qui pouvait, en théorie, être mis sur écoute.

Un quart d'heure plus tard exactement, le téléphone à côté de Stacey se mit à sonner. Elle décrocha et dit :

— Valhalla.

Il y eut un bref silence. Elle entendit la respiration de l'homme à l'autre bout du fil.

— Immatriculation, dit-il.

— Terminé. Dix, K.

Sur ce, elle raccrocha. Leur arrangement était simple. En échange des codes d'accès du serveur de Valhalla, elle lui fournirait ceux de la base de données nationale des immatriculations. Ces deux codes avaient une durée de validité limitée, bien entendu. Tous les systèmes dignes de ce nom changeaient régulièrement leurs codes d'accès. De façon quotidienne ou hebdomadaire. La transaction aurait lieu à la rangée K de la salle 10 du multiplexe situé dans le centre commercial au début de la prochaine séance. Le plus beau, c'est que tout ça paraissait anodin et ne pourrait pas être enregistré par la télésurveillance puisqu'ils seraient dans le noir.

Stacey consulta son téléphone habituel. Elle avait quarante-sept minutes à tuer avant la prochaine séance. Elle soupira. Une comédie romantique qui se déroulait dans une résidence étudiante du Midwest. Elle allait devoir rester au moins une partie du film, histoire de ne pas éveiller les soupçons. Qu'est-ce qu'elle ne ferait pas pour Carol Jordan…

Elle traversa la ville en direction du centre commercial et flâna entre les magasins, s'attardant devant les étalages de sacs à main et de chaussures. Certaine qu'elle n'était pas suivie, elle se dirigea vers le cinéma, acheta un ticket en liquide puis alla s'installer au milieu du rang K qui était vide. Il y avait à peine une douzaine de spectateurs dans la salle ; des retraités profitant des tarifs préférentiels des séances du matin. Ils ont bien raison, songea Stacey. Toujours mieux que de rester dans un appartement glacial à regarder des feuilletons à la télé.

La lumière baissa et elle était toujours seule. Il y eut des publicités pour des voitures, des voyages et des chaînes de fast-food ; des bandes-annonces de films qu'elle se jura de ne jamais aller voir ; et enfin, le visa d'exploitation mentionnant que *Cupcakes To Die For* était interdit aux moins de douze ans. Au milieu du générique, un homme grand et mince s'installa dans le siège à côté d'elle. Il sentait la noix de coco et l'ananas. Mais qu'est-ce que les fabricants mettaient dans leurs nouveaux shampoings ? La moitié de la planète embaumait comme une salade de fruits exotiques.

— Salut, Stace. Comment ça va ? murmura-t-il à voix basse dans son oreille.

— Ça va, Harvey.

Il sortit de sa poche un reçu au nom d'une compagnie de taxis. Stacey déchiffra une série de numéros entrecoupés de lettres, de slashs et de tirets.

— C'est valable jusqu'à minuit. Pas pu faire mieux, dit-il.

Elle lui donna une carte postale de la Leeds City Art Gallery représentant une sculpture de Henry Moore.

— Le mien est valable jusqu'à samedi minuit, lui dit-elle.

— Ah, une bonne affaire ! Je n'en fais pas souvent avec toi. Tu dois vraiment avoir envie de t'introduire chez Valhalla.

— Tu sais ce que je fais comme boulot, Harvey. Sauver la vie des gens, ça n'a pas de prix.

— Ça me fait toujours plaisir de travailler pour toi. J'ai rarement l'occasion de me sentir vertueux et intelligent à la fois, dit-il en gloussant de nouveau. Tu restes jusqu'à la fin ?

Stacey soupira.

— Il faut bien qu'un de nous deux s'y colle.

— Écoute, rentre chez toi sauver la vie des gens. Il me reste cinq jours pour trouver ce que je cherche sur ce site et toi, tu as seulement jusqu'à minuit, après ça tu te transformeras en citrouille et tes Jimmy Choo se changeront en Ugg.

Elle ne cacha pas sa surprise.

— Merci, Harvey.

— La prochaine fois, je te forcerai à regarder *Fast and Furious*. Et tu le regretteras, dit-il en se levant pour la laisser passer. Bonne chance, pour ta mission.

Cinq minutes plus tard, Stacey était sortie du cinéma, clignant des yeux, le cœur battant à l'idée de croquer dans le fruit défendu. Elle avait hâte de rentrer chez elle. Alors qu'elle traversait le centre commercial d'un pas vif, elle se rendit compte qu'elle n'avait pas été aussi excitée depuis des jours. Elle culpabilisa : elle était heureuse alors que l'homme qu'elle aimait souffrait. Quel genre de petite amie était-elle ?

45

Carol avait attendu le départ de l'équipe pour rappeler Tony alors qu'il s'apprêtait à quitter la pièce.

— Qu'est-ce que tu en penses ? lui demanda-t-elle en s'appuyant contre la table, ses yeux fatigués contrastant avec la confiance qu'elle avait témoignée durant la réunion.

— Je pense que tu t'en sors bien, vu les circonstances.

Elle secoua la tête d'un air agacé.

— Je ne parlais pas de moi. Je parlais de l'enquête. Si enquête il y a. Peut-être qu'on court après un fantôme parce qu'on a besoin de s'occuper pour ne pas devenir dingues.

— Moi, je pense qu'il y a une enquête. Mais je pense aussi qu'il faut agir vite, sans quoi on va bientôt avoir affaire à une enquête qu'un de nos donneurs d'ordre va nous donner, et à ce moment-là, tout le monde nous tombera dessus. Il faut qu'on résolve ça pour leur prouver qu'on est capable de déceler des trucs qui se déroulent sous notre nez. Et aussi pour se rappeler à nous-mêmes à quel point on est bons.

Carol se passa une main dans les cheveux.

— Tu as raison, dit-elle en fermant les yeux pendant un moment. Dieu, que j'ai envie de boire un verre. Je suis obligée de m'agripper au bureau pour que ma main arrête de trembler.

Elle le regarda bien en face.

— Je ne me doutais vraiment pas que j'en étais là, reprit-elle. J'étais persuadée de contrôler ma consommation.

Il posa la main sur son bras.

— Ce n'est jamais facile d'être lucide sur son compte. C'est pour ça que j'ai besoin de mon superviseur. Jacob n'a pas toujours raison, et moi non plus. Mais il m'aide toujours à voir les choses sous un autre angle. Tu avais besoin de ça, Carol. Tu t'en sors très bien, crois-moi.

Derrière eux la porte s'ouvrit et ils se tournèrent pour voir un jeune homme grand et maigre, avec des yeux noisette, de jolis sourcils et de très longs cils. Il portait un costume bleu foncé qui finirait par lui aller un jour s'il mangeait suffisamment à la cantine.

— Commandant Jordan ? Je suis l'agent Hussain. On m'a dit que j'étais transféré dans votre unité...

Carol le regarda des pieds à la tête.

— Vous savez qui on est ?

Il acquiesça, apparemment peu sûr de lui.

— Oui, la BREP. Comme l'ancienne brigade volante, mais spécialisée dans les homicides.

— Et incorruptible, interrompit Tony. N'oubliez pas incorruptible.

Hussain ne savait pas s'il plaisantait ou non. Il eut l'air embarrassé.

— Oui, monsieur.

— Je ne suis pas un « monsieur ». Je ne suis même pas flic. Je suis Tony Hill. Le Dr Tony Hill. Je suis psychologue clinicien.

— Ne demandez pas ce qu'il fabrique ici, ajouta Carol. On ne comprend pas tant qu'on ne le voit pas à l'œuvre. Je suis contente que vous nous ayez rejoints. Le lieutenant McIntyre ne tarit pas d'éloges sur vous.

— Merci, madame.

Le soulagement qui s'afficha sur son visage disparut dès qu'il vit la mine agacée de Carol.

— Ne m'appelez pas madame. Chef, patron, commandant Jordan si vous voulez. Mais pas madame. Ça me donne l'impression d'être centenaire.

— Oui, ma… heu, chef.

Il esquissa presque un sourire.

— Et quel est votre prénom ? On est assez informels, ici.

— Karim, chef.

— Ok, Karim. Vous allez avoir beaucoup de responsabilités dans cette brigade. Vous allez devoir apprendre vite et bien. À ce niveau, on ne peut pas se permettre de perdre pied.

— C'est compris, chef. De toute façon, je sais nager.

Il sourit, sûr de lui mais pas arrogant.

— Eh bien, c'est le moment de sauter dans le grand bain. Vous faites équipe avec moi aujourd'hui. Vous allez conduire. On part pour Rochdale.

— Prêt pour le grand plongeon, chef.

Carol leva les yeux au ciel.

— Encore un qui se croit drôle… Allez Karim, on y va. Je vous expliquerai l'affaire en chemin.

D'après les informations de Stacey, Steve Fisher travaillait pour une compagnie d'assurances. Le genre de type qui appelle les gens à l'heure du dîner pour les convaincre de changer de crèmerie sur-le-champ. L'idée qu'on puisse gagner sa vie comme ça déprimait Carol au plus haut point. C'était facile de les mépriser, mais elle savait que la plupart de ces employés étaient sans doute des jeunes qui avaient accepté ce job pourri parce qu'il n'y en avait pas d'autres. Il y avait aussi des connards, comme Steve Fisher, mais ça, on en trouvait partout. Même dans la police.

C'est ce qu'elle dit à Karim tandis qu'ils filaient sur l'autoroute les menant à Rochdale.

— Vous savez que pendant le week-end, les policiers de proximité doivent gérer tout un tas de gens qui posent des problèmes, non ? Des alcooliques, des gens violents ou des épaves humaines qui terminent aux urgences, lui dit-il.

— Et alors ? demanda Carol qui ne savait pas comment la conversation était passée des assureurs harcelant les gens au téléphone aux épaves humaines.

— Je pense que c'est dû au fait que la plupart des gens de mon âge sont coincés dans ce type de boulots merdiques. Tous les jours se ressemblent, votre patron vous déteste et il s'en fout que vous le sachiez, votre boulot vous donne l'impression d'être une merde collée sous la semelle de quelqu'un. Alors quand le week-end arrive, tout ce que vous avez envie de faire, c'est picoler pour oublier à quel point votre vie est nulle.

— C'est comme ça que vous régleriez le problème ? En donnant aux gens des boulots intéressants ?

— Oui, je pense.

— Mais quand j'étais jeune, il y avait plein de boulots merdiques aussi. Travailler dans une mine ou à l'usine, c'était tout aussi dur, non ?

Karim prit l'embranchement qui allait les conduire dans la zone industrielle où travaillait Steve Fisher.

— Le boulot était dur, oui. Et dangereux. Mais il y avait une solidarité. Une camaraderie. Les gens se serraient les coudes. Et ils avaient la sécurité de l'emploi. Ce genre de boulot, on pouvait y rester toute sa vie si on voulait. Mon père a travaillé dans une usine à Blackburn en arrivant dans ce pays et il avait vraiment le sentiment de pouvoir faire quelque chose de sa vie. Mais ma génération ? On n'a pas cette impression. La plupart des gens que je connais sont pessimistes. Je suis le seul à imaginer faire une belle carrière. Si je travaillais dans un *call centre*, j'irais picoler à la première occasion.

Il n'avait pas tort. Carol esquissa un petit sourire. Il allait parfaitement s'entendre avec ses collègues aux opinions tranchées et à la langue bien pendue.

— C'est pas faux, commenta-t-elle.

Ils bifurquèrent sur une grande route qui serpentait entre des blocs d'immeuble en brique sans aucune personnalité, dotés de petites fenêtres. Celui qu'ils cherchaient portait plusieurs enseignes vantant les différents services de la compagnie d'assurances. Karim s'arrêta devant une place réservée au directeur financier et regarda Carol d'un air interrogateur.

— Ne vous gênez pas, dit-elle. Les privilèges sont faits pour qu'on les usurpe.

Ils pénétrèrent dans un hall tellement compact qu'ils s'y sentaient serrés comme des sardines. Carol montra sa carte de police.

— Je viens voir l'un de vos employés, Steve Fisher.

La réceptionniste, une jeune femme dodue d'une vingtaine d'années avec une coiffure, des ongles et un maquillage parfaits leur prêta à peine attention.

— Vous avez rendez-vous ?

C'était plus une affirmation qu'une question.

Carol la gratifia d'un sourire impitoyable et parla doucement. L'effet produit fut redoutable.

— Je n'ai pas besoin de rendez-vous. Je suis le commandant responsable de la Brigade régionale d'enquêtes prioritaires et je suis ici pour voir Steve Fisher. Alors si vous n'êtes pas en mesure de le convoquer, je vous suggère d'appeler un de vos supérieurs.

La réceptionniste leva brièvement les yeux au ciel, agacée. Mais elle décrocha son téléphone et appuya sur un bouton.

— J'ai un policier qui veut parler à un certain Steve Fisher… Non, elle n'en a pas… Ok, dit-elle avant de raccrocher en faisant des manières. M. Laskarowicz sera là dans une minute.

— Qui est-ce ? demanda Karim.

— Mon supérieur.

Au même moment, une porte s'ouvrit derrière eux ; un homme corpulent au crâne rasé avec des auréoles sous les bras apparut.

— Vous êtes policiers ? demanda-t-il d'un air incrédule. Qu'est-ce que vous faites ici ?

C'est reparti… Carol se présenta de nouveau et expliqua la raison de leur visite.

— Pourquoi est-ce que vous voulez voir Steve ?

Carol jeta un œil à la réceptionniste.

— Est-ce qu'on peut discuter en privé ?

— Oh, bon sang, marmonna-t-il avant de les conduire dans un étroit couloir.

Il ouvrit la première porte, qui menait à son bureau. La pièce était petite mais bien rangée. Les murs étaient couverts de photos le montrant en train de serrer la main de types tout aussi laids que lui ou bien posant avec un groupe d'hommes en tenue de football. Ça sentait les oignons frits et la moquette était une mosaïque de taches marron. Comme ils n'avaient nulle part où s'asseoir, Karim s'adossa au mur et Carol se posa sur un coin du bureau de Laskarowicz, appréciant son air surpris.

— Il est occupé, ce n'est vraiment pas le bon moment. Pourquoi est-ce que vous n'avez pas téléphoné pour prendre un rendez-vous et le voir en dehors de son temps de travail ?

— J'ai besoin d'interroger Steve Fisher. Il semble être à l'origine d'une série de tweets menaçants et insultants.

Le manager eut l'air sincèrement abasourdi.

— Steve ? Steve Fisher ? Il ne ferait pas de mal à une mouche. Il ne menacerait personne.

— Dans ce cas, je suis sûre qu'il pourra nous fournir une explication. Dites-moi, est-ce qu'il a des horaires réguliers ou variables ?

— Pourquoi est-ce que vous me demandez ça ?

Carol le regarda avec insistance, droit dans les yeux. Il poussa un soupir exagéré.

— Il est coordinateur de l'équipe de jour, ce qui veut dire qu'il travaille de six heures du matin à quatorze heures. Du dimanche au jeudi. Pourquoi ?

— Dans ce cas, il semblerait qu'il ait envoyé quelques tweets d'insultes depuis son poste.

— J'ai du mal à le croire. C'était sûrement des blagues, non ? Il a peut-être vexé quelqu'un qui n'a aucun sens de l'humour ?

Carol fit un signe de tête à l'intention de Karim, qui sortit une feuille de sa poche.

— « Je veux te voir cramer, salope. » Ça, c'est une première blague. « Tu comprendras mieux quand tu te seras fait violer. » Une autre blague.

Laskarowicz avait pâli. Sa lèvre supérieure s'était couverte d'une fine pellicule de transpiration.

— Il a envoyé ça depuis son poste, ici ?

— C'est ce qu'on aimerait bien lui demander. Nous pouvons peut-être utiliser votre bureau, si vous nous trouvez deux chaises supplémentaires ?

Il s'essuya la lèvre et tendit la main vers le téléphone.

— Nous avons une salle de réunion. Ce sera plus spacieux.

Du doigt, il parcourut une liste scotchée à sa table avant de composer un numéro avec détermination.

— Steve. C'est Ray. Il faut que je vous parle tout de suite, dans la salle de réunion. Faites une pause et rejoignez-moi immédiatement.

Il raccrocha brutalement en respirant fort par le nez.

— J'avais bien besoin de ça…

Ils le suivirent dans le couloir jusqu'à une salle légèrement plus grande, meublée d'une table et d'une demi-douzaine de chaises en plastique. Tout avait l'air de sortir d'une décharge. Laskarowicz se mordillait le pouce en se balançant sur la pointe des pieds. Quelques minutes passèrent puis la porte s'ouvrit sur un jeune homme mal coiffé avec des problèmes de peau.

— Vous vouliez me voir ?

Il avait l'air inquiet. Quand il entra dans la pièce, Karim se plaça discrètement devant la porte.

— Pas moi, répondit sèchement Laskarowicz. La police. Vous allez devoir vous expliquer, Steve.

Fisher écarquilla les yeux et jeta un coup d'œil derrière lui. Son visage le trahit : il songea brièvement à fuir, se rendit compte que le passage était bloqué, et redouta ce qui allait suivre.

— Je n'ai rien fait.

Carol se concentra sur lui.

— Asseyez-vous, Steve. Il faut qu'on parle. Merci, monsieur Laskarowicz, nous passerons vous voir en partant.

Elle attendit que le manager quitte la pièce à contrecœur sans quitter des yeux le jeune homme dont la pomme d'Adam indiquait qu'il déglutissait rapidement. Puis elle dit :

— Steve Fisher, j'aimerais vous interroger au sujet de l'envoi de messages insultants et menaçants sur Internet. Vous avez le droit de garder le silence. Si vous renoncez à ce droit, tout ce que vous direz pourra être utilisé contre vous devant une cour de justice. Tout ce que vous dites pourra être retenu contre vous. Est-ce que vous comprenez ?

— Quoi ? Vous m'arrêtez ? Est-ce que j'ai besoin d'un avocat ?

Sa voix partit dans les aigus.

— Pour l'instant, j'essaie d'établir les faits. Vous avez bien entendu droit à un avocat si vous le souhaitez. Nous pouvons vous emmener au poste et vous attendrez que quelqu'un soit disponible pour assurer votre défense. Mais je ne suis pas sûre que vous ayez droit à une aide juridique...

— Sinon on peut bavarder entre nous, ici, ajouta Karim en avançant vers lui et en approchant une chaise.

Fisher réfléchit en pinçant les lèvres.

— D'accord, on peut parler ici.

Carol prit la feuille des mains de Karim. Elle la parcourut jusqu'à ce qu'elle trouve ce qu'elle cherchait. Elle la posa devant Fisher.

— Est-ce que ce sont bien vos identités sur les réseaux sociaux ? Twitter, Instagram et les autres ?

Il déglutit.

— Comment est-ce que vous avez trouvé ça ? C'est confidentiel.

— Tout est confidentiel jusqu'à ce qu'on enfreigne la loi, répondit sèchement Karim. Est-ce que ce sont vos comptes ?

Il hocha la tête.

— Oui.

Il parut abattu. Il avait deviné où ils voulaient en venir.

— Est-ce que vous avez envoyé ces messages à Daisy Morton ? demanda Carol en étalant deux feuilles devant lui. « Tu vas cramer, salope. Tu t'en es prise aux hommes une fois de trop. On va te baiser. » Et celui-là : « J'espère que tes gosses vont crever du cancer, t'auras que ce que tu mérites. » Êtes-vous l'auteur de ces messages ?

Fisher les regarda l'un après l'autre d'un air désespéré.

— N'essayez même pas de nous faire croire qu'un de vos copains a piqué votre téléphone, dit Karim.

Plus il parlait, plus Carol l'appréciait.

Fisher s'éclaircit la voix et glissa les mains sous ses cuisses.

— Oui, c'est moi qui les ai écrits.

— Comment vous êtes-vous senti quand la maison de Daisy Morton a effectivement brûlé et que sa famille a tout perdu ? Est-ce que ça vous a fait plaisir ?

Il secoua la tête et la regarda, implorant.

— Je ne pensais pas ce que j'écrivais, c'était juste... juste des mots, quoi.

— Vous vouliez jouer les durs, c'est ça ? reprit Karim. Où est-ce que vous étiez le jour de la mort de Daisy Morton ?

Fisher fit littéralement un bond sur sa chaise.

— Quoi ?

— Vous m'avez bien entendu.

— Qu'est-ce que j'ai à voir avec ça ? Elle s'est tuée. Je n'y suis pour rien.

— Vous ne croyez pas que vos messages ont pu la pousser à prendre cette décision ?

Fisher écarta légèrement sa chaise, comme si mettre une distance entre lui et ses mots imprimés sur le papier pouvait l'en dissocier.

— C'était juste des mots, rien de plus.

Carol se pencha en avant.

— Où est-ce que vous étiez ce jour-là, Steve ? Est-ce que vous êtes allé la voir pour lui dire ce que vous pensiez d'elle en face ?

— Non ! Je ne l'ai pas approchée. Écoutez, je ne suis pas le seul à avoir envoyé des messages. Il y en avait plein. J'ai simplement fait comme les autres.

— Mais vous ne vous êtes pas contenté d'attaquer Daisy, dit Carol en posant de nouvelles feuilles devant lui. Kate Rawlins. « Tu comprendras mieux quand tu te seras fait violer » ou encore : « T'es trop moche pour te faire violer. Pas comme ta jolie fille. Elle va payer à ta place. » Kate s'est donné la mort, elle aussi. Où étiez-vous ce jour-là ? À Londres, en train de la convaincre de se suicider dans son garage ? Et Jasmine Burton ?

Elle posa un nouveau papier sur la table.

— Qu'est-ce que vous en dites ? « On devrait te poignarder et te baiser ensuite. » Qu'est-ce que vous aviez derrière la tête, Steve ? Où étiez-vous la nuit où Jasmine Burton s'est noyée dans le fleuve Exe ?

Il tremblait comme une feuille à présent, il claquait des dents comme un homme en proie à la fièvre.

— Je... je n'ai jamais... je ne me suis jamais approché d'elles.

— Vous les avez harcelées et maintenant elles sont mortes. C'est assez simple, Steve.

Carol poussa le papier vers lui et se pencha davantage, bras croisés, visage fermé. Il se mit à pleurer, de grosses larmes roulant sur ses joues.

— Je leur ai rien fait, sanglota-t-il.

Carol échangea un bref coup d'œil avec Karim. Ils savaient tous les deux qu'ils n'avaient pas affaire à un tueur. Mais leur instinct n'avait pas valeur de preuve. Pour éliminer Fisher, il leur fallait des preuves.

— Reprenez-vous, Steve, lui dit Carol. Vous devez nous prouver que vous n'avez rien à voir avec ces meurtres. On a besoin de connaître votre emploi du temps. Il nous faut vos alibis pour les jours où ces femmes sont mortes. Et alors peut-être que nous vous laisserons tranquille.

Il déglutit, prit une inspiration et la regarda d'un air pitoyable.

— Vous n'allez pas m'arrêter ?

— Ce n'est pas à moi d'en décider. Mais attention, Steve, si vous me mentez sur un seul détail, on vous enverra en prison. Et quand vous en sortirez, personne ne voudra vous embaucher, même pour nettoyer des toilettes. Qu'est-ce que vous en dites ?

46

Le trajet aller-retour jusqu'à Sunderland laissa à Kevin le temps de réfléchir à la meilleure façon dont il allait aborder Penny Burgess. Avant ça, il fallait tout de même qu'il se concentre sur son suspect à interroger, mais à l'évidence, Robbie Percy avait l'air de croire que Sylvia Plath était un top-modèle. Il occupait un poste sans intérêt dans le secteur de production d'une usine automobile et était encore moins sophistiqué que les machines sur lesquelles il travaillait. Il n'avait ni l'intelligence ni le charisme pour pousser quiconque à se tuer, même si la perspective de se retrouver seul avec lui aurait suffi à éveiller chez n'importe qui des envies suicidaires. Kevin lui fit peur et l'humilia devant ses collègues avant de repartir vers Bradfield, nerveux à l'idée de revoir Penny.

Il fallait que leur entrevue ait lieu dans un endroit public. Il ne voulait pas prendre le risque de se retrouver en tête à tête avec elle. Certes, leur liaison était terminée depuis des années. Depuis, il l'avait simplement croisée sur certaines scènes de crime ou lors de conférences de presse, où il était protégé par son rôle de policier et entouré d'autres personnes. Malgré tout ça, il n'avait pu s'empêcher de se sentir attiré par elle. Elle serait toujours synonyme d'ennuis pour lui et il ne voulait pas la voir seule.

Toutefois, ils ne pouvaient pas se retrouver dans un endroit où quelqu'un était susceptible de les reconnaître. Ce serait ironique qu'un collègue les surprenne et en conclue qu'il avait renoué avec ses vieilles habitudes alors qu'il essayait précisément de faire tout l'inverse. Il tira donc un trait sur les bars et les cafés du centre-ville.

À mi-parcours, il trouva enfin la solution. Il se gara à la station-service suivante et mit une demi-heure à rédiger son texto :

« Salut Penny, j'aimerais bien t'offrir un café. En tout bien tout honneur. On se retrouve au café du Dobson's Garden World à seize heures ? Kevin M. »

Elle vivait dans un immeuble. Il n'y avait aucune raison qu'elle soit une habituée de cette immense jardinerie qui se trouvait à plus de un kilomètre de chez elle. Kevin s'y était rendu de temps en temps depuis qu'il était en charge de son coin de potager, mais Stella et lui allaient habituellement dans un autre magasin, plus proche, quand ils avaient besoin de matériel de jardinage. Il n'avait jamais croisé personne de sa connaissance là-bas et le café était assez éloigné du hall principal. Qu'est-ce qui pouvait moins évoquer l'adultère qu'une jardinerie de banlieue ?

Kevin arriva le premier. Stressé, il déambula dans le rayon outils, choisissant un sécateur et une nouvelle pomme pour son arrosoir. Peu avant seize heures, il acheta un Coca et s'installa à une table à l'écart des autres clients. Ça ne l'inquiétait pas qu'elle n'ait pas répondu à son texto. C'était habituel avec elle.

Il but une gorgée qui lui retourna immédiatement l'estomac. Elle lui avait toujours fait cet effet-là. Il n'avait jamais pu avaler quoi que ce soit avant l'un de leurs rendez-vous.

Tout à coup, elle apparut. Elle était passée devant le comptoir et s'était dirigée droit vers sa table.

— Kevin Matthews, ça pour une surprise...

Elle n'avait pas changé. Sa chevelure était toujours un mélange de différentes nuances de brun. Sa peau paraissait nette et douce, ses lèvres étaient légèrement entrouvertes en un demi-sourire à la fois confiant et complice. Elle avait quelques nouvelles rides autour des yeux, mais cela lui donnait un air plus profond. Comme toujours, elle portait des vêtements chers et sobres qui mettaient en valeur ses atouts et dissimulaient ce qu'elle préférait cacher. Son poste était peut-être provincial, mais Penny Burgess était tout le contraire.

Kevin se mit debout en chancelant.

— Penny. Merci d'être venue. Tu as l'air en pleine forme.

Il s'en voulut immédiatement d'avoir dit ça. Lui qui essayait de feindre le détachement...

— Je te commande un café ?

Elle s'assit en secouant la tête.

— Surtout pas. Leur machine a l'air pourrie. Du genre à faire un café trop fort avec du lait déshydraté. Tu me connais Kevin, je n'aime que ce qu'il y a de meilleur.

Sa voix était différente de celle qu'elle avait pendant les conférences de presse : ferme et forte, c'était une voix que l'on ne pouvait pas manquer. À cet instant, en revanche, elle était grave et chaude, intime et subtile.

Il s'assit à son tour, heureux qu'elle n'ait pas tenté de lui faire la bise. Il avait la bouche très sèche.

— Je lis souvent tes articles. Tu fais des trucs intéressants.

Elle sourit.

— Je couvre tout un tas de sujets réjouissants, en plus du crime.

Elle se pencha et posa sa main sur celle de Kevin. Pour ne pas trahir son émotion, il se concentra sur cette main. Là, il vit les signes de l'âge que le visage de Penny ne trahissait pas.

— Tu m'as manqué, mon petit rouquin.

— Oui, eh bien on ne peut pas toujours avoir ce qu'on veut. Penny, je ne cherche pas à raviver la flamme. J'ai un service à te demander.

Elle haussa un sourcil de façon calculée.

— Et pourquoi je te rendrais service ?

Kevin retira sa main.

— En souvenir du bon vieux temps ? Parce que je sais que, malgré ce que tu cherches à prouver aux gens, tu es quelqu'un de bien ? Parce que j'aurai ensuite une dette envers toi et que c'est toujours bon à prendre ? Pour toutes ces raisons à la fois ?

Elle afficha un petit sourire et secoua la tête.

— Je suis surprise que tu viennes me demander un service, vu ce qui est arrivé à ta carrière la dernière fois qu'on a échangé des choses, toi et moi, au sens propre comme au figuré…

Il se força à la regarder en face.

— Crois-moi, s'il y avait un autre moyen, je ne serais pas là. Mais on comptait l'un pour l'autre à l'époque. Alors j'ai pensé que ça valait le coup d'essayer.

— Ah, Kevin, tu as toujours été tellement sérieux. C'était dur parfois de s'amuser avec toi. Tu donnais tellement de sens à tout...

Il secoua la tête.

— Si tu veux la jouer comme ça, ok. Mais je sais que ça a compté pour toi aussi.

— Tu es mignon, dit-elle d'un air tout sauf attendri.

— La BREP. Voilà de quoi je veux te parler.

— Ah oui, le saint graal qui t'a remis le pied à l'étrier et t'a rendu ton ancien boulot.

— C'est important, Penny, et c'est le secteur que tu couvres. La BREP va faire sortir de grosses affaires et vu qu'on est basés à Bradfield, tu vas être aux premières loges.

— Oui, merci Kevin, j'avais remarqué. Mais j'imagine que tu ne me proposes pas de devenir une source ?

Il secoua la tête avec un sourire attristé.

— Je ne suis pas si bête, Penny. Je ne veux pas gâcher ma deuxième chance. Et là-dessus, je pense qu'on a quelque chose en commun. Nous avons tous les deux intérêt à ce que la BREP fonctionne. Moi à cause du boulot. Et toi à cause des articles.

Penny croisa ses jolies jambes et se carra dans son siège.

— Tu m'intéresses, maintenant, Kevin. Où est-ce que cet intérêt commun va nous mener ?

— Tu as lu l'article de ce week-end ? À propos de Carol Jordan ?

Elle lâcha un petit rire de dédain.

— Oh oui. Un ramassis de sous-entendus sans fondement et d'informations assemblées n'importe comment. Ils auraient mieux fait d'y passer un peu plus de temps et de faire ça proprement. Il y avait sans doute un bon article à tirer de tout ça.

— Ça a failli nous faire couler avant même qu'on débute. Il est clair qu'on a des ennemis. Et l'un d'entre eux a sauté sur l'occasion de s'emparer d'un ragot mal digéré et l'a balancé à la presse.

— Et tu veux savoir qui est responsable.

— Évidemment. Honnêtement, ça devrait t'intéresser toi aussi. Cette personne a balancé ça à quelqu'un qui, contrairement à toi, ne sait pas comment écrire un bon article. Mais surtout, il essaie de tirer dans les pattes d'une brigade qui va te fournir de sacrés bons papiers pendant des années.

Penny éclata de rire.

— J'aime mieux ça, Kevin ! Je préfère que tu oublies les bons sentiments et que tu flattes directement mon ego, répliqua-t-elle avant de le dévisager longuement. Supposons que je trouve l'information que tu attends. Tu me rendras la pareille un de ces quatre ?

— Je ne te dirai rien sur les enquêtes. Mais quand on aura une annonce à faire, tu seras la première au courant.

C'était une promesse qu'il ne pouvait pas tenir mais il s'en fichait. Ça n'avait plus d'importance. Parce qu'il avait compris au fil de la conversation que même si elle lui faisait battre le cœur et qu'elle le mettait dans tous ses états, il ne se sentait plus démuni face à elle. D'une certaine façon, il avait grandi. Oui, il la désirait, mais il n'allait pas donner libre cours à ce désir.

Elle pinça les lèvres puis lui fit un bisou de loin.

— C'est d'accord, Kevin, je vais voir ce que je peux trouver, dit-elle avant de se lever. C'était sympa de te voir. On se refait ça quand tu veux.

Sur ce, elle repartit aussi vite qu'elle était arrivée. Kevin se détendit. La tête lui tournait. C'était fini. Et ça s'était bien passé.

47

Paula avait investi l'une des petites salles d'interrogatoire à l'étage de la nouvelle BREP. Elle sentait le bois et la moquette neuve avec une légère odeur de peinture écologique. C'était inhabituel pour elle de se trouver dans des bureaux de police sans relents de tabac froid et de sueur masculine. Habituellement, la déco n'était pas considérée comme une priorité ; la salle de travail de Skenfrith Street n'avait pas dû être redécorée depuis le début des années quatre-vingt-dix. Et pourtant, son aspect un peu miteux était familier et réconfortant. Ici, il n'y avait pas de flyers ni de mémos jaunis par le temps accrochés aux murs, pas de tableau de service montrant la composition des équipes avec ses annotations et ses ratures. Même les meubles étaient neufs et propres. La pièce n'avait pas d'histoire : c'était une page blanche.

Il était temps de changer ça. Paula ouvrit un nouveau carnet A4 et sortit son téléphone. Elle alluma sa tablette et cliqua sur le document préparé par Stacey. La première sur la liste était Maxine Silvers, une femme d'affaires brillante qui avait été nommée au sein du comité d'un club de football de Ligue 2 et avait osé aborder publiquement la question de l'homophobie dans ce sport. Stacey avait fourni un échantillon des insultes qu'elle avait reçues sur les réseaux sociaux. Paula se demanda si les épouses, les petites amies ou les mères de ces types savaient les horreurs qu'ils balançaient depuis leurs ordinateurs. Elle en doutait. Inutile d'appeler Maxine ; vu les insultes qu'elle recevait, elle ne répondrait jamais à un inconnu. Paula préféra lui envoyer un texto en lui demandant de la rappeler via la centrale téléphonique de la police de Bradfield, pour la rassurer.

Elle fit de même avec les trois femmes suivantes, avant que Maxine Silvers la contacte sur son poste fixe.

— Merci de me rappeler, dit Paula.

— De rien. Je suis contente que quelqu'un fasse quelque chose contre ces abrutis, dit-elle avec un accent gallois prononcé.

— Il me semble que vous avez dénoncé ces attaques auprès de votre commissariat, non ?

Après tout, c'était comme ça que Stacey avait trouvé Maxine.

— Oui, et ils ont été très compréhensifs. Mais pour être honnête, je crois qu'ils ne savaient pas quoi faire. Si on est connu, ils se bougent un peu pour retrouver ces types, mais quand on n'est pas une célébrité, ce n'est pas vraiment leur priorité. Les gens comme moi ne reçoivent aucun traitement de faveur.

— Je suis désolée. Dans cette unité, on se fiche de votre nom, ce qu'on veut c'est faire notre maximum pour mettre un terme à ce genre de harcèlement.

Ce n'était pas la stricte vérité mais ce n'était pas un mensonge non plus.

— Est-ce que vous pouvez me dire quand vous avez commencé à recevoir ces messages haineux ? reprit Paula.

— C'était il y a environ trois semaines... Laissez-moi vérifier... Oui, ça fera trois semaines demain. Juste après ma prise de parole au sujet du football masculin qui refuse d'admettre que certains joueurs sont gays. Les femmes l'acceptent, mais les hommes ont peur d'en parler. C'est ce que j'ai dit, en gros. Les médias ont relayé l'info et quelques minutes plus tard, les messages ont commencé à arriver. Je peux vous en envoyer une copie.

— Ce serait utile, oui. Quelle a été votre réaction ?

— Eh bien, pour tout vous dire, j'étais abasourdie. Et un peu secouée. Je savais que ce genre de choses circulait, mais je ne pensais pas avoir dit quoi que ce soit de révolutionnaire. Il existe une campagne contre l'homophobie dans le football, bon sang ! Apparemment, le problème c'est qu'une femme participe au débat.

— Est-ce que vous avez réagi ? En fermant votre compte Twitter ou votre page Facebook, par exemple ?

Maxine rit.

— Certainement pas ! Toute ma vie est en ligne, maintenant. Non, une fois le choc initial passé, j'ai décidé de bloquer tous ces connards. Il suffit qu'ils m'insultent une seule fois pour être radiés de mes comptes.

— Ils ne vous faisaient pas peur ?

Paula inscrivit « pas peur » sur son carnet.

— Non, ce n'est pas comme s'ils étaient devant chez moi. Ceux qui vous insultent sur Internet, ce ne sont pas d'eux qu'il faut avoir peur. Ce ne sont que des garçons stupides qui s'amusent à vous insulter dans la cour de récré. Si je les mettais devant le fait accompli, ils pisseraient dans leur froc.

— Mais vous avez quand même alerté la police ?

— C'est illégal de menacer les gens, non ? C'est une agression. Je voulais qu'ils aient la trouille, comme ils m'ont foutu la trouille à moi. Je voulais qu'un policier costaud – ou une policière plutôt – sonne chez eux et leur gâche leur journée, comme ils l'ont fait avec moi. Mais ça n'a servi à rien.

Maxine avait l'air plus déçue qu'en colère.

— Le plus important, c'est que vous ne vous sentiez pas menacée.

— Non, je ne me sens pas menacée. Juste énervée. Ça dissuade les gens de dire ce qu'ils pensent quand ils voient ce qu'on se prend dans la figure. Et ce n'est pas une bonne chose, croyez-moi.

— Est-ce que vous soupçonnez une de ces personnes de vouloir passer à l'acte ?

— Non, absolument pas. Pas de briques balancées sur ma fenêtre ou de rayure sur ma voiture, dit-elle en lâchant un rire guttural de fumeuse. Les seules rayures, c'est moi qui les ai faites !

— Personne ne vous a jamais suivie ? Pas d'inconnus rôdant autour de chez vous, ou à la sortie du travail ?

— Je n'ai rien remarqué. Est-ce que je devrais faire attention ?

— Non, je ne crois pas, mais je dois vous le demander.

— Je comprends. Alors qu'est-ce que vous allez faire au sujet de ces imbéciles ?

Bonne question.

— J'aimerais bien pouvoir vous donner une réponse concrète. Nous essayons de développer une stratégie coordonnée pour traiter ça. Mais pour tout vous dire, le problème, c'est que les entreprises qui gèrent les réseaux sociaux se cachent derrière les lois de protection des données.

Maxine grogna.

— Ne m'en parlez pas. Eh bien, bonne chance. Si je peux vous aider en quoi que ce soit, appelez-moi. Mais ces connards ne m'empêchent pas de dormir, je vous assure.

Paula raccrocha et se cala dans son siège. Elle ne savait pas exactement à quoi servaient ces conversations. D'après ses informations, il n'y avait guère de points communs entre les réactions des trois victimes. Kate Rawlins avait été secouée par ces attaques mais les avait vite oubliées, Jasmine Burton avait eu peur et Daisy Morton les avait tous envoyés paître. Paula avait l'intuition que ce n'était pas leurs réactions qui importaient. C'était les propos qu'elles avaient tenus. Et de ce point de vue, Maxine Silvers se différenciait des autres.

Elle soupira. Ce n'était pas une raison pour perdre de vue la tâche qui lui était dévolue. Si ça se trouvait, son intuition était complètement fausse. Peut-être que le tueur guettait sa proie. Et à en croire ses collègues, s'il y avait quelque chose à trouver, elle était la mieux placée pour le faire.

Trois heures et cinq conversations téléphoniques plus tard, elle était prête à s'avouer vaincue. Parmi les six victimes potentielles identifiées par Stacey, deux seulement correspondaient au profil : Ursula Foreman, une blogueuse et journaliste de Bradfield, et Zoe Brewster, une romancière de

Norwich. Elles avaient toutes les deux exprimé des opinions semblables à celles des femmes décédées et elles étaient relativement connues.

La question était : qu'allaient-ils faire de cette information ? Ils n'avaient aucune preuve tangible pour étayer leur théorie et même s'ils en avaient eu et qu'ils avaient eu les moyens d'assurer une protection à ces deux femmes, cela ne les aurait pas plus avancés.

Cette affaire était nébuleuse. Au fond d'elle, un peu honteusement, Paula aurait aimé tomber sur ce genre de tueur tordu qui commettait des actes qu'on pouvait clairement identifier comme criminels et dont on pouvait dire : « C'est lui. Voilà ce qu'il fait. Voilà comment il s'y prend et comment nous allons l'attraper. »

Est-ce qu'ils s'étaient fourvoyés ? Est-ce qu'ils avaient pris une mauvaise direction ? Est-ce que Carol avait perdu la main ? Est-ce qu'elle et Tony déraillaient complètement et les avaient envoyés poursuivre une chimère ? Paula se prit la tête dans les mains en gémissant doucement. Elle avait le tournis et ne savait pas quoi faire. Est-ce que ça signifiait que tout partait à vau-l'eau ?

48

Rien n'est jamais aussi simple qu'on le croit, se rappela Stacey. Elle aurait dû le savoir, depuis le temps. Armée du code d'accès de valhalla.co.uk, elle s'était introduite dans le site du géant de la vente en ligne par une porte dérobée. Persuadée qu'il y avait des pièges, elle avait fait preuve de prudence et avait avancé lentement à travers les différents niveaux de sécurité, sans relâcher sa vigilance. Finalement, après quelques frayeurs quand l'écran s'était figé ou que des informations avaient au contraire défilé à toute vitesse sous ses yeux, elle avait atteint un endroit où elle pensait pouvoir naviguer relativement tranquillement.

Elle tenta d'abord sa chance en entrant les trois titres de livres dans la même recherche. C'était possible, mais le système allait prendre du temps pour filtrer les résultats. Consciente que l'heure tournait, Stacey tapotait le bord de son clavier du bout des doigts, sentant la tension dans sa nuque et son dos. Au bout de quelques minutes, elle se leva pour faire des étirements contre le mur.

Quand elle revint devant son écran, elle ressentit une pointe de déception. Manifestement, aucun client n'avait acheté ces trois livres en même temps. Jamais. Elle s'affaissa sur son siège. L'idée de Tony était géniale, mais cette fois elle ne menait nulle part.

Comme elle était toujours dans le système et qu'il lui restait du temps, elle lança une recherche pour toutes les combinaisons possibles des trois titres. Quasi instantanément, elle obtint 1279 résultats pour Woolf et Plath ensemble. Stacey copia la liste et l'imprima, pour plus de sécurité. Est-ce que c'était des textes figurant dans les programmes scolaires ? Elle se rappelait vaguement de filles qui, à l'école, vénéraient Plath. Pourquoi le suicide fascinait à ce point les adolescents ? Cette idée ne lui avait jamais traversé l'esprit, même quand elle avait été au plus bas. Il y avait toujours la promesse de jours meilleurs à l'horizon. De nouveaux programmes informatiques, de nouvelles possibilités, de nouvelles choses à apprendre.

Vu ce résultat, il était d'autant plus surprenant que les deux autres combinaisons ne donnaient rien. Parmi ceux qui avaient acheté *Ariel* et *Une chambre à soi*, personne n'avait acheté *The Death Notebooks*, ni en même temps, ni séparément. Apparemment, le tueur avait trouvé le livre d'Anne Sexton ailleurs. Sauf, bien sûr, s'il le possédait déjà. Celui-ci et les autres titres.

Stacey poussa un soupir. Elle détestait s'avouer vaincue, mais cette fois la défaite était une affaire de circonstances et non d'incompétence de sa part. Mais elle n'allait pas abandonner tant qu'elle n'avait pas tout essayé. Elle décida d'effectuer une dernière recherche, sur Anne Sexton seule. Les résultats apparurent. Valhalla avait vendu onze exemplaires d'occasion de cet ouvrage, épuisé durant l'année passée, ce qui surprit Stacey. Onze personnes qui s'intéressaient à ce point à une poétesse américaine dont elle n'avait jamais entendu parler. Elle analysa les résultats et remarqua que les occasions étaient rangées dans une catégorie différente des livres neufs. Est-ce que ceci expliquait cela ?

Elle copia là encore la liste avant de se tourner vers un de ses autres écrans où elle lança une comparaison entre les noms sur la première liste et ceux des acheteurs de Sexton. Trois noms sortirent. Toutes des femmes.

— Merde, murmura-t-elle.

Elle ne put s'empêcher de vérifier ces trois clientes dans la base de données de Valhalla. L'une d'elles avait une adresse correspondant au département d'anglais d'une université écossaise ; la deuxième vivait apparemment en France et la troisième avait acheté des dizaines de livres de poésie, certains écrits par des hommes. Une recherche plus poussée révéla que cette dernière était elle-même une poétesse publiée. Même s'ils ne pouvaient pas être absolument certains que leur tueur soit un homme, aucun de ces noms n'aurait pu représenter un suspect valable. L'idée de Tony paraissait bel et bien être une impasse.

À moins… qu'il n'existe un moyen d'élargir la comparaison ? Elle n'avait recherché que des résultats identiques, mais il y avait peut-être des variantes ? Parfois, les gens créaient de nouveaux comptes quand ils changeaient d'adresse e-mail ou de carte de crédit. Il lui restait encore un peu de temps. Ça valait le coup d'essayer, après tout.

Cette fois, elle téléchargea et imprima la liste de tous les acheteurs pour chaque titre, séparément.

Elle allait laisser son système à elle établir des comparaisons, plutôt que celui de Valhalla. Elle avait plusieurs pages de noms à présent. Les trier représenterait une tâche presque impossible pour un cerveau humain. Mais pour une programmatrice comme Stacey, c'était assez facile de créer une routine qui ferait ressortir les similitudes.

Elle lança donc la comparaison des trois listes, incluant maintenant toutes les variantes possibles. Et là, un autre résultat apparut. Cette fois, l'un d'eux était un homme. Matthew Martin avait acheté Woolf et Sexton. Et MJ Martin avait acheté Plath. Comme c'était délicieux quand les machines fournissaient quelque chose dont aucun humain n'était capable.

Trouver les comptes personnels des deux Martin fut l'affaire de quelques instants. Deux ou trois clics, quelques déplacements habiles sur le pavé numérique et voilà. Les coordonnées bancaires étaient différentes. Mais l'adresse de facturation était identique et concordait avec l'adresse de livraison. Les deux comptes précisaient qu'en cas d'absence, les colis pouvaient être déposés dans l'abri de jardin, derrière la maison. On trouvait également une liste de tous les achats des deux comptes.

Il avait acheté tout un tas de choses sur Valhalla. Des accessoires informatiques, des téléphones prépayés, des vitamines, des jeans, des cartes SIM, une scie, des téléchargements MP3. Et des livres. Les trois que Stacey cherchait ainsi que quatre autres. Des livres de poésie de Marina Tsvetaïeva, May Ayim et Alejandra Pizarnik. Et un roman de Penelope Delta. Stacey n'avait jamais entendu parler d'elles, mais après cinq minutes sur Google, elle apprit qu'il s'agissait d'écrivaines qui s'étaient toutes donné la mort. Pendaison, défenestration, poison et overdose. Apparemment, Matthew Martin prévoyait une vaste campagne.

La plupart des gens se seraient satisfaits de ces informations pour la réunion du lendemain. Pour Stacey cependant, ça ne constituait qu'un point de départ. Avec un nom et une adresse, elle pouvait construire toute une biographie. Elle se rendit sur LinkUp, le site où les gens pouvaient poster leur CV amélioré et entrer en contact avec les autres personnes qu'ils voulaient impressionner. Elle y trouva Matthew Martin, ingénieur civil. Spécialisé dans les ponts. Si vous vouliez construire un pont, en réparer ou en rénover un, c'était apparemment l'homme de la situation. Il avait travaillé sur de nombreux projets à l'étranger et au Royaume-Uni. Apparemment, son dernier chantier se trouvait dans les Highlands, en Écosse. Elle surligna cette information. Non que ça l'intéressât particulièrement, mais elle savait que Tony se pencherait là-dessus.

Sa page Facebook ne lui apprit pas grand-chose. Il avait à peine deux douzaines d'amis, quasiment tous des ingénieurs. Il n'avait pas précisé ses centres d'intérêt ni ses relations et avait même résisté à lister ses albums, films et séries préférés. Son dernier post remontait à trois mois, une photo maussade du Humber Bridge, à l'aube.

D'après la base de données des immatriculations, il avait tous ses points sur son permis, et possédait un pick-up Toyota Navarra 4WD âgé de cinq ans ainsi qu'une Passat Volkswagen de deux ans. Les deux étaient enregistrés sous la même adresse que sa carte de crédit.

Stacey se demanda si elle pouvait s'introduire dans le système ANPR, le réseau de caméras de surveillance qui enregistrait en temps réel l'immatriculation de la majorité des véhicules présents sur les routes du pays. La dernière fois qu'elle avait essayé, son temps de connexion avait expiré avant même qu'elle puisse trouver ce qu'elle cherchait. Depuis, elle avait affiné son logiciel de piratage pour qu'il s'adapte davantage aux particularités de ce site, mais elle n'avait pas encore eu l'occasion de le tester.

Elle fit un essai. Pour sa plus grande joie, elle s'introduisit dans le site aussi facilement que si elle en avait eu la clé. Si elle parvenait à trouver ce qu'elle cherchait, elle ne perdrait pas de temps à analyser les données mais se contenterait de les imprimer pour les décrypter hors ligne. Elle lança d'abord une recherche pour le pick-up Toyota en entrant son immatriculation. S'il avait déplacé ses victimes, c'était plus facile de le faire avec ce véhicule. Comme elle ne savait pas combien de résultats allaient produire la recherche, elle la fit commencer deux jours avant la mort de Jasmine Burton. Mais rien ne sortit. Soit elle s'y prenait mal, soit il n'avait pas conduit sa Toyota dans des zones couvertes par les caméras de l'ANPR, ce qui semblait peu probable vu qu'elles étaient désormais présentes sur tous les axes majeurs du pays. L'autre possibilité, c'était qu'il ait brouillé sa plaque avec de la boue ou un spray réfléchissant. Il était possible de tromper les caméras comme ça. Et Tony avait bien précisé qu'ils avaient affaire à quelqu'un de prévoyant.

Elle réessaya, cette fois avec l'immatriculation de la Passat. Et là, elle obtint une série de résultats. La voiture avait été repérée à une douzaine d'endroits ces dix derniers jours. Stacey imprima la liste puis relança la recherche pour la semaine précédant la mort de Kate Rawlins. La liste ne cessait de s'allonger sur l'écran. Il avait quadrillé le pays, constata-t-elle tandis que les feuilles s'enchaînaient dans l'imprimante. Armés de ces informations, ils pouvaient demander aux compagnies de téléphonie mobile de localiser précisément les téléphones et les cartes SIM que possédait Matthew Martin. Ça ne s'arrêterait sans doute pas là. Mais c'était un bon début. Stacey pouvait enfreindre les règles, mais elle ne voulait pas aller trop loin. Pour le moment, elle avait fait son maximum et était prête à parier qu'elle allait apporter plus d'informations que les autres à la réunion du lendemain.

Elle se leva pour effectuer de nouveaux étirements contre son mur. La journée avait été longue et elle n'avait pas envie de se réveiller le lendemain raide et courbaturée. L'espace d'un instant, elle se demanda où se trouvait Sam et ce qu'il faisait. Peut-être qu'elle devrait lui envoyer un nouveau texto pour lui dire qu'elle pensait toujours à lui ? Mais non. Elle l'avait suffisamment contacté. Il savait ce qu'elle ressentait. C'était à lui d'arrêter d'agir comme un enfant. S'il n'avait pas compris qu'elle n'attendait pas de lui qu'il s'autoflagelle, alors il la connaissait mal. Elle allait le laisser tranquille encore un jour ou deux puis elle lui enverrait un message anodin pour lui proposer un dîner.

Ensuite, ce serait à lui de voir.

Cette décision lui brisa presque le cœur. Elle avait tellement envie qu'il revienne. Elle ressentait une pression sur sa poitrine ; comme si son cœur était littéralement blessé. Ça lui demandait un effort considérable de ne pas l'appeler. Si quelqu'un était à deux doigts de sombrer dans l'autoflagellation et de perdre toute dignité, c'était bien elle.

Sa seule ligne rouge, c'était son travail. C'était la chose la plus enthousiasmante qu'elle ait faite depuis la disparition de l'ancienne BEP. Elle pouvait renoncer à sa dignité et à sa fierté pour Sam. Mais pas à son travail.

49

Tony remua le chili dans la poêle d'un air inquiet. Il ne se rappelait jamais quel mélange d'épices il utilisait. Parfois c'était trop relevé, parfois on ne sentait rien du tout. La quantité de cumin était imprévisible et il lui arrivait d'oublier carrément l'origan et la coriandre. Le repas était toujours un peu improvisé. Il goûta le plat et poussa un cri en se brûlant la langue :

— Ah, c'est chaud !

Alertée par cette exclamation, Flash sortit de sous la table et pencha la tête d'un côté, les oreilles dressées. La chienne l'observa puis, concluant qu'il allait bien, retourna se coucher aux pieds de sa maîtresse.

— Maintenant que tu t'es brûlé la langue, tu ne vas plus pouvoir sentir le goût de ce que tu manges, soupira Carol. J'aurais dû prendre une pizza.

— Tu dis ça seulement parce que tu es en ville et que la pizza est une possibilité. Je cuisine bien. Enfin, pas trop mal, dit-il en laissant le plat mitonner sur la cuisinière avant de s'asseoir en face d'elle. Tu vas être obligée de me dire ce que toi, tu mijotes.

Elle leva les yeux au ciel.

— Tu joues les inspecteurs, maintenant ? Tout va bien. On avance avec discrétion, tout le monde pense qu'on est en train de s'organiser pour être fin prêts quand une affaire tombera.

— Et si une affaire nous tombe dessus ? Ça pourrait être demain matin. Ou aujourd'hui même. Qu'est-ce qu'on fera dans ce cas-là ? On est déjà débordés alors qu'on n'a même pas officiellement commencé.

Tout en parlant, il releva ses manches. C'était toujours comme ça quand il cuisinait sur le bateau. Il faisait vite très chaud.

— On avisera le moment venu. Il suffit que Stacey fasse des merveilles et on pourra boucler cette affaire en un rien de temps.

— Si ça dure, tu vas devoir ouvrir une procédure officielle.

— Pourquoi ? Ça te manque de ne pas écrire sur le tableau blanc ? répliqua-t-elle en riant.

— Ça n'a rien à voir avec ça. C'est juste qu'il va te falloir plus d'hommes pour les tâches routinières. Tu sais très bien que si tu avais une pièce remplie d'agents passant leur journée au téléphone, on avancerait beaucoup plus vite.

Elle prit un air borné qu'il connaissait bien.

— Je n'en suis pas sûre. Ce n'est pas une affaire conventionnelle. On a tellement peu d'éléments à quoi se raccrocher. Pas de traces ADN, pas d'indices…

— Si tu avais une équipe plus conséquente, tu aurais ratissé les scènes de crime. Vous auriez visionné des heures de vidéosurveillance, interrogé des témoins potentiels, fouillé la vie personnelle des victimes et étudié leurs déplacements le jour de leur mort, dit-il en se levant pour aller de nouveau remuer le chili. On n'aurait pas eu besoin de s'en remettre au talent pour les activités illégales de Stacey.

— Mais on n'a pas ces moyens humains et, honnêtement, Tony, ce serait injustifié. Je n'ai pas assez de preuves.

Il ouvrit le four et en sortit la pile de tortillas qu'il y avait réchauffées. Il les mit dans une corbeille qu'il posa sur la table avec un pot de crème et un sachet de cheddar râpé.

— Je sais. Crois-moi, il y a des moments où je regrette de ne pas m'être tu.

— C'est faux. Tu ne tournerais jamais le dos à une victime.

Il versa le chili dans deux bols.

— C'est vrai. Mais on manque tellement d'éléments. Je rédige un profil sans rien de solide.

— Hormis des années d'expérience et un degré d'empathie hors du commun, dit doucement Carol en acceptant le bol.

Elle y plongea sa fourchette et la remua pour faire refroidir le plat. Elle goûta.

— Mmm, c'est sans aucun doute l'une de tes tentatives les plus réussies, dit-elle avant d'ajouter de la crème et du fromage râpé. Merci de cuisiner pour moi.

— C'est plus amusant que de manger seul.

À l'aide d'une cuiller, il déposa un peu de chili sur une tortilla avant de mordre dedans.

— Carol, il faut qu'on soit prudents. Cet article dans le journal du week-end prouve ce qu'on savait déjà : on a des ennemis qui nous attendent, voire qui espèrent nous faire couler. Il ne faut pas qu'on leur donne une occasion en or de nous pointer du doigt en disant : « Vous voyez, je vous avais prévenus, ils sont dangereux. » Qu'est-ce qu'on va faire ?

— On va faire de notre mieux. Demain matin, on passera en revue tout ce qu'on sait. Et après, Tony, on attrapera ce tueur.

Sa soif de justice était toujours intacte. Même quand l'avenir était incertain, c'était sa motivation principale. Il se rappela un ami écossais qui avait un jour défini son peuple comme « ceux qui se jettent tête la première dans la mêlée ». Carol devait avoir du sang écossais dans les veines. Il espérait juste qu'elle limiterait la casse.

50

Rien qu'à les voir, on pouvait deviner qu'il s'agissait d'une nouvelle équipe, songea Carol. Les visages étaient familiers mais animés d'une nouvelle énergie. Même s'ils exerçaient tous ce métier depuis des années, ils paraissaient alertes et stimulés, chargés à bloc et prêts à l'action. Ils avaient l'air reposés, frais et dispos, un état qui, elle le savait, ne durerait pas une fois que les affaires compliquées commenceraient à s'accumuler. À l'exception de Karim Hussain, elle connaissait leurs points forts et leurs points faibles ; elle savait comment exploiter au mieux leurs qualités pour le bien de l'équipe. Tony avait raison : il y avait des gens qui voulaient les voir échouer. Mais d'après elle, cette équipe était suffisamment talentueuse pour que ça n'arrive pas.

Paula fut la dernière à s'attarder autour de la nouvelle machine à café.

— Si tout ça foire, on pourra toujours ouvrir un bar, dit-elle en finissant par s'installer à la table.

— C'est bon de savoir qu'on a une autre solution, commenta Carol. Bon, qui veut commencer ?

Kevin prit la parole pour faire un bref compte rendu de son voyage à Sunderland.

— Ce type est complètement hors du coup, conclut-il.

Même son de cloche avec quelques variantes pour Alvin. Carol demanda à Karim d'exposer aux autres leur passage à Rochdale. Il était temps pour lui de se débrouiller seul au milieu de cette équipe. Tout le monde parut un peu abattu, mais Carol se força à rester positive et demanda à Paula :

— Comment ça s'est passé pour vous ?

— La bonne nouvelle, c'est qu'aucune des femmes à qui j'ai parlé n'avait l'air suicidaire, annonça Paula. Mais bon, celles qui sont mortes auraient sans doute été dans le même cas vu qu'elles ne se sont pas suicidées. Bref. Quand je leur ai demandé précisément ce qui, dans leurs propos, avait mis le feu aux poudres, il m'a semblé que seules deux d'entre elles correspondaient au profil de Tony. Nos trois victimes avaient exprimé des points de vue ouvertement féministes, critiquant directement l'attitude des hommes. Certaines femmes à qui j'ai parlé, comme Shakila et Maxine, ont reçu des attaques moins ciblées sur ces aspects-là. Elles n'intéressent donc pas notre tueur.

Elle ouvrit son carnet.

— Par contre, Zoe Brewster, une romancière qui vit à Norwich, a déclaré que les jeux vidéo étaient misogynes et incitaient les garçons à mépriser les femmes. Ursula Foreman, blogueuse, journaliste et web designer, a récemment parlé du sexisme dans les séries télé ainsi que de ses conséquences sur l'image des jeunes femmes et l'attitude des hommes. Elles ont toutes les deux reçu le même type d'insultes que nos victimes, et en même quantité. S'il s'en tient à ces critères-là, alors elles sont les cibles les plus probables, d'après moi. Mais ça ne nous dit pas ce qu'on peut faire pour les aider. Vu qu'on ne sait pas comment il aborde ses victimes, je ne vois pas comment on pourrait les protéger.

— On ne peut pas, intervint Tony. Même si on leur disait qu'elles sont en danger. Parce que, comme tu l'as dit, on n'a aucune idée de la façon dont il entre en contact avec elles. Et la question que je ne cesse de me poser, c'est : pourquoi, pourquoi maintenant, pourquoi ici ? Je n'ai aucune réponse.

Tout le monde avait le visage fermé. Sauf Stacey, constata Carol. Son expression était indéchiffrable comme souvent, mais elle n'avait pas l'air découragée.

— Stacey, vous avez quelque chose pour nous ?

Elle ouvrit son ordinateur portable et regarda ses collègues. Quelque chose dans l'expression de son visage retint leur attention.

— Il s'appelle Matthew Martin.

Elle exécuta une manipulation compliquée sur son pavé numérique et le tableau interactif sur le mur derrière eux s'alluma. Il afficha un permis de conduire avec la photo d'un homme aux cheveux châtain clair, barbu.

— Il est né en 1975 à Bradfield. Il est ingénieur civil spécialisé dans les ponts et il vit ici…

En un clic, l'image fut remplacée par la photo d'une maison en briques non mitoyenne jouxtant un champ.

— C'est dans le Leicestershire. Il vit à proximité de l'autoroute, ce qui signifie qu'il peut se déplacer facilement dans tout le pays.

— Bon sang, Stacey ! s'exclama Kevin. Où est-ce que tu as trouvé tout ça ?

— C'était l'idée de Tony. Suivre les livres. C'est ce que j'ai fait.

— De façon légale ? demanda Carol.

Stacey la regarda longuement.

— Pas vraiment.

— Ok, on trouvera bien un moyen d'arranger ça. Je m'en charge. C'est très impressionnant, Stacey.

Karim la dévisageait comme s'il n'avait jamais vu de femme auparavant, la bouche entrouverte, les yeux écarquillés.

— Comment est-ce que tu as fait ? balbutia-t-il.

— Ne demande pas, le coupa Paula. Contente-toi de l'accepter. Tu vas t'y habituer.

Tony souriait.

— C'est merveilleux, Stacey.

Elle inclina la tête gracieusement.

— Je n'ai pas terminé.

— Bien sûr que non, dit Paula.

— Il possède deux véhicules. Un pick-up 4x4 Toyota Navarra et une Passat. J'ai réussi à relier cette dernière à nos victimes. Martin est allé à Londres au volant de la Passat la veille de la mort de Kate Rawlins et il est reparti la nuit où elle s'est soi-disant suicidée. Je peux le localiser sur l'A1 à moins de un kilomètre de chez elle cet après-midi-là.

Une carte apparut sur le tableau, indiquant par des croix rouges la position de la voiture et celle de la maison.

Tout le monde semblait retenir son souffle, les yeux rivés sur le tableau dans l'attente de ce qui allait apparaître ensuite.

— Même chose pour Morton. Il est venu quatre fois à Bradfield pendant les deux semaines précédant sa mort. À chaque fois, il a pris la bretelle qui passe à cinq cents mètres de la rue de Daisy. Il était là le matin de sa mort et il est reparti en sens inverse une demi-heure après l'explosion.

Une image satellite s'afficha, montrant deux routes surlignées en rouge.

— Il doit y avoir de la vidéosurveillance dans le coin. Il y a une station-service et une épicerie, ils ont généralement des caméras qui filment également la rue. Mais elles sont privées donc je ne peux pas y accéder à distance.

— C'est du solide, commenta Carol. Je suis impressionnée par ce que vous avez trouvé, Stacey.

— Et Jasmine Burton ? demanda Alvin. Est-ce que tu as trouvé quoi que ce soit sur elle ?

Stacey hocha la tête.

— Le meilleur pour la fin.

Un graphique apparut sur l'écran. On voyait une série de points rouges, partant de la M69 puis passant par la M6, la M42 et enfin la M5.

— Reliez les points entre eux et vous verrez notre homme descendre à Exeter deux jours avant la mort de Jasmine.

Des points éparpillés apparurent sur la A376, à l'est de l'estuaire de l'Exe. Stacey appuya sur une touche et des allers-retours répétés se dessinèrent sur le trajet.

— Il a parcouru cette petite route au moins cinq ou six fois, dans les deux sens. La dernière fois, c'était le soir où Jasmine s'est noyée.

— C'est pas possible ! s'exclama Paula. C'est impressionnant. Croyez-moi, à ce rythme, il n'y aura bientôt plus besoin de policiers dans les rues. Toutes les enquêtes seront résolues par des geeks comme Stacey, assis dans un placard, entouré d'une demi-douzaine d'écrans qui analysent des données.

— Pas vraiment, intervint Carol. Ce ne sont que des présomptions.

— Mais c'est assez convaincant, commenta Alvin. Est-ce qu'on a les coordonnées téléphoniques de cette ordure ?

Stacey hocha la tête.

— Oui, mais je ne peux pas accéder au logiciel de géolocalisation. Cela dit, maintenant qu'on sait où il se trouvait aux dates données, la compagnie mobile devrait pouvoir nous aider. J'ai les coordonnées de son portable ainsi que de quelques téléphones prépayés et cartes SIM qu'il a eu la bêtise d'acheter sur Valhalla.

Tony secoua la tête, un sourire incrédule sur le visage.

— C'est incroyable, non ? Ce type prévoit tout minutieusement, et pourtant il va faire complètement confiance à Valhalla quand ils affirment que le site protège les données de ses clients contre d'éventuels avocats fouineurs.

— Personne n'est parfait, commenta Stacey. Mais si ça se trouve, il s'est ravisé et n'a pas utilisé les téléphones qu'il a achetés en ligne. On peut trouver ce genre de choses chez le premier buraliste venu, maintenant. Je ne compterais pas trop là-dessus, à ta place.

— Contentons-nous de ce que nous avons déjà, dit Carol. Je crois qu'il est temps d'aller rendre visite à Matthew Martin. Avant qu'il ne fasse une nouvelle victime. Kevin, Paula, Karim, allons faire une petite virée dans le Leicestershire pour voir si on peut le trouver.

— Inutile, la coupa Stacey. Désolée, je n'avais pas terminé. Il n'est pas dans le Leicestershire. Il est ici. À Bradfield.

51

Matthew Martin était assis à la place passager de sa voiture. C'était une des choses qu'il avait apprises au cours de ses surveillances : passer du temps assis derrière le volant paraissait louche. Dans les quartiers résidentiels, les voisins étaient observateurs. Ils étaient même capables d'appeler la police. Mais si vous étiez assis sur le siège passager avec un livre ou un journal, les gens supposaient que vous attendiez le conducteur parti faire une course. Ça paraissait normal et ils ne se posaient pas plus de questions que ça.

Aujourd'hui, c'était le jour J. Ne se doutant de rien, Ursula lui avait dit qu'elle serait chez elle ce matin et que son mari serait absent pour la journée car il allait à Londres. Martin suçait une pastille à la menthe ; il avait la bouche sèche mais ne voulait pas boire à sa bouteille. La dernière chose dont il avait besoin, c'était que sa vessie lui rappelle le temps qu'il avait déjà passé à surveiller et attendre.

Il tâta la poche de sa veste pour s'assurer que le recueil de poèmes de Marina Tsvetaïeva était bien là. Puis il tourna une page du roman qu'il faisait semblant de lire tout en gardant un œil sur la porte d'entrée des Foreman.

Cinq minutes de plus s'écoulèrent. Il glissa la main dans la poche de son pantalon pour vérifier qu'il avait toujours le sachet de GHB, cette poudre magique qui allait lui permettre de maîtriser Ursula. Il n'aurait même pas besoin de la porter dans l'escalier. Elle monterait d'elle-même s'il le lui demandait. Dans un monde idéal, elle lui aurait obéi sans qu'il ait à la droguer, mais il savait que c'était sans espoir. Il imaginait que derrière cette porte noire brillante, son mari était faible et se laissait dominer alors qu'à la radio, quand il interviewait les gens, il paraissait plutôt sûr de lui et intelligent.

Ce dernier finit par franchir la porte et se retourna pour dire quelque chose par-dessus son épaule. Bill Foreman, un abruti pitoyable qui se faisait manipuler par sa femme, partait travailler à Londres. Ce serait la dernière fois qu'il lui disait au revoir. Quand il rentrerait chez lui, le monde aurait changé. Martin se serait débarrassé d'une autre de ces salopes qui haïssaient les hommes et essayaient de bouleverser l'ordre des choses. Il ne put s'empêcher d'esquisser un petit sourire. Quand Bill Foreman avança dans sa direction, Martin fit mine d'être absorbé par sa lecture et ne leva pas la tête quand il passa sur le trottoir. Il ne savait pas si l'autre l'avait remarqué et il s'en fichait. Foreman ne risquait pas de s'en prendre à un type qui attendait simplement dans une voiture que son conducteur revienne.

Martin patienta encore une demi-heure. Puis, peu avant dix heures, il enfila ses gants de cuir fin, sortit de la voiture et avança vers la maison d'Ursula Foreman. Il appuya sur la sonnette avant de reculer d'un pas pour ne pas paraître intimidant. Pas encore.

La porte s'ouvrit et Ursula apparut, vêtue d'un bas de jogging et d'un tee-shirt à col rond, ses boucles rousses encadrant son visage.

— Oh bonjour, dit-elle en souriant quand elle le vit. C'est toi.

— Je suis venu pour te parler de ce projet, tu sais ? lui dit-il en lui souriant de la façon la plus avenante possible. Mais si je te dérange…

— Non, non, bien sûr que non. Viens, entre, on va se faire un thé et tu pourras me parler de ton idée.

Elle ouvrit grand la porte et s'effaça pour le laisser entrer. Et voilà.

C'était tellement facile.

52

Il y eut un silence, puis quatre voix s'élevèrent en même temps :

— Quand est-ce qu'il est arrivé ? demanda Carol.

— Où est-il exactement ? fit Kevin. S'il est à Bradfield, il doit y avoir une raison.

— Est-ce qu'il est en voiture ? voulut savoir Alvin.

— Il faut contacter son opérateur mobile pour suivre ses mouvements, dit Paula.

— Paula a raison, renchérit Carol. Karim, chargez-vous de ça.

Il parut un instant abasourdi puis se tourna vers le premier ordinateur disponible.

— Tout de suite, chef.

Stacey les dévisagea tour à tour.

— Il est arrivé hier soir. D'après sa carte de crédit, il a dormi dans le motel derrière la gare centrale. J'ai étudié ses dépenses et ça correspond à sa façon de faire habituelle. J'imagine qu'il surveille ses victimes avant de les tuer. À chaque fois, il a logé dans un motel pas cher. Apparemment, c'est aussi dans ce genre d'établissements qu'il descend quand il est en déplacement professionnel. Il n'a pas des goûts de luxe, même s'il gagne suffisamment pour s'offrir quelque chose de mieux.

— Est-ce qu'il y a des choses que tu ignores à son sujet ? demanda Alvin.

Stacey lança un regard vers Tony.

— Oui, ce qui nous importe le plus, réponditelle sur un ton moins assuré qu'il ne l'avait été depuis le début de la matinée. Je ne sais pas pourquoi il fait ça, je ne connais pas ses projets et je ne sais pas comment l'arrêter.

Tony hocha la tête à son intention.

— Personne ici n'a la réponse à ces questions et tu as raison, ce sont les points clés de cette affaire. Mais voilà ce qu'on sait, grâce au travail de Paula hier : on sait qu'il y a ici, à Bradfield, une femme dont le profil correspond à celles qu'il a déjà tuées. Est-ce qu'il est au volant de sa voiture, Stacey ?

Elle tapota sur son clavier, les yeux rivés sur l'écran. Elle se tenait parfaitement immobile ; on aurait dit que ses mains étaient des créatures autonomes, reliées au reste de son corps sans en dépendre réellement.

— D'après ce que je peux voir, non. Mais ça ne signifie pas qu'il n'est pas en route. Il emprunte peut-être de petites rues qui ne sont pas couvertes par la vidéosurveillance de l'ANPR. Ou peut-être que sa plaque est partiellement illisible, si bien qu'on ne peut pas le repérer.

— Ok, lâcha Carol sur un ton décidé. Kevin, avec moi. On va au motel. S'il y est, on l'embarque et on le ramène ici. Stacey, surveillez les écrans et prévenez-nous si on le repère quelque part. Karim, vous vous chargez de passer les coups de fil.

Elle s'interrompit, fronça les sourcils, distraite par la montée d'adrénaline qu'elle ressentait.

— Ursula Foreman, lui rappela Paula.

— Oui, bien sûr. Paula, vous lui avez parlé hier au téléphone, elle connaît votre voix. Allez-y avec Alvin. Parlez-lui, restez avec elle jusqu'à ce qu'on ait mis la main sur ce type. Oh, et Karim ? Dès que possible, appelez la police locale et demandez-leur de faire un tour chez lui, au cas où il serait en train de jouer à *Minecraft* et qu'il ait prêté sa voiture à un copain pour aller à Bradfield. Qu'ils ne lui fassent pas peur, mais qu'ils vérifient, ok ?

— Et moi ? geignit Tony.

Carol lui lança un regard surpris comme si elle avait presque oublié sa présence.

— Tu peux rester ici avec Stacey et Karim ou nous accompagner, Kevin et moi, lança-t-elle en attrapant son manteau. Allons-y, hors de question de prendre des risques. On n'a rien contre lui sinon des présomptions, alors ne passons pas à côté d'indices potentiels.

Elle avança puis s'arrêta et se retourna.

— Oh, et Stacey... ?

— Oui ?

— Envoyez sur tous nos téléphones la photo de son permis de conduire.

Il y eut un mouvement général, des phrases à moitié terminées, une ruée vers la porte puis tout le monde disparut aussi vite qu'une nuée d'oiseaux après un coup de feu. Le silence retomba dans la pièce, brisé uniquement par le bruit des doigts de Stacey pianotant sur le clavier. Karim s'éclaircit la voix. Elle leva les yeux vers lui.

— C'est la première fois qu'on me confie une tâche de ce genre. À qui est-ce que je dois m'adresser à Leicester ?

Stacey réfléchit un instant. Elle ne voulait pas trahir son propre manque d'expérience sur le terrain.

— À ta place, j'appellerais le standard du commissariat et je demanderais à parler à l'inspecteur de service qui couvre le secteur où est domicilié Martin, répondit-elle lentement. Je pense que tu peux demander à de simples agents de s'en charger. C'est pas comme si on leur demandait de l'interpeller. Ils ont juste à sonner, et s'il y a quelqu'un, inventer un bobard au sujet d'un cambriolage dans le quartier ou un truc comme ça.

Il sourit, visiblement soulagé.

— Merci. C'est pas facile d'être jeté dans la fosse aux lions !

S'il croit que ça, c'est la fosse aux lions...

— Tu vas apprendre vite, dit-elle en retournant à son écran.

Mais où était Matthew Martin, bon sang ?

53

— Sirène et gyrophare, lança Paula en bouclant sa ceinture. Jusqu'à ce que je te dise de tout éteindre.

Elle alluma le moteur et se dirigea vers la sortie tandis qu'Alvin tripotait les boutons de leur véhicule de police banalisé.

— Tu penses que c'est aussi urgent que ça ?

— Comme l'a dit Kevin, s'il est ici, c'est qu'il a une bonne raison.

Elle s'engagea dans la circulation de Skenfrith Street, gyrophare allumé et sirène hurlante. Six minutes plus tard, elle lui dit :

— Éteins tout maintenant, je ne veux pas faire peur aux gens.

Elle ralentit et bifurqua dans la rue aux maisons de briques modestes où vivaient les Foreman. En ce milieu de matinée, il n'y avait aucun signe de vie dans ce quartier aux jardins bien entretenus. Pas de mamans ni de bambins en vue. Alvin lut les numéros des maisons qu'ils dépassèrent.

— On y est presque et il y a une place, annonça-t-il.

Paula se gara et ils sortirent en même temps de la voiture. Alors qu'ils atteignaient le portillon, la porte d'entrée s'ouvrit et un homme sortit de la maison. Bien rasé, calvitie naissante, cheveux courts grisonnant aux tempes, jean propre et chemise à carreaux sous une veste en tweed. Rien qui puisse éveiller les soupçons des policiers ; il allait bien avec la maison. Il parut surpris de les voir et s'arrêta, une main sur la poignée, la porte à demi fermée.

— Monsieur Foreman ? demanda Alvin.

— Oui.

Il parut inquiet. C'était souvent le cas quand les gens se trouvaient face à un grand type noir en costume flanqué d'une coéquipière. Les gangsters comprenaient immédiatement qu'Alvin était un représentant des forces de l'ordre ; les bons citoyens, eux, pas toujours.

— Désolé, je ne crois pas qu'on se connaisse... ?

— Je suis le lieutenant Ambrose et voici le lieutenant McIntyre. Est-ce que votre femme est là, monsieur ?

L'homme jeta un bref coup d'œil vers la maison.

— Ursula ? Non, elle est à la banque alimentaire à Brucehill, sur Ramillies Road. Elle est bénévole là-bas. Est-ce que c'est au sujet de ces horribles messages qu'elle a reçus sur Internet ?

— Je préférerais en parler directement avec votre femme, si ça ne vous ennuie pas, répondit Alvin. Ramillies Road, vous dites ?

— Oui, c'est ça, en bas de la rue, là où il y a des commerces, dit l'homme en fermant la porte derrière lui. Maintenant, si vous voulez bien m'excuser, je suis un peu en retard.

Alvin fit un pas de côté pour le laisser passer.

— Désolé de vous avoir dérangé, dit-il.

L'homme leur lança un sourire rapide en s'engageant dans la rue.

— Pas de problème, lieutenant.

Ils regagnèrent le trottoir où ils faillirent bousculer une vieille dame qui progressait lentement, ses mains arthritiques cramponnant un déambulateur, un manteau trop grand sur les épaules.

— Excusez-moi, dit Paula en retenant la dame du bras pour qu'elle retrouve son équilibre.

Ses bras étaient maigres comme des piquets.

Elle leva la tête vers eux, ses grandes lunettes grossissant ses yeux bleus comme des jacinthes.

— Vous sortez de chez Ursula ? demanda-t-elle.

— On espérait la voir, mais son mari vient de nous dire qu'elle n'était pas là.

La vieille dame parut perplexe.

— C'est impossible. Bill est parti au travail comme tous les jours il y a plus d'une heure. Je l'ai vu sortir.

Alvin lança à Paula un regard signifiant « on n'a pas le temps de papoter ». Mais elle pressentait que quelque chose ne tournait pas rond. Et elle n'avait pas besoin que Carol Jordan lui rappelle que c'était précisément ces intuitions-là qui pouvaient faire toute la différence. Elle décida donc de poursuivre la conversation :

— Vous devez vous tromper, madame, M. Foreman vient de partir. Vous ne l'avez pas vu sortir de la maison ? Il a descendu la rue juste avant nous.

La vieille femme secoua la tête d'un air obstiné.

— Ce n'était pas Bill Foreman. J'ai peut-être quatre-vingt-trois ans, jeune femme, mais je ne suis pas sénile. Ça doit être un collègue d'Ursula, du magazine où elle travaille.

— Vous l'avez reconnu ? demanda Paula. Il est déjà venu ici ?

— Non, je ne l'avais jamais vu avant.

Cette fois, ils échangèrent un regard alarmé.

— Vous êtes sûre ? Vous êtes absolument certaine que ce n'est pas Bill Foreman qui vient de sortir ?

La vieille femme hocha la tête avec insistance :

— Sûre et certaine. Et puis de toute façon, Ursula est chez elle. Elle a fait entrer ce monsieur et elle n'est pas sortie depuis.

Oh merde. Paula pivota sur ses talons mais Alvin était déjà dans l'allée, se préparant à défoncer la porte. Parce que si ce n'était pas Bill Foreman qu'ils avaient croisé, alors il y avait un sérieux problème.

54

Kevin parcourut lentement le parking du Sleeping Inn.

— Sa voiture n'est pas là. Ce qui ne veut pas dire que lui n'y soit pas, bien sûr, commenta Carol en soupirant. Rien n'est jamais aussi simple qu'on l'aimerait. On va se garer et interroger le réceptionniste qui n'aura sans doute rien vu et rien entendu.

— On ne sait jamais, répliqua Kevin. On peut avoir de la chance et tomber sur un de ces employés d'Europe de l'Est à qui rien n'échappe.

Tony les suivit en traînant un peu le pas, regardant le parking et le bâtiment gris avec ses fenêtres carrées toutes identiques.

— Tu n'as pas des goûts de luxe, murmura-t-il. Comme si tu ne voulais pas prendre le risque du confort. Parce que tu ne sais pas ce qui pourrait se passer, dans ce cas. Comme le dit la chanson, c'est quand on s'y attend le moins qu'arrive ce à quoi on s'attendait le moins. Tu préfères rester simple et ne pas te disperser.

Il rattrapa Carol et Kevin qui se dirigeaient vers la réception. Un jeune homme brun aux yeux cernés, pâle comme un prisonnier, vêtu d'un uniforme mal taillé, leva la tête vers eux.

— Bonjour, en quoi puis-je vous être utile ? demanda-t-il avec un accent provenant d'une région à l'est du Danube.

Carol montra sa carte de police et s'appuya contre le comptoir.

— Vous avez un client qui a passé la nuit ici et qui nous intéresse. Matthew Martin. Est-ce qu'il est déjà parti ?

Un éclair de panique passa dans ses yeux.

— Je ne suis pas autorisé à donner des informations au sujet de nos clients.

— On est policiers, lui dit Kevin. On n'est pas tenus de respecter le règlement imposé par votre patron. Dites-nous ce qu'on veut savoir. Matthew Martin.

Le réceptionniste rougit.

— Je ne peux pas faire ça. Il faut voir ça avec mon chef.

— Alors allez le chercher. Ou la chercher.

Kevin avait toujours su jouer le méchant flic, se rappela Tony. C'était surprenant car c'était quelqu'un de gentil et doux à bien des égards.

Le réceptionniste disparut derrière une porte menant à un bureau.

— La protection des données, bon sang… Je suis sûre qu'ils vont nous faire le coup, dit Carol. Ils se cachent tous derrière ça alors qu'ils ne savent même pas ce que dit la loi, exactement.

Quelques minutes s'écoulèrent puis un homme robuste aux hanches particulièrement larges sortit du bureau. Ses cheveux châtain clair étaient rasés sur les côtés, lui laissant une touffe élaborée sur le dessus du crâne qui faisait penser à un éclair dans une pâtisserie raffinée.

— Vous êtes policiers ? demanda-t-il avec un accent du Nord presque caricatural. Dimitri m'a dit que vous vouliez des renseignements sur un de nos clients ? Un certain Matthew Martin ?

— C'est ça, répondit Carol. Est-ce qu'il est ici ?

Le manager secoua la tête avec une suffisance irritante.

— Oh non, vous l'avez raté.

— Quand est-ce qu'il est parti ?

— Je n'en ai pas la moindre idée, répondit-il sur un ton léger. Il a utilisé la borne *checkout express*. On a trouvé sa carte magnétique et son formulaire à dix heures, avec ceux des autres clients. Les gens n'ont plus besoin de nous rendre les clés en personne, vous savez.

Il parlait avec la condescendance de quelqu'un persuadé d'avoir affaire à des gens inférieurs à lui, qui ne connaissaient rien aux habitudes de la classe supérieure. S'il n'avait pas été aussi pitoyable, son air pompeux aurait prêté à rire.

— Est-ce que sa chambre a déjà été nettoyée ? demanda Tony.

— J'imagine que oui, on a un planning très chargé, vous savez. Je vais vérifier.

Il se posta devant un écran situé derrière le comptoir et appuya maladroitement sur le clavier.

— Martin, Martin… Oui, chambre 302. D'après mon fichier, la chambre a été faite à neuf heures et quart. Il était donc déjà parti à cette heure-là, conclut-il en poussant un soupir las. Écoutez, je ne cherche pas à vous cacher quoi que ce soit. Il a réservé en ligne. Il a pris possession de la chambre hier à seize heures trente-sept. Il n'a pas effectué de dépenses supplémentaires. On ne sait pas ce qu'il a fait, où il est allé ni combien de temps il a passé dans sa chambre.

— Vous devez bien avoir une petite idée, fit remarquer Kevin. La carte magnétique peut nous dire à quel moment un client l'a utilisée pour déverrouiller la porte de sa chambre.

Le manager sourit.

— Protection des données, monsieur. La loi m'interdit de divulguer ça. Revenez avec un mandat et je vous donnerai volontiers tous ces détails.

— Je vous l'avais dit, marmonna Carol. Allez, on y va. On perd notre temps ici. Il n'est plus là et il ne reviendra pas, dit-elle en tournant les talons pour rejoindre le parking. Espérons qu'Alvin et Paula l'interceptent avant qu'il n'arrive chez Ursula Foreman.

Pile à ce moment-là, son téléphone sonna.

— Alvin, dit-elle en décrochant. Donnez-moi de bonnes nouvelles.

55

Alvin défonça la porte d'un coup d'épaule contrôlé. Le bois trembla et se déforma autour de la serrure avant de se fendre sous l'impact, puis la porte s'ouvrit tandis qu'il titubait, peinant à garder l'équilibre.

Juste derrière lui, Paula resta un instant perplexe en voyant deux jambes qui pendaient dans le vide. Puis son cerveau relia les éléments. Une femme rousse aux cheveux frisés était pendue à la balustrade du premier étage. Son visage était violet, déformé par un rictus, et ses yeux exorbités.

— Oh, putain ! s'exclama Paula en se ruant vers l'escalier.

Alvin se redressa en frottant son épaule gauche. Il comprit immédiatement ce qui se passait. Il regarda autour de lui d'un air affolé avant d'apercevoir ce qu'il cherchait par la porte de la cuisine. Il prit une grosse chaise en bois dans la pièce et l'apporta dans l'entrée, la plaçant sous le corps d'Ursula. Il remarqua un livre posé par terre mais ne perdit pas de temps avec ça. Il grimpa sur la chaise, fléchit les genoux et saisit les cuisses d'Ursula.

— Je la tiens, dit-il en tendant les jambes. Détache-la. Il faut que tu coupes la corde, il y a peut-être de l'ADN sur le nœud.

— T'as raison, lâcha Paula en dévalant l'escalier jusqu'à la cuisine, tâtant sa poche pour trouver son portable afin d'appeler les urgences.

Elle ouvrit des tiroirs à la recherche d'un couteau affûté tout en parlant au téléphone.

— Lieutenant McIntyre, Brigade régionale d'enquêtes prioritaires. Il me faut une ambulance et du renfort. J'ai une tentative de pendaison, expliqua-t-elle alors qu'elle était déjà en train de remonter l'escalier. Haxton Grove, numéro 27.

Elle lâcha le téléphone et se pencha par-dessus la balustrade. Comme Alvin soutenait la femme, ce ne fut pas difficile de couper l'épaisse corde de nylon qui avait entaillé le cou d'Ursula.

Quand la corde lâcha, son corps s'affala sur l'épaule d'Alvin comme un sac. Il poussa un râle et tituba légèrement sur la chaise mais parvint à garder l'équilibre. Paula redescendit l'escalier en courant.

— Tiens bon, j'arrive ! cria-t-elle.

Ils déposèrent tant bien que mal Ursula par terre. Alvin la roula doucement sur le côté tandis que Paula desserrait la corde. Comme le nœud coulant ne voulait pas se défaire, elle glissa la lame du couteau entre la corde et la nuque d'Ursula. Elle était si enfoncée dans la chair que Paula dut tirer dessus pour la déloger. Elle chercha son pouls, sans trop d'espoir.

56

L'ambulance quitta Haxton Grove avec gyrophare et sirène au moment où Kevin s'engageait dans la rue.

— C'est bon signe, non ? commenta Tony. Ils ne roulent pas à toute allure quand tu es déjà mort.

Les deux policiers ne relevèrent pas sa remarque. Tout à coup, Kevin pila.

— C'est sa voiture ! s'exclama-t-il en montrant une Passat bien garée, avec une vue imprenable sur la maison des Foreman.

— Bingo, fit Carol. Avec un peu de chance, ce sera une mine de traces ADN.

Kevin avança et se gara en double file derrière les deux voitures de patrouille ; Carol sortit avant même que le véhicule ne s'arrête. L'un des agents en uniforme était en train de dérouler le ruban de police devant la haie qui bordait le muret au bout du jardin des Foreman.

— Laissez tomber ça pour le moment, lui dit Carol. Allez sécuriser la Passat garée sur le trottoir d'en face, un peu plus bas. Et attendez que la police scientifique arrive.

Alvin était assis sur le muret, tête baissée, mains serrées entre ses genoux, l'air pensif.

Quand ils approchèrent, il leva la tête et fit un petit signe.

— Paula est partie avec l'ambulance. On a demandé à une voisine de l'identifier. C'est bien Ursula Foreman. Il se peut qu'elle s'en sorte. Il s'est assez mal débrouillé pour la pendre. Quand on s'y prend bien, on se casse le cou. Quand on s'y prend n'importe comment, on s'étrangle lentement.

— Vous avez fait du bon travail, le rassura Carol.

— Pas assez bon. Il nous a filé entre les doigts, dit Alvin en secouant la tête, la bouche pincée, l'air écœuré. Il nous a donné l'impression qu'il était chez lui ici. Que c'était sa maison. On a tout naturellement pensé qu'il s'agissait de Bill Foreman.

Il était clair qu'il s'en voulait.

— C'est comme ça que ça marche, analysa Tony. Fais comme si tu étais dans ton droit et personne ne viendra t'embêter.

Alvin soupira.

— Il n'avait pas la même tête que sur son permis de conduire. Il s'est rasé la barbe et coupé les cheveux. Et ils sont grisonnants, maintenant. Il ne ressemblait pas à ce à quoi on s'attendait. Pas du tout comme la photo du permis de conduire. Et on n'a pas remarqué sa voiture parce qu'on est arrivé depuis l'autre côté de la rue. Je suis désolé, dit-il en baissant de nouveau la tête.

— Ça ne sert à rien de vous autoflageller, lui dit Carol. Retournez au bureau et faites établir un portrait-robot, pour qu'on puisse le diffuser dans les médias et sur Internet au plus vite.

Elle lui tapota l'épaule.

— Voyez le bon côté, reprit-elle. Paula et vous, vous avez probablement sauvé la vie d'Ursula Foreman.

— Et surtout, renchérit Tony, vous avez sans doute sauvé la vie de plusieurs autres femmes. Tous ces autres livres qu'il a achetés… il avait une liste, mais maintenant, c'est terminé.

— À ce propos…, dit Alvin qui se leva en grimaçant à cause de son épaule douloureuse. Il y avait un livre par terre, aux pieds d'Ursula Foreman. De cette écrivaine russe dont Stacey a parlé.

Il se dirigea vers sa voiture en boitant comme un ours blessé au moment où la camionnette de la police scientifique arrivait.

— Je vais parler aux gars de la scientifique, dit Carol. Leur annoncer la bonne nouvelle : qu'en plus d'une scène de crime, on a une voiture à passer au peigne fin.

Tony s'assit sur le muret et commença à dire quelque chose à Kevin, mais l'inspecteur fut dérangé par un coup de téléphone. Voyant qui l'appelait, il fit une moue et lui dit :

— Désolé, Tony, il faut que je réponde.

Il s'éloigna, portable collé à l'oreille, jetant des coups d'œil autour de lui pour s'assurer que personne ne pouvait l'entendre.

— Merci de me rappeler, dit-il.

— À charge de revanche, répondit Penny Burgess. J'ai dû faire des courbettes à quelqu'un pour qui je n'ai aucun respect.

Kevin sentit son pouls s'accélérer.

— Qu'est-ce que tu as trouvé ?

— L'information provient d'une source très fiable.

— Arrête de me faire lambiner. Dis-moi.

C'était bon de se sentir agacé par elle.

— Tu as perdu ton sens de l'humour, Kevin. C'est bien dommage.

— Peut-être, mais je survivrai. Le nom, Penny. Le nom.

— D'après l'assistante du rédacteur en chef qui s'occupe des paiements, le journal a payé une certaine Susannah Dean.

Ça ne lui disait rien. Pendant un bref instant, il crut qu'ils n'avaient finalement aucun ennemi, qu'il s'agissait simplement d'une opportuniste qui travaillait pour la police du West Yorkshire.

— Jamais entendu parler d'elle, dit-il.

— Parce que c'est une couverture. Elle est dentiste à Macclesfield.

— Alors comment est-ce qu'elle connaît nos secrets ?

Kevin pivota lentement sur lui-même pour s'assurer que Tony était toujours assis sur le muret et Carol trop occupée avec la police scientifique pour le remarquer.

— Elle a un frère.

— Qui s'appelle comment ?

— C'est l'un des vôtres, Kevin. Sam Evans. De l'ancienne BEP. Carol a vraiment dû l'énerver.

En entendant ce nom, Kevin eut un coup au cœur. Sam ? Il l'avait toujours apprécié quand ils travaillaient ensemble, même s'ils n'avaient pas été amis au point d'aller boire des verres tous les deux. Ils n'avaient pas grand-chose en commun.

— Tu en es sûre ?

Il ne pouvait pas croire que quelqu'un qui avait occupé le bureau voisin du sien ait pu faire ça à Carol. Certes, pendant de nombreuses années, Kevin lui-même avait refilé des scoops à Penny

Burgess. Mais il ne l'avait pas fait pour discréditer un collègue ni même un ennemi. Il s'était contenté de lui révéler des éléments qui seraient sortis dans la presse tôt ou tard. Ses supérieurs l'avaient accusé de compromettre les enquêtes, mais c'était des conneries. Ils l'avaient utilisé comme bouc émissaire pour éviter que le public ne remarque leur propre incompétence. Ce que Sam avait fait, lui, c'était une trahison d'un autre genre. C'était petit et mesquin. C'était la revanche d'un enfant capricieux qui n'avait pas obtenu ce qu'il désirait. Kevin se passa la langue sur les lèvres.

— Tu en es absolument sûre ?

— Ce n'est pas la première fois qu'il est une source confidentielle, lui dit-elle. C'est pour ça que le système de paiement était déjà mis en place. Je suis désolée, Kevin. Je sais que ce n'est pas ce que tu voulais entendre.

Kevin regarda la rue sans rien voir.

— Merci d'avoir mené l'enquête pour moi, Penny. Et comme je n'aime pas avoir de dettes, je te donne quelque chose en échange. Tu connais Ursula Foreman ?

— La blogueuse ? Mariée à Bill Foreman de Bradfield Sound ?

— Elle-même. Elle a été admise aux Urgences de Bradfield Cross. Tu ferais bien d'y aller.

— Est-ce qu'elle a eu un accident ?

— Je croyais que tu étais une journaliste d'investigation ?

Il raccrocha au moment où Carol l'appelait. Il se dépêcha de la rejoindre, en tentant d'assimiler ce qu'il venait juste d'apprendre.

— On rentre au bureau, lui annonça-t-elle. On ne peut plus rien faire ici. La police scientifique est au travail, j'ai envoyé des agents interroger les voisins et j'ai quelqu'un de Skenfrith Street qui va aller chercher Bill Foreman pour le conduire à l'hôpital. Apparemment il est encore à l'antenne, mais ils vont le remplacer. Il faut qu'on lance une alerte sur Matthew Martin au plus vite, et j'ai besoin que vous prépariez un compte rendu de l'affaire pour John Brandon, maintenant qu'on a des preuves tangibles.

57

Carol essayait de rédiger un résumé de ce qu'ils savaient sur Matthew Martin et ses activités, mais Tony ne lui facilitait pas la tâche. Il faisait les cent pas, comme il en avait l'habitude quand il cherchait à mettre de l'ordre dans ses pensées. Il longeait un mur du bureau, effectuait un virage à quatre-vingt-dix degrés avant de repartir dans l'autre sens et tournait de nouveau une fois parvenu au coin de la pièce. Une série de mouvements aussi répétitifs qu'un morceau de Steve Reich.

— Il sait qu'on sait, dit-il. Depuis le début, il a essayé de faire croire à tout le monde que ces femmes avaient été poussées au suicide par les réactions virulentes que leurs propos avaient suscitées, ce qui les avait amenées à reconnaître leurs erreurs et à en finir. Mais quand Paula et Alvin ont débarqué au domicile d'Ursula Foreman, il a dû comprendre qu'il avait été démasqué.

Un, deux, trois, quatre pas.

— Peut-être pas, répliqua Carol. Peut-être qu'il attend de voir ce qu'on va faire maintenant. Après tout, il pourrait y avoir plusieurs raisons expliquant une visite de la police. Alvin dit qu'il a mentionné les insultes qu'elle avait reçues sur Internet. Il croit peut-être qu'il a réussi à s'en sortir. Et qu'on pense qu'Ursula s'est suicidée.

C'était agréable de retrouver cette tradition qui consistait à se jeter des théories pour voir si elles tenaient debout.

Tony secoua la tête.

— Non, il sait qu'il est grillé. Qu'on est sur sa trace. On n'envoie pas deux lieutenants de police enquêter sur quelques insultes en ligne. Alors qu'est-ce qu'il va faire ?

— Il va fuir. C'est ce qu'ils font tous, répondit Carol d'un air absent en tapant une nouvelle phrase sur son clavier.

Parvenu au coin de la pièce, Tony retourna vers elle.

— Non, il ne peut pas faire ça. Parce que le risque qu'il se fasse attraper est trop élevé. Je vais te dire le problème, Carol. À l'heure qu'il est, ces décès sont considérés comme des suicides. On aura beau répéter qu'il s'agit de meurtres, si on n'attrape pas le coupable, on n'aura aucune preuve. Mais si on l'arrête, l'inculper ne sera plus qu'une question de temps. Parce qu'une fois qu'on commencera à s'intéresser à lui de plus près, on trouvera des preuves. Et si on peut prouver que les suicides sont bel et bien des meurtres, alors tout son projet s'effondrera. Tant que les suicides restent des suicides, il peut encore espérer que son idée fonctionne et que vous toutes, les femmes, vous vous tiendrez à carreau.

— Il peut toujours courir…, marmonna Carol.

Six, sept, huit pas.

— Ce que je me demande, c'est pourquoi il fait ça, pourquoi maintenant, pourquoi ici ? Je n'en sais pas assez sur lui et c'est exaspérant parce que je ne peux pas trouver de réponses. Mais il y a une chose qui est sûre.

— Laquelle ? demanda-t-elle, toujours absorbée par la rédaction de son compte rendu.

— Il va se tuer.

Elle leva les yeux de son écran, surprise.

— Ça n'a pas de sens.

— Exactement. Et, paradoxalement, c'est précisément pour ça qu'il va le faire. Il ne peut pas se permettre d'être arrêté vivant sinon il sera traîné devant les tribunaux et son projet, qui consiste à faire croire que des femmes qui se conduisent mal et s'en vantent publiquement finissent par se suicider, tombe à l'eau. La seule option qu'il lui reste pour mener à bien sa mission, c'est de se tuer à son tour.

— Mais de toute façon la vérité éclatera au grand jour même s'il fait ça, non ? On pourra dire ce qu'on veut, il n'aura plus aucun recours, on pourra le calomnier. Et si Ursula s'en sort, elle pourra raconter la vérité.

Tony haussa les épaules.

— Mais le monde d'Internet aura une théorie alternative. Et les conspirationnistes sont souvent ceux qui crient le plus fort. Non, il est intelligent. Il sait très bien comment ça va se dérouler s'il est arrêté.

On frappa à la porte et Stacey passa la tête par l'entrebâillement, manquant heurter Tony au passage.

— J'ai quelques infos sur Martin, annonça-t-elle. Je ne sais pas si c'est utile.

— À ce stade, tout peut nous être utile, dit Tony. Entre et dis-nous ce que tu as.

— Rappelle-moi à qui appartient ce bureau ? grommela Carol.

— Tu sais très bien que tu as envie d'entendre ce qu'elle a à nous dire, répliqua-t-il en faisant un geste en direction de Stacey qui hésitait à entrer.

Elle s'assit sur une des chaises et consulta sa tablette.

— Il a grandi ici, à Bradfield.

Carol soupira.

— Donc il connaît bien le coin. Il sait où se cacher. Est-ce qu'il a de la famille ici, des parents ?

— J'ai creusé dans ses archives familiales. Il est fils unique. Son père a pris sa retraite il y a trois ans, a vendu sa maison de Harriestown pour acheter un appartement dans une station balnéaire en Bulgarie. Sa mère est morte quand il avait huit ans. J'ai trouvé un entrefilet dans les archives du *Sentinel Times*. Elle a été tuée dans un accident de la route alors qu'elle revenait d'un voyage à Greenham Common.

— C'est ça ! s'exclama Tony en frappant du poing dans sa paume. Bien sûr. C'est ça qui est sous-jacent : Greenham Common. Ces méchantes féministes lui ont volé sa mère. Elle aurait dû être à la maison à s'occuper de lui au lieu de partir pour Greenham avec… comment est-ce que le *Daily Mail* les appelait, déjà ? « Des agitées du bocal avec des bonnets en laine », ou quelque chose comme ça. Mais elle était loin de sa famille et elle est morte. Il cherche à encourager les femmes à rester à la maison et sauver leur peau. Voilà le pourquoi. Et voilà pourquoi il fait ça *ici*.

Il marqua une pause dans son monologue enthousiaste.

— Mais pourquoi maintenant ? Ça, je n'arrive toujours pas à le comprendre. Qu'est-ce qui a tout déclenché ? Il y a toujours un élément déclencheur, un…

Stacey s'éclaircit la voix.

— Je n'en suis pas sûre, mais j'ai peut-être quelque chose.

— On vous écoute, Stacey, dit Carol. Vous avez fait un travail formidable jusqu'ici.

— J'ai creusé un peu les réseaux sociaux. Je me suis dit que puisqu'il connaissait bien l'informatique, il devait avoir une présence sur le net. J'ai trouvé un profil sur RigMarole qu'il a supprimé il y a près d'un an et j'ai remonté la piste. Il a eu une petite amie, Sarah Bell. Ils sont restés ensemble un peu plus d'un an. J'ai retrouvé une série de messages effacés entre Sarah et une de ses copines qui travaillait en Australie. Il s'avère que Sarah est tombée enceinte quand elle était avec Martin et qu'elle a décidé d'avorter.

— Ça n'a pas dû lui plaire, commenta Tony. Pas du tout.

— Ce n'est pas fini, reprit Stacey avec impatience.

Des années de collaboration avec Tony lui avaient appris la persévérance.

— Dix-sept jours après l'avortement, Martin est revenu d'un voyage d'affaires et a trouvé Sarah morte dans son bain. Elle avait avalé des somnifères avec de la vodka et s'était aussi tailladé les poignets, d'après le rapport d'enquête. Martin a affirmé qu'elle avait été rongée par la culpabilité après son avortement. Ses amis ont posté des messages en ligne disant qu'ils n'arrivaient pas à y croire…

— Ils disent toujours ça, l'interrompit Tony. C'est une façon de se dédouaner : « Je n'ai rien vu venir, je n'aurais donc pas pu l'aider. »

— L'une de ses amies en particulier a déclaré que Sarah ne se sentait ni déprimée ni coupable après l'avortement, qu'elle était au contraire soulagée. C'est cette amie qui l'a accompagnée à la clinique. Elle a envoyé un message à une autre copine de Sarah le soir de l'avortement pour lui dire que cette dernière était certaine que ce n'était pas le bon moment pour elle d'avoir un enfant, qu'elle voulait attendre d'avoir une carrière plus stable et qu'elle n'était pas encore assez sûre de sa relation avec Martin pour fonder une famille. C'était dix-sept jours avant son prétendu suicide.

— Elle a pu changer d'avis, objecta Carol. Les hormones, ça fait faire de drôles de choses.

— Ou bien il s'est débarrassé d'elle, suggéra Tony. Le fait qu'elle tue son bébé a pu lui rappeler les féministes de Greenham Common qui ont tué sa mère. Deux drames qui sont arrivés parce que des femmes ont rejeté leur rôle au sein de la structure familiale. C'est ça qui a tout déclenché, quand on met les éléments à plat comme vient de le faire Stacey, ça saute aux yeux. Il tue Sarah, fait croire à un suicide et trouve dans sa mort un modèle à reproduire avec d'autres femmes. Il se voit comme un redresseur de torts. Il force les femmes à reprendre la place qui devrait être la leur ; à ses yeux, il ne s'agit pas de les contraindre ou de les oppresser, simplement de rétablir un équilibre.

— Vous êtes certaine que son père a vendu la maison familiale ? demanda Carol.

— D'après les documents officiels, oui.

— Il ne l'a pas vendue à son fils ?

Stacey secoua la tête en tapotant sur son écran.

— Il l'a vendue à un certain Harvinder Singh Khalsa.

— Je voulais juste en être sûre.

— Est-ce qu'on a les coordonnées de son père ? demanda Tony.

— Elles sont sur le tableau.

— Merci, Stacey, tout ça est très utile, dit Carol qui s'interrompit un instant avant de reprendre. Est-ce que quelque chose indique qu'il serait en contact avec d'anciens camarades d'école à Bradfield ? Il doit être terré quelque part, pourquoi ne pas commencer par là ?

— Je vais chercher ça, dit Stacey en sortant.

Tony se remit à faire les cent pas.

— Carol, je pense qu'il va se tuer, persista-t-il. Il ne peut pas accomplir sa mission. La seule chose qu'il puisse faire, c'est donner du sens aux meurtres qu'il a commis. Et pour ça, il doit être sûr qu'on ne lui demandera pas de s'expliquer. Il doit donc mourir.

— Je suis désolée, je ne te suis pas, répondit Carol avec un soupir d'exaspération. Il a consacré toute son énergie et son imagination à accomplir son projet fou. Pourquoi est-ce qu'il mettrait fin à ses jours alors qu'il peut disparaître de la circulation ?

Avant que Tony ne puisse répondre, le portable de Carol sonna.

— C'est Paula, dit-elle en mettant le haut-parleur. Bonjour Paula, je suis avec Tony.

Il se rapprocha pour mieux entendre.

— La bonne nouvelle c'est qu'Elinor est de service et, d'après elle, Ursula va s'en tirer. La mauvaise nouvelle, c'est qu'elle a été droguée. Avec du Rohypnol ou du GHB, quelque chose dans le genre, donc il y a des chances pour qu'elle ne se souvienne pas de grand-chose. Ils ont fait des prélèvements sanguins pour effectuer des analyses toxicologiques, ça pourra nous être utile.

— Des drogues de violeurs…, commenta Carol. Bon, mais au moins, elle est en vie, ce qui est un résultat. Et maintenant, on sait comment il s'est débrouillé pour neutraliser les autres. Est-ce que son mari est là ?

— Oui, mais il est en état de choc. Il ne sait rien, n'a rien vu, tout ce qui le préoccupe, c'est qu'Ursula aille mieux.

— On peut le comprendre.

— La presse est déjà sur place, au fait. Penny Burgess du *Sentinel Times* et un jeune type de Bradfield Sound.

— Est-ce que l'agent qui a escorté Bill Foreman est toujours là ?

— Oui, il est resté.

— Ok, dites-lui de surveiller Ursula. Mettez-la dans une chambre à part. Elinor devrait pouvoir arranger ça pour nous. Que personne n'entre à l'exception de son mari et du personnel médical avec pièce d'identité et photo. J'ai besoin de vous ici.

— Ok, chef.

— Vous avez fait du bon boulot, Alvin et vous. Vous lui avez sauvé la vie.

— Merci. Mais on n'aurait pas dû le laisser filer.

— Mieux valait le laisser filer plutôt que de laisser Ursula mourir, intervint Tony. Si vous l'aviez reconnu et que vous l'aviez poursuivi, il aurait peut-être été trop tard pour Ursula.

Comme souvent, Tony avait su trouver les mots justes.

— C'est vrai, renchérit Carol. À tout à l'heure.

Elle raccrocha.

— Je suis contente qu'elle s'en sorte, commenta-t-elle.

— Oui, répondit Tony qui, perdu dans ses pensées, avait recommencé à marcher de long en large. Donc, s'il a l'intention de se suicider, je crois qu'il va s'en tenir à son programme. Il va choisir une mort qui correspond à l'une des auteures qu'il a déjà choisies. Mais il ne peut pas opter pour l'overdose ou le poison. Il va être obligé de copier May Ayim et sauter d'un treizième étage.

— Je crois que c'est tiré par les cheveux, jugea Carol. Je sais que tu es très doué pour savoir ce qui se passe dans la tête des psychopathes, des paranoïaques et des cinglés en général, mais cette fois je crois que tu ne sais pas où tu vas.

Tony esquissa un demi-sourire.

— Pendant toute cette affaire j'ai eu l'impression de naviguer à vue. Parfois, il faut simplement avoir confiance en soi.

— J'ai confiance en toi. Mais je ne suis pas sûre que tu aies raison.

Il hocha la tête.

— C'est pas grave. Je vais aller réfléchir encore un peu.

Il lui fit un signe de la main et retourna dans la salle où travaillaient les autres. Il étudia les informations écrites sur le tableau blanc avant de s'installer devant un ordinateur disponible. Il passa quelques minutes sur Internet puis se leva et sortit prendre le soleil. Il était temps de faire ce pour quoi il excellait.

58

Dès que Paula franchit la porte, Kevin lui fit signe d'approcher puis lança à Stacey :

— Tu as une minute, Stace ?

Elle leva la tête, clignant des yeux comme si elle sortait d'un rêve.

— Pardon ?

— Tu as une minute ?

Elle acquiesça et émergea de sa rangée d'écrans en s'étirant. Kevin essaya de ne pas fixer des yeux ses seins qui pointaient sous son chemisier. Il avait passé des années à dompter ses réflexes sexistes mais c'était un exercice difficile quand on était entouré de corps féminins, si attirants, si tentants.

Paula et Stacey s'assirent autour de la table où il s'était installé pour faire des recherches sur les vieux camarades de Matthew Martin.

— J'ai parlé à Penny tout à l'heure, dit-il en jetant un regard d'appréhension vers la porte du bureau de Carol qui était ouverte.

— Et alors ? demanda Paula.

Il se gratta l'oreille.

— Et alors j'ai une réponse.

— C'était qui ? demanda Stacey.

Il répondit d'une voix pleine de mépris :

— Notre ancien collègue, Sam Evans.

Stacey se raidit, sans ciller, les lèvres entrouvertes. Paula prit une brève inspiration.

— Tu en es sûr ?

— Penny en est sûre. Et je n'ai aucune raison de douter d'elle. Elle sait que si elle m'embrouille, elle n'obtiendra plus jamais aucune info de notre équipe.

Pendant qu'il parlait, Stacey se leva et retourna dans son bureau dont elle ferma la porte. Paula regarda dans sa direction.

— Oh merde, lâcha-t-elle.

— Qu'est-ce qui lui prend ? demanda Kevin. Je sais bien que pour elle, obtenir des informations grâce à des êtres vivants est méprisable, mais au moins on a eu ce qu'on voulait.

— Elle sort avec lui depuis un moment. Tu n'étais pas au courant ?

La stupeur se dessina sur le visage de Kevin.

— Je n'en avais pas la moindre idée. Je ne savais pas que Stacey sortait avec des gens.

— Habituellement, non. C'est pour ça que c'est aussi terrible pour elle. Ça va lui briser le cœur.

— Bon ben je suis désolé pour elle. Mais moi, je vais lui casser la gueule, à Sam.

— Non, Kevin. Je crois qu'on devrait en rester là. Si Stacey et lui se séparent, il n'aura plus aucun scoop à se mettre sous la dent. Il faut qu'il sache qu'on est au courant, mais c'est tout.

Kevin grogna.

— Tant que ceux qui l'entourent sont eux aussi au courant... Les gens qui bossent avec lui ont le droit de savoir que c'est un connard.

— C'est vrai. On trouvera un moyen de le faire savoir dès qu'on aura arrêté Matthew Martin, c'est promis. Mais pas de bagarre, pas de nez cassés...

Kevin ferma les yeux et hocha la tête d'un air las.

— Ok, comme tu veux. Maintenant remonte tes manches et aide-moi à trouver des gens qui seraient en contact avec Matthew Martin.

Dans le hall du commissariat de Skenfrith Street, Tony sortit son téléphone. Parfois, quand il suivait son intuition, il n'avait pas envie d'être dérangé. Personne n'aimait s'engager sur une piste et revenir bredouille. Il composa un numéro puis attendit. On lui répondit à la troisième sonnerie. La voix à l'autre bout du fil était rauque et hautaine.

— Allô ? Qui est à l'appareil ?

— Vous êtes bien monsieur Martin ?

— C'est vous qui m'appelez, vous devez bien savoir à qui vous téléphonez.

— Je m'appelle Tony Hill. J'ai besoin de vous poser une question qui va vous paraître un peu curieuse.

— Pourquoi est-ce que je devrais vous répondre ? Et vous êtes qui, d'abord, monsieur Tony Hill ?

— Je suis celui qui essaie d'empêcher votre fils Matthew de faire une bêtise. Je n'ai pas le temps de vous expliquer, mais je vous promets que je ne lui veux aucun mal.

— Je ne comprends pas. Ce que vous dites n'a aucun sens, répliqua Pete Martin, manifestement agacé. Qu'est-ce que vous entendez par « une bêtise » ?

— Juste une question, s'il vous plaît. Est-ce qu'un de ces bâtiments a une importance particulière pour Matthew, quelque chose qui lui rappellerait sa famille ? Le Bradford Assurance Tower ou l'Exchange Hotel ?

— Vous êtes malade ou quoi ?

— Je ne lui veux pas de mal, je vous assure. S'il vous plaît, monsieur Martin.

— Est-ce que c'est un canular ? Je vais raccrocher.

— Non ! s'écria Tony. Je ne suis pas un dingue et ce n'est pas un canular. C'est de la plus haute importance. Honnêtement. Quel mal ça peut vous faire de répondre à cette question ?

Il y eut un silence.

— On a célébré notre mariage à l'Exchange Hotel. Vous êtes contents maintenant, espèce de cinglé ?

Il raccrocha, mais Tony s'en fichait. Il savait où il devait se rendre. Sa destination était à dix minutes de là, à l'autre bout du centre-ville. Ce serait plus rapide de marcher que de convaincre Carol de lui donner un véhicule de police et un chauffeur. En plus, si Matthew Martin était toujours en vie, il prendrait peut-être peur en voyant une voiture de patrouille débouler à toute allure devant le Bradfield Exchange Hotel.

Avant de quitter la salle de travail de la BREP, Tony avait recherché sur Google les plus hauts immeubles de Bradfield et en avait heureusement trouvé une liste sur Wikipédia, qui recensait leur hauteur et le nombre d'étages. Sans oublier leur année de construction. La ville comptait vingt-six immeubles de treize étages ou plus. Seuls deux d'entre eux existaient déjà à l'époque où Matthew Martin vivait là. Tony avançait en ne s'appuyant que sur des probabilités ; selon lui, Martin était plus susceptible d'opter pour des immeubles qui lui rappelaient son enfance. Et voilà que son père venait de confirmer que ce bâtiment avait une valeur sentimentale et lui rappelait l'époque où ils formaient une famille unie.

L'Exchange était l'hôtel le plus chic de la ville. Autrefois, c'était une halle à coton qui avait fait la fortune des propriétaires d'usines dans le Lancashire pendant près de deux cents ans. Au-dessus de la halle s'élevaient huit étages de bureau. À l'époque, c'était l'une des plus hautes bâtisses dans le nord de l'Angleterre. Au déclenchement de la Première Guerre mondiale, il avait été racheté par le Royal Exchange de Manchester mais avait fermé au printemps 1915 quand il était apparu que, finalement, la guerre était partie pour durer. Un homme d'affaires avisé avait acheté le bâtiment délabré dix ans plus tard pour une bouchée de pain et avait profité de la main-d'œuvre bon marché pendant la Grande Dépression pour restaurer la façade et transformer l'intérieur en un hôtel de luxe.

Tony s'y était rendu à deux reprises. Une fois pour le mariage en grande pompe d'une collègue avec un trader du Cheshire, une autre fois à l'occasion d'une conférence organisée par une grosse entreprise pharmaceutique suisse. Il avait trouvé l'intérieur inconfortable et intimidant, mais supposait que c'était l'effet désiré sur des gens comme lui. Aujourd'hui, il allait devoir oublier cette impression pour se concentrer sur l'homme qu'il était venu sauver. Il n'imaginait même pas qu'il puisse se tromper. Il n'aurait pas pu expliquer pourquoi il était aussi sûr de lui. Mais il l'était.

En approchant de l'hôtel, il ralentit le pas et leva la tête. Il savait que les hautes baies vitrées du rez-de-chaussée créaient une illusion d'optique et qu'elles occupaient en réalité les deux premiers niveaux. Wikipédia lui avait appris que l'hôtel comptait quatorze étages. Ça signifiait que Martin devait être quelque part à l'avant-dernier étage. Parmi les pinacles et les rambardes décoratives, il était difficile de distinguer s'il y avait quelqu'un. Tony eut beau scruter l'immeuble, il ne vit rien bouger.

Il longea la façade avant de tourner au coin. Comme l'Exchange occupait tout le pâté de maisons, il pouvait en faire le tour sans difficulté. Il traversa la rue pour avoir une meilleure vue mais ne vit toujours personne.

Mais après un tour complet, Tony aperçut une silhouette tout en haut. L'homme était dehors, au niveau de la troisième fenêtre, penché par-dessus le parapet qui lui arrivait à la taille. Tony continua de marcher pour ne pas attirer l'attention. Dès qu'il disparut de sa vue, il sortit son téléphone. Quand Carol décrocha, il lui dit :

— Je crois que je l'ai trouvé. Il faut que Paula et toi vous l'arrêtiez pendant que j'essaie de le dissuader de sauter. Tu peux faire ça pour moi ?

— Tu plaisantes, dit Carol incrédule avant de reprendre : Ok, tu ne plaisantes pas. Où est-ce que tu es ?

— Devant l'Exchange Hotel. Du côté de Midland Street. Je le vois, il est au treizième étage. Comme je l'avais pensé.

— On arrive. On se retrouve devant l'entrée.

Tony gagna l'entrée de l'hôtel. Il lui tardait d'arrêter Matthew Martin mais il savait que s'il s'en chargeait seul, ce serait la catastrophe assurée. Il risquait d'effrayer une femme de chambre, de terrifier un client innocent, voire de provoquer une bagarre. Avec le temps, il apprenait de ses erreurs et essayait de dompter ses impulsions, comprenant que son attitude pouvait dérouter les gens. Il avait déjà eu de la chance avec le père de Martin. Deux fois de suite, c'était trop demander.

Il n'eut pas à attendre longtemps. Carol et Paula se garèrent devant l'hôtel moins de sept minutes après son coup de fil. Carol ne perdit pas une seconde ; elle s'engouffra dans le bâtiment, Paula et Tony sur ses talons. Elle montra sa carte de police en faisant les gros yeux à la réceptionniste et quelques instants plus tard, ils se trouvaient dans le bureau derrière le comptoir avec le manager, un jeune homme élégant avec un accent français.

— Il y a un homme sur la corniche au treizième étage, annonça Carol.

Le manager fronça les sourcils.

— Nous n'avons pas de treizième étage.

Quelle drôle de réponse, songea Tony. Se soucier davantage du nombre d'étages que d'un suicide imminent dénotait un étrange sens des priorités.

— L'avant-dernier étage, précisa-t-il.

— C'est-à-dire le quatorzième, dit le manager.

— Mais en réalité, c'est le treizième, insista Tony. Sauf que vous ne l'appelez pas comme ça, n'est-ce pas ? Par superstition ?

Le manager fit une moue.

— Si on veut. En tout cas, oui, l'étage au-dessus du douzième, nous l'appelons le quatorzième.

— Contente qu'on ait éclairci ce point, commenta Carol sans dissimuler son sarcasme. Tony, où est-ce qu'il est, exactement ?

— Devant la troisième fenêtre, du côté de Midland Street.

Le manager leva les yeux vers le ciel comme s'il pouvait voir ce qui se passait aux étages supérieurs.

— C'est une chambre, dit-il. La 1447, je crois.

— Est-ce qu'il y a un rebord devant la fenêtre ? demanda Carol.

— Une corniche et un parapet. La corniche court tout du long. Mais on ne peut pas y accéder depuis les chambres. Les fenêtres ne s'ouvrent pas suffisamment.

— Alors comment il a fait pour atterrir là ? demanda Paula.

— Il a dû emprunter la porte de service. Elle est située au coin de l'immeuble.

Tony lâcha un soupir exaspéré.

— Quelle que soit la façon dont il s'y est pris, il faut que j'accède à cette corniche immédiatement, avant qu'il ne parvienne à rassembler ses forces et ne se décide à faire le grand saut.

Voyant l'air alarmé du manager, il poursuivit :

— Quoi ? Vous pensiez qu'il était là-haut pour admirer le paysage ? Il va se suicider si je ne l'arrête pas.

Le manager rougit.

— Mais c'est affreux. Vous devez l'en empêcher.

Il passa devant eux et sortit de la pièce en lançant par-dessus son épaule :

— Venez, je vous y conduis.

Dans l'ascenseur, le manager ne parvenait pas à rester tranquille, s'agitant comme un enfant ayant mangé trop de sucre.

— Pourquoi est-ce qu'il fait ça ? Pourquoi ici ? Est-ce qu'il nous en veut ?

— Il n'a rien contre votre hôtel, expliqua Tony. Mais cet endroit a une valeur symbolique pour lui. Un lien avec son histoire familiale.

Au quatorzième étage, ils se hâtèrent dans le couloir à la moquette épaisse jusqu'à une porte anonyme qui disparaissait presque dans le mur noir. Le manager posa une carte en plastique sur le boîtier électronique. Il émit un petit bruit et la porte s'ouvrit. Il l'entrebâilla.

— Je ne sais pas comment il a pu sortir par ici. Normalement, c'est impossible.

— Je m'en charge à partir de maintenant, dit Tony.

Le manager fit mine de protester, mais Paula posa une main ferme sur son bras.

— Il sait ce qu'il fait. Attendez ici.

Sa voix était comme la caresse d'une mère cherchant à apaiser un enfant agité. Tony hocha la tête en guise de remerciement et se glissa par la porte entrouverte.

59

La première chose qui le frappa, ce fut le vent. Alors qu'il soufflait à peine au niveau de la rue, tout là-haut, c'était une véritable rafale qui lui ébouriffa les cheveux et lui glaça les oreilles. Le bruit de la circulation en contrebas lui parvenait par intermittence. Tony regarda autour de lui. La corniche mesurait une cinquantaine de centimètres de large ; c'était un petit rebord en béton sale, un matériau bon marché utilisé pour construire cette partie de l'immeuble qu'on ne voyait pas, contrastant avec le grès et la brique rouge raffinés de la façade. Il était surmonté d'un garde-corps en pierre ouvragée à hauteur de taille, large d'une trentaine de centimètres. Assez large pour qu'on s'assoie dessus, calcula Tony. Il avança prudemment jusqu'à l'angle du bâtiment en se répétant qu'il était en sécurité.

Il tourna le coin en essayant de ne pas surprendre Martin. Mais il n'avait pas besoin de s'inquiéter. L'autre ne bougea pas. Il était assis sur le parapet, les jambes se balançant dans le vide, les mains mollement agrippées au rebord en grès. Ses traits étaient tirés et ses yeux plissés, comme s'il cherchait à se concentrer.

— Ne vous approchez pas, dit-il d'une voix tendue.

— Ok, répondit Tony. Je vais juste avancer d'un pas pour pouvoir me tenir debout confortablement, d'accord ?

— Oui, mais ne vous approchez pas plus près.

— D'accord. De toute façon, si vous sautez, je n'ai pas envie que vous m'entraîniez avec vous. Vous êtes Matthew, c'est bien ça ? Ou vous préférez qu'on vous appelle Matt ? Moi c'est Tony. Tony Hill. Je ne suis pas policier. Je suis psychologue.

— Vous perdez votre temps.

Son ton était aussi déterminé que ses paroles.

— Je ne pense pas que vous avez bien réfléchi à tout ça. Pas réellement.

Il lui jeta un bref regard en coin.

— Vous ne savez rien.

Tony soupira.

— Eh bien, à vrai dire, je sais pas mal de choses. Je sais ce qui est arrivé à votre mère. Ça a dû être très dur pour vous.

— Ma mère n'a rien à voir là-dedans.

— J'aimerais bien le croire, Matthew, mais vous savez que je ne peux pas. Elle est à l'origine de tout ce projet.

— Vous ne savez pas de quoi vous parlez.

— Je sais que si elle n'était pas allée à Greenham, rien de tout ça n'aurait été nécessaire. Si elle n'avait pas écouté ces femmes, elle serait toujours en vie. Ces femmes qui ne comprennent pas ce que ça signifie d'être une épouse et une mère. C'est pourtant ce qu'il y a de mieux pour elles, non ?

Il s'interrompit. Aucune réaction. Il était temps de délaisser l'empathie et d'opter pour une autre approche.

Tony s'appuya contre le parapet en fourrant les mains dans ses poches pour avoir plus chaud.

— Je comprends ce que vous avez essayé de prouver. Ces femmes devraient se taire. Elles devraient arrêter de faire culpabiliser les hommes qui veulent des épouses et des mères convenables. Elles devraient se taire, non ?

Martin tourna la tête vers lui.

— Elles peuvent faire ce qu'elles veulent. Mais elles n'ont pas le droit de convaincre d'autres femmes de penser comme elles. Si les femmes veulent être de bonnes mères et s'occuper de leur famille, personne ne devrait les en dissuader. Personne ne devrait essayer de les monter contre des hommes qui veulent s'occuper d'elles.

C'était un long discours, vu les circonstances, et Tony était content de l'entendre.

— Quand vos parents se sont mariés ici, ils étaient heureux.

— Exactement. On était heureux. Elle était heureuse. Jusqu'à ce que ces femmes nous l'enlèvent.

— C'était ce que vous vouliez aussi, non ? Fonder une famille avec Sarah ?

Matthew cligna des yeux.

— Je n'ai pas envie de parler de Sarah.

— Mais elle a tout gâché.

— Ses soi-disant copines lui ont bourré le crâne avec leurs âneries, en lui disant que c'était trop tôt pour avoir un bébé, que je n'étais pas assez bien pour elle. Elle n'aurait jamais dû les écouter. Mais elles l'ont convaincue. Elles ne lui ont pas laissé la possibilité de réfléchir par elle-même.

Il bougea légèrement les fesses, avançant un peu plus au bord du parapet.

— Je ne peux pas imaginer comment je me sentirais si quelqu'un que j'aimais tuait mon enfant, dit Tony.

Il était temps d'entrer dans le vif du sujet. De provoquer une réaction. Tant qu'ils continuaient à parler, il y avait de l'espoir.

— Je pense que je serais terrassé par le chagrin. Et la colère, aussi. Elle n'avait pas le droit de faire ça.

Le coup ne toucha pas sa cible. Martin demeura silencieux ; il continuait d'observer la rue.

— Personne ne pourrait y rester indifférent. Le problème, c'est que Sarah n'était que la partie visible de l'iceberg. Où qu'on regarde, sur Internet, il y a des femmes qui incitent d'autres filles comme Sarah à faire la même chose.

Cette fois-ci, Martin répondit.

— Vous n'avez pas idée, dit-il d'une voix rauque.

— Si, j'en sais quelque chose. Elles sont partout. Je comprends pourquoi vous avez voulu faire croire qu'elles avaient enfin eu un éclair de lucidité et s'étaient suicidées parce qu'elles avaient honte d'elles-mêmes. C'était une bonne idée. Et ça a fonctionné. Tout le monde a cru à des suicides.

Il vit la lèvre de Matthew bouger légèrement. Un infime sourire. Cet homme était fier de ce qu'il avait accompli, même s'il avait dû interrompre sa mission avant la fin.

— Cela dit, vous avez été un tout petit peu trop intelligent. Les livres étaient de bons messages, mais quelqu'un comme moi allait tôt ou tard se rendre compte que ce n'était pas anodin. Il était évident qu'il y avait quelqu'un derrière tout ça.

Martin grogna.

— Ces bonnes femmes sont influençables. Elles auraient pu se copier l'une l'autre.

— Elles auraient pu, sauf que les policiers n'ont pas vu les livres et que les médias n'en ont pas parlé ; alors comment est-ce qu'elles auraient pu être au courant ? N'empêche qu'on a tout de même conclu à des suicides. Le seul problème maintenant c'est que si vous sautez, ces conclusions seront révisées.

Il jeta un coup d'œil rapide à Tony.

— Comment ça ? Pourquoi est-ce qu'ils reviendraient sur leurs conclusions ? Les coroners ont donné leur verdict.

— Un verdict, ça peut toujours se contester. La flic qui dirige cette enquête, Carol Jordan, c'est une vraie connasse. Elle est en colère contre vous et le message que vous avez voulu faire passer. Elle déplacera des montagnes pour que ces verdicts soient modifiés. Et si vous êtes mort, elle pourra dire tout ce qu'elle voudra sur vous et vos actes. Elle vous traînera dans la boue. Elle vous traitera comme un de ces types qui harcèlent les gens sur Internet, une brute qui détestait les femmes.

Cette fois, Martin tourna la tête pour regarder Tony bien en face et ce dernier vit la consternation se peindre sur son visage.

— Elle ne peut pas faire ça.

Tony esquissa un sourire contrit.

— Bien sûr que si. Une fois que vous serez parti, elle aura tous les pouvoirs. Et elle n'aura pas peur de les utiliser. Comme je l'ai dit, c'est une vraie connasse. Il n'y a qu'une seule façon de faire passer votre message.

Martin lâcha un petit rire amer.

— Je sais ce que vous allez dire : « Ne sautez pas, défendez-vous devant un tribunal. »

Il se frotta vigoureusement la lèvre supérieure. Tony remarqua que ses doigts tremblaient. Être assis au-dessus du vide, ça commençait à angoisser Martin. Il devait se sentir déboussolé. Sa tête lui disait qu'il n'avait pas d'autre solution que de sauter, mais au fond de lui, quelque chose s'accrochait à la vie.

— En gros, oui, répondit Tony.

Il jouait sa dernière carte : en appeler à sa vanité et à son désir de postérité. Le talon d'Achille de beaucoup de tueurs.

— Parce que c'est la seule chose qui ait du sens. Autrement, tout ça n'aura servi à rien. Vous avez voulu faire passer un message. Manifestement, vous pensez que ça vaut la peine de mourir pour ça, sinon vous ne seriez pas ici. Mais si vous abandonnez et que vous quittez la partie avant la fin, tout ça n'aura été qu'une perte de temps. Parce que Carol Jordan détournera votre projet. Elle en fera quelque chose de sordide, l'œuvre d'un malade. Et tous vos efforts seront réduits à néant.

Martin détourna les yeux et Tony en profita pour se rapprocher un peu. À présent, il pouvait presque le toucher.

Il poursuivit son argumentation :

— Si vous mourez, Carol Jordan, Sarah et les autres auront gagné. Si ça vous paraît acceptable, très bien ; je m'en vais et je vous laisse tranquille. Mais si vous voulez faire passer votre message sans risque de mauvaise interprétation, alors tournez-vous et avancez vers moi. Ne laissez pas cette connasse avoir le dernier mot.

Le langage corporel de Martin trahissait son incertitude. Ses épaules étaient affaissées, ses mains tremblaient, il avait baissé la tête comme si un poids pesait sur lui.

— Vous dites que j'aurai la possibilité de faire passer mon message, mais c'est des conneries. Je ne suis pas assez bête pour tomber dans le panneau.

Tony hocha la tête.

— Vous serez appelé à témoigner, et là vous pourrez dire tout ce que vous voudrez, elle ne pourra pas vous en empêcher. Allez Matthew, ne réduisez pas tous vos efforts à néant. Vous êtes intelligent. Vous savez bien que j'ai raison.

Il se redressa, les épaules en arrière, la tête haute. Regard fixé droit devant lui, menton relevé. Il repoussa le parapet des deux mains. Dans cet instant terrible, Tony sut qu'il avait perdu. Mais il n'était pas prêt à abandonner. Il plongea sur Martin et lui attrapa le bras gauche au moment où il allait se jeter dans le vide. Tony heurta brutalement le parapet et le choc se répercuta dans tout son corps. Mais malgré la force de la gravité et la détermination de Martin, il ne lâcha pas prise. Le temps sembla s'écouler comme au ralenti. Il sentit la sueur âcre de Martin, sentit son propre cœur battre à tout rompre comme s'il avait un marteau-pilon dans la poitrine.

Et puis Carol apparut et passa ses bras forts autour du cou et des épaules de Matthew Martin.

— Oh non, tu ne vas pas faire ça, lâcha-t-elle. Tu ne vas pas t'en tirer à si bon compte.

60

Bien plus tard, Carol et Tony étaient assis sur un banc près du stand de café ouvert toute la nuit dans la gare centrale, un colley noir et blanc à leurs pieds, des gobelets en carton fumants dans les mains. C'était un territoire neutre qu'ils avaient établi entre eux depuis longtemps.

— Tu as fait du beau boulot quand tu étais là-haut, dit Carol.

— J'avais pitié de lui. Vu ce qui est arrivé à sa mère, pas étonnant qu'il ait été traumatisé. La seule inconnue, c'était comment ce trauma allait se manifester dans sa vie. Si les choses s'étaient passées autrement avec sa petite amie…

— Elle serait toujours en vie, compléta Carol qui refusait de faire la moindre concession. Je n'ai pas ton talent pour la compassion.

Ils restèrent silencieux pendant quelques minutes. Puis Carol reprit :

— Tu ne penses pas que je suis une connasse, hein ?

— Tu écoutais ?

Elle hocha la tête.

— Paula et moi, on était presque en train de se battre pour être le plus près possible. Tu l'as dit avec une telle conviction, ajouta-t-elle un peu tristement.

— Bien sûr que non, je ne pense pas ça de toi. J'essayais de sauver la vie de cet homme. J'aurais dit que tu faisais du trafic d'êtres humains ou que tu votais conservateur, si ça avait été nécessaire.

Carol éclata de rire.

— Ne dis pas ça quand j'ai la bouche pleine de café ! protesta-t-elle. En plus, ça me fait mal à l'épaule quand je ris.

— Heureusement que tu l'as bien cramponné jusqu'à ce que les pompiers déplient leur échelle. Il gigotait comme un bébé.

— Apparemment, retaper ma maison a fait de moi une meilleure flic.

Nouveau silence. La chienne bougea avant de se réinstaller contre les mollets de Carol. Un train de marchandises interminable traversa le pont bruyamment.

— J'ai réfléchi..., dit Carol.

— Mmm ?

— La maison est presque terminée.

— C'est vrai. Tu as fait un sacré travail. Je ne t'en croyais pas capable, mais je me trompais.

Elle soupira.

— Il y a beaucoup de place, tu sais. J'ai installé la plomberie dans la deuxième salle de bains et les paravents qui vont délimiter la chambre doivent arriver dans la semaine.

— Ça y est alors, tu en vois le bout.

Carol passa la main dans son épaisse chevelure blonde.

— Je vais peut-être me décider à fixer des étagères à livres le long d'un mur...

— Je ne veux pas paraître impoli, mais tu n'as pas tant de livres que ça.

— Non, mais toi, si. Et ce serait tellement plus pratique que de les stocker dans un container.

Tony fronça les sourcils. Il n'était pas sûr de savoir où elle voulait en venir, mais il était certain qu'un faux pas pouvait lui être fatal.

— Tu me proposes d'héberger mes livres ?

Carol se racla la gorge.

— Pas seulement tes livres, si tu en avais envie. J'ai bien aimé t'avoir dans les parages. Sans obligations, bien évidemment. Je ne m'attends pas à ce que tu abandonnes *Steeler*, tu voudras sans doute aller t'isoler là-bas de temps en temps.

À l'autre bout de la ville, Sam Evans sortait d'une boîte de nuit en titubant légèrement. Il avait passé une bonne soirée en compagnie d'un groupe de copains avec qui il jouait parfois au foot. Il était sorti tous les soirs depuis qu'il avait quitté Stacey, jouissant de la vie d'un célibataire qui n'a pas le moindre souci. Mais maintenant, il était temps de se ressaisir. À sa plus grande surprise, elle lui manquait.

Demain, il lui enverrait un texto. Il lui proposerait de l'emmener dîner dans un bon restaurant. Elle comprendrait qu'il se souciait d'elle, même si elle ne l'avait pas défendu devant cette conne de Jordan.

Sam bâilla. Il y avait une légère humidité dans l'air, comme si la pluie n'allait pas tarder à arriver. Préférant ne pas se mouiller, il décida de prendre un taxi. Il n'avait plus de liquide, mais il y avait un distributeur à deux pas de là.

Il s'appuya contre le néon bleu du distributeur automatique et introduisit sa carte dans la fente de la machine. Il composa son code et attendit. « Pin inconnu », lui annonça l'écran. Il devait être plus saoul qu'il ne l'avait cru. Il composa de nouveau son code, qui fut une nouvelle fois refusé. Il secoua la tête comme pour dissiper un épais brouillard et réessaya. « Votre carte est bloquée, sur ordre de votre banque. Rendez-vous dans votre agence pour résoudre ce problème. »

— C'est quoi ce bordel ?

Ça n'avait pas de sens. Est-ce qu'il avait eu un trou de mémoire et changé son code secret ? Bon, tant pis, il avait une autre carte. Il l'inséra dans le distributeur et, cette fois, la machine accepta son Pin. Le seul problème, c'est qu'elle refusa ensuite de lui donner du liquide. Il consulta son solde sur l'écran et n'en crut pas ses yeux. Son compte était à sec. Deux jours après avoir touché sa paie. C'était impossible. On lui avait volé son argent. Sa propre banque l'avait arnaqué.

Il envisagea d'utiliser une de ses cartes à débit différé. Ça l'enrageait de devoir payer une commission, mais d'un autre côté, il n'avait pas envie de rentrer chez lui dans le froid et sans doute sous la pluie. Mais ça ne fonctionna pas davantage. La machine l'informa qu'il avait atteint son plafond et ne pouvait plus rien retirer.

— J'y crois pas, putain ! hurla-t-il face à l'écran. Je suis policier, je vais vous poursuivre en justice !

Vaincu par la technologie, Sam n'eut d'autre choix que de rentrer à pied. Il releva le col de sa veste et voûta les épaules avant d'avancer vers une nouvelle vie qui s'annonçait des plus compliquées.

Le commandant John Franklin n'avait pas été appelé sur les lieux de cet accident de voiture ; il était en route pour le commissariat après avoir déjeuné quand il avait vu les trois voitures tordues, fracassées et affreusement défoncées contre la glissière de sécurité là où l'autoroute décrivait un virage en descendant vers Halifax.

Comme il était le genre de flic toujours prêt à donner un coup de main, il se gara et se dirigea vers le lieu de la triple collision.

— Qu'est-ce qui s'est passé ? demanda-t-il à l'un des agents de la circulation, un homme qu'il avait souvent croisé dans son propre commissariat.

— Un carnage, répondit-il. Un chauffard a pris le virage à contresens avec sa Vauxhall en roulant bien au-dessus de la limite. Il a percuté la Mini de plein fouet et les deux ont emporté la Ford Galaxy au passage. Deux morts dans la Vauxhall et le conducteur de la Mini est aux urgences, mal en point. Deux morts dans la Galaxy. Une des victimes est morte pendant que les pompiers l'extrayaient, expliqua-t-il en secouant la tête. Je vais continuer longtemps de l'entendre hurler.

Franklin jeta un œil à la Vauxhall avec son aileron reconnaissable entre mille et ses passages de roue élargis. Il avait vu cette voiture peu de temps auparavant dans la fourrière du commissariat. Il s'en approcha ; les deux occupants, morts, n'avaient pas encore été sortis de l'habitacle. Il reconnut immédiatement le conducteur et sentit la rage enfler dans sa poitrine.

Il ne se rappelait pas son nom, mais les circonstances de son arrestation étaient gravées dans sa mémoire. Ça ferait une semaine samedi. Un groupe de conducteurs en état d'ébriété arrêtés puis relâchés sous prétexte que l'éthylotest avait été jugé défectueux.

Le jeune conducteur de la Vauxhall qui avait emporté au moins trois autres personnes avec lui avait fait partie de ceux-là, relâché pour qu'on puisse blanchir Carol Jordan. Franklin détourna les yeux, écœuré. Il se délecta par avance du malin plaisir qu'il ressentirait quand il informerait Jordan de ce qu'avait coûté sa nouvelle équipe. Quoi qu'ils fassent, ils seraient pour toujours tachés du sang de ces victimes.

— Ça a intérêt à en valoir la peine, putain, dit-il sans s'adresser à personne en particulier, sachant que rien ne pouvait justifier un tel carnage.

— Ça ne t'ennuierait pas ? demanda Tony.

Carol avala une gorgée de café. Un groupe de jeunes hommes légèrement éméchés s'approcha du stand, se bousculant et plaisantant avant de commander des boissons chaudes. Carol les observa et Tony patienta. Elle finit par dire :

— Tu me rendrais service. C'est beaucoup plus facile de ne pas boire quand tu es là. En plus, ce serait pratique avec le chien.

Il essaya de contenir sa joie. En vain.

— Tant que ton ami George ne me menace pas avec son fusil.

Il baissa les yeux vers son gobelet en souriant. Deux semaines plus tôt, il n'aurait jamais parié que ça se terminerait comme ça. Ça aurait paru impossible que Carol et lui puissent avancer aussi loin sur la voie de la réconciliation. C'était la prochaine étape d'un chemin qui avait commencé il y avait bien longtemps, marqué par le sang et semé d'embûches. Une étape qu'il n'aurait voulu manquer pour rien au monde.

— Merci de me le proposer.

Ses paroles furent étouffées par la sonnerie de portable de Carol. Leurs regards se croisèrent ; ils échangèrent un petit sourire.

— Et voilà, c'est reparti, dit Tony.

Remerciements

L'avantage quand on invente une unité de police, c'est que personne ne peut venir vous dire que vous vous êtes trompé.

Mais bien sûr, on n'est jamais à l'abri d'une erreur. Je remercie ceux qui m'ont aidée à éviter quelques pièges : l'as de la procédure criminelle Angus Marshall, et l'experte en incendies et explosifs Niamh Nic Daeid. Je remercie Simon Veit-Wilson pour sa façon originale d'utiliser un conteneur.

Il y a toute une équipe qui travaille dur pour mettre ce livre entre vos mains, dont Jane Gregory et ses assistants ; David Shelley, Lucy Malagoni, Thalia Proctor et tout le monde chez Little, Brown qui me soutient avec beaucoup d'enthousiasme ; Anne O'Brien, dont je me félicite qu'elle ait abandonné une carrière prometteuse de chevalier du Jedi pour devenir ma correctrice ; et ma patiente famille sans qui rien de tout cela ne serait possible.